本著系国家社会科学基金项目"现代社会转型与中国文学的怀旧书写研究"结项成果（项目批准号：11CZW056）

百年中国文学的
怀旧书写研究

周明鹃

著

中国社会科学出版社

图书在版编目(CIP)数据

百年中国文学的怀旧书写研究/周明鹃著. —北京：中国社会科学出版社，2024.5
ISBN 978-7-5227-3413-2

Ⅰ.①百⋯　Ⅱ.①周⋯　Ⅲ.①中国文学—现代文学史—研究　Ⅳ.①I209.6

中国国家版本馆 CIP 数据核字(2024)第 073634 号

出 版 人	赵剑英
责任编辑	郭晓鸿
特约编辑	杜若佳
责任校对	师敏革
责任印制	戴　宽

出　　版	中国社会科学出版社
社　　址	北京鼓楼西大街甲 158 号
邮　　编	100720
网　　址	http://www.csspw.cn
发 行 部	010-84083685
门 市 部	010-84029450
经　　销	新华书店及其他书店

印　　刷	北京明恒达印务有限公司
装　　订	廊坊市广阳区广增装订厂
版　　次	2024 年 5 月第 1 版
印　　次	2024 年 5 月第 1 次印刷

开　　本	710×1000　1/16
印　　张	18.25
插　　页	2
字　　数	257 千字
定　　价	99.00 元

凡购买中国社会科学出版社图书，如有质量问题请与本社营销中心联系调换
电话：010-84083683
版权所有　侵权必究

目　　录

序 / 1

内容摘要 / 1

引　言 / 1

第一章　怀旧书写的理论体系建构 / 1
第一节　何谓"怀旧书写"？/ 1
第二节　怀旧书写的心理机制与文化渊源考察 / 3
第三节　怀旧书写的哲学意蕴与历史性本质考察 / 9
第四节　怀旧书写的审美本质考察 / 19
第五节　小结 / 22

第二章　现代社会转型与百年中国文学的怀旧书写关系之探讨 / 29
第一节　启蒙、救亡、消费与审美：现代社会转型与百年中国文学的怀旧书写之间的张力 / 30
第二节　现代社会转型对百年中国文学的怀旧书写的衍生、发展、嬗变之影响 / 37
第三节　百年中国文学的怀旧书写对现代社会转型的反动 / 40

第四节　百年中国文学的怀旧书写对现代社会转型的审美救赎 / 43

第三章　现代社会转型语境下百年中国文学的怀旧书写发展历程 / 50
　　第一节　20世纪10—30年代对五四启蒙的反思：鲁迅、周作人、
　　　　　　沈从文的怀旧书写 / 50
　　第二节　20世纪20年代末至30年代初都市之子对传统的皈依：
　　　　　　现代都会主义文学作家的怀旧书写 / 81
　　第三节　20世纪三四十年代救亡主旋律下低回的怀旧之音：
　　　　　　老舍、萧红、张爱玲的怀旧书写 / 116
　　第四节　20世纪80年代对新启蒙的质疑与反动：诗化哲学引领下
　　　　　　寻根派的怀旧书写 / 152
　　第五节　20世纪90年代多元文化语境下的多元回归：
　　　　　　陈忠实、贾平凹、王安忆的怀旧书写 / 162
　　第六节　20世纪90年代至21世纪消费文化语境下的时尚怀旧：
　　　　　　陈丹燕、程乃珊的怀旧书写 / 211

第四章　现代社会转型语境下百年中国文学的怀旧书写主题 / 219
　　第一节　现代人"无家可归"生存境遇下的家园意识 / 219
　　第二节　叛逆与归乡两难抉择下的乡土情结 / 224
　　第三节　现代生存挤压下意欲重返母体的童年情结 / 236
　　第四节　基于修复碎片化生存的个人身份与民族文化重建 / 250
　　第五节　消费社会中被置换成消费符号的怀旧情愫 / 258

结　语 / 268

参考文献 / 269

致　谢 / 277

序

谭桂林

明鹃的新著《百年中国文学的怀旧书写研究》（以下简称周著）即将出版，她用邮件把书稿发给我，嘱我为之作序。过去给博士生的论文出版作序，事情简单，可以提笔即写，因为论文指导时已经反复阅读多遍，不仅其主要观点，而且其优缺点都了然于心。明鹃是我招的第一届研究生，硕士毕业后就考入南京大学许志英先生门下攻读博士学位。拿到博士学位后，做过公务员，又到一家高校创办文化产业管理专业，虽然也做得红红火火，但那毕竟与自己所学的专业渐行渐远。前两年她打来电话，告知想去南昌大学文学院做中国现当代文学研究。对她的这一选择，我是坚决支持的。这部著作是明鹃主持过的一个国家社科基金项目"现代社会转型与中国文学的怀旧书写研究"的结项成果，也是她归队专业后出版的第一个学术成果。所以，我想好好读读这部书稿，一者为了写序，一者也是为了了解一下这几年她在学术上的进展。

到了年末的时候，事不可谓不多，但还是断断续续挤出时间将近30万字的书稿读完了。总体感觉是，这是一本值得出版的好书，作者没有辜负这么好的一个学术论题。怀旧同爱恨一样，是人类的一种基本情感。虽然有的人可能比较喜欢怀旧，有的人可能不怎么怀旧，有的年龄段不怎么怀旧，有的年龄段特别容易怀旧，似乎各个不同，但较之爱恨，怀旧无疑更具有人类性。人正是因为怀旧，才建立起了历史的联系，才具有了文明的延续。怀旧也因之成为永恒的文学母题，永恒的文化话题，当然也就成为一个永恒的哲学命题。周著谈论百年中国文学的怀旧书写，首先也是从追寻和探究它的哲学意蕴开始的。作者引证了许多哲人对怀旧的理论思考，指出怀旧写作是人类为捕捉与保存从远古到切近记忆的一次次文化努力，尤其是人类文明进入工业化时代以后，怀旧书写成为人类建基于审美记忆之上的一个灵魂去蔽的过程，怀旧书写以其特有的审美救赎功能协助人们去掉遮蔽着本真的那些物质欲望与现代性焦灼，重归宁静谐和，重新回归到本源的诗意栖居。其实，五四以来的中国文学从来就不是一个单一模式，其精神现象充满着矛盾和悖论，许多新文学的倡导者是进化论的信徒，但他们同时也是怀旧书写的圣手，一次次声称将来必胜于现在，又一次次将艺术的视域聚焦在明知道是蛊惑自己的旧时的记忆。百年中国文学的这种精神现象，亦激进亦保守，但非激进亦非保守，从意识形态的角度恐怕无法真正窥视到其奥秘之处，周著深切地了解"怀旧书写的本质即为历史性书写"，而历史性书写从来都是"时代性"书写的时间转化，但作者力图超越历史性与时代性的制约，尝试站在哲理思考的高度，站在人类精神变迁的转折点上，来观察和思考这一现象的文学史价值和思想史意义，或许这是能够真正深入其堂奥的钥匙。

当然，正如周著所指出的，在人类支离破碎的生存中，唯有记忆能赋予人以完整性与连续性。怀旧是一场人类与时光的拔河，在这场与时光的拔河中，人类注定要以失败而告终，人类敢于接受挑战并赢得挑战的精神与在实践中所付出的艰苦卓绝的努力却得以彰显了人之存在。但周著通过其研究也给读者昭示了一个悖论——怀旧非旧。怀旧这个人类精神的本质行为，其实都是建立在虚幻的基础之上。太多的想象被赋予了怀旧的对象，我们所怀恋的，只是我们自己愿意怀恋的理想化的过去，其实早就不是那被怀恋者本身了。周著对这种怀旧的虚幻性的剖析是值得重视的，因为这个悖论是人性使然，并不令人沮丧，但值得人们警惕。怀旧是人类的天性，但怀旧的本质应该是个体性的，而且只有个体性的怀旧才真正具有美学的意义，一个个体的理想化怀旧，无论他怎样地美化他所怀恋的那个"旧"，其对精神心理的影响依然是正向的、积极的。但是，如果溢出了这个范围，如果怀旧成为一个群体性思潮，如果一个群体，一个民族把怀旧建立在虚幻的基础之上，把许许多多的理想加之于过去的事物上，甚至为了将逝去的事物理想化不惜扭曲历史的真相，这种群体性的怀旧就有可能成为过去"我比你阔多了"的阿Q式的精神胜利，就可能成为一个民族奋勇前行的精神负累。这时的怀旧既是一个理论问题，也是一个社会实践问题，20世纪末，整个社会曾经席卷而起的怀旧思潮成为一种具有商业力量的集体性文化消费行为，就是一个很好的例证。这可以说是我在阅读周著时强烈感受到的，也特别想和读者交流的一个观念。

  周著对百年怀旧书写经典文本的分析也有不少可圈可点之处。譬如对现代都会主义文学中的怀乡主题的解读，可谓独具慧眼。1930年代中国的都会主义文学并不发达，这和中国经济社会发展的实况息息相关，但像刘呐鸥、穆时英等都会作家都不遗余力地声称赞美都市文明，享受都市生活，因而通常评论家和文学史家们也多从都市感觉的角度来分析这些作家的特征。这种观察角度当然没错，但周著认为，现代都市对都市人的生存挤压得越厉害，人们对充满乡村牧歌情调的大自然就越向往，这是不争的事实。大自然是疲于挣扎、倦于漂泊的现代都市人的一方圣土，是他们梦寐以求的精神家园。即使是不断宣称享受都市生活的都会主义作家们也难以例外。回归大自然这一主题在都会主义文学中体现得那么鲜明而又集中，从刘呐鸥到穆时英，几乎每一位中国的都会主义作家都无可回避地触及怀乡主题。周著揭示了这种现象的存在，恰恰也是说明了中国社会在现代化转型和现代都市发展过程的特殊性。对大的流派的分析是如此，对一些小的细节的品味也有独到的感受和见解。如对张爱玲《倾城之恋》的分析，周著就指出："单从细节来看，范柳原最初喜欢上白流苏，更多的也是因为一种怀旧式情愫所致。"所以范柳原爱白流苏，其实爱的不过是自己的怀旧情调。诸如此类的细腻分析，周著中俯拾即是，不必多列。文本的体会与解读是周著的特色，但特色往往突出了某些方面，同时也会遮蔽某些方面。譬如百年中国文学怀旧书写的内在逻辑是怎样展开的，怀旧书写的历史发展是否能够构成一种精神现象学的学术肌理，对这些问题的思考，在周著中有时像灵光一闪，但没有充分展开，究其原因，或许就是被那些丰富的文本阅读给淹没了。

明鹃的博士学位论文出版时，许志英先生已经驾鹤仙去。明鹃请我写序，我义不容辞，也正好借这机会表达对许先生的感激与怀念。这一次明鹃又嘱我作序，我还是答应下来，不仅有前面所讲到的原因，也是因为我对这一选题的偏爱。我觉得，怀旧作为一个话题，它是精神性的，但底蕴有着深厚的物质性基础；它是个人性的，但也丝丝缕缕都离不开民族性的牵引；它是审美性的，当然也常常烙印着时代政治的标签。对这样的话题的探讨，似乎人人都能说出个所以然来，但要真正感悟到它的深处的智慧与美感，或者说真正个性化地感悟到它的个人性精神特征，在中国现代文学研究中，应该还有更多的空间需要开拓。明鹃的这部著作也只是开了一个好头而已。在学术史上，有的课题是自限性的，有人做过以后，就很难继续再做；有的课题是开放式的，容得下不同的学者不断地开垦与耕耘。怀旧书写就是这样的开放性课题，明鹃这部著作的出版，我希望能够引发更多的学者来关注现代中国文化中这一有意味的精神现象。

是为序。

壬寅年腊月写于长沙半空居

内容摘要

本书试图建构关于怀旧书写的理论体系，并在此基础上对近百年来现代社会转型语境下中国文学的怀旧书写进行整体性系统研究，深入阐析现代社会转型与百年中国文学的怀旧书写之间的关系；全力探寻现代社会转型语境下百年中国文学的怀旧书写发展历程，厘清其历史沿革，并详尽阐释了现代社会转型语境下百年中国文学的怀旧书写主题；最后在对上述研究进行总结的基础上，重新界定了现代社会转型语境下百年中国文学的怀旧书写之文学史地位。

第一章试图建构起关于怀旧书写的理论体系。在厘定"怀旧书写"概念的基础上，对怀旧书写的心理机制、文化渊源、哲学意蕴、历史性本质、审美本质进行了全面考察，认为怀旧书写本质上是建基于审美记忆的历史性书写，历史性与审美性是其最根本的特征。本章认为，怀旧书写作为建基于审美记忆基础上的历史性书写，时间是其最重要的主题，审美救赎是其终极目标。"揭示传统、保持传统并明确地追随传统"的可能性在怀旧书写中得到了最大限度的实现。

第二章对现代社会转型与百年中国文学的怀旧书写之关系进行了探讨。研究分别从以下四个方面展开。其一，启蒙、救亡、消费与审美：现代社会转型与百年中国文学的怀旧书写之间的张力。其二，现代社会转型对百年中国文学的怀旧书写的衍生、发展、嬗变之影响。其三，百年中国文学的怀旧书写对现代社会转型的反动。其四，百年中国文学的怀旧书写对现代社会转型的审美救赎。

第三章对现代社会转型语境下百年中国文学的怀旧书写发展历程进行了梳理，并对代表性作家及其作品进行了详尽的个案分析。现代社会转型语境下中国文学的怀旧书写，主要历经了如下六个阶段：其一，以鲁迅、周作人、沈从文的怀旧书写为代表的20世纪10—30年代对五四启蒙的反思；其二，以现代都会主义作家的怀旧书写为代表的20世纪20年代末至30年代初都市之子对传统的归依；其三，以老舍、萧红、张爱玲的怀旧书写为代表的20世纪三四十年代救亡主旋律下低回的怀旧之音；其四，以诗化哲学引领下寻根派的怀旧书写为代表的20世纪80年代对新启蒙的质疑与反动；其五，以陈忠实、贾平凹、王安忆的怀旧书写为代表的20世纪90年代多元文化语境下的多元回归；其六，以陈丹燕、程乃珊的怀旧书写为代表的20世纪90年代至21世纪消费文化语境下的时尚怀旧。怀旧书写的创作阵容几乎囊括了中国20世纪最优秀的作家，不但其发展轨迹历历可寻，而且代有传承，成果丰硕。

第四章从现代人"无家可归"生存境遇下的家园意识、叛逆与归乡两难抉择下的乡土情结、现代生存挤压下意欲重返母体的童年情结、基于修复碎片化生存的个人身份与民族文化重建、消费社会中被置换成消费符号的怀旧情愫五个层面阐释了现代社会转型语境下百年中国文学的怀旧书写主题。

最后是结语部分。该部分对全书进行了总览式概述并重新界定了现代社会转型语境下百年中国文学的怀旧书写之文学史地位，认为现代社会转型语境下百年中国文学的怀旧书写，决定了近百年来中国文学的高度，对中国文学的百年发展做出了重大贡献，具有举足轻重的文学史地位。

引　言

我国已然经历与正在经历的现代社会转型，不断催生并强化着人们的断裂生存体验，怀旧风潮由此而起。毋庸置疑的是，我们正身临一种与现代性密切相关的社会转型时期。诚如安东尼·吉斯登在《现代性的后果》一书中所言："现代性以前所未有的方式，把我们抛离了所有类型的社会秩序的轨道，从而形成了其生活形态。在外延和内涵两方面，现代性卷入的变革比过往时代的绝大多数变迁特性都更加意义深远。在外延方面，它们确立了跨越全球的社会联系方式；在内涵方面，它们正在改变我们日常生活中最熟悉最带个人色彩的领域。"[1] 现代社会急剧转型引发的一系列迥异于既往的陌生、惊惧、抗拒、冲突等特殊断裂体验，直接引发了社会、文化、文学等诸领域的怀旧风潮。

在现代社会转型语境下，近百年来，怀旧书写在以启蒙、救亡、消费为主旋律的中国文学中，具有不可忽视的审美救赎意义。虽迄今尚未见关于"百年中国文学的怀旧书写"的系统性研究成果，相关研究成果却不甚少。

国外对怀旧的研究，主要涉及对全球化与后现代文化背景下怀旧的本质、范式与反思性的探讨。其一是影响最著的詹明信的专著《晚

---

[1] ［英］安东尼·吉斯登：《现代性的后果》，田禾译，译林出版社2000年版，第4页。

期资本主义的文化逻辑》。此书以怀旧电影为例，分析了后现代主义与消费社会中怀旧产生的因由及其特征，认为怀旧是"在一个风格创新不再可能的世界里"的唯一选择，"现代人锐意寻回失去的过往，态度纵然是执著而彻底的；然而，基于潮流演变的规律，以及'世代'等观念和意识形态的兴起，我们今天要以'怀旧'的形式重现'过去'，道路是迂回曲折的"。① 其二是罗兰·罗伯森的《全球化：社会理论和全球文化》，书中第十章"全球化与怀乡范式"论述了全球化背景下的"乡愁"理论与怀乡范式，尤其关注怀旧现象的全球动态与全球意义。② 其三是斯维特兰娜·博伊姆的专著《怀旧的未来》。该著对怀旧这一社会现象进行了全方位的考察，在对文学的、大流散的、民族主义的、个人的、流亡的等诸多类型的怀旧反映出个体与社会、民族传统与意识形态之间的错综复杂关系进行深入研究的基础上，将怀旧归结为修复型怀旧与反思型怀旧两大类型，并对其进行了详尽阐析。③ 其四是西美尔关于现代性怀旧的论述，认为在现代社会语境下，"几乎只有以个人的记忆为根据"，才能形成某种个人认同感。④ 其五是 Robert M. Schindler 等营销学家将怀旧置于消费的视域下所进行的相关研究。关于怀旧文学研究，影响较大的有宇文所安的专著《追忆——中国古典文学中的往事再现》、杜威·佛克马的专论《无望的怀旧 重写的凯旋》。《追忆——中国古典文学中的往事再现》认为，中国文学渗透了对不朽的期望，常常自我复制，并善于从往事中寻找根据来印证今日的复现。⑤《无望的怀旧 重写的凯旋》充分肯定了重

---

① ［美］詹明信：《晚期资本主义的文化逻辑》，张旭东编，陈清侨等译，生活·读书·新知三联书店1997年版，第403、457页。

② 参见［美］罗兰·罗伯森《全球化：社会理论和全球文化》，梁光严译，上海人民出版社2000年版。

③ 参见［美］斯维特兰娜·博伊姆《怀旧的未来》，杨德友译，译林出版社2010年版。

④ 参见［德］西美尔《金钱、性别、现代生活风格》，刘小枫编，顾仁明译，华东师范大学出版社2010年版。

⑤ 参见［美］宇文所安《追忆——中国古典文学中的往事再现》，郑学勤译，生活·读书·新知三联书店2004年版。

写的积极意义，认为怀旧常以重写的形式在文学创作中被再现出来，重写使怀旧脱离历史的真实而进入人们的价值判断和对未来的思考。[①] 以上研究为我们理解与研究怀旧理论并运用其进行文本阐释提供了可资借鉴的基石，然因其文化背景及言说语境与我们所要进行的本土化研究殊异，难免会存在较深的文化鸿沟。

国内关于怀旧的研究自 20 世纪 90 年代以来渐趋兴盛，研究成果主要集中在三个方面。一是关于怀旧文化现象的研究，成果较丰，其代表人物是赵静蓉、戴锦华、余杰等。赵静蓉的专著《怀旧——永恒的文化乡愁》《文化记忆与身份认同》及其系列论文对怀旧进行了词源学、谱系学、美学、社会学等多向度的解读，是目前关于怀旧最为深入系统的研究。[②] 戴锦华的专论《想象的怀旧》从时尚与记忆、怀旧的需求、无处停泊的怀旧之船、怀旧感与构造"个人"等几个方面着笔，批判性地阐释了消费文化语境下的怀旧风潮，认为建构是怀旧更重要的功能，消费社会中的怀旧已沦为平庸的时尚消费，消解了其曾经的追怀过往、积淀记忆的正向作用。[③] 余杰的专论《心理学视野下的现代人的怀旧情结》认为，怀旧情结的内在心理机制在自动寻找心理掩体和回归集体无意识方面得到了最为深刻的体现。[④] 二是关于怀旧文学的研究，成果较少，大多是从文学时间、现代化、怀旧母题、审美价值等角度切入考察的单篇专论。对其研究主要在两个维度上展开：其一是理论研究的维度，代表性文章有马大康的《反抗时间：文学与怀旧》、张永刚的《文学怀旧母题的价值构成》等。其二是文本阐释的维度，代表性文章有贺桂梅的《三个女人与三座城市——世纪

[①] 参见［荷兰］杜威·佛克马《无望的怀旧 重写的凯旋》，王浩译，《云南大学学报》（社会科学版）2004 年第 5 期。

[②] 参见赵静蓉《怀旧——永恒的文化乡愁》，商务印书馆 2009 年版；赵静蓉《文化记忆与身份认同》，生活·读书·新知三联书店 2015 年版。

[③] 参见戴锦华《想象的怀旧》，《隐形书写——90 年代中国文化研究》，江苏人民出版社 1999 年版。

[④] 参见余杰《心理学视野下的现代人的怀旧情结》，《黄河科技大学学报》2007 年第 2 期。

之交"怀旧"视野中的城市书写》、尹季的《20世纪末中国家族题材小说中的怀旧意识》等。三是关于"上海怀旧"的专题研究，这是近年来该领域的研究热点，集聚了一批敏锐的学者。此类研究集文化研究与文学研究于一身，立足上海本土，注重阐发消费文化语境下"上海怀旧"所具有的多重意蕴。主要论著有李欧梵的《上海摩登》，重要专论有张鸿声的《"上海怀旧"与新的全球化想象》、杨剑龙的《怀旧想象与青春物语——近年来上海都市题材创作之文化透视》、朱晶与旷新年的《九十年代的"上海怀旧"》、董丽敏的《"上海想象"："中产阶级"+"怀旧"政治？——对20世纪90年代以来文学"上海"的一种反思》等。

综而观之，当前对"百年中国文学的怀旧书写"研究的欠缺有三。其一，研究者大多致力于怀旧文化现象的研究，而对怀旧书写关注甚少。目前研究力度与怀旧书写的重要性明显不相称。其二，既往的论者大都对怀旧书写进行零星研究，主要成果形式多为单篇专论，系统性研究的成果极为稀缺。其三，对现代社会转型语境下百年中国文学的怀旧书写进行整体性研究的成果迄今尚未出现。本著所展开的研究正是为了弥补以上缺失所做的学术努力。本著首次对近百年来现代社会转型语境下中国文学的怀旧书写进行了整体性系统研究，突破了既往研究失之于零散的局限，具有重要的文学史意义。从文学理论建构而言，本著试图建构起关于怀旧书写的理论体系，为进一步深入研究中国文学拓展出了新的理论空间。同时，本著结合大量个案分析，将纵向的发展历程与横向的主题阐释有机地结合在一起，做到了史论结合。其基本思路主要体现在五个层次的研究上：其一，建构怀旧书写的理论体系；其二，阐析怀旧书写的本质以及现代社会转型与百年中国文学的怀旧书写之间的关系；其三，探寻现代社会转型语境下百年中国文学的怀旧书写发展历程，厘清其历史沿革；其四，考察现代社会转型语境下百年中国文学的怀旧书写主题；其五，在对上述研究进行总结的基础上，重新界定现代社会转型语境下百年中国文学的怀旧书写之文学史地位。本著研究注重理论建构与文本阐释的结合，力求做到历史性与逻辑性、文献性与思想性的统一，主要采取了如下研究方法。其一，理论的方法。借鉴哲学、心理学、文化学、美学、文学理论对"怀旧书写"进行界定，阐释怀旧书写的心理机制、文化渊源、哲学意蕴、历史性本质、审美本质。其二，语境分析法。将百年中国文学中的怀旧书写置于现代社会转型这一特定语境之下进行考量，厘清其历史沿革，阐释其主题内蕴，发掘其审美救赎意义，并借此重新界定其文学史地位。其三，个案分析法。对代表性作家作品进行个案研究，在深度剖析个案的基础上，由点及面，展开系统研究。其四，比较分析法。在现代社会转型语境下，对中外文学的怀旧书写、百年中国文学的怀旧书写自身不同发展形态进行比较分析。

第一章 怀旧书写的理论体系建构

第一节 何谓"怀旧书写"?

要明确何为怀旧书写,首先得了解怀旧的词源来历。怀旧是我国文化史上有着极为悠久传统的一个词语,由怀古、怀土而怀人、怀乡,寄寓着历代文人士大夫追怀过往的黄金时代、安土重迁、故土难离的情结。怀旧的英文词 nostalgia 是由 nostos 和 algia 两个希腊词汇构成的。nostos 是归家、返乡的意思,而 algia 则是带有痛苦的焦灼怀想的意思。然而,颇有意味的是,nostalgia 虽由希腊词汇构成,却并非源自希腊,追根溯源,直到 1688 年,该词才由一位名为 J. Hofer 的瑞士医生在一篇医学论文中作为一种病症——思乡病——首次被创造出来。尽管在很长一段时间内,思乡病始终被当作一种可以通过医疗手段治愈的生理疾病(臆想症),但在社会急剧转型的现代时期,怀旧经历了从思乡病到世纪病的演变过程。哈佛大学文学教授斯维特兰娜·博伊姆认为:"在 21 世纪,本来该须臾过去的失调却变成了不可治愈的现代顽疾。20 世纪始于某种未来主义的空想,终于怀旧。……与我们迷恋于网络空间与虚拟地球村现状相对应的,是程度不亚于此的全球流行病般的怀旧。这是对某种具有集体记忆的共同体的渴求,在一个被分割成片的世界中对于延续性的向往。在一个生活节奏和历史变迁节奏加速的时代里,怀旧不可避免地会以某种防卫机制的面目再现。"① 此段论述对怀旧出现的时代背景、现实因由及其表现形式都做出了精到的阐释，为我们理解怀旧提供了坚实的理论基础。

怀旧，作为认知世界、阐释世界、理解生命与自我救赎的有效路径，以社会情绪与社会思潮的形式，同样持续影响、贯穿了20世纪的中国文学的书写，在我国现当代文坛掀起了一轮又一轮冲击波。各种文体的怀旧文本如雨后春笋，纷纷在文坛上登台亮相。怀旧之所以能形成一种极普泛的社会情绪与社会思潮，自然有着深厚的文化心理背景。几乎可以说古今中外、历朝历代都不乏优秀的怀旧之作。每一种文化，不论其现代化程度如何，均表现出两种较明显的趋向：向前看与往后看。怀旧，从狭义上而言，最初是指病理学意义上的"思乡病"，然后再逐次扩展到文化与文学意义上的怀念故乡，怀念家园，怀念童年，怀念亲友，追慕先贤，向往大自然，追忆逝去的好时光。从广义上来说，一切往后看的文化与部分向前看的文化均可纳入怀旧母题这一范畴之中。莫洛亚认为："唯一真实的乐园是人们失去的乐园"。② 人们一直在对过往的回忆中追寻失去的乐园，那唯一真实的乐园。对往昔的追怀，是一种既痛苦又甜蜜的忧愁，它在对家园、故乡与童年充满温情的回忆，对亲朋好友悲喜交集的不绝缅怀，对逝去的旧时光的无限追念，甚至在对某种纯粹氛围的精心描写当中，将作家灵魂最隐秘处涌动的怀旧心绪展露无遗。③

基于上述考量，笔者认为，怀旧书写本质上是一种建基于审美记忆的历史性书写，是叙写者对自身生命的一个回顾，更是其自觉或不自觉的自我审视、自我反观与自我诉求。历史性与审美性是其最根本的特征。就广义而言，怀旧文本均具有巴赫金所阐释的复调结构，其间蕴含着一场场永不停歇的对话：与自己对话、与生命对话、与人性

---

① [美] 斯维特兰娜·博伊姆:《怀旧的未来》，杨德友译，译林出版社2010年版，第2—3页。
② [法] 安德烈·莫洛亚:《追忆逝水年华·序》，施康强译，选自[法] 普鲁斯特《追忆逝水年华》，李恒基等译，译林出版社1990年版，第7页。
③ 参见周明鹃《论〈长恨歌〉的怀旧情结》，载《中国文学研究》2003年第2期。

对话。无论其外部环境与内在构成如何变动不居，怀旧书写永远是关于记忆的回顾性书写，记忆是基于回顾的，而想象性书写同样是基于记忆基础的书写。从这一意义上说，人类的一切回顾性写作均可称为怀旧书写，怀旧书写在文学史上的重要地位也因此不言自明。①

第二节 怀旧书写的心理机制与文化渊源考察

从现代心理学的角度来看，怀旧意识所表现的是一种强烈的重返母体——家园、童年、故乡与人类原初状态——的愿望。按照弗洛伊德的说法，人类自降生以来就有一种想重回母亲子宫里的强烈冲动，而一切回归的意识与行动都不外乎是这一本能冲动的延伸与扩展。他认为："生命的目标必定是事物的一种古老的状态，一种最原始的状态；生物体在某一时期已经离开了这种状态，并且它正在竭力通过一条由其自身发展所沿循的迂回曲折的道路挣扎着回复到这种状态中去。"② "他发现了人的最基本动力之一，即永远依附于母亲，也就是永远依附于子宫，依附于自然，依附于前个体、前意识的存在的愿望。"③ 对伴随"成年的恐惧"（弗洛姆语）的人类而言，唯有安全而温暖的母体，才能够慰藉心灵，抚平创伤，为惊惶与苍凉的生存提供立足之点与栖息之地。从这一意义上说，怀旧是现代人对超越现实、超越自我的精神家园与心灵栖息地的期待与回归。而对往昔温情脉脉的缅怀，对未被尘事浊世玷污的过往的极度向往，则是人类在疲惫的现代生涯中的一度精神还乡。

然而，这种对过往的追怀常常有意无意地偏离了事实真相，带有

---

① 此段文字摘自周明鹃《论怀旧写作的哲学意蕴与历史性本质》，载《中国文学研究》2009 年第 1 期。

② ［奥］西格蒙德·弗洛伊德：《超越唯乐原则》，《弗洛伊德后期著作选》，林尘等译，上海译文出版社 1986 年版，第 41 页。

③ ［奥］埃利希·弗洛姆：《弗洛伊德的使命》，尚建新译，生活·读书·新知三联书店 1986 年版，第 17 页。

强烈的主观虚幻色彩。我们关于家园、童年、故乡与人类原初状态的回忆在很大程度上被自我记忆所遮蔽。弗洛伊德指出："遮蔽性记忆的内容是属于童年的最早年的部分的，而心理经验被它所替代，并在以后的生活中几乎都是潜意识地在发生着作用。"[①] "所谓的童年回忆并不真是记忆的痕迹，而是后来润饰过了的产品，这种润饰承受多种日后发展的心智力量的影响。所以，令人'朦胧'的童年回忆不只进一步扩展了'遮蔽性记忆'的意义，同时它也和民族神话、传说的累积有着令人注目的相似之处。"[②] 人类常常会为了当下的情感与心理需求而有意无意地扭曲关于过去的记忆，当然，这种扭曲在绝大部分时候是无意识的。于是怀旧书写的镜像功能也就呈现出来了："整个过去都被遗忘、被轻视，它的全部领域如一条黑暗而连绵的河流一样流走，只有几个色彩斑斓的事实之岛升到水面上来。"[③] 浮现在记忆黑域中的事实亮点，只是人们所愿意回忆的被删改、整合、修饰乃至遮蔽的所谓"历史真相"。显而易见，此历史非彼历史，笔者将这种回忆中的所谓"历史真相"，称为心理历史。也许对我们而言，心理现实与心理历史的重要性要远远胜过真实的现实与真实的历史。陶渊明对桃花源的天真梦想（《桃花源记》）、水浒英雄对梁山泊的热切向往（《水浒传》）、巴尔扎克对没落贵族的欣赏与叹惋（《人间喜剧》）、普鲁斯特对似水年华的温情追忆（《追忆似水年华》）、沈从文对湘西神话世界的痴痴沉迷（《边城》系列小说）、陈忠实对民族秘史的深入探究（《白鹿原》）、王安忆对旧上海优雅精髓的不倦追寻（《长恨歌》）、贾平凹为故乡竖碑立传的耿耿衷情（《秦腔》）……莫不建构在对心理历史理解的基础之上。但由于心理历史毕竟不是真实的历史，其在为

---

① ［奥］西格蒙德·弗洛伊德：《童年回忆与遮蔽性记忆》，《日常生活的精神病理学》，彭丽新等译，国际文化出版公司2000年版，第47页。
② ［奥］西格蒙德·弗洛伊德：《童年回忆与遮蔽性记忆》，《日常生活的精神病理学》，彭丽新等译，国际文化出版公司2000年版，第50—51页。
③ ［德］尼采：《历史的用途与滥用》，陈涛、周辉荣译，上海人民出版社2005年版，第17页。

创作主体提供心理抚慰与情感慰藉的同时，自然无法完全承担起创作主体所寄予其间的所有期冀，一定程度上的幻灭也因此而成为不可避免的结局。

　　人类对精神家园的不倦追寻与探索，为令人窒息的龌龊现实凿开了一个极其微小的通风口，"清风徐来，水波不兴"的佳境顿现眼前。对往昔的回忆，是对现实的暂时中断与反叛，是人类灵魂较本真、较高尚的一方要求净化、要求纯粹的具象化表现方式。无论是仅仅希求过往的点滴慰安，是略带淡淡伤感的心满意足的追怀，还是往事不堪回首偏回首的无可奈何，无一例外，人们都具有怀旧的文化与心理惯性。渴望超越的心灵力求挣脱现实的枷锁，不绝地向上飞升。这一潜意识在人的记忆黑域中冲突奔腾，疯狂地寻找着突破口，终于，各种欲望由"怀旧"这一人类灵魂的薄弱点喷薄而出。一个又一个往事片段的闪回，仿佛一道道紫金色的闪电划破记忆暗夜的长空，绚烂夺目，却又转瞬即逝。正因为其不可久留，不可再得，才显得那般的余味悠长，那般的可珍可贵。透过怀旧的窗口，穿越时间的隧道，借着回忆这一束强光，窥视过往的记忆，昔时、昔人、昔景，将一一重现眼前。是喜？是悲？唯亲历者自知。"物是人非事事休"的感慨将油然而生。其实，又岂止是人非，物也早已不是当年的物了。"人不能两次踏进同一条河流"真乃千古至言。怀旧时慷慨悲凉也好，柔肠寸断也罢，而其最终的结局，却是惊人的一致——除了幻灭，还是幻灭。正是"此情可待成追忆，只是当时已惘然"。人们对那不可再现的过往的回忆，往往不可避免地夹杂着无尽的依恋与惋惜。往事早已灰飞烟灭，其踪迹更是渺不可寻。那海市蜃楼般的往事，是那般的可望而不可即。疲惫的现代人，也只好凭借这虚幻的景象来暂时地安慰自己那伤痕累累的灵魂，也算慰情聊胜于无罢。

　　值得注意的是，怀旧，除了显在的对昔日的缅怀之外，还有更深一层的潜在意蕴——对现状的不满。毫不夸张地说，追怀过去的心理，有很大一部分是建立在现实生活不如意的基础之上的。对现实生存处境的陌生不适与抵触反感，以及丧失既得利益的无可奈何与被排除在主流生活之外的尴尬失落，铸就了一代又一代失意者"往后看"的执着习惯。"今非昔比"的共同感慨，是频频震响在怀旧这一旋律中的最强音。对这群失意者而言，现实的舞台既已失去，前程的辉煌似乎也无可瞻望，他们将目光投向那被有意无意粉饰过的过去，寻求一种心理依托，聊以慰藉那一颗颗茫然仓皇的心，也是顺理成章的事。

怀旧书写不仅具有可靠的心理学依据，同时也自有其文化渊源。在我国文学史上，怀旧作为一个文学母题，从古至今，绵延不绝。如"小人怀土"（《论语·里仁》）；"遥遥望白云，怀古一何深"（陶潜《和郭主簿诗》）；"结欢随过隙，怀旧益沾巾"（杜甫《奉赠萧二十使君》）……系列考察一下我国千百年来的文学传统，我们不难发现，自有诗三百、屈子赋骚以降，怀旧书写就成为我国文化传统中的重要一翼。秦汉之文、唐之诗、宋之词、元之曲、明清之小说，以及近现代各种体裁的文学作品，均蕴含了分量极重的怀旧因子，其文化渊源可谓源远流长。对此，宇文所安在其颇有影响的专著《追忆——中国古典文学的往事再现》中有着精辟的论述："中国古典文学渗透了对不朽的期望，它们成了核心主题之一；在中国古典文学里，到处可以看到同往事的千丝万缕的联系。'后之视今，亦犹今之视昔'，既然我能记得前人，就有理由希望后人会记住我，这种同过去以及将来的居间的联系，为作家提供了信心，从根本上起了规范作用。就这样，古典文学常常从自身复制自身，用已有的内容来充实新的期望，从往事中寻找根据，拿前人的行为和作品来印证今日的复现。"[①] 宇文所安在此抓住了中国古典文学的一个核心范畴——追忆，或者说怀旧，为我们研究现代社会转型语境下百年中国文学的怀旧书写提供了一个极好的出发点与参照系。从纵向的史学线索来看，出仕的传统使得中国传统优秀文人士子大都远离故乡而谋官他乡，从而使得怀乡成为我国的

---

① ［美］宇文所安：《追忆——中国古典文学中的往事再现》，郑学勤译，生活·读书·新知三联书店2004年版，第1页。

一大文化传统。

从横向的主题表达来看，现代社会转型语境下百年中国文学的怀旧书写主题主要包括以下五个方面：其一，现代人"无家可归"生存境遇下的家园意识；其二，叛逆与归乡两难抉择下的乡土情结；其三，现代生存挤压下意欲重返母体的童年情结；其四，基于修复碎片化生存的个人身份与民族文化重建；其五，消费社会中被置换成消费符号的怀旧情愫。显而易见，怀旧书写的兴盛常常与时代、社会的急剧转型直接相关。现代社会转型期中国作家所面临的境遇，与雅斯贝尔斯在《当代的精神处境》中所言如出一辙："与以前那些时代的人相比较，今天的人类可说是连根拔起；他们意识到自己不过存在于一个其历史已被决定而且继续变动的处境中。这种处境，就仿佛存有的基础已经瓦解。"[①] 当一个时代、社会与前一时代、社会发生明显断裂的时候，怀旧书写就会兴盛起来。从西方的文艺复兴到中国古代文学史上屡屡发生的以复古为旗号的文学改革运动，均证明了这一论断的正确性。值得一提的是，这些复兴、复古运动其实质都是立足于当下、着眼于将来的。哪怕是带有浓厚中世纪牧歌情调的英国湖畔派诗人的消极浪漫主义诗歌，其着眼点也在于为当时的人们摆脱生存困境，寻觅到一方精神圣土。此外，除却具有普泛性的时代社会影响之外，特殊的个人命运的跌宕也是导致怀旧文学产生的重要因素之一，如屈原之于《离骚》、李煜之于《虞美人·春花秋月何时了》、李清照之于《声声慢·寻寻觅觅》、曹雪芹之于《红楼梦》、鲁迅之于《故乡》，均导因于个人命运的前后反差。

从现代社会转型期百年中国文学怀旧书写的当下背景来看，自20世纪初到21世纪，这百余年可以说是中国历史上极为奇特亦极富戏剧性的时期之一。这一阶段最明显的特征就是从文化到思想到行为，均呈现出与传统的惊人断裂趋势。在一个时代呈现出如此遽然断裂的时

---

① [德]雅斯贝尔斯：《当代的精神处境》，黄藿译，生活·读书·新知三联书店1992年版，第2页。

刻,"我们仔细思量,世界要怎样才能被理解,怀疑每一阐释的真确性;而且在生命及对生命的意识每次表面统一之后,都隐现出真实世界和我们所知世界的区别"。① 在形式上统一中国的中华民国临时政府解体之后,军阀混战,民不聊生,中华民族该何去何从,其存亡发展问题、建立何种政权问题、文化取向问题等,将中国现代知识分子推向了思维与语言的极限状态。1919年前后,以陈独秀、胡适、鲁迅等人为代表的五四领军人物,高举启蒙的大旗,以狂飙突进之势,激荡起风起云涌的时代思潮。鲁迅等人对五四启蒙的反思几乎是伴随五四文化运动而生的,其文化与性格张力给其怀旧文本带来多声部交相融合的丰富内蕴。20世纪20年代末至30年代初,现代都会主义文学作家在热衷于为上海谱写都市奏鸣曲的同时,又唱响了追怀传统的调子。20世纪三四十年代,在日军侵华、国土大面积沦丧之际,抗战文学应运而生,解放区、国统区、沦丧区三区并存,文学领域也因此而被迫一分为三,甚至还因之产生了具有特殊地域色彩与边地风情的东北流亡文学。不可忽视的是,在救亡的主旋律下却始终低回着怀旧之音——炮火连天中老舍的怀旧巨著《骆驼祥子》《四世同堂》问世,在上海孤岛的张爱玲的《金锁记》《倾城之恋》一时红遍上海滩,远在香港的萧红则写出了富有个体生命印记的《呼兰河传》;时间推进到了20世纪80年代,基于对新启蒙的质疑与反动而诞生了诗化哲学引领下的寻根派文学;随着20世纪90年代多元文化语境的形成,文学也从聚焦于国事民瘼转向了包括怀旧书写在内的多元书写;不可忽视的是,自20世纪90年代至21世纪,随着消费时代的来临,当代文学书写的消费文化属性也日益引人瞩目。

诚如前文所言,社会环境的剧变往往是导致怀旧情绪产生的直接因素,结合当时的具体社会历史背景来考察,我们就会明白,近百年来中国文学之所以具有浓厚的怀旧倾向,也是在所难免的了。

---

① [德]雅斯贝尔斯:《当代的精神处境》,黄藿译,生活·读书·新知三联书店1992年版,第2页。

然事随境迁，其与我国古代历久不衰的怀旧传统自然也就有着不同的质素——崭新的现代质素。怀旧，在现代作家那里，已不仅仅是羁旅情愁、见月思亲、迎风洒泪、悲秋伤春、感时伤怀等单薄的内容，更包括了忧国忧民的厚重内涵。大都或直接或间接接受过欧风美雨洗礼的中国现代作家，在借鉴西方发达国家成功经验的同时，自觉担负起了思考民族的前途命运、重建民族品德以及积极呼唤人性复归的历史重任，试图建立起属于自己民族的整体性文化体系。但无可回避的是，也正如一位学者曾一针见血所指出的那样，我们在引进西方近现代思想的时候，落掉了最重要的一个要素——自由。中国知识分子一直被启蒙与救亡的双重历史重任压得喘不过气来，在很大的程度上忽略了自我本体的救赎，忽略了构成抽象的民族国家的正是具体的、有血有肉的个体的人本身。这就在很大程度上决定了近百年来中国文学太过于胶着现世，而缺乏对时空、生命、爱情、宗教等永恒命题的形而上的哲学探索，因而显现出一种浓厚的形而下色彩。也正是在这种意义上，见出了中西怀旧文学的分野。

第三节　怀旧书写的哲学意蕴与历史性本质考察

作为古往今来长盛不衰的一种文学书写范式，怀旧书写可以说是常写常新。从我国传统文人对远古黄金时代的追怀与对游子羁旅思乡恋归的叙写，到近现代知识分子关注国事民瘼以及对国民性的批判性思考；从巴尔扎克的贵族挽歌《人间喜剧》、普鲁斯特的意识流巨著《追忆似水年华》，到陈忠实的乡土史诗《白鹿原》、贾平凹的末世哀歌《废都》以及王安忆的都市悲歌《长恨歌》，莫不显示出怀旧书写的赫赫实绩与巨大包容性。然而，如此重要的一种书写范式，除却张永刚、郭守运等人的论文之外，以往的论者多从单篇文本出发对其进行零星研究，目前对其进行系统研究的论文与专著却并不多见，尤其是从本体论的高度来对其进行阐释的研究成果则更为稀缺。基于对此研究现状的考察，本节拟从本体论的高度对怀旧书写进行系统阐释与论述。怀旧书写的哲学意义为何？其本质究竟是什么？其在文学史上的地位该做何评价？这正是本节试图解决的问题。

从哲学意义上看，怀旧是人类获得当下立足点的基本途径之一，也是人类对自我本体绝对存在进行印证与确认的一种绝佳方式。海德格尔在《存在与时间》一书中关于"此在"与"过去"的精辟论述——笔者认为承认与拥有"过去"是怀旧的先决条件——为我们从哲学高度阐释怀旧提供了极好的理论依据：

> 无论明言与否，此在总是它的过去，而这不仅是说，它的过去仿佛"在后面"推着它，它还伴有过去的东西作为有时在它身上还起作用的现成属性。大致说来，此在的存在向来是从它的将来方面"演历"的，此在就其存在方式而言原就"是"它的过去。此在通过它当下去存在的方式，因而也就是随着隶属于它的存在之领会，生长到一种承袭下来的此在解释中去并在这种解释中成长。此在当下就是而且在一定范围之内总是从这种此在解释中来领会自身。……它自己的过去——而这总是说它的"同代人"的过去——并不是跟在此在后面，而是向来已经走在它的前头。此在的这种基本的历史性也可能对此在自己还讳莫如深。但这种基本的历史性也可能以某种方式被揭示并得到培养。此在可能揭示传统、保持传统并明确地追随传统。揭示传统以及展开传统"传下"的内容与方式，这些都可能被把握为独立的任务。此在这样就把自身带进历史追问与历史研究的存在方式之中。①

> 在此在的最切近的寻常存在方式中，此在也当下就历史地存在着；根据这种寻常存在方式对此在的基本结构作了这些预备性

---

① [德] 海德格尔：《存在与时间》，陈嘉映等译，生活·读书·新知三联书店1999年版，第24页。

的解释，就会挑明：此在不仅有一种趋向，要沉沦于它身处其中的世界并依这个世界的反光来解释自身，而且与此同时此在也沉陷于它的或多或少明白把握了的传统。传统夺走了此在自己的领导、探问和选择。……这样取得了统治地位的传统首先与通常都使它所"传下"的东西难于接近，竟至于倒把这些东西掩盖起来了。①

由海德格尔这一论断我们可以得知：就存在方式而言，此在就是过去，它由过去所领导、探问与选择。过去是对此在起着决定性影响的前设因素，并为此在向将来的演历提供一个基石。此在在被抛于当下的现实世界的同时又被抛于传统之中，其存在既具有当下性，又具有历史性。此在的当下性众所周知，值得注意的是这段论述向我们揭示出了此在的另一种基本属性——历史性。在一定情境之下，由于此在自身对其前定的历史性缺乏明确的意识而需要外力的启发或激活，怀旧写作就是揭示并培养这种基本的历史性的一种极为重要的方式。尼采将对待历史的方式分为三种：纪念的、怀古的、批判的。② 怀旧书写所采取的是前两种方式，即纪念的与怀古的方式。在立足于当下的怀旧书写中，此在"揭示传统、保持传统并明确地追随传统"这一潜在可能性得到了一定程度的实现，传统以及其所"传下"的东西也因此得以在此在中以一种鲜活的方式存在并发展着。美学家克罗齐认为一切历史都是当代史，对此观点，如果我们从海德格尔关于此在与过去的理论出发，进行换位思考，将会不无惊讶地发现："一切当下都是历史"这一逆命题也自有其正确的一面。毫不夸张地说，支撑当下内蕴构成与外延拓展的是历史，仅仅是历史。没有了历史，也就没有了当下。任何个人与族类都有过去，"过去"是人人身上都存在的

---

① ［德］海德格尔：《存在与时间》，陈嘉映等译，生活·读书·新知三联书店1999年版，第25页。
② ［德］尼采：《历史的用途与滥用》，陈涛、周辉荣译，上海人民出版社2005年版，第97页。

某种永恒的东西，它指出了人存在的某种永恒性。人存在的纵深感与深层价值构成，均源自当下的历史本质。曾经的岁月也许黯淡、也许辉煌，无论如何，那毕竟是我们曾经亲历的过去，绝无仅有的过去，一去不复返的过去。如果我们在一生的某些特殊机缘中能重回过去，重新把握当年的脉动，对自我本体的绝对存在便会再次得到确认与印证。对历史意识的再三强调与对历史的一遍遍重温，已经不仅仅是为了加深对历史本身的了解、借鉴与传诵，更是为了获得对当下存在与价值的确认、印证，以及对将来的设定与把握。是过去使人类成为一个实体并葆有根底，如果没有过去，也就失去了获得当下的基石。重读历史，乃至重建历史，无论是对个体还是对群体而言，都由此而获得了至关重要的意义。怀旧，这一人类固执的文化与心理习惯，也因此为自身的合理存在找到了最为切实的哲学依据。

这也就顺理成章地引出了与怀旧书写同生共长的"历史性"问题。此二者之间的关系可谓交织纠缠、难解难分。究其实质，怀旧书写的本质即历史性书写。历史性书写亦即"时代性"书写，是指写作在时间上所具有的特征。从历史的角度来看，怀旧书写是个体与群体重建显在历史与隐在心灵史的深层心理驱动与精神需求。"我是谁？我来自何方？我将何去何从？"这响彻整个人类发展史的天问，一直是人类心头无可言说的对于过去、现在与将来的质疑与穷根究底。《白鹿原》在扉页上赫然引用巴尔扎克的名言："小说被认为是一个民族的秘史。"[①] 陈忠实试图谱写一部民族秘史的文学野心在此昭然若揭。正因为其非常自觉地意识到了小说的历史承载功能并以此指导自己的创作实践，才赋予了《白鹿原》以恢宏丰厚的史诗性美学品格，而历史性，也因此在《白鹿原》中获得了主体性的地位。历史性的问题归根结底是时间性的问题，怀旧书写中厚重历史感与经年沧桑感的获得，正是以对时间无情流逝的彻骨体验为代价的。诚如海德格尔所

---

① 陈忠实：《白鹿原》，人民文学出版社1993年版，扉页。

言："任何一种存在之理解都必须以时间为其视野。"① "这一存在者并非因为'处在历史中'而是'时间性的'，相反，只因为它在其存在的根据处是时间性的，所以它才历史性地生存着并能够历史性地生存。"② 怀旧大师普鲁斯特曾一再强调，对他而言，最重要的主题，是时间。其皇皇巨著《追忆似水年华》以时间开端，以时间告终。其在小说结尾更是直接表达了自己对时间深刻独到的感悟："如果这份力气还让我有足够多的时间完成我的作品，那么，至少我误不了在作品中首先要描绘那些人（哪怕把他们写得像怪物），写出他们占有那么巨大的地盘，相比之下在空间中为他们保留的位置是那么狭隘，相反，他们却占有一个无限度延续的位置，因为他们像潜入似水年华的巨人，同时触及间隔甚远的几个时代，而在时代与时代之间被安置上了那么多的日子——那就是在时间之中。"③ 在普鲁斯特看来，时间是一个远比空间重要得多的范畴，与空间有形的狭隘与固着恰成比照，无形的时间可以被无限度地延伸与扩展，而历史的当下存在又使人获得一种共时即"同时触及间隔甚远的几个时代"的可能。这种以时间为基石建构起来的集共时性与历史性于一体的深厚历史意识，极大地增强了作品的厚度与深度，并赋予作品以丰厚凝重的美学内蕴。可以说，关于历史性的理解是研究怀旧书写至关重要的一个环节。艾略特在其经典评论《传统与个人才能》中对此有着明确的论断："历史的意识又含有一种领悟，不但要理解过去的过去性，而且还要理解过去的现存性；历史的意识不但使人写作时有他自己那一代的背景，而且还要感受到从荷马以来欧洲整个的文学及其本国整个的文学有一个同时的存在，组成一个同时的局面。这个历史的意识是对于永久的意识，也是对于暂时的意识，也是对于永久和暂时的合起来的意识。就是这个意

---

① ［德］海德格尔：《存在与时间》，陈嘉映等译，生活·读书·新知三联书店1999年版，第1页。
② ［德］海德格尔：《存在与时间》，陈嘉映等译，生活·读书·新知三联书店1999年版，第427页。
③ ［法］普鲁斯特：《追忆似水年华》（Ⅶ），周克希译，译林出版社1991年版，第350页。

识使一个作家成为传统的。同时也就是这个意识使一个作家最敏锐地意识到自己在时间中的地位,自己和当代的关系。"① 唯其用历史意识贯穿创作始终,敏锐地意识到自己在时间中的地位,对过去兼具过去性与现存性的特质进行深入体察与理解,并将过去、现在与将来同时纳入叙写视域,令此三者有机融合、浑然一体,方可产生如同雄浑的交响乐般的真正杰作。个人才华在此退居次要地位,被彻底湮没于历史意识与传统的汪洋大海之中。与其说是作家运用历史意识、借镜传统,倒不如说是历史意识与传统选中了某一位作家来充当其代言人,以面向过去、现在与将来进行言说。

放眼风云变幻的历史,其间留下太多时间的印迹。时间带来一切,摧毁一切,万物流变,生死轮回,唯一不变的是时间。人类毕生都在与时间进行绝望的抗争,然而"逝者如斯",那不舍昼夜、如滔滔江水般逝去的时间,注定是永远的胜利者。从这一意义上而言,怀旧书写已不仅仅是追怀过往与对当下进行确认与印证的一种方式,更可视为人类对时间发起的一场场注定要失败的挑战。而这一挑战本身命定的悲剧意味,则促使诸多怀旧文本悲怆与凄美审美意蕴的形成。显然,在怀旧书写中对"历史性"的关注、探究与开掘,是建构一系列怀旧文本的基石。而与"历史性"相关的几个概念,如"过去""回忆""记忆"等,也就获得了与"主体"和"历史"相同等的意义。杰姆逊对过去与历史、传统、个人、记忆之间的关系有着精辟的解释:"过去不仅仅过去了,而且在现时仍然存在;现时中存在着某种由近及远的对时间的组织,过去就从中表现出来,或体现在纪念碑、古董上,或体现在关于过去的意识中。过去意识既表现在历史中,也表现在个人身上,在历史那里就是传统,在个人身上就表现为记忆。"② 传

---

① [英] 艾略特:《传统与个人才能》,选自张德兴主编《二十世纪美学经典文本》第1卷,复旦大学出版社2000年版,第512页。
② [美] 弗雷德里克·杰姆逊讲演:《后现代主义与文化理论》,唐小兵译,北京大学出版社1997年版,第205页。

统与记忆，不仅仅是作为过去意识的表现形式而获得存在的价值，同时也对现时（即当下）产生了深远的影响。关于记忆，美国评论家理查德·诺尔认为："记忆是意识的本质问题，因为如果我们理解了记忆，我们就理解了我们对自我连续性的个人体验。"① 理查德在此凸显了记忆无可替代的本质地位及其对个人体验的自我连续性的重要作用。然而，我们必须指出的是，记忆的价值远不止于此，其不仅对个人而且对整个人类建构完整的、具有连续性的生命体验与历史之链都具有不可或缺的重要价值。正因为记忆对我们而言是如此重要，失去记忆才显得那么可怕与不可思议。失去记忆，事实上就等于失去了过去、现在与将来。而一个没有过去、现在与将来的人，显然只具有人的空壳，无异于行尸走肉。在瞬息万变的时代风潮中，在人类支离破碎的生存中，唯有记忆能赋予人以完整性与连续性。怀旧写作即为捕捉与保存从远古到切近记忆的一次次文化努力。这场与时光的拔河，虽注定要以人类的失败而告终，但人类敢于接受挑战并赢得挑战的精神与在实践中所付出的艰苦卓绝的努力却得以彰显了人之存在，人存在的价值就在西西弗斯式的知其不可为而为之的悲剧命运中见出一种向命运抗争的力量之美，一种伟大而悲怆的美。那一部部怀旧杰作则是人类文化史上为保存记忆而竖起的一座座不朽丰碑。对此，张爱玲有着深彻的体悟："人是生活于一个时代里的，可是这时代却在影子似的沉没下去，人觉得自己是被抛弃了。为要证实自己的存在，抓住一点真实的，最基本的东西，不能不求助于古老的记忆，人类在一切时代之中生活过的记忆，这远比瞭望将来要更明晰、亲切。"② 正是基于对记忆的独特理解，张爱玲的文本大都采取怀旧的姿态来写作。其代表作《金锁记》《倾城之恋》《沉香屑：第一炉香》等小说叙写的都是关于过往的或模糊或真切的记忆，这些记忆中杂糅着其文学想象与文化

---

① ［美］理查德·诺尔：《荣格崇拜——一种有超凡魅力的运动的起源》，曾林等译，上海译文出版社2002年版，第196页。

② 张爱玲：《自己的文章》，《张爱玲文集》第四卷，安徽文艺出版社1992年版，第174页。

思考，以及对人性本真的探求。其凭借文学家的敏锐直觉感受到了"惘惘的威胁"，即人类与文明的向死存在。也正是基于对人类生存处境的深切理解，张爱玲常常在其作品中流露出悲天悯人的情怀，并从中得到了人生的底子是"苍凉"这一重要启示。李煜传唱千古的怀旧名作《虞美人·春花秋月何时了》与《浪淘沙·帘外雨潺潺》，唱尽了一代亡国之君的不绝悔恨与刻骨忧伤。在沦为阶下囚的这一特定时刻，支撑李后主活下去的，唯有关于过去的记忆。记忆中"春花秋月"的美好烂漫、"雕栏玉砌"的锦绣繁华，在反衬其"恰似一江春水向东流"的绵绵愁绪的同时，也为其当下的存在找到了一个暂时的立足点，其尚能发出"落花流水春去也，天上人间"的感慨，也正是其尚未完全丧失生之希望的表现之一。记忆对于个体生存的拯救功能于此可见一斑。

与"过去""记忆"密切相关的概念是"回忆"。回忆是关于过去的历史性的重演，在这种重演中有一种明确的承传关系，即当下此在对过去此在的种种可能性的承传：

> 这种回到自身的、承传自身的决心就变成一种流传下来的生存可能性的重演［Wiederholung］了。这种重演就是明确的承传，亦即回到曾在此的此在的种种可能性中去。①
>
> 重演一种曾在的可能性而承传自身，却不是为再一次实现曾在此的此在而开展它。重演可能的东西并不是重新带来"过去之事"，也不是把"当前"反过来联结于"被越过的事"。重演是从下了决心的自身筹划发源的；这样的重演并不听从"过去之事"的劝诱，并不只是要让"过去之事"作为一度现实的东西重返。重演毋宁说是与曾在此的生存的可能性对答。②

---

① ［德］海德格尔：《存在与时间》，陈嘉映等译，生活·读书·新知三联书店1999年版，第436页。
② ［德］海德格尔：《存在与时间》，陈嘉映等译，生活·读书·新知三联书店1999年版，第436页。

第一章 怀旧书写的理论体系建构

回忆的目的并不是简单地回到过去或重演过去，其关于过去的重演是历史性的重演。通过回忆，现在（即当下此在）与过去（即"曾在此的此在"）之间彼此呼应、对答，从而将过去的种种可能性最大限度地揭示出来，同时为当下寻找到立足的依据，并为将来的发展提供一个可预期的范型。正是基于对此在兼具当下性与历史性特质的理解，卡尔·贝克尔认为："因此在真正意义上，不可能把历史从生活里割离开来：每个普通人如果不回忆过去的事件，就不能做他需要或想要做的事情；如果不把过去的事件在某种微妙的形式上，同他需要或想要做的事情联系起来，他就不会回忆它们。这是历史的自然作用，也是历史被简化到最后一层意义上、成为所谓说过做过事情的记忆的自然作用。换言之，说过做过事情的回忆（不论发生于我们贴近的昨天抑或人类久远的过去），是与将说将做的事情的预期携手共行，使我们能就每人知识和想像所及，获得智慧，把一瞬即逝的现在一刻的狭隘范围推广，以便我们借镜于我们所已做和希望去做的，来断定我们正在做的事情。"[1] 尤其值得我们关注的是，此在历史性的真正指向既不是此在的过去，也不是此在的当下以及当下与过去的联系，而是指向此在的将来，它以一种虔诚的姿态向将来敞开：

> 若是命运组建着此在的源始的历史性，那么历史的本质重心就既不在过去之事中，也不在今天以及今天与过去之事的"联系"中，而是在生存的本真演历中，而这种本真的演历则源自此在的将来。[2]

回忆在此担当起一个非同寻常的纽带功能，它将过去、现在、将来三者有机地联结起来，为人类在时间维度上串起了一条完整的生存

---

[1] [美] 卡尔·贝克尔：《人人都是他自己的历史学家》，田汝康、金重远选编《现代西方史学流派文选》，上海人民出版社1982年版，第265—266页。
[2] [德] 海德格尔：《存在与时间》，陈嘉映等译，生活·读书·新知三联书店1999年版，第436—437页。

之链。尽管历史性的深层隐蔽依据是向死存在，但因为历史性的终极指向是无尽的未来，所以回忆过去时虽难免常常有幻灭之感，却终究还给人留下了一线不灭的希望。当然，不管历史性对怀旧写作而言如何重要，我们都不应该将其强调到不恰当的程度。针对过度沉迷于历史与历史性所可能带来的负面效果，尼采在《历史的用途与滥用》一书中提出了"非历史"这一范畴："我们必须知道什么时候该遗忘，什么时候该记忆，并本能地看到什么时候该历史地感觉，什么时候该非历史地感觉。这就是要请读者来考虑的问题：对于一个人、一个社会和一个文化体系而言，非历史的感觉和历史的感觉都是同样必需的……在某种程度上，非历史地感受事物的能力是更为重要和基本的，因为它为每一健全和真实的成长、每一真正伟大和有人性的东西提供基础。"①尼采对当下的非历史的感觉的反复强调，并不是要否定历史以及历史性的意义与价值，而是要我们在破碎的现代生存中警惕过分沉溺于历史与历史性所可能带来的衰朽与保守趋向，保持一种奋然前行的强者姿态与昂扬向上的进取精神，这一观点与尼采本人所信奉的超人哲学不谋而合。在中国当代文坛上一度颇有影响的一个文学流派——"朦胧诗派"，在其创作阵地《今天》发刊辞中亦突出强调了对当下的感觉，不过，在这里，当下的非历史地感觉，被替换成了"今天"这一更通俗易懂的词："今天，当人们重新抬起眼睛的时候，不再仅仅用一种纵的眼光停留在几千年的文化遗产上，而开始用一种横的眼光来环视周围的地平线了。""我们的今天，植根于过去古老的沃土里，植根于为之而生、为之而死的信念中。过去的已经过去，未来尚且遥远，对于我们这代人来讲，今天，只有今天！"（北岛《致读者》）《今天》发刊辞如此强调对今天的把握与叙写，是为了挣脱历史的枷锁轻装前行，也是因为不再相信对于未来的空洞许诺，同时更是为了在面向当代世界文坛之际寻找到一个恰切的言说姿态。此言说姿态中所流露

---

① ［德］尼采：《历史的用途与滥用》，陈涛、周辉荣译，上海人民出版社2005年版，第5页。

来的下意识的焦灼与急迫，事实上恰恰源于对我们在过去几十年间已大大落后于世界时代潮流的清醒认知。可以说，《今天》的创刊理念正是在对历史的深切了解与未来的透彻洞察之基础上形成的，其实质上是在用"非历史的感觉"传达出一种关于"历史的感觉"：摆脱历史的因袭重负，抓住今天把握当下，奋起直追以赶上世界先进文化之潮流。这一颇具先锋性的宣言对当时（1978年）充满陈腐气息的文坛而言无异于一股清新的风，为已趋僵化的文学带来了新的生机与活力。

综而观之，本节在对怀旧书写的哲学意蕴与历史性本质进行系统考察、论述的基础上认为，怀旧是人类获得当下立足点的基本途径之一，也是人类对自我本体绝对存在进行印证与确认的一种绝佳方式。怀旧书写本质上是一种立足于当下、着眼于未来的历史性书写，是作家依凭整个历史的意向、充满信念地用富有时代特色的历史意识，来揭示人类意识与处境的转变，并在这种转变中寻找对自我的重新认知。必须指出的是："在如何理解历史性的时候，我们必须谨慎。它可以被定义为：利用过去以帮助构筑现在，但它并不依赖于对过去的尊重。相反，历史性意味着，运用过去的知识作为与过去决裂的手段，或者，仅仅保留那些在原则上被证明是合理的东西。历史性事实上主要是要引领我们走向未来。"[①] 正是在这一意义上而言，怀旧书写重在给予我们无尽希望的未来，而非仅仅哀悼逝去的过往。

第四节 怀旧书写的审美本质考察

要对怀旧书写的审美本质做一详尽论述，我们不能回避的一个话题是：怀旧书写的审美本质考察乃是建基于文学的审美本质之上的。柏拉图在解释灵感说时提出的"灵魂回忆说"是对怀旧的审美特质进行论述的最早观点。理念，这一被柏拉图视为世界本原与永恒原型、

---

① ［英］安东尼·吉斯登：《现代性的后果》，田禾译，译林出版社2000年版，第44页。

真善美的绝对本体的范畴,是高于客观世界的存在,柏拉图认为有一个使一切事物成为美的事物的本质。据朱光潜《西方美学史》所说,柏拉图的灵感说有两种不同的解释,其一是迷狂说,其二是灵魂回忆说。① 在《柏拉图文艺对话集·伊安篇》中,苏格拉底与伊安讨论关于诗的灵感究竟源自哪里。苏格拉底说:"你这副长于解说荷马的本领不是一种技艺,而是一种灵感,像我已经说过的。有一种神力在驱遣你,像欧力庇得斯所说的磁石,就是一般人所谓'赫剌克勒斯石'。"② 柏拉图在此明确地指出了苏格拉底对灵感的定义:诗人是凭借灵感来创作的。诗人的使命,就是通过不断回忆与追寻其灵魂曾经在上界所习以为常的美,无论是恰当的,有益的,有用的,还是听觉或视觉产生的快感,诗歌中的美只不过是影子的影子,是虚幻的不可捉摸的,换言之,美不存在于只不过是主观世界投影的客观现实,要想开展审美活动,获得审美体验,只能通过灵魂回忆的方式来重新找回理性世界的美。在柏拉图这里,尘世中对真善美的追寻就是一个回忆与唤醒的过程,审美与怀旧的本质关联于此昭然若揭。

海德格尔诗意地栖居的理念的提出,将审美与回忆之关联的考察从哲学的高蹈拉回到实践的大地上,为我们梳理出怀旧书写的审美本质发展脉络提供了切实的理论支撑。在解释何为诗意地栖居时,海德格尔先是引用了荷尔德林的一句诗:"充满劳绩,然而人诗意地栖居在这片大地上",接着指出:"人类此在在其根基上就是'诗意'的。""'诗意地栖居'意思是说:置身于诸神的当前之中,并且受到物之本质切近的震颤。此在在其根基上'诗意地'存在……诗不只是此在的一种附带装饰,不只是一种短时的热情甚或一种激情和消遣。诗是历史的孕育基础,因而也不只是一种文化现象,更不是一个'文化灵魂'的单纯'表

---

① 朱光潜:《西方美学史》,人民文学出版社1979年版,第56—57页。
② [古希腊]柏拉图:《伊安篇》,《柏拉图文艺对话集》,朱光潜译,人民文学出版社1963年版,第7页。

达'。"① 海德格尔在此厘清了两个至关重要的概念：诗与诗意地栖居。诗不是此在的装饰与附属物，而是此在的本真存在。人类的存在从本质上而言根本就是诗意的。而诗意地栖居，则是人以其此在本有的面貌与诸神和谐共处，切近地感受到自身诗意的存在。据此可以推知，在现代社会人类之所以未能诗意地栖居在大地上，是因为人类的本真存在被遮蔽了，迷失在全球化浪潮下平面化、单一化的汪洋大海之中，我们作为诗意的存在因为被世俗的尘埃遮蔽了本质而无法发出应有的光芒。

而怀旧书写，就是建基于审美记忆之上的一个灵魂去蔽的过程。怀旧书写以其特有的审美救赎功能协助人们去掉遮蔽着本真的那些物质欲望与现代性焦灼，重归宁静谐和，重新回归到本源的诗意栖居当中去。海德格尔认为"诗是历史的孕育基础"，则意味着以历史性为基本特征的怀旧书写，其目的就是要让此在以其所是的方式——充满诗意的方式——存在，而不是褫夺此在诗意栖居的本质，令其成为折翅人间的天使。怀旧书写基于对人的诗意栖居本质上的体察，通过情感的过滤，审美性的选择，去芜存菁，从万千记忆中精心筛选出符合此在是其所是的诗意存在的对象，以艺术形象的审美方式呈现在人类眼前，以唤醒人类本质上存有的关于美的沉睡的记忆，将其潜藏的诗意本己召唤出来，踏上回家的路途，回到诗意栖居的本真状态中去。正是在此意义上，我们说怀旧书写的本质是审美的。其令灵魂挣脱技术宰制时代的重重束缚，重获自由，重新回到其未被奴役的、以无限丰富的样态呈现的诗意存在当中去。而家园、故乡、童年等，则是实现诗意栖居的客观载体。如果说我们曾经因为命中注定的非本真存在而被抛在尘世中，仿佛因不小心犯了过错而被逐出伊甸园的亚当、夏娃；那么，怀旧书写，则是通过诗意思维与想象性活动，运用语言的艺术，来激发、召唤乃至鞭策人们从日常的沉沦中振发，去找回失去的审美记忆，将其召唤到本己切近的场域当中来，从而重返伊甸园，

---

① ［德］海德格尔：《荷尔德林诗的阐释》，孙周兴译，商务印书馆2004年版，第46页。

回归澄明状态，重新达至一种美的诗意的存在。

怀旧书写的审美本质首先体现在其基于审美记忆的诗意空间的营造。作家们通过虔诚的艺术创作，以审美记忆为原材料，打造一个语言的梦幻诗境，为读者置身其中感受自身的本真存在提供一个现实的入口，找到一种在家的感觉。正如海德格尔所言："在此维度中，从存在本身来规定的人之本质才有在家之感。"[①] 其次体现在对怀旧文本美学向度的追求上。怀旧文本虽风格多样，题材万千，但综而观之，丰厚凝重、质朴隽永、余韵悠长，应是其共有的美学向度。最后体现在作家与审美客体以及读者的关系上。作家以审美客体为对象的怀旧书写，其目的是要为读者提供一种审美认知、审美体验与审美救赎。这也是怀旧书写区别于其他书写的一个重要标准。

第五节　小结

综上可见，怀旧书写作为建基于审美记忆基础上的历史性书写，时间是其最重要的主题，审美救赎是其终极目标。"揭示传统、保持传统并明确地追随传统"[②] 的可能性在怀旧书写中得到了最大限度的实现。在怀旧书写中，时间的重要性远在空间之上。时间的无形性、无限延展性与历史的当下存在，令作家"同时触及间隔甚远的几个时代"成为可能。怀旧书写立足当下，瞩目过往，瞻望未来，自由地穿梭于时间的漫漫长河之中，来去无碍，其深厚的历史意识建构于集共时性与历史性于一体的时间之上，怀旧文本也因此获得了丰厚凝重的美学内蕴。作家唯有对自己在时间中的地位有敏锐的意识，并自觉在创作过程中运用历史意识，深入体察过去同时具有过去性与现存性的

---

① ［德］海德格尔：《关于人道主义的书信》，《路标》，孙周兴译，商务印书馆2013年版，第408页。

② ［德］海德格尔：《存在与时间》，陈嘉映等译，生活·读书·新知三联书店1999年版，第24页。

特质，在文本中同时涵容过去、现在与未来三个时间面向，拓展其深度与广度，杰出的作品才有可能诞生。更深入地来说，随着时间的推移，当社会发展到一定时期，传统会以历史意识为引领，来遴选自己的代言人，以面向无尽的时间与广袤的空间进行言说。怀旧作家就是这些被选中的幸运者，其以杰出的怀旧书写来回馈这种被选中的天命。

自哲学层面观之，怀旧书写是现代人立足于当下的重要路径，也是人们确证自我存在、获得身份认同的有效手段。怀旧书写带来了昨日重现的可能，在重回昨日的感同身受中，人们获得了再次确认自身存在的机会，并再次确认对自我身份的认同。不管是对自我还是对整个族类而言，在这个意义上重温与重构隐在心灵史与显在社会发展史，其重要意义是不言而喻的。这也正是怀旧书写得以合理存在的切实哲学依据。从实质上而言，怀旧书写的意义远不止于此，其既是恒久地抵御集体性遗忘的有效武器，又是在死亡的灰烬中内蕴着一个个生命萌芽的巨大母体，更是人类向命定的一去不复返的时间做逆向回溯的努力，是人类向时间发起的堂吉诃德式挑战。尽管这场挑战注定是要以人类的失败而告终，但借由这种知其不可为而为之的向命运挑战的胆魄与努力，人之为人的存在价值以一种伟大而又悲怆的美彰显出来，怀旧书写厚重、悲怆、凄美的审美向度也由此得以孕育而成。

自现代心理学层面观之，怀旧书写中关于回归家园、童年、故乡、传统文化等主题的叙写，其实质就是一种重返母体的强烈愿望的表达。家园、童年、故乡、传统文化、人类原初状态等意象，都是母亲子宫这一母体的象征与延伸。人类离开母亲温暖的子宫来到人世间，在生命的各个阶段，尤其是当人生发生重大转折，抑或是当自觉意识到负有使命的时刻，都会不断地通过回望与回归的方式来获得安全感与无条件的爱，以满足与生俱来的重返母体寻求保护与慰安的心理冲动与心理需求。在瞬息万变的现代生存中，对被现代性焦虑袭扰得日夜难安的现代人而言，从母体获得庇护，汲取前行的动力是至关重要的，怀旧书写不但可以通过回归家园、童年、故乡、传统文化等主题的叙写来有效缓解现代性生存焦虑,更进一步言之,其甚至可以为人类抗拒死亡与命运的威胁提供有力的心理支撑。而怀旧书写赋予逝去的时光、过去的人与事以审美意义,通过审美记忆、身份认同、追溯好时光等系列环节来获得审美体验,从而达到一种有效的心理自调节的功效,现代人的精神还乡也因此成为可能。

"历史性"作为怀旧书写的本质特征,其实质也是从时间的意义上来加以确认的。自历史层面观之,怀旧书写是基于修复碎片化生存的个人身份与民族文化重建的深层精神驱动与心理需求。"历史性"因此成为怀旧书写的关注焦点而被发掘与阐释。而"过去""记忆""回忆"等相关概念,也因此被纳入同等重要的范畴。"过去"是历史的根本与起源地,一切怀旧书写都是建立在拥有过去的基础之上的。不存在无过去的历史,在逝去的过往中掩埋着太多远古的记忆。迭代的文明与废墟层层堆积,沉睡在万古太空的沉默之下,等待着一个被唤醒的契机。"记忆"具有无可替代的本质性地位,唯有"记忆"使历史的延续成为可能,各种意义也在记忆的长河中得以积淀累加,其对个人、民族乃至全人类的生命体验的连续性以及构建完整的生存之链均至关重要。"回忆"就是唤醒"记忆"的过程,是运用历史意识来重演过去,重建过去,并在这种重演与重建过程中明确当下与过去之间的传承关系。借由"回忆",过去被召唤到眼前来,过去此在与当下此在奇异地融合为一体。怀旧书写的前提是尽可能沉浸到历史氛围中,对其进行还原性体察,去聆听现在与过去之间的彼此呼唤、彼此应答乃至交相和鸣,最大限度地将过去与当下的种种可能性揭示出来,以找到其连接的纽结之所在,并在此基础上对其进行深度发掘与深入阐释。无论是当下立足的依据还是将来发展的前景瞻望,都能从对该纽结细致入微地考察中生发出来。必须指出的是历史性的指向问题,尽管历史性的存在依据是向死存在,其实质指向却并非过去以及当下与过去的连接,而是以虔诚的姿态指向无限敞开的未来。这也是怀旧书写与一味沉溺于往事或者历史的泥淖中不能自拔的复古主义叙写相区别的关键所在。在碎片化的现代生存中，怀旧书写具有唤醒与保存文化记忆的功能，是令沉积已久的文化记忆浮出地表的一种方式，其在文学想象中构建自我与民族形象，在代代传承中将共同体的意识延续下去，并在对共同记忆的传承中获得对彼此的认同。此外，怀旧书写尚有一层容易为人所忽略的意义：以时代见证者的身份，用文学的方式为将来的历史保存关于今天的记忆。阿莱达·阿斯曼在其专著《回忆空间：文化记忆的形式化和变迁》中指出："我们今天面临的不是记忆难题的自我消解，而是它的强化。其原因在于，如果不想让时代证人的经验记忆在未来消失，就必须把它转化成后世的文化记忆。"[1] 毫不夸张地说，怀旧书写是将琐碎的极易被遗忘与湮没的普通记忆转化成文化记忆的极佳方式，时代证人的经验记忆可望通过怀旧书写保存下来的文化记忆而得以传承。

怀旧书写从本质上而言是审美的，其特有的审美救赎功能旨在让人们重返诗意栖居的本源，重回人神共处的安宁祥和。怀旧书写本质上是一个以审美的方式让灵魂去蔽的过程，让人类摆脱种种外在的物质欲望与内在的现代性焦灼，重新回到自身，回到本己的家园，回到表里俱澄澈的澄明状态，诗意地栖居在大地上。怀旧书写通过对审美记忆的筛选，加以情感的过滤、发酵，塑造出美轮美奂的艺术形象，以唤醒人们内心深处沉睡的美的记忆，激起人们的本真热望，将其骨子里生而有之的诗意栖居的本能激发出来，将其在庸常的生活中沉沦已久的诗意本己召唤出来，从而踏上归向诗意大地的路途。现代社会转型语境下的怀旧书写在以启蒙、救亡、消费为主旋律的中国文学中，具有不可忽视的审美救赎意义。在现代社会转型语境下，怀旧书写不仅表现出了对现代社会转型的抽象反动，更为其提供了切实可行的现实路径：审美救赎。怀旧书写的终极旨归即审美救赎。以审美记忆为对象的怀旧书写，其目的是要为读者提供一种审美认知、审美体验与

---

[1] ［德］阿莱达·阿斯曼：《回忆空间：文化记忆的形式化和变迁》，潘璐译，北京大学出版社2016年版，第6页。

审美救赎。怀旧书写主要凭借基于审美记忆的诗意空间的营造、凭借对故乡、家园、童年等迷人意象的诗意叙写，来实现灵魂挣脱世俗枷锁的自由飞升。审美救赎与自由之间亦有着深切的本质关联，审美救赎所要达至的最终也是最高的目的即自由——挣脱一切束缚，回到本真自我的自由。具体而言，现代社会转型语境下中国文学的怀旧书写主要从反思启蒙、怀乡、回归家园、怀念童年、重建民族信仰等角度展开，其建基于审美记忆的对本己存在的探寻，对诗意栖居的向往，对个人身份与民族文化重建的热望，对为族类找到精神家园与灵魂安妥之地的不懈追求，均可见出通过怀旧书写来实现审美救赎的自觉担承。他们敏锐地把捉到了时代的脉搏，试图为急剧变迁社会中惊惶的人们找到一条文化出路，一块安身立命的圣土，一个安妥灵魂的终极家园。即在顺应时代潮流的同时，发现隐藏在众声喧哗的喧嚣时代风潮之下的内心深处对于稳定、温情、秩序、安宁乃至诗意的渴望。怀旧书写负有引领失乐园的现代人重返伊甸园的命定担承，在文学想象中为个人及族类构建精神家园与心灵栖息地，创设一个自由、安宁、静谧、谐和的理想王国，是其必然的历史使命。在生产力飞速发展的当下，对身外之物的追求与现代生存的压力蒙蔽了我们的双眼，我们蒙尘的灵魂因失去了本真存在而处在一种海德格尔所说的被抛状态，怀旧书写则通过诗意思维与想象性活动，运用语言的艺术，来激发、召唤乃至鞭策人们从日常的沉沦中振发，去找回失落的本真自我，找回被遗忘的审美记忆，重返诗意栖居的澄明状态。

在"无家可归状态变成一种世界命运"[①]的现代社会，无论是皈依家园，是追忆童年，还是精神返乡，对家园的寻求均是怀旧书写最为急迫也最为切己的主题。如果说家园与故乡是空间维度上追寻的对象，那么，童年则是时间维度上追寻的对象。家园、故乡、童年，尽管表面看来三者不一，然其本质上均指向精神家园。故乡与童年之所

---

① ［德］海德格尔：《关于人道主义的书信》，《路标》，孙周兴译，商务印书馆2013年版，第400页。

以值得怀恋，就是因为有家的维系与牵念。故此段中的家园范畴同时涵盖了传统意义上的家园、故乡与童年三大主题。诚如前文所述，"人的未来天命就显示在：人要找到他进入存在之真理的道路，并且要动身去进行这种寻找。"①而漂泊，就是实现这种寻找最为有效的路径。值得关注的是，漂泊与寻找家园这一对看似矛盾的范畴实则是"无家可归"状态的一体两面。正因为无家可归，才需要寻找家园以实现终极的皈依，而漂泊，则是离弃遮蔽本真自我的世俗家园，去寻求真正的精神家园的一种生存状态。人之为人的伟大悲怆之美就在漂泊过程中所感受到的永不熄灭的勃勃生命意识以及如钢铁般的生存意志中得以彰显。正因为如此，漂泊母题才如同家园母题一般，在文学史上占有如此重要的地位。然漂泊的终极指向究竟是归来。漂泊，作为启蒙理性精神照耀下的自我放逐、自我寻求，与怀旧作为带有强烈感性色彩的审美本能召唤下的心灵皈依、情感眷恋，两相映照，互为阐发，漂泊加强了怀旧的意志力度与生命厚度，而怀旧则增添了漂泊的历史底色与情感温度。之所以在寻找到真正的家园之前选择漂泊，因为无论是对于昭示自我的真实存在而言，还是对于彰显自我存在的真正价值而言，漂泊才是更为适宜的一种生存状态。此刻，蒙昧未明的生命意义，彷徨于无地的精神寄托，均意味着获得本己存在的历史性时机尚未到来。漂泊者因之毫不留情地抛弃了那个假借其名存世的非我镜像，毅然投身于寻求真正家园的皈依之旅。归家这一人类最原初、最热切的冲动，劈面遭遇的却是无家可归的世界性命运，家园这一永恒的梦想自此成了人类永恒的伤痛。但人类的不肯服输的天性让其明知无家可归，却仍顽强地想要归家，怀旧书写建构起来的精神家园亦因此成了其人生旅途中不可或缺的避风港。对无家可归的命运的不屈抗争，对终极家园的不懈寻求，在在彰显了漂泊这一生存状态的内在价值。漂泊在怀旧书写中的重要地位也由此得以体现。关于家园

---

① ［德］海德格尔：《关于人道主义的书信》，《路标》，孙周兴译，商务印书馆2013年版，第402页。

的皈依，老子则强调"绝圣弃智"，"复归于婴儿"，返回生命最原初的纯净澄澈。一条切实可行的现实归家之路，在其朴拙的生命智慧照耀下，就这样于蒙昧中呈现出来。

而消费文化语境下的时尚怀旧，其实质则为怀旧情愫被置换成消费符号的一场场商业表演，与上文所述对家园的寻求与皈依、对个人身份与民族文化的重建等主题均有着较为重大的差异。具体而言，符号化的怀旧情愫在怀旧书写文本中主要扮演了文化大众狂欢的见证者、日常生活审美化的承载者、抚今追昔的心理慰安者以及中产阶级文化陈情者四种角色。时尚怀旧书写是文化享乐主义旗号下为满足个人消费偏好、将日常生活进行高度仿真的审美化处理、安抚躁动的现代情绪、表达中产阶层趣味的一场场消费盛举。在时尚怀旧书写中，强调以身体狂欢与视觉盛宴为表征的文化消费，怀旧情愫被设计包装成了戴着审美面具的商机，试图以外在的历史性来唤起消费者怀旧的热情，商业上的成功是其最终目的。正是基于上述认识，笔者认为，消费社会中被置换为消费符号的怀旧情愫，拒绝历史性，强调当下的感官享受，在怀旧的名义下彻底消解了怀旧本应有的意义深度而走向了其反面。

第二章 现代社会转型与百年中国文学的怀旧书写关系之探讨

关于现代社会转型，我国学界有着诸多或彼此类似或互相冲突的观点，本章仅列举几个有代表性的观点。最具典型性的应该是陆学艺与景天魁这两位社会学家在《转型中的中国社会》所言："社会转型是指中国社会从传统社会向现代社会、从农业社会向工业社会、从封闭性社会向开放性社会的社会变迁和发展。"① 陈国庆认为，"社会转型是一种社会质变，是指社会生活的各个领域、各个层面发生整体性的变革，包括社会的政治结构、经济结构和文化的变迁，其实质是传统体制获取现代功能，从一种稳定状态过渡到另一种稳定状态，使传统获得现代性的变迁过程。在质的飞跃到来之前，社会处于一种不显著的、潜在的变化过程之中，这一过程通常要持续较长的时间。这个时期被称作社会转型期。"② 范燕宁认为社会转型是一种特定的社会发展过程，它包括三个方面：一是指社会从传统型向现代型转变的过程；二是指传统因素与现代因素此消彼长的进化过程；三是指一种整体性的社会发展过程。③ 王晓明认为："从广义文化学的角度来看，社会转型就是社会生活的各个领域、各个层面都发生整体性变革的文化转型。

---

① 陆学艺、景天魁主编：《转型中的中国社会》，黑龙江人民出版社1994年版，第1页。
② 陈国庆主编：《中国近代社会转型研究》，社会科学文献出版社2005年版，第1页。
③ 范燕宁：《当前中国社会转型问题研究综述》，《哲学动态》1997年第1期。

其主要特征是：在制度文化层面，彼此隔绝的静态乡村式社会，转化为开放的、被各种资讯手段紧密联系起来的动态城市式社会，同质的单一性社会变为异质的多样性社会，礼俗社会变为法理社会，人际关系由身份变为契约，'宗法—专制'政体为'民主—法制'政体所取代。作为物质文化、制度文化转型的精神先导和思想反映的观念文化，也在这一过程发生着深刻的变异，诸如神本转向人本、信仰转向理性、宗教转向科学、教育从少数特权阶层的专利变为为大众所享有。"① 尽管众说纷纭，各执一词，且众说都有其正确的一面，但后几种观点对本著而言有过于繁复之嫌，而第一种观点则简明扼要地阐明了社会转型的几大特征：从传统到现代，从农业到工业，从封闭到开放，与本著意欲表达的内涵接近，故笔者取其意以用之。

至于我国现代社会转型究竟始于何时，学界一直有两种较为主流的看法。其一是将1840年鸦片战争的爆发作为现代社会转型的起点，其间有几个值得注意的时间节点是1840年、1949年、1978年，分别指代鸦片战争、中华人民共和国成立、改革开放政策的实施，认为从鸦片战争到中华人民共和国成立是第一阶段，从中华人民共和国成立到改革开放政策的实施是第二阶段，从改革开放至今为第三阶段。其二是将1919年发生的五四运动视为现代社会转型的真正起点。至于各阶段的划分，与第一种观点并无明显殊异，但较为强调1937年卢沟桥事变后国家进入全面抗日战争状态对社会转型的决定性影响。本著取后一种观点，将1919年五四运动的爆发作为现代社会转型的肇始。

第一节 启蒙、救亡、消费与审美：现代社会转型与百年中国文学的怀旧书写之间的张力

关于中国近现代社会最突出的特征，李泽厚在其专著《中国思想史

---

① 王晓明：《'97中国传统社会向现代社会转型研究的新进展》，《教学与研究》1998年第4期。

论》中有着精辟的论述："中国近现代是一个动荡的大变革时代。……燃眉之急的中国近代紧张的民族矛盾和阶级斗争，迫使思想家们不暇旁顾，而把注意力和力量大都集中投放在当前急迫的社会政治问题的研究讨论和实践活动中了。因此，社会政治思想在中国近代思想史上占有最突出的位置，是它的主要组成部分。其他方面的思想，如文学、哲学、史学、宗教等等，也无不围绕这一中心环节而激荡而展开，服从于它，服务于它，关系十分直接。民族斗争和阶级斗争的尖锐激烈，使政治问题异常突出。这是优点，也有缺点。优点是如前所说，思想与人民、国家、民族的主要课题息息相通，休戚相关。缺点则是由于政治掩盖、渗透、压倒和替代了一切，各个领域或学科的独立性格反而没有得到充分展开和发挥，深入的理论思辨（例如哲学）和生动的个性形式（例如文艺），没有得到应有的长足发展，缺乏反映这个伟大时代的伟大哲学作品和艺术作品。"[①] 李泽厚在此将我国近现代文学服从、服务于社会政治，救亡图存主旋律压倒一切的总体态势描述得十分贴切到位，有提纲挈领之效。20世纪中国文学的发展流变、文学创作所取得的成就、所面临的困境都与此密切相关。

五四新文化运动以陈独秀创办的《新青年》杂志为阵地，推出了一批以吴虞、刘半农、胡适、易白沙、鲁迅、钱玄同等人为主要干将而撰写的反封建檄文，吹响了从文化上全面反封建的号角。其与传统文化决裂态度之决绝，对西方文化崇奉之热衷，世所罕见。尽管陈独秀坚称其创刊宗旨并非批评时政，然而"问题的复杂性却在，尽管新文化运动的自我意识并非政治，而是文化。它的目的是国民性的改造，是旧传统的摧毁。它把社会进步的基础放在意识形态的思想改造上，放在民主启蒙工作上。但从一开头，其中便明确包含着或暗中潜埋着政治的因素和要素。……即是说，启蒙的目标，文化的改造，传统的扔弃，仍是为了国家、民族，仍是为了改变中国的政局和社会的面貌。

---

① 李泽厚：《中国思想史论》（中）（修订本），安徽文艺出版社1999年版，第798—799页。

它仍然没有脱离中国士大夫'以天下为己任'的固有传统,也没有脱离中国近代的反抗外侮,追求富强的救亡主线"。①

　　以农业为命脉、耕读传家为根基的传统中国,陈陈相因而致历史因袭的重负以及由此而来的巨大历史惰性,为其在现代化转型的过程造成了重重障碍。现代中国,风云际会,王纲解纽,礼崩乐坏,西学东渐,除旧布新,在这动荡变革的时代风潮中,此时期中国文学的主旋律是文学现代化,文学革命、文学启蒙、文学救亡,一幕幕悲喜主题剧相继上演,将文学之为文学的审美本体性挤压至几近于无的边缘。然不可忽视的是,在波澜壮阔的文学主潮之外,尚有涓涓细流的潺潺之音,始终回响着以审美为基质的怀旧复调。这极大地成就了现代文学生态的丰富性与丰厚性。从基于感性层面的情感诉求、基于理性层面的精神诉求到基于灵魂层面的哲学诉求,均交响着现代化与怀旧的双重变奏。既往的研究者对中国现代文学现代化一面的研究多有侧重,而往往有意无意地忽略了对其所蕴含的怀旧母题的深彻理解与洞察。有鉴于此,本节拟从厘清近百年来中国文学的怀旧母题入手,对现代社会转型与中国文学的怀旧书写之间的张力进行系统考察、论述。

　　在现代社会转型语境下,怀旧书写在以启蒙、救亡、消费为主旋律的中国文学中,具有不可忽视的审美救赎意义。怀旧书写提供了另一维度观照社会、人生与人性的可能,对现代社会转型为中国文学带来的种种负面效应具有积极的反动意义,其终极指向是无限敞开的未来。司马长风在《中国新文学史》一书中,将作家区分为载道文学家与"不从俗见"的作家,是一种意味深长的区分方式,值得我们重视。有意味的是他对以周作人为代表的"反载道始,以载道终"的一群作家,所持毫不留情的批评态度:"在推翻传统的载道文学之后,开启新的载道文学,其始作俑者周作人,张大其军者则是沈雁冰和郑振铎。他们都主张为'人生的文学'。"② 并且指出:"任何思想和见

---

① 李泽厚:《中国思想史论》(中)(修订本),安徽文艺出版社1999年版,第828页。
② 司马长风:《中国新文学史·导言》(上卷),昭明出版社1980年版,第5—6页。

解，不管对和错，一旦成势，便产生可怕的排他力。在'为人生的文学'风暴中，少数不从俗见的作家——如沈从文、徐志摩、郁达夫等，一概遭受口诛笔伐。与这些作家有关的《现代评论》和《新月》这两个杂志、作家和作品也成了众矢之的。"① 他所列举的不从俗见的作家包括沈从文、徐志摩、郁达夫诸人。这些不从俗见的作家，其文学成就在今天显然已经获得了公认的文学史地位。事实上，这个名单还可以继续开列下去，如萧红、路翎、废名、张爱玲、钱锺书。司马长风极其恰切地点出了这些作家文本的不从俗品格，但是，他却没有追究深层次的原因。即他们为何能做到不从俗？又凭借什么能不从俗？其不从俗的主要表现为何？笔者认为，上述不从俗见的作家，之所以能做到不从俗见，独出机杼，主要是不随时俗的个性使然。相较于同期的诸多作家而言，其大多特立独行，凡事有着自己的立场、观点与态度，不易为时论与风潮所左右。体现在文学创作上，诸多因素的汇合均可归结为至关重要的一点，即始终坚守着文学本质是为审美这一基本立场。而追根溯源，其更深切也更隐秘的心理动因与精神构成则是怀旧。

自李泽厚提出"启蒙与救亡的双重变奏"这一著名现代思想史命题以来，其权威地位日益为国人所重。"五四时期启蒙与救亡并行不悖相得益彰的局面并没有延续多久，时代的危亡局势和剧烈的现实斗争，迫使政治救亡的主题又一次全面压倒了思想启蒙的主题。"② 李泽厚在《中国现代思想史论》中极为精到地点出了五四运动前后的文化、政治双重奏互相纠缠碰撞、国人尤重国事民瘼的特点，不可谓不深刻。然其却忽视了始终回荡其间的另一个并不是那么引人瞩目的低声部：以归返家园为旨归的怀旧心理情绪的宣泄与怀旧文化情怀的表达。在我国文学史上，怀旧作为一个文学母题，从古至今，绵延不绝。从《论语·里仁》"小人怀土"、张衡的《东京赋》"望先帝之旧墟，

---

① 司马长风：《中国新文学史·导言》（上卷），昭明出版社1980年版，第8页。
② 李泽厚：《中国思想史论》（下）（修订本），安徽文艺出版社1999年版，第849页。

怅长思而怀古"、晋陶渊明的《和郭主簿诗·之一》"遥遥望白云，怀古一何深"、《后汉书·四十上·班彪传》附班固的《西都赋》"愿宾摅怀旧之蓄念，发思古之幽情"、唐杜甫《杜工部诗史补遗·十·奉赠萧二十使君》"结欢随过隙，怀旧益沾巾"、唐崔颢《黄鹤楼》"日暮乡关何处是，烟波江上使人愁" 及至现代，五四以来中国文学的怀旧书写其发展轨迹历历可循：从20世纪10—30年代以鲁迅、周作人、沈从文为代表对五四启蒙的反思式怀旧书写；到20世纪20年代末至30年代初作为都市之子的新感觉派对传统的皈依式怀旧书写；再到20世纪三四十年代救亡主旋律下低回的怀旧之音——老舍、萧红、张爱玲的怀旧书写；跨越近半个世纪，接下来是20世纪80年代诗化哲学引领下寻根派的怀旧书写对新启蒙的质疑与反动；时间推进到20世纪90年代，陈忠实、贾平凹、王安忆的怀旧书写凸显着多元文化语境下的多元回归；而20世纪90年代至21世纪消费文化语境下以陈丹燕、程乃珊为代表的怀旧书写则打上了鲜明的时尚与消费的印记。

  从文学的立场反观此段历史时期，我们不得不直言，启蒙之作精彩纷呈，救亡之作乏善可陈。在多声部文学旋律所蕴含的复调中，作为低声部的怀旧文学则在不显山不露水的沉积中逐渐彰显出自身的光华。如果此时期不曾出现断崖式的社会、政治、经济、军事与文化变迁，则此一时期的怀旧文学亦无从生发，至多一如既往地表达故土难离、伤春悲秋、怀亲悼友等传统主题，无甚新意；然在风云激荡的现代社会转型风潮中诞生的怀旧书写，正因为时代背景的迥异，从鲁迅到沈从文到老舍到萧红到张爱玲，无一例外，其怀旧书写均被烙上了鲜明的时代印记。然而必须指出的是，怀旧书写绝不仅仅是为了反映时代而诞生的，其更多的是为了给风起云涌的时代一个沉淀的底色，一种狂飙突进中历史的回眸与现实警示，一种对抛掉一切传统的历史主义的质疑，一种对全然现代化的反思，一种急速前行中要求慢下来冷静深入思考的反拨与反动。如果五四运动前后不曾有如此这般的怀旧书写，此间交织着启蒙与救亡双重奏的中国文学，其一味前行的调子又将因过于高亢而失却蕴藉之美,现代文学史也因此会失去一道美丽的风景。正是在这个意义上,胡适等新文化运动的领军人物,在意识到隐藏在热血沸腾的激进改革背后的巨大风险之后,转而一头扎进故纸堆,以身作则,号召年轻学子整理国故,多谈些问题,少谈些主义,从革命回到传统,从云端回到大地,回到脚踏实地地读书、做学问的生命常态中,各尽所能,回复到对生命本然使命的践行上来。其态度与实践不能不说是一种关于现代性与革命的睿智反思与反动,与此时期的怀旧书写具有精神上的同构性。在20世纪二三十年代,现代派文学风靡一时,正因为有包括新感觉派作家在内的诸多有识之士在欣然参与文学现代化大合唱的同时,努力保持回归传统的底色,才令此一时期的文学创作因了历史的厚重而不至于流于浮泛。40年代在抗日救亡大背景下老舍、张爱玲、萧红的怀旧书写,则是对于救亡主旋律的一种有力补充,其出众的创作实绩为当时"口号大于创作"的文坛增添了真正的文学光华。20世纪80年代寻根文学的应运而生,不仅是对民族主义思潮的回应,更是为了对20世纪80年代的新启蒙运动进行反思,试图通过对传统文化与民族精神的回归,来为民族发展谋求一条现实的出路。20世纪90年代多元文化语境下陈忠实、贾平凹、王安忆的怀旧书写,则分别从纯粹乡村视角、半都市半乡村视角、纯粹都市视角出发,对中国社会从乡村到都市进行了全方位叙写,对传统儒家文化、士大夫传统、乡村文明以及都市民间,在城镇化日益彰显其威力的历史进程中所面临的重重困境进行了文学想象与文学突围,取得了丰硕的创作成果。20世纪90年代以来消费社会文化语境下的时尚怀旧以陈丹燕、程乃珊的怀旧书写为代表,通过对虚拟的殖民时期繁华旧上海不无矫情的回忆,来慰藉在欲望泛滥、消费主义盛行的现代都市中的碎片化生存。其对市场的有意迎合、对中产阶层生活方式的美化与兜售、纪实性的非虚构写作方式,都鲜明地显示出其以消费记忆为目的的文学生产的本色。

现代社会转型与中国文学的怀旧书写之间张力的形成,一方面,导因于现代社会转型自身的张力；另一方面，也可归结于此间中国文学怀旧书写的反思性。现代社会转型从本质上说，其实就是一个现代性不断演进的过程。现代性本身就存在着一种走到其对立面的"自反"性特征。即现代性内部包蕴着反现代性的所有基因，现代性的进程就是在不断克服其与生俱来的反现代性的趋向中获得长足发展的。S. N. 艾森斯塔特在其关于现代性的名著《反思现代性》中将现代性的复杂内蕴揭橥无遗："现代性不仅预示了形形色色宏伟的解放景观，不仅带有不断自我纠正和扩张的伟大许诺，而且还包含着各种毁灭的可能性：暴力、侵略、战争和种族灭绝。"① 怀旧书写，作为外在于现代性的反思性存在，与现代性内部的对现代性的反思因素相互激发、应和，共同构成了绵绵不绝的矫正现代性的张力。从黑格尔、卢梭、席勒到斯宾格勒、海德格尔、本雅明，均在其著作中呈现出关于现代性与怀旧二者之间张力的思考。黑格尔作为"第一个使现代成为问题的人。在他的理论中，现代性的星丛、时间意识和理性这些概念第一次成为明显可见的问题"。② 黑格尔关于怀旧的理论都建基于其对现代性的批判性认可，并在这种批判中加以深化。卢梭对人类回归善本真的黄金岁月的缅怀，席勒返归希腊文化之源、以自由为核心的审美怀旧，斯宾格勒在深度认同城市文明基础之上的具有共时性特征的大城市的"思乡病"，尤其是海德格尔关于诗意栖居的本真性的论述，以及本雅明技术复制背景下的以灵韵、经验为核心范畴的怀旧倾向，在在体现了怀旧与现代性之间内在深层的张力。正是这种深层的张力，极大地加深了文本的历史深度与时间广度，使得两种迥乎有别的声调在文本中交响融合，使得文本变得丰厚而含混，具有多向度阐释的空间。

---

① ［以］S. N. 艾森斯塔特：《反思现代性》，旷新年、王爱松译，生活·读书·新知三联书店2006年版，第67页。

② Jurgen Habermas, *The Philosophical Discourse of Modernity*, Cambridge: The MIT Press, 1987, p. 43.

第二节 现代社会转型对百年中国文学的怀旧书写的衍生、发展、嬗变之影响

现代社会转型对中国文学的怀旧书写的衍生起到了至关重要的作用。梁启超在其写于1901年的《过渡时代论》中开门见山地指出："今日之中国，过渡时代之中国也。"①"于过渡时代，而发生力之现象显焉。欧洲各国自二百年以来，皆过渡时代也，而今则其停顿时代也。中国自数千年以来，皆停顿时代也，而今则过渡时代也。"② 在这以"发生力之现象显焉"为特征的过渡时代，我国社会、思想、文化等诸领域均发生了迥异于既往的系列巨变。伴随熟悉的社会、思想及文化的剧烈变迁而来的，是无可遏制的怀旧风潮。怀旧与现代，是转型期社会的一体两面，诚如博伊姆所言："怀旧和进步就像哲基尔和海德，乃是一个整个的两个不同形象：是可以调换的两个自我。"③ 同时，博伊姆也特别指出了在全球化语境下，怀旧并非万能："不知为何，进步并没有医治好怀旧情感，反而使之趋于多发。同样，全球化激发出对地方性事物的更强烈的依恋。"④ 在此基础上进一步言之，正因为全球化拥有冲击一切文化、风俗、历史、地域的强势力量，具有抹平一切差异化与个性化的反人性特征，才导致了人们反思全球化，并尽可能通过回归历史、回归传统、回归本土来找回被全球化湮灭到几近于无的自我存在。

具体到中国近百年来的文学发展轨迹，亦鲜明深刻地印证了这一点。20世纪10—30年代以鲁迅、周作人、沈从文为代表的怀旧书写，直接导因于对五四启蒙的反思。鲁迅感应着时代风潮出门求学，"走

---

① 梁启超：《过渡时代论》，陈书良编《梁启超文集》，北京燕山出版社2009年版。
② 梁启超：《过渡时代论》，陈书良编《梁启超文集》，北京燕山出版社2009年版。
③ [美] 斯维特兰娜·博伊姆：《怀旧的未来》，杨德友译，译林出版社2010年版，第5页。
④ [美] 斯维特兰娜·博伊姆：《怀旧的未来》，杨德友译，译林出版社2010年版，第2页。

异路，逃异地，去寻求别样的人们"，一生以激烈地反传统文化、反中医而著称，在为青年开书单时，更激愤地宣称要读就读外国书，一本中国书也不要读。如果说其在《野草》中关于生命、爱、死等形而上命题的探讨尚显示了其在文化归属与自身立足点的徘徊与挣扎，那么，《故乡》《朝花夕拾》等文本则极为鲜明地体现了其频频回望的怀旧心绪。作为五四启蒙的领军人物，一边在思想上保持狂飙突进的猛士状态，一边却于时代的罅隙中寻找真正的因由，从对故乡、童年、大自然等题材的不断开掘与表现中汲取前进的动力与慰藉的源泉。周作人在去家去国、求学谋事异乡期间所做的大量怀乡之作，则可视为现代社会转型境遇下个人遭际改变直接促发的成果。沈从文怀抱满腔热忱欲追随五四的足迹，却连尾声都没赶上，被时代的风潮搁浅在人情淡漠的北京。然抱持着目标不撒手的沈从文，却由北京而上海，在对现代生活的绝望抵抗中滋生出不绝的希望，终至于写出了《边城》及《湘行散记》等精彩绝伦的怀旧之作。以周氏兄弟及沈从文为代表的怀旧书写，虽未直接批判五四启蒙运动，然其对故乡的思恋、故人的追怀等为主要题材的文学实绩，却昭示着对启蒙思想与行动的深刻反思。《药》中关于革命的深刻反省，《风波》中死水微澜般的辫子风波，对革命未曾触及民众最底层的刻骨冷嘲，《朝花夕拾》对故乡风情的不绝缅怀，《边城》《长河》重建民族信仰与重造民族品德的努力，无不见出反思的深度与广度。现代社会转型对怀旧书写的演变之影响，在20世纪20年代末至30年代初"新感觉派"文学中体现得至为鲜明。作为一个有着极深时代印记、极具先锋性的文学流派，新感觉派却迥乎常情地弥漫着都市之子对传统的皈依之情。其文本的复调结构尤其值得关注，其在奏响现代都市文明进行曲的同时，却在文本的内部深层对家园、大自然、传统婚恋等领域表现出对传统的强烈认同与回归，从而注定了其具有保守性质的先锋文学流派的文学史地位。

随着1931年九一八事变后引发的局部抗战与1937年卢沟桥事变

而来的全面抗战时代的开启，启蒙主题逐渐淡出，救亡图存成了中国文学的主旋律。1935年8月1日，中共中央在长征路上发表《为抗日救国告全体同胞书》，号召全民抗日，一致对外。其间进步文学阵营产生了"国防文学"与"民族革命战争的大众文学"两个口号的论争。周扬《关于国防文学》一文认为，"国防的主题应当成为汉奸以外的一切作家的作品之最中心的主题"。鲁迅则在《论现在我们的文学运动》中指出：文学运动不应脱离时代要求，"而是将它的责任更加重，更放大，重到和大到要使全民族，不分阶级和党派，一致去对外"。无论是提倡"国防文学"的周扬还是赞成"民族革命战争的大众文学"的鲁迅等人，其论争都是建立在此时期文学的主要责任应当是抗日救亡这一共识的基础之上的。1937年10月，老舍受邀前往武昌筹建全国文艺界最广泛的抗日民族统一战线组织"中华全国文艺界抗敌协会"（简称"文协"），并创办了《抗到底》《抗战画刊》等刊物，为抗日救亡鼓与呼。然20世纪三四十年代，以老舍、萧红、张爱玲的怀旧书写为代表，则是在救亡主旋律下低回的怀旧之音，是怀旧书写在全民抗日语境下的全新形式。老舍的《四世同堂》《骆驼祥子》《月牙儿》《断魂枪》，张爱玲的小说集《传奇》与《流言》，萧红的《生死场》《呼兰河传》《小城三月》等，尽管都有着时代威胁的大背景，却将潜涌着的日常生活的暗流清晰地揭示了出来，将生命本真的复杂面貌以无限的多样性呈现在我们面前。在国破家亡的大悲哀笼罩下，家族与个人的无尽哀婉，无尽回望，无尽叹惜，交织着对过往的脉脉温情，怀旧书写的魅力在新的时代背景的映衬下，越发成为动荡不安的现实生存的一个近乎神圣的庇护所。随着改革开放的号角吹响，在国门重新打开、各种思潮纷至沓来的时代，20世纪80年代新启蒙运动席卷神州大地，其摧枯拉朽之势锐不可当，在伤痕文学、反思文学、改革文学迭代而出之后，却催生出了自身的质疑与反动者：诗化哲学引领下寻根派的怀旧书写。其代表作有阿城"三王"（《棋王》《树王》《孩子王》）、韩少功《爸爸爸》、王安忆《小鲍庄》、贾平凹商州系列、莫言红高粱系列、郑义《老井》等。而20世纪90年代以陈忠实《白鹿原》、贾平凹《废都》、王安忆《长恨歌》为代表的怀旧书写，则典型地体现了多元文化语境下的多元回归，并有力彰显了怀旧书写在市场经济冲击下所取得的不俗实绩。20世纪90年代至21世纪，伴随城镇化进程而孕育的消费文化语境，则为时尚怀旧提供了适宜的温床，陈丹燕、程乃珊建构在十里洋场、以老上海的旧风雅为主要缅怀对象的怀旧书写是为代表。新海派女作家的时尚嗅觉显然非同凡响，其创作在为作者带来文学声誉的同时，也创造了不菲的市场效益。显然，怀旧书写参与文化生产与文化消费已经成为不可回避的事实。

第三节 百年中国文学的怀旧书写对现代社会转型的反动

怀旧书写作为文化回忆的一种方式，其对现代社会转型的反动有着深厚的理论根基。著名德国人类学家扬·阿斯曼在其专著《文化记忆：早期高级文化中的文字、回忆和政治身份》中关于"作为反抗的回忆"的论述极为中肯："我们在这里看到的是一个与历史事实相反的例子。被征服者和被压迫者叙述着这样一个过去：现状处于统治地位的人，曾经处在悲惨的境地；而今天处于被统治地位的人，才是曾经的和真正的胜利者。……这种并不存在于当下的东西可以在某些特定条件下获取其他特性，回忆可以转换为一种反抗行为。"[①] "通过文化记忆，人类的生命获得了一种二元性或者双重时间性，这一点适用于文化演进过程中的任何阶段。文化记忆或曰作为记忆的文化所起到的普遍作用便是：促成非共时性、使人的生命得以进入双重时间。……不断进步的市民社会将回忆、时间、记忆当作一种非理性残余进行了清除。

---

① ［德］扬·阿斯曼：《文化记忆：早期高级文化中的文字、回忆和政治身份》，金寿福等译，北京大学出版社2015年版，第81页。

在赫伯特·马尔库塞看来，这种清除造成了现代世界的'一元性'。现代世界里回忆的缺席，导致世界的真实面貌失去了另外一个范畴。这种批判强调了文化记忆反对现实的作用：通过回忆实现解放的作用。"①扬·阿斯曼在此反复强调的是回忆在特定条件下可以转换成一种反抗行为、文化记忆反对现实的作用。基于此段论述，结合作家们在现代社会转型的创作实绩，我们发现，怀旧书写即为现代作家们在遭遇不尽如人意的现实之际，通过文化想象建构起一个近乎理想的世界的极佳手段，其进而在建构的过程中达到忽视、对抗与超越现实的目的。与此同时，其建构的想象时空也为人们提供了别样的丰富的存在，以及另一种观察世界的可能性。

在新旧交替的社会转型期，人们心理上的不适、惶恐，对于未来不确定性的猜度，都会带来社会的变迁以及心理与情绪的迁移。费孝通认为："社会变迁常是发生在旧有社会结构不能应付新环境的时候。……在新旧交替之际，不免有一个逞惑、无所适从的时期，在这个时期，心理上充满着紧张，犹豫和不安。"② 在现代社会转型期，传统与现代性的关系错综复杂，绝非简单的是非对错判断能包蕴一切。对此，以色列著名社会学家S. N.艾森斯塔特在其专著《反思现代性》中有着精辟的论述："在现代化的最初影响下，中国知识分子和官僚面临某些问题，这些问题是从这样的事实衍生出来的：它们的基本文化象征是嵌于现存的政治结构之中的。任何政治革命或改革必然带来拒绝或摧毁文化秩序。同样，从意识形态上高度强调支持社会政治现状，只允许少数中心生成新的象征，使相对于独立先前秩序的新的社会制度合法化。……对传统与现代性的关系，这些运动表现出了极端自相矛盾和集权主义的态度。它们趋向于在以下两方之间游移不定：一方面，全盘拒绝这种传统并相应接受西方价值观；另一方面，拒绝西方价值

---

① [德]扬·阿斯曼：《文化记忆：早期高级文化中的文字、回忆和政治身份》，金寿福等译，北京大学出版社2015年版，第82页。
② 费孝通：《乡土中国》，生活·读书·新知三联书店1985年版，第47页。

观,并试图使技术方面的东西服从于传统中心及其基本取向。因此,这里缺乏灵活性和潜在的转型能力。"① 从艾氏的论述可以见出,现代社会转型并非只蕴含单向度的以现代性为标志的现代化进程,同时也交织着传统与现代性的纠缠,尤其不可忽视的是传统对现代性的反拨与反动。中国文学的怀旧书写正是建基于这种特殊的现实之上。在作家们笔下,无论是现代人在"无家可归"生存境遇下滋生的家园意识,是在决然离乡背井之后叛逆与归乡两难抉择下催生的乡土情结,是现代生存挤压下萌生意欲重返母体的童年情结,还是基于修复碎片化生存的个人身份与民族文化重建的历史担当,乃至消费社会中被置换成消费符号的怀旧情愫的流露,均在在体现了怀旧书写对现代社会转型的质疑与反动。以回归温情脉脉的家园来对抗孤独"无家"的、冷冰冰的现代性生存境遇,以精神还乡来抵御都市现代化导致的异己性存在,以重返母体的童年情结来对抗不堪承受的重重现代性生存挤压,以修复个人的碎片化身份、重建民族文化的历史担当来展现兼济天下的儒家情怀,以被置换成消费符号的怀旧情愫的不经意流露来传达对消费社会拜金主义的潜在不满……怀旧书写所涉面向之广,从血缘到地缘,从一己到天下,几乎囊括了现代社会转型的方方面面,而其对家园、乡土、童年、民族文化传统与民族精神、个人与民族文化身份认同等主题的着意开掘与表达,则在艺术成就上达到了前所未有的历史高度。

当然,无论我们如何强调怀旧书写的重要性,我们仍然不得不承认,一路高唱凯歌、摧枯拉朽的社会主潮始终是现代化:"迄今为止,中国的现代历史是被现代性的历史叙事笼罩的历史,传统主义、后现代主义和启蒙主义对现代性的批评或坚持,都是以现代性的历史叙事为前提的。"② 也许明白这一点,才不会将怀旧与现代性截然对立起

---

① [以] S. N. 艾森斯塔特:《反思现代性》,旷新年、王爱松译,生活·读书·新知三联书店 2006 年版,第 281 页。

② 汪晖:《汪晖自选集·序》,广西师范大学出版社 1997 年版。

来，才会懂得避免陷入一味复古的泥潭而不能自拔。终究，时代的车轮是在滚滚向前。怀旧，也是为了更好地知新。

第四节　百年中国文学的怀旧书写对现代社会转型的审美救赎

现代社会转型不仅仅是社会本身的转型，同时还伴随着剧烈的文化冲突与文化幻灭。在以现代化为鹄的，以动荡、快速、高效、多变为典型特征的现代社会转型过程中，一切皆转瞬即逝，一切皆不可久待，为留住刹那间所蕴含的永恒，为葆有过去、传统、历史的情味，以慰藉那一颗颗浮躁茫然的现代人的心灵，中国文学的怀旧书写在此不仅仅表现出了对现代社会转型的抽象反动，更为其提供了切实可行的现实路径：审美救赎。马克斯·韦伯认为："不论怎么来解释，艺术都承担了一种世俗救赎功能。它提供了一种从日常生活的千篇一律中解脱出来的救赎，尤其是从理论的和实践的理性主义那不断增长的压力中解脱出来的救赎。"[1] 韦伯在此论述的艺术救赎，其实质就是审美救赎，其具有令生活富有多样性、抗拒来自各个层面的压力、为人的存在提供本己的家园之功效。席勒在《审美教育书简》同样提出了通过美才能走向自由的观点："为了解决经验中的政治问题，人们必须通过解决美学问题的途径，因为正是通过美，人们才可以走向自由。"[2] 可见，审美救赎与自由之间亦有着深切的本质关联，审美救赎所要达至的最终也是最高的目的即为为自由——挣脱一切束缚，回到本真自我的自由。

怀旧书写的终极旨归即审美救赎。作家们试图通过怀旧书写，帮助现代人挣脱现代文明的奴役，重新获得主体性，获得在家的感觉，

---

[1] 转引自周宪《审美现代性批判》，商务印书馆2005年版，第157页。
[2] ［德］席勒：《审美教育书简》（第2封信），《席勒散文选》，张玉能译，百花文艺出版社1997年版，第156页。

达至本真存在的澄明状态。在此,"怀旧不再是对现实客体(过去、家园、传统等)原封不动地复制或反映,而是经过想象对它有意识地粉饰和美化,怀旧客体变成了审美对象,充溢着取之不竭的完美价值"。① 这也正印证了这样一种观点:导致人们采取悖逆社会发展潮流、与久远的过去遥相呼应并紧密相连的至关重要的一个因素,是感觉到自身因境遇的突变而受到了不明的威胁,怀旧在此种情境下是作为一种应激反应而表现出来的心理与情绪防御手段。从这一层面来看,怀旧书写中充斥着美化过去,并以这被美化过的富有诗意的过去与现实相抗衡为叙写,自然也就不足为奇了。怀旧书写的审美意蕴也因此无可避免地带有某种程度的虚幻性。

具体而言,中国文学的怀旧书写主要从反思启蒙、怀乡、回归家园、怀念童年、重建民族信仰等角度展开,其建基于审美记忆的对本己存在的探寻,对诗意栖居的向往,对为族类找到精神家园与灵魂安妥之地的不懈追求,均可见出通过怀旧书写来实现审美救赎的自觉担承。关于此点,沈从文的怀旧书写具有典型性。毫不夸张地说,其相当一部分怀旧文本简直就是为审美救赎而创作的:"不管是故事还是人生,一切都应当美一些!""我认为人生因追求抽象原则,应超越功利得失和贫富等级,去处理生命与生活。我认为人生至少还容许用文字来重新安排一次。"其在社会地位稳定下来之后,仍坚持"乡下人"的文化身份,刻意与现代文明保持距离,其在《边城》《湘行散记》《长河》等怀旧文本中所着意建构的理想湘西世界,的确为现代人在疲于奔命的现代生存中提供了一方灵魂栖息之所,其救赎功能当不可小觑。其在血淋淋的现实面前华丽转身,转而全力营造一个满溢着诗意的人神共处的谐和世界,宛如傲立于海岸的高高灯塔,用自己卓尔不群的身姿表达对龌龊现实无言反抗的同时,也为困于现实沼泽的人们点亮了一盏指路的明灯。详论请参看第三章第一节的"沈从文的怀

---

① 周宪:《文化现代性与美学问题》,中国人民大学出版社2005年版,第27页。

第二章 现代社会转型与百年中国文学的怀旧书写关系之探讨

旧书写"部分。鲁迅、周作人、萧红、废名、老舍、张爱玲等人的怀旧书写,亦从各个层面提供了审美救赎的可能。他们敏锐地把捉到了时代的脉搏,试图为急剧变迁社会中惊惶的人们找到一条文化出路,一块安身立命的圣土,一个安妥灵魂的终极家园。即在顺应时代潮流的同时,发现隐藏在众声喧哗的喧嚣时代风潮之下的内心深处对于稳定、温情、秩序、安宁乃至诗意的渴望。怀旧书写因之应运而生。通过回忆过往来重温旧梦、抚慰创伤、营造诗意、展望未来,其通过审美的方式对现代社会转型带来的种种弊端显然具有远不止于形而上意义上的救赎,甚至,其本身就是现实需求的产物,具有真正的现实疗救功效。请参看萧红《永远的憧憬和追求》:

> 所以每每在大雪中的黄昏里,围着暖炉,围着祖父,听着祖父读着诗篇,看着祖父读着诗篇时微红的嘴唇。
>
> 父亲打了我的时候,我就在祖父的房里,一直面向着窗子,从黄昏到深夜——窗外的白雪,好象白棉花一样飘着;而暖炉上水壶的盖子,则象伴奏的乐器似的振动着。
>
> 祖父时时把多纹的两手放在我的肩上,而后又放在我的头上,我的耳边便响着这样的声音:
>
> "快快长吧!长大就好了。"
>
> 二十岁那年,我就逃出了父亲的家庭。直到现在还是过着流浪的生活。
>
> "长大"是"长大"了,而没有"好"。
>
> 可是从祖父那里,知道了人生除掉了冰冷和憎恶而外,还有温暖和爱。
>
> 所以我就向这"温暖"和"爱"的方面,怀着永久的憧憬和追求。①

---

① 萧红:《永远的憧憬和追求》,《萧红全集·商市街》,凤凰出版社2010年版,第260页。

"大雪""暖炉""祖父""诗篇"诸意象,冷暖映照、动静得宜,共同营造了一个冬日拥炉而坐、祖孙怡然自得的温馨而富有诗意的场景。大雪、暖炉、"我"、祖父四者彼此呼唤彼此应答,共同召唤出一个本真存在的家。萧红在这里是安适的、天真的、娇憨的,是真正在家的,无须遮掩伪饰,可以放松地袒露自己的本来面目。反观萧红匆促流离的一生,这应该是她一生中所享有的最美好的时光,最悦意的空间。我们仿佛能看到那漫天的大雪之下,一盏昏黄的灯照着祖孙俩,祖父苍凉的吟哦声与火炉上水壶盖子咕嘟咕嘟的声音混响着,散发出冬日迟迟的慵懒气息。这样的场景构成了萧红漂泊流离生涯无尽黑暗中的一个亮点,是鼓舞其挣扎着活下去的不竭源泉,支撑着她熬过一个个无爱的白天和黑夜。从家庭叛逃出来的萧红,除却此文而外,在其代表作《呼兰河传》里亦花了很多笔墨来叙写祖父以及那个生机盎然的后花园。祖父是萧红风雨飘摇的短暂人生中一个极为重要的存在。萧红笔下的祖父,是温暖和爱的化身,是其在冰冷而令人憎恶的人生中"永久的憧憬与追求"。有《呼兰河传》的尾声为证:

> 呼兰河这小城里边,以前住着我的祖父,现在埋着我的祖父。
>
> 我生的时候,祖父已经六十多岁了,我长到四五岁,祖父就快七十了。我还没有长到二十岁,祖父就七八十岁了。祖父一过了八十,祖父就死了。
>
> 从前那后花园的主人,而今不见了。老主人死了,小主人逃荒去了。
>
> 那园里的蝴蝶,蚂蚱,蜻蜓,也许还是年年仍旧,也许现在完全荒凉了。
>
> 小黄瓜,大倭瓜,也许还是年年地种着,也许现在根本没有了。[1]

---

[1] 萧红:《呼兰河传》,《萧红全集·呼兰河传》,凤凰出版社2010年版,第322页。

第二章 现代社会转型与百年中国文学的怀旧书写关系之探讨

萧红的《呼兰河传》为何要以家乡的一条河来命名，这其间有很多值得探究的地方。除却表达对家乡的爱重与怀念，最重要的理由在尾声中已经交代得极为清楚：因为"呼兰河这小城里边，以前住着我的祖父，现在埋着我的祖父"。祖父是萧红一生温暖的源泉，有祖父的地方就有家，就有爱。在此段短短的文字中，满蕴着感情的诗性回忆，萧红将祖父与自己的年龄对照反复叙写达四次之多，看似重复拖沓，实则意蕴深长。"我"一年年长大，祖父一年年老去，时间在此对于祖孙二人具有截然不同的意义：随着时间的推移，"我"的生命力越来越旺盛，祖父的生命却在一点点消逝。生死相依的祖孙之情就在看似散漫的叙写中以不经意的方式漫溢出来，具有感人至深的艺术魅力。萧红在散文《祖父死了的时候》中倾诉道："我若死掉祖父，就死掉我一生最重要的一个人，好像他死了就把人间一切'爱'和'温暖'带得空空虚虚。我的心被丝线扎住或被铁丝绞住了。"[①] "我懂得的尽是些偏僻的人生，我想世间死了祖父，剩下的尽是些凶残的人了。我饮了酒，回想，幻想……"[②] 意味着爱与温暖的祖父死去了，萧红为了在"偏僻的人生"与那些"凶残的人"相处下去而不至于被吞没掉，能拯救她的只能是通过回想与幻想，来为自己构建一个祖父依然还在的踏实而又安全的世界。这与鲁迅为抗拒黑暗中夜的袭来、反抗绝望的怀旧书写之间有着精神上的同构性，二者都为其找到了在现实中的立足点，并为其提供了难得的情感慰藉。

鲁迅亦极善于将经过情感过滤的审美记忆提升至艺术表达的层面，来为自己与读者搭建精神家园。不必说其在《故乡》《在酒楼上》等篇章中对故乡与故友的审美叙写，单是其在《朝花夕拾·小引》中对于童年与故乡饱含深情的诗意描绘，就足以慰藉都市中远离故土、辗转如飘蓬的破碎灵魂："我有一时，曾经屡次忆起儿时在故乡所吃的蔬果：菱角，罗汉豆，茭白，香瓜。凡这些，都是极其鲜美可口的；

---

① 萧红：《祖父死了的时候》，《萧红全集·商市街》，凤凰出版社2010年版，第87页。
② 萧红：《祖父死了的时候》，《萧红全集·商市街》，凤凰出版社2010年版，第90页。

都曾经是使我思乡的蛊惑。后来,我在久别之后尝到了,也不过如此;惟独在记忆上,还有旧来的意味留存。他们也许要哄骗我一生,使我时时反顾。"① 童年记忆中经审美观照后被诗意化的食物都是"极其鲜美可口的",是"使我思乡的蛊惑",虽然明知其实质上并非如此,却还是因为其有记忆中"旧来的意味留存"而要"时时反顾",甘愿被"哄骗一生"。鲁迅在此对儿时美味的审美叙写,既为其本人在都市的险恶生存中提供了情感慰藉,同时也能够激发读者产生相应的诗意情感与想象体验,来对抗生活的凡俗庸常。

自五四以来,以民俗为核心的民间文化始终是怀旧书写的重要题材之一。以民间文化为表现对象的怀旧书写,对于重建民族信心与信仰具有至关重要的作用。鲁迅、周作人、沈从文等人在其各自擅长的领域均对民间文化、民俗等表现出极大的兴趣。民间故事、历史遗存等文化遗产作为极为珍贵的创作元素与表现对象而被纳入五四新文学一代作家着力开掘的范围。回顾整个族类的民间传说,历史文化,乃至整个社会的发展历程,研究和掌握整个国家的历史精神文化,理清其发展脉络,找到自己的来路,重建民族信心与民族信仰,对于当下的存在乃至将来的发展而言,都具有至关重要的意义。鲁迅、周作人关于浙东民间乡俗饶有兴味的叙写,蕴涵着丰厚的民俗学意味。沈从文离开家乡寓居北京与上海期间,运用一支生花妙笔,将湘西边境城镇的民俗与民间生活,编织成一幅幅绚烂多彩的风俗画,其所体现的高超叙事技巧与所达至的艺术成就,令人叹服。民间叙事与乡土情结之间,始终有着极深的联结。而将二者串联起来的要素,则是怀旧。无论是对传统民俗的批判性叙写还是沉迷性叙写,上述诸位作家的民间叙事其本质上都是怀旧书写,其间饱蕴着根深蒂固的脉脉温情与依依眷恋,承载着集体记忆的历史积淀,担负着富有民族特色的历史传承。通过回望这一历史窗口,美好的回忆、绵绵的怀念、深厚的感情

---

① 鲁迅:《朝花夕拾·小引》,《鲁迅全集》第2卷,人民文学出版社2005年版,第236页。

弥漫于原始、质朴、本真的过往，散发出浓郁的怀旧气氛。而耽溺于现代都市旋流中的人们，通过这种审美性的回望，得以从日常枯燥的非我生存中暂时挣脱出来，达到一种澄明的本真存在状态，从而召回自身，回到自己的家园中来，同觉醒的灵魂一起去感知美，去发现生命中的诗意，以实现自我乃至整个族类的救赎与诗意栖居。

无独有偶，不仅国内的诸多怀旧文本热切地叙写着关于过往的原初社会的向往，而且这种抚今追昔的情怀在法国著名浪漫主义作家卢梭那里也以两相对举的方式得到了极好的阐发："原始人呼吸自由和宁静的空气，他只愿过闲散的生活，即使是斯葛多派的淡泊也远远比不上他对身外之物的冷漠。而文明人，整日奔波，劳心劳力，为的只是让自己更加劳苦，一生劳作，至死方休。"[①] 原始人意味着质朴、本真，回到生命的原初状态，以是其所是的方式活着；而文明人则意味着欲望、浮华，远离人的本真自我，以非我的方式活着。卢梭褒前贬后的立场意味深长。"你们尽可以抛弃在城市中的一切不幸收获，抛弃不得安宁的精神，抛弃你们堕落的灵魂和无尽的欲望。既然你们完全自由，你们尽可以返回到纯真的远古时代，重返森林，忘却你的同类所犯下的一切罪恶，而且也不必因为抛弃了罪恶的同时抛弃了一切进步而感到有辱于你们的种族。"[②] 在卢梭这里，为了返回到纯真的远古时代与大自然的怀抱，而选择抛弃所谓物质上的进步，是抛却罪恶、摆脱堕落、泯灭欲望的必然路径。其找到的归返传统、回归自然的批判启蒙理性的法宝，与我们的启蒙者对启蒙的反思之途有着异曲同工之妙。回归原始状态、回归远古时代，回归大自然的怀抱，去感受真善美，成为真正的大自然之子，是卢梭为人们指出的审美救赎之途。

---

① ［法］卢梭：《论人类不平等的起源》，高修娟译，上海三联书店2009年版，第77页。
② ［法］卢梭：《论人类不平等的起源》，高修娟译，上海三联书店2009年版，第87页。

第三章 现代社会转型语境下百年中国文学的怀旧书写发展历程

通过对近百年来我国怀旧书写的系统梳理，我们认为，现代社会转型语境下中国文学的怀旧书写，主要历经了如下六个阶段：其一，以鲁迅、周作人、沈从文的怀旧书写为代表的20世纪10—30年代对五四启蒙的反思；其二，以现代都会主义作家的怀旧书写为代表的20世纪20年代末至30年代初都市之子对传统的皈依；其三，以老舍、萧红、张爱玲的怀旧书写为代表的20世纪三四十年代救亡主旋律下低回的怀旧之音；其四，以诗化哲学引领下寻根派的怀旧书写为代表的20世纪80年代对新启蒙的质疑与反动；其五，以陈忠实、贾平凹、王安忆的怀旧书写为代表的20世纪90年代多元文化语境下的多元回归；其六，以陈丹燕、程乃珊的怀旧书写为代表的20世纪90年代至21世纪消费文化语境下的时尚怀旧。由上可见，怀旧书写不但代有传人，而且佳作迭出，其创作实绩对中国文学的百年发展做出了重大贡献。

第一节 20世纪10—30年代对五四启蒙的反思：鲁迅、周作人、沈从文的怀旧书写

诚如《启蒙的反思》一书所言："中国近现代的全部考虑就是改变积弱、寻求富强，无论洋务运动，还是戊戌变法，还是五四运动，

从来就没有偏离过救亡的主题。在中国的启蒙中，压倒一切的政治考虑和强烈的民族主义情绪，始终是不变的高昂基调。"① 五四与启蒙仿佛孪生婴儿般，与现代性紧紧相连，在关注国事民瘼的知识分子心中，其一直是现代社会转型的有力催化剂与引领者。在此背景下提出反思启蒙的课题，显然特别容易遭到种种误解。譬如在亟须通过现代化来摆脱积贫积弱状态的关键时刻，对启蒙进行反思是否太早或者说不合时宜？对启蒙的反思是否会对中国正在进行的现代转型构成危害？对五四的反思，是中国现代人包括现代作家们无法回避的一个生死攸关的重大课题。五四启蒙固然借助于西方文明自由、民主、科学的现代精神开启了近乎愚昧的民智，在一定程度上打破了千百年来传统的黑暗禁锢；但与此同时，也遮蔽了我国传统文化所固有的种种富有价值的内涵，导致数典忘祖、崇洋媚外、全盘西化等不良倾向的形成，助长了民族虚无主义的泛滥，启蒙的缺失所带来的负面效应可谓触目惊心。对启蒙的反思，就是要对启蒙所带来的负面效应进行系列纠偏，将单一的价值判断发展成为多元价值判断，将追求无限向外发展的制度与器物层面的勃勃欲望扭转为对内在精神的深度自我观照与省思，从而在深刻理解与掌握本土传统文化精髓的基础上，合理借鉴吸收他民族的文化精华，进而达至一种富有均衡的和谐之美的理想状态，将人的存在提升为一种更高意义的智慧之在，充满道义，富有情怀，命运相连，休戚与共。关于此点，《启蒙的反思》给出了自己的答案："黄：从世界范围看，目前已有的发达国家展现出的现代性表明，没有任何一个国家可以在完全割裂自身的本土资源，仅仅依靠外来的因素，形成它的现代性。"② 正是建基于上述观点，胡适从一开始强调"全盘西化"到后来转而提倡"充分现代化"，重新属意于传统文化，视之为不可或缺的社会现代化转型的重要源泉；以《狂人日记》的彻底反传统姿态面世的五四新文化旗手鲁迅，以"吃人"来概括我国传

---

① 哈佛燕京学社编：《启蒙的反思》，江苏教育出版社2005年版，第8页。
② 哈佛燕京学社编：《启蒙的反思》，江苏教育出版社2005年版，第10页。

统礼教的内核,曾经悲愤地劝告年轻人要读就读外国书,最好少读或者不读中国书,其激切的启蒙者姿态令人不容置疑。然其不但在启蒙文本中时时保持清醒的反省(如《药》中关于革命者夏瑜最终结局的交代、《风波》中浙东乡下一场令人啼笑皆非的死水微澜般的小小风波所折射出革命影响的有限性),更时时通过诸多怀旧文本的叙写来传达出对传统文化"剪不断、理还乱"的深切爱恋与隐晦回归。周作人、沈从文都是追随时代的脚步离乡去国,幻想找到启蒙的那盏阿拉丁神灯,以拯救在种种外力下日益沉沦的自我甚至整个族类,最终却是在对传统、故乡、童年、家园的叙写中找到了安妥灵魂之地,并由此奠定了自己的文学史地位。

一 鲁迅的怀旧书写

鲁迅的怀旧书写,主要集中在其《呐喊》《彷徨》《朝花夕拾》这几个文集中。《呐喊·自序》开篇即点明了作者写作这个集子的因由:"我在年青时候也曾经做过许多梦,后来大半忘却了,但自己也并不以为可惜。所谓回忆者,虽说可以使人欢欣,有时也不免使人寂寞,使精神的丝缕还牵着已逝的寂寞的时光,又有什么意味呢,而我偏苦于不能全忘却,这不能全忘的一部分,到现在便成了《呐喊》的来由。"[①] 然而不能完全忘却年轻时做过的梦,如果我们根据鲁迅本人提供的线索深究下去的话,其实这只不过是创作《呐喊》诸篇章的表层理由,其紧随其后的自陈才是驱使他拿起笔来倾诉的深层动因:"只是我自己的寂寞是不可不驱除的,因为这于我太痛苦。我于是用了种种法,来麻醉自己的灵魂,使我沉入于国民中,使我回到古代去。"[②] 这段话是我们理解鲁迅系列怀旧书写的一把至关重要的钥匙。从鲁迅自身的文化性格来看,其文化性格包蕴了互相交战纠缠的两个方面:学养深厚的传统士大夫与激进反叛的现代启蒙者。文化性格的张力导

---

① 鲁迅:《呐喊·自序》,《鲁迅全集》第1卷,人民文学出版社2005年版,第437页。
② 鲁迅:《呐喊·自序》,《鲁迅全集》第1卷,人民文学出版社2005年版,第440页。

第三章　现代社会转型语境下百年中国文学的怀旧书写发展历程

致其一方面对传统文化有着与生俱来的认同感；另一方面又站在启蒙的立场对传统文化展开毫不留情地批判。从其文化选择来看，初登文坛，鲁迅就非常自觉地选择了现代启蒙者的角色。众所周知，五四前后文学语言的文白之争是五四运动爆发最直接的导火线。胡适的《文学改良刍议》与陈独秀的《文化革命论》可谓点燃了轰轰烈烈五四新文化运动的星星之火，随之而起的新文化运动的燎原之势改写了中国文明的进程。而被钱玄同从故纸堆中请出山的鲁迅，则高举文化革命的大旗，并以自己杰出的白话文创作了《狂人日记》等一系列作品显示了新文学运动的实绩。与此相应，其在言论方面也是对传统文化的载体文言文大加贬斥，不但讽刺以文言文立身的《甲寅周刊》："'黄口小儿'们还要看什么《甲寅》之流，也未免过于可惨罢"①（《古书与白话》），而且在诸多文本中毫不客气地对文言文已然被历史淘汰的命运再三陈词："古文已经死掉了；白话文还是改革道上的桥梁，因为人类还在进化。"②（《古书与白话》）"我们此后实在只有两条路：一是抱着古文而死掉，一是舍掉古文而生存。"③（《无声的中国》）而对于文白之争的结局亦表现得极为自信："我以为也该是争的终结，而非争的开头。"④（《答 KS 君》）其言辞之激切，态度之决绝，体现出鲁迅"如匕首、似投枪"的一以贯之的犀利与透彻。

饶有意味的是，鲁迅一方面以一种狂飙突进的文化批判者与启蒙者的姿态来彰显自身的现代性存在；另一方面却又无法完全舍弃其骨子里对传统亲切的认同感。鲁迅的第一部小说也并不是我们所熟知的《狂人日记》，而是一篇名为《怀旧》的文言小说。关于《怀旧》，鲁迅曾经夫子自道："现在都说我的第一篇小说是《狂人日记》，其实我的最初排了活字的东西是一篇文言的短篇小说，登在《小说林》（？）

---

① 鲁迅：《古书与白话》，《鲁迅全集》第3卷，人民文学出版社2005年版，第228页。
② 鲁迅：《古书与白话》，《鲁迅全集》第3卷，人民文学出版社2005年版，第228页。
③ 鲁迅：《无声的中国》，《鲁迅全集》第4卷，人民文学出版社2005年版，第15页。
④ 鲁迅：《答 KS 君》，《鲁迅全集》第3卷，人民文学出版社2005年版，第120页。

上。那时恐怕还是革命之前，题目和笔名，都忘记了，内容是讲私塾里的事情的，后有恽铁樵的批语，还得了几本小说，算是奖品。"[1] 姑且不论其内容如何，单从标题以及其用文言写作这两点来看就富有意味。可见鲁迅也并非一开始就是传统文化的反叛者与新文化运动的先驱者，其后来的文化地位是其主动顺应时代潮流，自觉地进行文化选择所致。鲁迅的怀旧书写几乎涉及了怀旧的每一个层面。对故乡的深情想望，对童年的温情追忆，对家园的回归渴求，对故旧亲友的不绝缅怀……在在显露了鲁迅作为启蒙领军人物为民族呐喊、为命运彷徨之外的另一面。质朴、真挚、余韵幽长，是这些怀旧文本共同的特色。因鲁迅文化性格的张力所致，其对知识分子在传统与现代夹缝中命运的沉浮（如《在酒楼上》《孤独者》），以及对叛逆与归乡两难抉择下的乡土情结（如《故乡》）的叙写，尤见精彩；而其对现代生存挤压下意欲重返母体的童年情结（如《社戏》《从百草园到三味书屋》），对"无家可归"生存境遇下的家园意识（如《伤逝》）亦有着深刻的理解与独到的表达。详细论述请参看第四章第一、二、三节。

鲁迅在《彷徨》前并未如《呐喊》般有着自我剖白性质的"自序"或者如《朝花夕拾》般陈情的"小引"，而是引了一段屈原的《离骚》作为题辞："朝发轫于苍梧兮，夕余至乎县圃；欲少留此灵琐兮，日忽忽其将暮；吾令羲和弭节兮，望崦嵫而勿迫；路曼曼其修远兮，吾将上下而求索。"[2] 其反观历史长河，从历史中汲取前行的动力，以赤诚的屈子自期，不惧艰险、上下求索、欲为天下苍生谋求一条生存发展之路的思绪抱负，于此昭然若揭。文集中以第一人称叙事的叙述者"我"（如《祝福》《在酒楼上》《孤独者》《伤逝》）多半有着作者自身境遇的投射，其虽屡屡于现实中不甚称意，时时要起回顾过往之心，难免痛苦与彷徨，然终究并未完全丧失生之希望，倒是常常在对过往的回望中获得了继续昂然向前的勇气。如《孤独者》中

---

[1] 鲁迅：《340506 致杨霁云》，《鲁迅全集》第13卷，人民文学出版社2005年版，第92页。
[2] 鲁迅：《彷徨》，《鲁迅全集》第2卷，人民文学出版社2005年版，扉页。

逼仄的现实往往让人时时要生出逃遁之心,"我"常常在烦忧莫名的时刻穿梭于过去与现在,寻得哪怕是一丝虚幻的慰藉以驱赶现实的阴冷:"下了一天雪,到夜还没有止,屋外一切静极,静到要听出静的声音来。我在小小的灯火光中,闭目枯坐,如见雪花片片飘坠,来增补这一望无际的雪堆;故乡也准备过年了,人们忙得很;我自己还是一个儿童,在后园的平坦处和一伙小朋友塑雪罗汉。雪罗汉的眼睛是用两块小炭嵌出来的,颜色很黑,这一闪动,便变了连殳的眼睛。"故乡、童年,在此成了鲁迅这位游子心中随时可以召唤而来的,对抗冰冷的现实并进行自我拯救的救赎者。小说的结尾,"我"离开魏连殳葬礼现场的叙写,一如《故乡》和《在酒楼上》,是阴郁笼罩下的一点亮光闪烁,给人以不灭的期盼:"潮湿的路极其分明,仰看太空,浓云已经散去,挂着一轮圆月,散出冷静的光辉。我快步走着,仿佛要从一种沉重的东西中冲出,但是不能够。耳朵中有什么挣扎着,久之,久之,终于挣扎出来了,隐约像是长嗥,像一匹受伤的狼,当深夜在旷野中嗥叫,惨伤里夹杂着愤怒和悲哀。我的心地就轻松起来,坦然地在潮湿的石路上走,月光底下。"作者行文至此,竟能以近乎明朗的笔触收束住如此悲凉的结局,不能不令人佩服其内心之强大与抗拒绝望之坚卓。反抗绝望,鲁迅终其一生都在坚持的一个知其不可行而行之的命定担承,在《呐喊》《彷徨》诸篇章中都有或隐或显的表现。《故乡》如是,《伤逝》如是,《在酒楼上》如是,《孤独者》亦如是。

《在酒楼上》开篇即点明小说的主旨乃是怀旧,无论是心绪还是行动,叙述者"我"始终在寻找过往的印迹。旅居在离熟悉的老家不远的S城的旅馆里,"我"的心绪是慵懒的怀旧:"深冬雪后,风景凄清,懒散和怀旧的心绪联结起来,我竟暂寓在S城的洛思旅馆里了。"先是寻访旧友不遇:"寻访了几个以为可以会见的旧同事,一个也不在,早不知散到那里去了。"接着又发现记忆中的诸多场景早已面目全非:"经过学校的门口,也改换了名称和模样,于我很生疏。""我"

自然因此颇为扫兴而无聊："不到两个时辰,我的意兴早已索然,颇悔此来为多事了。"细读文本,我们不难发现,对于"觉得北方固不是我的旧乡,但南来又只能算一个客子"的"我"无所依从、身份指认不明,与靠教人"子曰诗云"聊以谋生的、万事皆模糊、随便、敷衍的吕纬甫,怀旧才是连接两个看似毫无共同之处的中年人的深度纽带。"我"和吕纬甫有着共同的年轻激进的生命回忆,正是这对过往的回忆推动着两人不约而同地来到了"一石居"这个熟悉的酒楼,来寻找一点点关于过去的印痕与在家的感觉,以慰藉那茫然四顾、举目无亲的游子之心。从鲁迅对酒楼窗外废园的诗意描写中可见出他对家乡风物的暖暖情意:"几株老梅竟斗雪开着满树的繁花,仿佛毫不以深冬为意;倒塌的亭子边还有一株山茶树,从晴绿的密叶里显出十几朵红花来,赫赫的在雪中明得如火,愤怒而且傲慢,如蔑视游人的甘心于远行。"行文至此,作者在文本中刻意营造的肃杀、沉寂的氛围在此刻完全隐没,取而代之的是老梅斗雪、山茶怒放,好一派繁花着锦、生机勃勃的明艳风光。如果说《在酒楼上》是一支怀旧的曲子,那么,此段描写即为其中最为闪耀的几个音符,仿佛黑暗中的烛光,一下子照亮了全篇。吕纬甫从为小弟迁葬、替顺姑买剪绒花这样的小事上觅得了几丝情感安慰,他之所以会对这两件小事如此在意,既见出其对伦理、温情以及个人日常生活的回归[①],亦不排除其生活的极度无聊与某些无可回避的缺失。甚至可以说,后者正是吕纬甫实现回归的现实基础。而"我",则从自己与吕纬甫不同的人生道路的抉择中觅得了最终的慰藉,觉得很"爽快":"我们一同走出店门,他所住的旅馆和我的方向正相反,就在门口分别了。我独自向着自己的旅馆走,寒风和雪片扑在脸上,倒觉得很爽快。"这富有象征意味的结尾,让读者感受到一种救赎般的快感弥漫开来,其结尾所表达出来的不肯绝望的倾向与其《故乡》的结尾如出一辙:"我想:希望是本无所谓

---

① 吴晓东:《记忆的神话》,新世界出版社 2001 年版,第 75 页。

有，无所谓无的。这正如地上的路；其实地上本没有路，走的人多了，也便成了路。"同样的希望，同样的渺茫，渺茫中夹杂着希望，希望中又充斥着渺茫，一方面通过对传统与日常的认同来反思甚至背离曾经的启蒙；另一方面又对这种选择持一种谨慎的批判态度。这种双声叙事给文本带来了极为丰富的复调效果。鲁迅常常依违于情感与理性、回望与展望的两难抉择中的复杂境遇与矛盾心态在此显露无遗。

二 周作人的怀旧书写

周氏兄弟同为五四文学运动干将，其在运动之初携手共进，并肩作战，叱咤文坛，是何等的意气风发。鲁迅痛切感受到弱国子民的悲哀，故言辞激切，直陈时弊，旨在改造国民性，一心想要以文学来"引起疗救的注意"。周作人对五四新文学的贡献则主要体现在文学理论的建树及其散文创作两个方面。其在理论上首倡"人的文学""平民文学"，并以自身的创作实绩来为文学的现代化做出实实在在的注解。鲁迅、朱自清等现代文学大家在谈到现代文学第一个十年的文学成就时，都认为散文小品最为发达，其成就也最高。朱自清认为："（现代文学中）最发达的，要算是小品散文。三四年来风起云涌的种种刊物，都有意或无意地发表了许多散文。……就散文论散文，这三四年的发展，确是绚烂极了：有种种的样式，种种的流派，表现着，批评着，解释着人生的各面；迁流曼衍，日新月异。有中国名士风，有外国绅士风，有隐士，有叛徒，在思想上是如此。或描写，或讽刺，或委曲，或缜密，或劲健，或绮丽，或洗练，或流动，或含蓄，在表现上是如此。"[①]

周氏兄弟同为现代散文大家，其风格又各不相同。尽管周作人在新文学领域独领风骚，独步一时，然而，其却曾自嘲为"旧人"："我

[①] 朱自清：《论现代中国的小品散文》，阿英编《现代十六家小品》，天津市古籍书店影印1990年版，第77—78页。

知道自己是很旧的人,有好些中国的艺术及思想上的传统占据我的心。"① 其骨子里潜藏的"绅士鬼"与"流氓鬼"时时交战不休,令他在努力前行的同时禁不住频频回首。细读其文本,我们不难发现,其对民间生活与风土人情的强烈兴趣中寄寓着浓浓的乡愁,正是这乡愁促使其以一种回望的姿态反观在时间与空间上与当下的自己拉开距离的曾经的生活。正是导因于此,"羁旅游子思乡恋归"成为其创作中压倒性的主题。因个人性情所致,周作人的大量怀乡之作,少有城乡文化冲突的痕迹,多为对故乡充满温情的绵绵回忆。其曾夫子自道:"年来只在外面漂泊,家乡的事事物物,表面上似乎来得疏阔,但精神上却也分外地觉得亲近。"② 他对自己怀乡的实质说得很明白:"对于故乡或是第二故乡的留恋,重在怀旧而非知新。"③ 作者的自述为我们较好地理解其怀乡之作提供了可靠的依据:其怀乡的骨子里其实就是怀旧。

周作人曾多次撰文追怀故乡,他在《桑下丛谈·小引》中说道:"余生长越中,十八岁以后流浪在外,不常归去,后乃定居北京,足迹不到浙江盖已二十有五年矣。但是习性终于未能改变,努力说国语而仍是南音,无物不能吃而仍好咸味,殆无异于吃腌菜说亨个时,愧非君子,亦还是越人安越而已。"④ 故乡对其影响之大,之深,已是深入骨髓,无可逃脱矣。周作人怀乡,不仅仅因为故乡是他生命伊始之处,更因为是故乡造就了他的禀性,铸就了他的"师爷气",正所谓江山易改,本性难移是也:"我的浙东人的气质终于没有脱去。我们一族住在绍兴只有十四世,其先不知是那里人,虽然普通称是湖南道州,再上去自然是鲁国了。这四百年间越中风土的影响大约很深,成就了我的不可拔除的浙东性,这就是世人所通称的'师爷气'。本

---

① 张明高、范桥编:《周作人散文》第2集,中国广播电视出版社1992年版,第262页。
② 周作人:《关于蝙蝠》,《看云集》,河北教育出版社2002年版,第43页。
③ 周作人:《关于竹枝词》,《过去的工作》,河北教育出版社2002年版,第2页。
④ 周作人:《桑下丛谈·小引》,《书房一角》,河北教育出版社2002年版,第61页。

第三章 现代社会转型语境下百年中国文学的怀旧书写发展历程

来师爷与钱店官同是绍兴出产的坏东西,民国以来已逐渐减少,但是他那法家的苛刻的态度,并不限于职业,却弥漫及于乡间,仿佛成为一种潮流……我从小知道'病从口入祸从口出'的古训,后来又想溷迹于绅士淑女之林,更努力学为周慎,无如旧性难移,燕尾之服终不能掩羊脚,检阅旧作,满口柴胡,殊少敦厚温和之气;鸣呼,我其终为'师爷派'矣乎?虽然,此亦属没有法子,我不必因自己以为是越人而故意如此,亦不必因其为学士大夫所不喜而故意不如此:我有志为京兆人,而自然乃不容我不为浙人,则我亦随便而已耳。"①

周作人如此频繁地怀乡,与当时的社会环境以及他自身的文化心态密切相关。时五四文学运动高潮已过,第一次大革命失败后黑暗如磐的社会令人心灰意冷。此时,由于看不到任何希望,潜伏在周作人头脑中的隐逸思想抬头,他从为五四文学运动鼓与呼的先驱者转变为一名只顾躲在象牙塔中苦心经营《自己的园地》的隐士。对现实的失望与对前途的迷茫迫使他将目光投向过去,投向故园,以获得对自我存在与价值的确认以及情感的慰藉,这就在客观上促使了大量怀乡恋旧之作的诞生。他在《雨天的书·自序二》中说:"我近来作文极慕平淡自然的景地。但是看古代或外国文学才有此种作品,自己还梦想不到有能做的一天,因为这有气质境地与年龄的关系,不可勉强,像我这样褊急的脾气的人,生在中国这个时代,实在难望能够从容镇静地做出平和冲淡的文章来。我只希望,祈祷,我的心境不要在粗糙下去,荒芜下去,这就是我最大的愿望。我查看最近三四个月的文章,多是照例骂那些道学家的,但是事既无聊,人亦无聊,文章也就无聊了,便是这样的一本集子里也不值得收入。我的心真是已经太荒芜了。田园诗的境界是我以前偶然的避难所,但这个我近来也有点疏远了。以后要怎样才好,还须得思索过,——只可惜现在中国连思索的余暇

---

① 周作人:《雨天的书·自序二》,《雨天的书》,河北教育出版社2002年版,第3页。

都还没有。"① 这篇小序写于1925年，落款为"十四年十一月十三日，病中倚枕书"。在此序中，周作人不仅强调了自己对平淡自然艺术风格的倾慕与追求，而且清楚地道出了不愿再写骂道学家的无聊文章的原因：希望已经粗糙荒芜的心重新找到新的激发点与新的生命活力，使其得到有效的安抚，从而走向宁静从容。

他曾在《故乡的野菜》中故作淡泊地写道："我的故乡不止一个，凡我住过的地方都是故乡。故乡对于我并没有什么特别的情分，只因钓于斯游于斯的关系，朝夕会面，遂成相识，正如乡村里的邻舍一样，虽然不是亲属，别后有时也要想念到他。我在浙东住过十几年，南京东京都住过六年，这都是我的故乡；现在住在北京，于是北京就成了我的家乡了。"② 从故作淡漠的口吻中我们不难品出暗含其中的深情。浙东的荠菜、黄花麦果、紫云英都成了作者淡淡缅怀、寄托乡思的诗情对象，从容优游的叙述显示出作者驾驭文字的非凡功力。这也可由他本人在《关于蝙蝠》中的夫子自道得到证实："年来只在外面漂泊，家乡的事事物物，表面上似乎来得疏阔，但精神上却也分外地觉得亲近。偶尔看见夏夜的蝙蝠，因而想起小时候听白发老人说'奶奶经'以及自己顽皮的故事，真大有不胜其今昔之感了。"③《故乡的野菜》有两点独具周氏特色。其一，对儿童歌谣的收集。关于荠菜："荠菜马兰头，姊姊嫁在后门头。"④ 关于黄花麦果："黄花麦果韧结结，关得大门自要吃；半块拿弗出，一块自要吃。"⑤ 其二，对文献的引证。关于荠菜："《西湖游览志》云：'三月三日男女皆戴荠菜花。谚云：三春戴荠花，桃李羞繁华。'顾禄的《清嘉录》上亦说，'荠菜花俗呼野菜花，因谚有三月三蚂蚁上灶山之语，三日人家皆以野菜花置灶陉上，以厌虫蚁。清晨村童叫卖不绝。或妇女簪髻上以祈清目，俗号眼

---

① 周作人：《雨天的书·自序二》，《雨天的书》，河北教育出版社2002年版，第4页。
② 周作人：《故乡的野菜》，《雨天的书》，河北教育出版社2002年版，第48页。
③ 周作人：《关于蝙蝠》，《看云集》，河北教育出版社2002年版，第43—44页。
④ 周作人：《故乡的野菜》，《雨天的书》，河北教育出版社2002年版，第48页。
⑤ 周作人：《故乡的野菜》，《雨天的书》，河北教育出版社2002年版，第49页。

亮花.'"① 关于紫云英："日本《俳句大辞典》云：'此草与蒲公英同是习见的东西，从幼年时代便已熟识。在女人里边，不曾采过紫云英的人，恐未必有罢。'"② 两首童谣既为此篇增添了浓浓的天真情味，同时亦使此篇具有了民俗学的风味。而文献的详尽引证则大大丰富了文章的内涵，增强了文章的知性之美。

周作人的怀乡之作中有不少经典篇章。无论是对乘坐乌篷船无穷趣味的再三回味（《乌篷船》），是对"带水而不拖泥"的石板路的不绝缅怀（《清嘉录》），是对瓦屋纸窗之下与二三知己悠然品茶之闲趣的幽幽念想（《吃茶》），还是对"闭窗坐听急雨打篷"之乐的津津乐道（《雨的感想》），无不表现出作者对故乡的强烈兴味与深厚情感，其冲淡平和、余韵悠长的艺术风格在此得到了充分体现。

作为中国现代文学史上的怀乡名篇，《乌篷船》散发着经久不息的艺术魅力。以书信形式架构全篇，是《乌篷船》结构上的独到之处。周作人在文中向朋友子荣君详尽介绍了在具浓郁水乡风情的故乡乘坐乌篷船的无穷趣味，巧妙地将对故乡的怀恋之情寄寓其间。而第一人称、第二人称的使用，又在很大程度上增添了文章的可信度与亲切感，并于无形中缩小了作者与读者之间的心理距离。此文在叙写过程中也带有鲜明的周氏色彩：明明是极其怀念故乡，却偏要说"我的故乡，真正觉得可怀恋的地方，并不是那里。"欲扬先抑，为下文对"乌篷船"这一江浙水乡独有之物的出场做好了铺垫。乌篷船最引人注目的地方，自然是它的构造与众不同，作者在文中用说明文的笔法，娓娓向读者道来。通观《乌篷船》全篇，"趣味"二字足以总括其特色。孜孜陶然于乘坐乌篷船水上航行的趣味，才是作者写作此篇的真正目的所在。无论是仅可容身的"一叶扁舟"，还是可容四人围桌打麻将的三道船，虽难免有翻船之虞，却也能给游客带来无尽乐趣。静坐舱底，优游浏览；夜睡舱中，卧听橹声，

---

① 周作人：《故乡的野菜》，《雨天的书》，河北教育出版社2002年版，第49页。
② 周作人：《故乡的野菜》，《雨天的书》，河北教育出版社2002年版，第50页。

别是一番清幽境界。至于船上看戏，那热闹与自由自然又是另一番景象。值得一提的是，作者在信末将曾经盛行乡里的中国旧戏与都市里日渐流行的"猫儿戏"强加比照，一褒一贬，极鲜明地标示了作者的价值与情感取向。

他在《清嘉录》中也表达了对故乡的强烈兴味与深厚情感："我们看某处的土俗，与故乡或同或异，都觉得有意味，异可资比较，同则别有亲近之感。"① 文中对江浙古旧的石板路与可做上好茶水的梅水的津津乐道，足可见出周作人对故乡的怀念之情："我们在北京住惯了的平常很喜欢这里的气候风土，不过有时想起江浙的情形来也别有风致，如大石板的街道，圆洞的高大石桥，砖墙瓦屋，瓦是一片片的放在屋上，不要说大风会刮下来，就是一头猫走过也要咯咯的响的。这些都和雨有关系。南方多雨，但我们似乎不大以为苦。雨落在瓦上，瀑布似的掉下来，用竹水溜引进大缸里，即是上好的茶水。"② 有"带水而不拖泥"的石板路可走，有上好的梅水可喝，在周作人看来，竟是一种难得的大福气。善于从日常生活的极细微处捕捉怀乡的情愫，这也可以说是他怀旧之作的一种特色吧。

说起自己对故乡之水的特殊感情，周作人自然又有一番饱含情意的解释："我们本是水乡的居民，平常对于水不觉得怎么新奇，要去临流赏玩一番，可是生平与水太相习了，自有一种情分，仿佛觉得生活的美与悦乐之背景里都有水在。"③（《北平的春天》）1944年，他又在《雨的感想》中怀念起故乡的听雨之乐来："秋季长雨的时候，睡在一间小楼上或是书房内，整夜的听雨声不绝，固然是一种喧嚣，却也可以说是一种萧寂，或者感觉好玩也无不可，总之不会得使人忧虑的"④；"一般交通既然多用船只，下雨时照样的可以行驶，不过篷窗不能推

---

① 周作人：《清嘉录》，《夜读抄》，河北教育出版社2002年版，第85页。
② 周作人：《清嘉录》，《夜读抄》，河北教育出版社2002年版，第86—87页。
③ 周作人：《北平的春天》，《风雨谈》，河北教育出版社2002年版，第145页。
④ 周作人：《雨的感想》，《立春以前》，河北教育出版社2002年版，第26页。

开，坐船的人看不到山水村庄的景色，或者未免气闷，但是闭窗坐听急雨打篷，如周濂溪所说，也未始不是有趣味的事。"① 谈水是故乡的水，说雨是故乡的雨，写风还是故乡的风，周作人怀念故乡已经到了几近痴迷的状态，其写景状物，几乎字字句句都离不了故乡，而在实际生活中，凡是与故乡相关的一切他都努力去收集整理。他在《洗斋病学草》中自云："民国以来我时常收集一点同乡人的著作。"②"因为'乡曲之见'，所以收集同乡人的著作，在这著作里特别对于所记的事与景感到兴趣，这也正由于乡曲之见。纪事写景之工者亦多矣，今独于乡土著述中之事与景能随喜赏识者，盖因其事多所素知，其景多曾亲历，故感觉甚亲切也。其实这原来也并不限于真正生长的故乡，凡是住过较长久的地方大抵都有这种情形。"③

《济南道中之二》则在怀乡时流露出典型的恋旧心态："十点钟后到济南，坐洋车进城，路上看见许多店铺都已关门——都上着'排门'，与浙东相似。我不能算是爱故乡的人，但见了这样的街市，却也觉得很是喜欢。……城里有好些地方也已改用玻璃门，……我不能说排门是比玻璃门更好，在实际上玻璃门当然比排门要便利得多。但由我旁观地看去，总觉得旧式的铺门较有趣味。玻璃门也自然可以有它的美观，可惜现在多未能顾到这一层，大都是粗劣潦草，如一切的新东西一样。旧房屋的粗拙，全体还有些调和，新式的却只见轻率凌乱这一点而已。"④ 周作人对事物的好恶，总是不自觉地将它们是否与记忆中的故乡有关联来作为判断的标准，怀乡，已经深入他的潜意识层面，实在是有点身不由己的味道了。

值得注意的是，周作人的怀乡之作均具有鲜明的地方色彩。他在《旧梦》中坦承自己"对于乡土艺术很是爱重"⑤，"觉得风土的力在

---

① 周作人：《雨的感想》，《立春以前》，河北教育出版社2002年版，第27页。
② 周作人：《洗斋病学草》，《苦茶随笔》，河北教育出版社2002年版，第19页。
③ 周作人：《洗斋病学草》，《苦茶随笔》，河北教育出版社2002年版，第20页。
④ 周作人：《济南道中之二》，《雨天的书》，河北教育出版社2002年版，第150页。
⑤ 周作人：《旧梦》，《自己的园地》，河北教育出版社2002年版，第116页。

文艺上是极重大的"①,"我于别的事情都不喜讲地方主义,唯独在艺术上常感到这种区别"②,并将这种地域色彩放到世界文学这一宏阔背景之下加以观照,以突出其重要性:"我相信强烈的地方趣味也正是'世界的'文学的重大成分。……否则是'拔起了的树木',不但不能排到大林中去,不久还将枯槁了。"③ 由此可见,作品中"强烈的地方趣味"是作者有理论指导的自觉艺术追求。综观其怀乡诸作,终年穿梭往来于各乡镇的乌篷船、三月时分的上坟扫墓与春游踏青、春日妇幼提着"苗篮"挖野菜……一幅幅鲜活的浙东乡风民俗图赫然在目,令人不由叹赏作者对平淡生活内蕴之美的敏锐感觉与捕捉。这种对故乡风土人情的熟稔于心与生动再现,使得周作人的此类散文蕴含了丰厚的民俗学意味,也正是这种"强烈的地方趣味"成就了同时作为文学家与民俗学家的周作人。

当然,周作人很清楚,怀旧(包括怀乡)所怀的对象在被缅怀时难免有被理想化的倾向。他在《与友人论怀乡书》中一针见血地指出:"凡怀乡怀国以及怀古,所怀者都无非空想中的情景,若讲事实一样没有什么可爱。在什么书中(《恋爱与心理分析》?)见过这样一节话,有某甲妻甚凶悍,在她死后某甲怀念几成疾,对人辄称道她的贤惠,因为他忘记了生前的妻的凶悍,只记住一点点好处,逐渐放大以至占据了心的全部。我们对于不在面前的事物不胜恋慕的时候,往往不免如此,似乎是不能深怪的。但这自然不能凭信为事实。"④ 无独有偶,他在《日本管窥》一文中,也表达了相似的看法:"日本是我所怀念的一个地方。我以前在杭州住过两年,南京东京各六年,绍兴约二十年,民六以来就住在北京,这些地方都可以算是我的一种故乡,觉得都有一种情分,虽然这分量有点浅深不一。大抵在本国因为有密

---

① 周作人:《旧梦》,《自己的园地》,河北教育出版社2002年版,第116页。
② 周作人:《旧梦》,《自己的园地》,河北教育出版社2002年版,第116页。
③ 周作人:《旧梦》,《自己的园地》,河北教育出版社2002年版,第116—117页。
④ 周作人:《与友人论怀乡书》,《雨天的书》,河北教育出版社2002年版,第108页。

切关系的缘故，往往多所责望，感到许多不满意处，或者翻过来又是感情用事地自己夸耀，白昼做梦似的乱想；多半是情人眼里的脸孔，把麻点也会看作笑靥。"① 在这不无自嘲的解释里，我们见出了作者的清醒与透彻。他深知一切怀旧其实都是建立在虚幻的基础之上的。太多的想象被赋予了怀旧的对象，我们所怀恋的，只是我们自己愿意怀恋的理想化的过去，其实早就不是那被怀恋者本身了。

三 沈从文的怀旧书写

以频频回望过往来传达一种抚今追昔的叹惋乃至痛惜之情，是以沈从文、废名等京派作家互相指认其文学追求与文化品位的标志。正如汪曾祺所指出的："《边城》是一个怀旧的作品，一种带着痛惜情绪的怀旧。"② 身体里流淌着汉族、苗族、土家族多民族血液的沈从文，基于自身的血缘与地缘，以一种深刻的同情领悟了湘西苗族、汉族、土家族杂居的原初住民生死劳作的意义。关于这一点，夏志清认识得很清楚："沈从文笔下的大部分人物都是生活在天生的纯洁无邪这个本能层次上的，他们是尚未投身于善恶斗争中的田园人物。"③ 对沈从文而言，能否通过对过去生活与生命意义的叙写，在现代性风潮席卷神州大地的时代旋流中建构起一个完整的自我形象，是其能否克服时代焦虑并富有意义地存在之关键。其诸多文本都不断地召唤旧日的时光与旧日的氛围，试图唤醒一个不曾存在的过往，将其召唤到现实生活中来，来对抗现代性转型所致的种种人性缺失与社会弊端。沈从文的审美倾向鲜明地体现在他有意与现代社会保持一种隔绝的姿态、透过对远古原初住民的近乎崇拜的情感滤镜来窥望现代社会的一切，由此而滋生出一种对现代社会隐约难明的敌意。这使得他对都市现代社

---

① 周作人：《日本管窥》，《苦茶随笔》，河北教育出版社2002年版，第139页。
② 汪曾祺：《汪曾祺文集·文论卷》，江苏文艺出版社1993年版，第100页。
③ [美]夏志清：《中国现代小说史》，刘绍铭等译，复旦大学出版社2005年版，第66—67页。

会的描摹始终只能停留在外来者表面观察叙写的经验层面,而无法突入现代都市的内部深层,把捉其脉动,剔抉其弊端,做一名真正的都市叙写者。都市在其文本中只有作为被批判的文化符号才具有意义。从这一意义而言,沈从文自称"乡下人",确是对自己文化身份的恰切定位,的确,他从来就不是合适的都市代言人。其在叙写过往时所营造的玄想和优雅氛围与叙写现代都市时克制不住流露出来的躁动和冷嘲格调,是如此鲜明地呈现出对决的姿态,也正是这种无处不在的内在矛盾,赋予了其怀旧书写以一种对时代轰隆隆向前进行清醒反省的面向。本小节从沈从文怀旧书写所产生的缘由、其怀旧书写的历史性本质以及其信仰生命、美与爱的美学向度三个方面进行了考察、论述。

无论是以《边城》《长河》等为代表的湘西抒写,还是以《八骏图》等为代表的都市病相展示,沈从文创作中值得我们关注的不仅仅是众所周知的城乡对立抒写模式,亦不仅仅是其对湘西神话世界的构建,以及其试图重造民族品德的文学野心,更是其骨子里挥之不去的怀旧情愫。其大部分有价值的写作,究其实质,均为怀旧书写,并具有怀旧书写极为突出的历史性特点。不仅如此,沈从文展示都市病相的作品,因其是为建构湘西世界的前设因素[①],故亦可视为广义上的怀旧书写。

(一)怀旧:激进思潮召唤下收获的保守文化姿态

1923年,21岁的沈从文在五四运动余波的影响下,以一次病重与好友陆弢的夭折为契机,对生命本真进行了一次至关重要的反观与思索:"我知道见到的实在太少,应知道见到的可太多,怎么办?我想我得进一个学校,去学些我不明白的问题,得向些新地方,去看些听些使我耳目一新的世界。"[②] 沈从文害怕自己在已有的生活中堕落与沉

[①] 参见高玉《论都市"病相"对沈从文"湘西世界"的建构意义》,《文学评论》2007年第2期。

[②] 沈从文:《从文自传·一个转机》,《沈从文全集》第13卷,北岳文艺出版社2002年版,第364页。

第三章　现代社会转型语境下百年中国文学的怀旧书写发展历程

沦，更害怕自己作为一个蒙昧未明的生命而懵懵懂懂地离开人世。试图改变生存境遇的他决心前往北京求学。虽然沈从文此行不无盲目性，但也绝不是一时冲动所致，这是深思熟虑后对命运所采取的主动追寻与承担的姿态。历史证明，正是因为沈从文的此次出走，才造就了后来的一代文坛大家。年轻人背井离乡去他乡，除却为朦胧的希望所吸引这一共通性之外，如果说鲁迅的去乡是源于痛与恨，沈从文的出走则是源于怕与爱。对人情冷暖、世态炎凉的清醒认知让鲁迅的作品从一开始就带有强烈的冷峻与犀利的味道，而沈从文的人生取向显然有所不同。尽管其关于家道中落的感慨与鲁迅惊人的一致[1]，尽管其少年时代即见识过太多的杀戮与鲜血[2]，然其对人对事始终保持着一种难以言说的温爱。鲁迅因强烈关注国民性而走上了殉道般的启蒙之途；周作人在五四的时代风潮中急流勇退，做起了潜心于象牙塔中经营"自己的园地"的绅士；继起的沈从文则开始了其以关注人性为基石的理想世界的构建。三人的分野在此体现得十分鲜明。鲁迅采取的对人生由批判烛照而愤然启蒙的姿态，周作人对人生由淡泊观照而超然澄澈的姿态，与沈从文对人生由温爱拂照而悠然审美的姿态相映成趣，共同构成中国现代文学史上颇有代表性的三种人生姿态。

值得玩味的是，尽管激起沈从文闯荡北京的时代环境早已变得与其想象中风起云涌、思潮迭起的五四时代大相径庭，他却依然选择留在北京，而不是像同路而去的满叔远那样，在北京只不过了短短几个月后即黯然归乡。这一方面固然要归因于沈的远大抱负、倔强个性与坚忍毅力，同时也不能漠视现代都市文明对沈从文的巨大魅惑力，以及其由充满诱惑的都市而激起的立足都市、征服都市的勃勃野心。在激进思潮的召唤下来到都市淘金，收获的却是保守的文化姿态，沈

---

[1] 参见沈从文《卒伍》，《沈从文全集》第2卷，北岳文艺出版社2002年版，第216—217页。

[2] 参见沈从文《从文自传·怀化镇》，《沈从文全集》第13卷，北岳文艺出版社2002年版，第306页。

从文的价值取向值得我们关注。这是带有强烈怀旧色彩的文化姿态，也正是这一文化姿态，注定了沈从文大部分有价值的书写均为怀旧书写。沈从文满怀信心闯北平，然1924年投考北京大学等国立大学失败以及陈渠珍资助的断绝，无疑给了其当头一棒。其间的诸多艰辛与隐痛在其早期文本如《公寓中》《绝食以后》《棉鞋》中都有体现。"他只觉得一切人于他，都含有点陌生的敌视；他于一切，却也有点漠然的憎恶。"[1]可视为沈从文与都市两相对立态势的经典表述。在沈从文与都市较量的过程中，怀旧写作遂成为其获得当下立足点的基本途径之一，也是其对自我本体绝对存在进行印证与确认的一种绝佳方式。范家进先生在其专著《现代乡土小说三家论》中精到地点出了沈从文创作的怀旧特质："从内心资源上说，支撑他在城市里挣扎求生的除了上述作品中通过文本化的城市复仇所实现的虚拟中的心理平衡，还有一个重要法术就是：通过对当前现实的暂时疏离和忘却转而进入一个不在眼前却又充满诗情画意的纯粹属于过去的回忆世界。"[2]回忆在此担当起一个非同寻常的纽带功能，它将过去、现在、将来三者有机地联结起来，为沈从文在时间维度上串起了一条完整的生存之链。通过对过去的虚拟回忆，沈从文在都市中支离破碎的当下生存状态获得了修复与提升的可能，同时也为其将来的发展找到了一个较为明确的方向：以对过往湘西的抒写在都市中立足。在鲁迅的还乡梦归于幻灭（如《故乡》），周作人清醒地知道自己所怀的对象乃是心造的幻影之际（如《雨天的书·与友人论怀乡书》），沈从文却将其文化理想与心灵栖息地均建构在湘西这一偏隅之所，这不能不说是文化性格与人生境遇的差异所致。沈从文带有一种原始本能的求生欲望与芜杂零乱的各文体抒写终于在新月派诸成员的赞赏与市场的认可中找到了发展方向：专注于对虚拟的过往湘西的抒写。这既是由于外界的鼓励与影响而做出的自觉选择，又与沈内在的温厚蕴藉的禀性相契合，二者可谓

---

[1] 沈从文：《绝食以后》，《沈从文全集》第1卷，北岳文艺出版社2002年版，第360页。
[2] 范家进：《现代乡土小说三家论》，上海三联书店2002年版，第148、159—160页。

第三章 现代社会转型语境下百年中国文学的怀旧书写发展历程

相得益彰。

随着社会地位的日益提高与稳定，沈从文的文化保守主义与精英主义倾向也越来越强烈。这恰好与其交往密切的徐志摩、胡适的思想相呼应。沈从文在任教于胡适主持的中国公学（1929年）后所表现出来的文学倾向，与其说是保守的，毋宁说是怀旧的。1933年开始创作《边城》，并发表《文学者的态度》一文，既是其在创作上的一个典型倾向的尝试，又鲜明地标示其理论倾向。与中国现代文学史上乡土文学的领军人物鲁迅对故乡"哀其不幸，怒其不争"的启蒙式回眸、周作人对故乡羁旅游子式的传统依恋与爱重不一样的是，沈从文不仅回眸乡土、爱恋乡土，其甚而至于寄梦乡土。在其创作中，启蒙式的批判与洞幽烛微几乎荡然无存，传统士大夫式的游子思乡恋归也只是偶露头角，贯穿其创作始终的，是对"边城"式理想世界的精心构建，是对精神家园与心灵栖息地的终极寻求。亦即在对虚拟的过去的无限怀想与重构中为当下寻找立足点，是在用一种充满诗意的方式对自我本体绝对存在进行印证与确认，并试图为自我及整个族类寻找到人性自由、神人和谐共处、满溢着美与爱的最终归宿。从这一意义上来看，怀旧书写对沈从文而言，已不仅仅是其立足于都市的一种方式，更是已然成为其安身立命的存在依据。

沈从文在《边城·题记》中流露出的创作意图颇有意味，他希望《边城》不仅仅只给读者"一点怀古的幽情"、"一次苦笑"或"一个噩梦"，更期冀能给他们带来"一种勇气同信心"。[①] 在对读者近乎苛刻的挑剔中，我们见出了沈从文对过去的追怀、对现实的警醒以及对将来的瞻望："我的读者应是有理性，而这点理性便基于对中国现社会变动有所关心，认识这个民族的过去伟大处与目前堕落处，各在那里很寂寞的从事于民族复兴大业的人。"[②] 这是对沈从文怀旧写作具有典型的历史性，即集过去性（"过去伟大"）与当下性（"目前堕落"）

---

① 沈从文：《边城·题记》，《沈从文全集》第8卷，北岳文艺出版社2002年版，第59页。
② 沈从文：《边城·题记》，《沈从文全集》第8卷，北岳文艺出版社2002年版，第59页。

于一身、并明确地指向将来（"民族复兴"）的特质的最好自我阐发。就沈从文的怀旧文本而言，《边城》的历史性不是个案，《长河》的写作同样建立在极为清醒的追怀过往、批判现实以及展望未来的基础之上。早在《长河》动笔写作的几年前（1934年），沈就在《边城·题记》中做了预言："将在另外一个作品里，来提到二十年来的内战，使一些首当其冲的农民，性格灵魂被大力所压，失去了原来的朴质，勤俭，平和，正直的型范以后，成了一个什么样子的新东西。他们受横征暴敛以及鸦片烟的毒害，变成了如何穷困与懒惰！我将把这个民族为历史所带走向一个不可知的命运中前进时，一些小人物在变动中的忧患，与由于营养不足所产生的'活下去'以及'怎样活下去'的观念和欲望，来作朴素的叙述。"[①]《长河·题记》又强调："《边城》中人物的正直和热情，虽然已经成为过去了，应当还保留些本质在年青人的血里或梦里，相宜环境中，即可重新燃起年青人的自尊心与自信心。"[②]《湘行散记》反复强调其返湘的经历就是"翻阅一本用人事组成的历史"，其敏锐地发觉"一分新的日月，行将消灭旧的一切"[③]，并发出由衷的慨叹："我明白我不应当'翻阅历史，温习历史'。在历史前面，谁人能够不感惆怅？"[④] 显然，沈从文怀旧写作中所具有的历史意识是充满自觉意味的。

（二）历史性：沈从文怀旧书写的基本特质

毫不夸张地说，历史性是沈从文怀旧书写的基本特质。怀旧书写天然具有历史性，其本质即历史性书写。所谓时势造英雄，历史意识与传统会在必要的时刻选择代言人为其言说。沈从文就是这样一位有幸被历史意识与传统选中的代言人。在为数不少的私人通信里，他多

---

① 沈从文：《边城·题记》，《沈从文全集》第8卷，北岳文艺出版社2002年版，第59页。
② 沈从文：《长河·题记》，《沈从文全集》第10卷，北岳文艺出版社2002年版，第5页。
③ 沈从文：《湘行散记·箱子岩》，《沈从文全集》第11卷，北岳文艺出版社2002年版，第281页。
④ 沈从文：《湘行散记·老伴》，《沈从文全集》第11卷，北岳文艺出版社2002年版，第297页。

次表达出自己被选中为湘西代言人的莫名欣喜，并颇为自傲地以此进行自我标榜："我同他们那么'熟'——一个中国人对他们发生特别兴味，我以为我可以算第一位！……我多爱他们，五四以来用他们作对象我还是唯一的一人！"[①]其在《湘行书简·历史是一条河》中的思考颇能代表其对历史的看法："一本历史书除了告我们些另一时代最笨的人相斫相杀以外有些什么？但真的历史却是一条河。从那日夜常流千古不变的水里石头和砂子，腐了的草木，破烂的船板，使我触着平时我们所疏忽了若干年代若干人类的哀乐！"[②]此时此刻，历史以如此可感可触的具象化形式呈现于眼前，生生死死，哀乐不绝，一种油然而生的历史意识彻底淹没、感动了沈从文。伴随这种感动而来的是其对一切有生与有情皆取一种尊敬的爱的态度："山头夕阳极感动我，水底各色圆石也极感动我，我心中似乎毫无什么渣滓，透明烛照，对河水，对夕阳，对拉船人同船，皆那么爱着，十分温暖的爱着！……我会用我自己的力量，为所谓人生，解释得比任何人皆庄严些与透入些！"[③]沈从文此刻是肃穆虔敬的，行文中流露出一种对历史与人生的尊崇与敬畏。这与他自觉意识到了自己在时间中的位置及其行将扮演的历史角色有着极大的关联：即其负有对人生进行"庄严透入"的解释的历史使命。

于是便有了《边城》与《湘行散记》。《边城》中那充满诗意的叙写与对现实的拒绝姿态，源自一种充满温情的爱与历史意识，源自对人类淳朴而安命地生存的宽容、理解与悲慨，更源自对已经逝去与行将逝去的人类理想生存状态的戏拟与追寻。不仅如此，其间还寄寓着作者对自我生命达到完满圆全状态的设想："我还有另外一种幻想，

---

① 沈从文：《湘行书简·河街想象》，《沈从文全集》第11卷，北岳文艺出版社2002年版，第132—133页。
② 沈从文：《湘行书简·历史是一条河》，《沈从文全集》第11卷，北岳文艺出版社2002年版，第188页。
③ 沈从文：《湘行书简·历史是一条河》，《沈从文全集》第11卷，北岳文艺出版社2002年版，第188页。

即从个人工作上证实个人希望所能达到的传奇。我准备创造一点纯粹的诗,与生活不相粘附的诗。……我需要一点传奇,一种出于不巧的痛苦经验,一分从我'过去'负责所必然发生的悲剧。换言之,即爱情生活并不能调整我的生命,还要用一种温柔的笔调来写各式各样爱情,写那种和我目前生活完全相反,然而与我过去情感又十分相近的牧歌,方可望使生命得到平衡。"① 因此之故,他要"用一支笔,来好好的保留最后一个浪漫派在二十世纪生命挥霍的形式",要"在'神'之解体的时代,重新给神作一种光明赞颂。在充满古典庄雅的诗歌失去价值和意义时,来谨谨慎慎写最后一首抒情诗"。②《湘行散记》漫溢着回望过去的脉脉温情,亦不乏直指当下与将来的忧患意识。其所收录的12篇散文,大多力赞地方风物的美丽以及百姓的雄强与智慧。活跃其间的诸色人等,无论是精明滑稽的旅店老板(《一个戴水獭皮帽子的朋友》)、经年漂泊的各路水手(《桃源与沅州》《鸭窠围的夜》《一九三四年一月十八》《一个多情水手与一个多情妇人》《辰河小船上的水手》)、多情重义的乡野妓女(《一个多情水手与一个多情妇人》)、混合着油气与骄气的跛子什长(《箱子岩》)、安于现状的老伴父女(《老伴》)、落草为匪的聪明矿工(《五个军官与一个煤矿工人》),还是野性十足的虎雏(《虎雏再遇记》),莫不寄寓着沈从文对于人生的历史性思考。斯人斯景,固然美丽动人,然现实的真面目却是"艰难处与美丽处实在可以平分"。故作者在叹赏的同时无法不为他们的当下生存状况担忧,并试图为其将来谋求一条出路:"一分新的日月,行将消灭旧的一切。我们用什么方法,就可以使这些人心中感觉一种'惶恐',且放弃过去对自然和平的态度,重新来一股劲,用划龙船的精神活下去?"③ 显然,自觉担当起人生阐释者的历史使

---

① 沈从文:《水云》,《沈从文全集》第12卷,北岳文艺出版社2002年版,第110页。
② 沈从文:《水云》,《沈从文全集》第12卷,北岳文艺出版社2002年版,第127—128页。
③ 沈从文:《湘行散记·箱子岩》,《沈从文全集》第11卷,北岳文艺出版社2002年版,第281页。

命，对沈从文而言并不轻松。其在文本中提出的沉重命题，我们迄今仍未找到完美的答案。尽管如此，其怀旧文本却因此获得了深刻的警世性，也因同时具有审美与反思功能而获得了诗意与现实意义。

沈从文在散文《水云》中，对时间、过去、人生之间的本质性关联有着充满诗意的透彻领悟：

> 试向"时间"追究，就见到那个过去。……时间带走了一切，天上的，或人间的，或失去了颜色，或改变了式样，即或你还自以为有许多事，好好保留在心上，可是，那个时间在你不大注意时，却把你的一颗能感受跳跃的心变硬了，变钝了，变得连你自己也不大认识自己了。时间在改造一切，重造一切。太空星宿的运行，地面昆虫的触角，你和人，同样都会在时间下慢慢失去了固有位置和形体，真正如诗人所说："美不能在风光中静止"。人生究竟可悯！这就是人生！若能温习过去，变硬了的心也会柔软的！到处地方都有个秋风吹上人心的时候，有个灯光不大亮的时候，有个想从"过去"伸手，若有所攀援，希望因此得到一点助力，似乎方能够生活得下去时候。①

这是沈从文穿越时间隧道而抵达过去，对自身生命进行的一次自我审视、自我反观与自我诉求，其间满蕴着其与自己、生命、人性多重对话的智慧与机警，同时亦为其怀旧写作提供了现实层面上的依据。而不甘于被时间击垮、试图通过怀旧书写达至永恒的愿景，其命定的悲剧色彩则在很大程度上促使其诸多怀旧文本悲怆与凄美审美意蕴的形成。《边城》如是，《长河》如是，《月下小景》如是，《阿黑小史》如是，《媚金·豹子·与那羊》亦如是。这场与时光的拔河，虽注定要以沈从文的失败而告终，但其敢于接受挑战并赢得挑战的精神，与

---

① 沈从文：《水云》，《沈从文全集》第12卷，北岳文艺出版社2002年版，第130页。

在实践中所付出的艰苦卓绝的努力，却得以彰显了人之存在。人存在的价值就在西西弗斯式的、知其不可为而为之的悲剧命运中，见出一种向命运抗争的力量之美，一种伟大而悲怆的美。然相当清醒的沈从文亦深知怀旧的可悲悯处："到必需'温习过去'，则目前情形可想而知。沉默甚久，生悲悯心。"① 这是对自我的悲悯、对生命的悲悯、对人性的悲悯。也正是这种无处不在的悲悯情怀赋予其怀旧写作一种人性维度的丰富内涵，以及超越时空的恒久魅力与价值。

（三）信仰生命、美与爱的美学向度

毋庸讳言，沈从文的怀旧写作无论其如何有意无意地想要绕开现实这堵无法逾越的墙，其最终结局仍然是无可避免地撞上了现实的断壁颓垣，而终至于梦断乡土。如果说沈在写《边城》的时候，尚且颇为积极地关注"民族品德的消失与重造，可能从什么方面着手"的问题②，天真地以为建构理想的"过去"可以拯救残破不堪的"当下"；那么，其在写《长河》时所发出的感慨则显然要颓丧得多："去乡已经十八年，一入辰河流域，什么都不同了。表面上看来，事事物物自然都有了极大进步，试仔细注意注意，便见出在变化中堕落趋势。最明显的事，即农村社会所保有那点正直素朴人情美，几几乎快要消失无余，代替而来的却是近二十年实际社会培养成功的一种唯实唯利庸俗人生观。敬鬼神畏天命的迷信固然已经被常识所摧毁，然而做人时的义利取舍是非辨别也随同泯没了。"③ 这种情绪在《湘行散记》中也有流露，如《湘行散记·一个爱惜鼻子的朋友》中所言："我俨然洞烛着这地方从人的心灵到每一件小事的糜烂与腐蚀。这些青年皆患精神上的营养不足，皆成了绵羊，皆信鬼怕神。一句话，皆完了。"④ 美丽景物的不变与人事的巨变所构成的强烈反差无情地击碎了沈从文心

---

① 沈从文：《潜渊》，《沈从文全集》第12卷，北岳文艺出版社2002年版，第34页。
② 沈从文：《长河·题记》，《沈从文全集》第10卷，北岳文艺出版社2002年版，第5页。
③ 沈从文：《长河·题记》，《沈从文全集》第10卷，北岳文艺出版社2002年版，第3页。
④ 沈从文：《湘行散记·一个爱惜鼻子的朋友》，《沈从文全集》第11卷，北岳文艺出版社2002年版，第312页。

第三章　现代社会转型语境下百年中国文学的怀旧书写发展历程

造的幻影;《湘行散记·滕回生堂的今昔》所表露出的感情如出一辙:"我原本预备第二天过河边为这长桥摄一个影,一看到桥墩,想起十七年前那钵罂粟花,且同时想起目前那十家烟馆三家烟具店,这桥头的今昔情形,把我照相的勇气同兴味全失去了。"① 这不仅仅是其怀旧情结与残酷现实激烈冲撞而归于幻灭的必然结局,亦不仅仅是因为多年远离故土而导致其对故土日益疏阔与无力把捉②,更是早就为怀旧写作的历史性本质之向死存在所注定。值得指出的是,尽管历史性的深层隐蔽依据是向死存在,但因为历史性的终极指向是无尽的未来,所以回忆过去时虽难免常常有幻灭之感,却终究给人留下了一线不灭的希望。故沈从文虽在《长河·题记》中大发颓丧之辞,但仍"寄无限希望于未来"。③ 事实上,对怀旧写作的虚幻性沈从文早就有所警悟:"你这是在逃避一种命定。其实一切努力全是枉然。你的一支笔虽能把你带向'过去',不过是用故事抒情作诗罢了。真正在等待你的却是'未来'。""你害怕明天的事实。你比谁都胆小。或者你厌恶一切影响你目前生活的事实,因之极力想法贴近过去,有时并且不能不贴近那个抽象的过去。"④ "抽象的过去",实质上为我们指明了其文本中"过去"的虚拟性。系列考察沈从文的怀旧写作,我们将不无惊讶地发现,其对于所谓过往湘西的抒写,主要是建立在虚拟的基础之上的。这虚拟出来的理想湘西世界,既隐喻着对现实都市的当下批判,又暗含着对湘西真实过去的否定,其真正指向是寄寓着作者诸般希望的将来。正是基于上述缘由,直面死亡,在文本中灌注强烈的生命意识,信仰美与爱的宗教,就顺理成章地成了沈从文怀旧写作的美学向度。

费尔巴哈认为:"死亡是我们获得存在的知识的工具:死亡确实

---

① 沈从文:《湘行散记·滕回生堂的今昔》,《沈从文全集》第11卷,北岳文艺出版社2002年版,第324页。
② 范家进:《现代乡土小说三家论》,上海三联书店2002年版,第159—160页。
③ 沈从文:《长河·题记》,《沈从文全集》第10卷,北岳文艺出版社2002年版,第5页。
④ 沈从文:《水云》,《沈从文全集》第12卷,北岳文艺出版社2002年版,第111—112页。

显现了存在的根由，唯有它才喷射出本质的光焰。存在只有在死亡之中显现，因而它也就是在死亡之中实现。"① 欲知生，必先知死。沈从文怀旧写作中回旋着的爱与美的生命协奏曲，正是建立在对于死亡的哲学理解之上的，即生是向死而生，死烛照出生的意义；美与爱是生命在死亡阴影中的翔舞，与死同在，超越生死，直指永恒。少年时代曾经目睹诸多血腥杀戮的沈从文，与死亡一再近距离遭遇一度简直成为其生活常态："（我）大致眼看杀过七百人。一些人在什么情形下被拷打，在什么状态下被把头砍下，我皆懂透了。又看到许多所谓人类做出的蠢事，简直无从说起。"② 这种种非常遭遇不但没有促使其走向残忍残暴的自毁之途，反而激起了其对生命的热爱，促使其对"向死而生"的生命之终点——死亡进行多维度的思考与探求；同时也正是基于对死亡的反复逼视、考量与透彻理解，禀性温和沉静的沈从文面对死亡、杀戮、鲜血和痛苦，华丽地转身，将目光更多地投向爱、美与生命，即热烈拥抱生命，如宗教般信奉美与爱。为何沈从文能完成这个常人难以企及的华丽转身？除却天生异禀、特殊的人生经历与西方文化的影响使然，笔者认为，尚可从其自传性小说《卒伍》中找到另一半答案："作儿子的即或永远是穷困下去，让娘长此随到亲戚飘荡，但娘你所给我的爱，我却已经把她扩大到爱人类上面去了。我能从你这不需要报酬的慈爱中认识了人生是怎样可怜可悯，我已经学到母亲的方法来爱世界了。"③ 因为得到无条件的爱而悟到了人生的"可怜可悯"，所以，无条件地为这"可怜可悯"的人生付出爱，沈从文的逻辑颇具宗教意味。这种潜藏的宗教意味为其怀旧写作抹上了几许形而上色彩。他宣称："我是个对一切无信仰的人，却只信仰'生命'。"④

---

① 费尔巴哈：《关于死亡的韵诗》，转引自段德智《死亡哲学》，湖北人民出版社1996年版，第435页。
② 参见沈从文《从文自传·怀化镇》，《沈从文全集》第13卷，北岳文艺出版社2002年版，第306页。
③ 参见沈从文《卒伍》，《沈从文全集》第2卷，北岳文艺出版社2002年版，第216—217页。
④ 沈从文：《水云》，《沈从文全集》第12卷，北岳文艺出版社2002年版，第128页。

第三章　现代社会转型语境下百年中国文学的怀旧书写发展历程

"不管是故事还是人生，一切都应当美一些！"① "我过于爱有生一切。"② 其怀旧写作中生命意识的充盈，无处不在的爱的浸润，以及从内容到形式的唯美追求，都是对以上宣言极贴切的文本阐释。以《八骏图》为例，文本中那君临一切的神秘大海，正是生命、爱与美的象征。大海对达士先生莫可名状的原始诱惑，其实就是生命、爱与美的诱惑。整篇小说仿佛一曲如歌的行板，优美、流畅，强烈的生命意识流淌其间，在不无戏谑的叙写中透露出关于真正的爱的严肃思考。尤其值得关注的是作者对于美的敏锐感觉与捕捉，请看如下文字："一抬头，便见着草坪里有个黄色点子，恰恰镶嵌在全草坪最需要一点黄色的地方。那是一个穿着浅黄颜色袍子女人的身影。那女人正预备通过草坪向海边走去，随即消失在白杨树林里不见了。人俨然走入海里去了。没有一句诗能说明阳光下那种一刹而逝的微妙感印。"③ 此段带有神秘主义色彩的描写极为精妙地点出了达士与穿黄袍子女人之间的宿命关联。穿黄袍子的女人对达士而言，既是神秘的本能诱惑又是切身的俗世考验，其作为达士投身大海的路径，以如此美丽的形象恰如其分地出现在合适的时间与合适的地点，与达士潜意识最深处的原初欲求相对接，仿佛天启般曼妙神奇，令人心旌神驰。此类描写在《八骏图》中不下十处，文字之美与人物之美、意韵之美交相辉映，共同映照出沈从文的唯美艺术追求。此外，沈从文对信仰生命、美与爱的目的之剖析，则为我们进一步理解其与众不同的艺术追求提供了一把钥匙："我们实需要一种美和爱的新的宗教，来煽起更年青一辈做人的热诚，激发其生命的抽象搜寻，对人类明日未来向上合理的一切设计，都能产生一种崇高庄严感情。"④ 其在解释《月下小景》的创作动

---

① 沈从文：《水云》，《沈从文全集》第12卷，北岳文艺出版社2002年版，第107页。
② 沈从文：《烛虚》，《沈从文全集》第12卷，北岳文艺出版社2002年版，第23、23、24页。
③ 沈从文：《八骏图》，《沈从文全集》第8卷，北岳文艺出版社2002年版，第199页。
④ 沈从文：《美与爱》，《沈从文全集》第17卷，北岳文艺出版社2002年版，第362、359—360页。

因时又说:"我认为人生因追求抽象原则,应超越功利得失和贫富等级,去处理生命与生活。我认为人生至少还容许用文字来重新安排一次。"① 基于对此理念的执着,沈从文在自己的创作中完成了一系列艰难的超越,即超越死亡、超越仇恨、超越丑陋、超越痛苦,执着地用重构的过去做范本,为人类未来诗意的栖居描摹理想的蓝图——湘西神话世界由此得以诞生。

爱、美与死交织纠缠所奏响的生命三重奏,一直是回荡在沈从文怀旧写作中的主旋律。在沈从文的怀旧写作中,爱是生命的终极意义,美是生命的完满形式,生命是爱的崇高献祭,死是爱与美的极致、完成和升华,更是通往新生的必由之路。沈从文在《篱下集·题记》中谈到自己写作的缘由时如此表白:"曾经有人问我,'你为什么要写作?'我告他我这乡下人的意见:'因为我活到这世界里有所爱。美丽,清洁,智慧,以及对全人类幸福的幻影,皆永远觉得是一种德性,也因此永远使我对它崇拜和倾心。这点情绪同宗教情绪完全一样。这点情绪促我来写作,不断地写作,没有厌倦,只因为我将在各个作品各种形式里,表现我对于这个道德的努力。人事能够燃起我感情的太多了,我的写作就是颂扬一切与我同在的人类的美丽和智慧。'"② 这是沈从文为爱而写作的最好自我阐发,意味深长,发人深省。用爱来包容一切、宽恕一切、照临一切,这是真正从人性本身出发的写作姿态,如同宗教般博大悲悯,感人至深。关于爱、美与生命的关系,沈从文认为:"一个人过于爱有生一切时,必因为在一切有生中发现了'美',亦即发现了'神'。""美固无所不在,凡属造形,如用泛神情感去接近,即无不可见出其精巧处和完整处。生命之最高意义,即此种'神在生命中'的认识。"③ 因爱而发现美,因美而激发爱。在沈从

---

① 沈从文:《水云》,《沈从文全集》第12卷,北岳文艺出版社2002年版,第104页。
② 沈从文:《篱下集·题记》,《沈从文文集》第11卷,花城出版社、香港三联书店1984年版,第33页。
③ 沈从文:《美与爱》,《沈从文全集》第17卷,北岳文艺出版社2002年版,第359—360、362页。

文看来，美与爱是生命不死的精魂，源于生命而高于生命；生命又因美与爱的附丽而获得了真正的存在依据。从《凤子》《边城》《长河》到《月下小景》《龙朱》《神巫之爱》，莫不寄寓着其对生命、美与爱的赞颂与哀婉。然"爱与死为邻"[①]，故其文本中处处展现着爱、美与死的交融。《边城》中极美的风景、极美的人、极淳朴的乡俗人情，都给人一种世外桃源般的美的享受。然就在这交织着美与爱的极致境界中，却因种种"不凑巧"而处处潜涌着死亡的暗流。翠翠父母的殉情而死、天保的负气落水而亡、老祖父的雨夜辞世、白塔的轰然倒塌，一幅幅死亡的意象对爱与美进行着拆解、撕裂与另一维度的阐释。翠翠父母用生命献祭的方式来追求永恒的爱，以在死亡中实现俗世里无法达成的爱的自由与完满。天保因翠翠的美丽而萌生爱意，终因无法得到梦想中的爱而劈面遭遇了死。老祖父试图用自己宽宏的爱来成全一段至美的爱情，却终于在心力交瘁中无奈地死去。《边城》中的爱、美与死是如此贴近、如此交汇，简直令人难分彼此。小说结尾弥漫着宿命的忧伤："这个人也许永远不回来了，也许'明天'回来！"这种交织着绝望与希望的对爱的等待，与人类在半是期盼半是忧惧中对死亡的逼近，具有本质上的同构性。而美则"不能在风光中静止"，转瞬即逝，不可留驻，无可把捉，与死同在："'如中毒，如受电，当之者必暗哑萎悴，动弹不得，失其所信所守。'美之所以为美，恰恰如此。"[②] 爱与美的向死存在在此得到了艺术化的形象揭示。

除却《边城》，《媚金·豹子·与那羊》《三个男子和一个女人》《医生》《旅店》《月下小景》《说故事人的故事》等小说中关于爱、美与死三者之间的微妙渗透与扭结，亦有着深切的叙写。在美、爱与生命不可兼得之际，其作品中的人物往往舍弃有限的生命来求取美与爱的永恒，试图通过此岸生命的死亡来抵达彼岸美与爱的永生。这种为美与爱甘愿赴死的精神，在《从文自传·清乡所见》中以一种极为

---

① 沈从文：《烛虚》，《沈从文全集》第12卷，北岳文艺出版社2002年版，第23页。
② 沈从文：《烛虚》，《沈从文全集》第12卷，北岳文艺出版社2002年版，第24页。

奇异阴惨的方式得以张扬。年轻的豆腐店老板将私心恋慕的美丽病亡女子从坟墓中挖出,背到山洞中共处三天。事情败露后豆腐店老板被就地正法。其临刑前不但不以即将被处死为意,反而不断地念叨:"美得很,美得很。"在此,美与爱赋予豆腐店老板以藐视死亡、超越死亡的蛮暴热情与勇气:"我又问他:'为什么你做这件事?'他依然微笑,向我望了一眼,好像当我是个小孩子,不会明白什么是爱的神气,不理会我,但过了一会,又自言自语的轻轻的说:'美得很,美得很。'另一个兵士就说:'疯子,要杀你了,你怕不怕?'他就说:'这有什么可怕的。你怕死吗?'"① 这段文字与沈从文的另外两篇小说——《三个男子和一个女人》《医生》之间具有互文性:"这少女尸骸有人在去坟墓半里的石峒里发现,赤身的安全的卧到洞中的石床上,地下身上各处撒满了蓝色野菊。"②(《三个男子和一个女人》)"他一个人走出去折了许多山花拿到峒里来,自己很细心的在那里把花分开放到死尸身边各处去。"③(《医生》)《从文自传》出版于1934年,《三个男子和一个女人》与《医生》分别发表于1930年与1931年,时隔短短三四年之久,沈从文竟用不同的方式三次写到同一事件,可见其对这一题材的重视程度。这三个文本互相映照阐发,闪耀其间的美与爱一如怒放于死亡之谷的黑色玫瑰,蓬勃着原始生命强力,凄婉动人而又阴气森森;其间蕴含的罕见情感强度以及对美与爱的超越生死的追求,更是具有撼人心魄的力量。而《从文自传·清乡所见》的结尾"我记得这个微笑,十余年来在我印象中还异常明朗"④,则再次印证了沈从文怀旧写作所特有的美学向度:直面死亡,信仰生命、美与爱的宗教。

---

① 沈从文:《从文自传·清乡所见》,《沈从文全集》第13卷,北岳文艺出版社2002年版,第304—305页。

② 沈从文:《三个男子和一个女人》,《沈从文全集》第8卷,北岳文艺出版社2002年版,第34页。

③ 沈从文:《医生》,《沈从文全集》第7卷,北岳文艺出版社2002年版,第63页。

④ 沈从文:《从文自传·清乡所见》,《沈从文全集》第13卷,北岳文艺出版社2002年版,第305页。

第二节 20世纪20年代末至30年代初都市之子对传统的皈依：现代都会主义文学作家的怀旧书写①

自19世纪以来，西方的都市急剧膨胀，城市逐渐取代农村而跃居重要地位。厨川白村对此有着十分透辟的阐释："随着自然科学的进步，而有各种机器的发明，导致工商业的显著繁荣，自此农业遂渐次失其实力。换言之，因工厂的众多和交通工具的发达，使许多人纷纷离开乡下到都市谋生路，尤其受过教育又有活动力的乡下人，更希望到城市施展其抱负或者享受灯红酒绿的生活，因而使城市日益繁华。"② 这日益繁华、日渐重要的城市无可避免地成为作家的主要描写对象，都市生活遂因此成为近代欧洲文学最主要的题材。文学家派克认为可以从三个角度描绘城市：从上面，从街道水平（street level）上，从下面。③ 从上面观察，指站在城市之外，用局外人的眼光看待城市，城市在这里只是一个模糊的存在，一个文化的符码，它代表着与乡村文明相对立而存在的都市文明。从街道水平上观察，是指与城市保持一定的距离，既入乎其内又出乎其外，在对城市进行贴切描绘的同时，保持着清醒的批判意识。从下面观察，则是指发现城市的文化本能，发现城市人的潜意识和内心黑暗，发现在街道上被禁止的事物，这是现代主义的观察立场。④ 鲁迅曾一针见血地指出："中国没有……都会诗人。我们有馆阁诗人，山林诗人，花月诗人……没有都会诗人。"⑤ 即指中国没有站在现代主义立场描绘城市的诗人。基于

---

① 本节部分观点来自课题负责人的前期成果《现代都会主义文学与传统文化》，载《文学评论》2003年第2期。
② [日] 厨川白村：《西洋近代文艺思潮》，陈晓南译，台北：志文出版社1996年版，第56页。
③ Burton Pike, *The Image of City in Modern Literature*, Princeton University Press, 1981, p. 2.
④ 李书磊：《都市的迁徙——现代小说与城市文化》，时代文艺出版社1993年版，第116页。
⑤ 鲁迅：《〈十二个〉后记》，《鲁迅全集》第7卷，人民文学出版社2005年版，第311页。

此，我们将采取"从下面"这一角度对城市进行描绘的文学，称为都会主义文学；而采取这一角度对城市进行描绘的作家，则称为都会主义作家。都会主义文学不同于传统意义上的以都市为题材的文学（笔者称为都市题材文学），都市题材文学主要是"从上面"或"从街道水平上"这两种角度出发，对都市进行描绘的文学，其立足点是传统的而非现代主义的，前者以沈从文的创作为代表，后者则以茅盾、曹禺等作家的创作为代表。而都会主义文学则"从下面观察"，在其基本特征上表现为两个方面：一是题材上对都市中生命本能活动的发掘，二是主观上对都市生活的认同与投入。在中国，现代都会主义文学是以上海为代表的现代化大都市的产物。它滥觞于 20 年代末，于 30 年代初期发展成熟，《无轨列车》《现代》《新文艺》三种刊物是都会主义文学的主要阵地，其代表作家有刘呐鸥、施蛰存、穆时英、叶灵凤、杜衡等人。都会主义文学一面世即以其对传统的大胆反叛而惊世骇俗。它在表现内容上与传统文化呈现出惊人的断裂：灯红酒绿、纸醉金迷的都市生活纷纷被纳入都会主义作家笔下，夜总会、舞厅、咖啡馆、电影院、饭店等现代场所也首次作为正面描写对象在文学殿堂粉墨登场。同时，为了适应都市生活的快速节奏与多变形态，都会主义文学普遍讲究形式技巧并极力求新求变，表现出与传统文化迥异的现代色彩，心理分析、意识流、蒙太奇式的剪接等表现技巧一一被都会主义作家"拿来"并试用一番。从内容到形式，都会主义文学均以其崭新的现代姿态宣告了对传统的反叛。作为一个现代主义的文学流派，浓郁的都市情调及现代派风格当然是其主要特征，然而耐人寻味的是，在喧嚣躁动的都市疯狂律动的背后，都会主义文学却潜藏着一个常常以各种形式显现在作品中的文化固结——传统情结。与当时主流文学（指左翼文学）中的人物反抗传统枷锁、冲破家庭牢笼、投身时代洪流的心路历程恰成比照，都会主义文学中的人物往往在沉湎于大都市的放浪形骸的生活的同时，却无可避免地在灵魂最深处、潜意识最底层涌动着回归传统、回归家园、回归自然的强烈渴望。一方面要离经

第三章 现代社会转型语境下百年中国文学的怀旧书写发展历程

叛道，挑战传统，另一方面却要从传统中寻求精神慰安；一方面要突围家园，弃家远游，另一方面却对家园眷恋不已；一方面耽于都市的种种享乐，另一方面却渴望成为大自然之子。这是现代都市人的两难生存处境，也是现代都会主义文学难以走出的一座围城。由于都会主义文学是中国20世纪上半叶最具有自觉意识与突出典型性的现代主义文学流派，因而过去的研究者十分重视揭示都会主义文学的西化、躁动与叛逆的现代主义性质，而对它们精神结构深层中具有的乡土、家园、自然与传统的潜在意识忽略不论（如严家炎、苏雪林两位评论家对新感觉派创作特色的论述即是极好的例证），这无疑不利于对现代都会主义文学做出全面的了解。1990年，施蛰存在与台湾作家郑明娳对谈时曾明确表示："这些（主要指都会主义小说——引者注）被称为舶来品的东西还是中国货。文学无所谓舶来品，中国人用中文写的东西都是中国文学，即使写的是外国人，也是中国文学。文学只有好坏，而不存在舶来问题。""我认为文学可以学一些外国人的长处，例如新的概念、新的思想、新的思考方式，但是基本上的人情世故还是中国人的。"[①] 作为当事人的自白，施蛰存的这段话是对都会主义作家与传统文化之间密切关系的最有力的陈述，有助于我们更为全面地了解现代都会主义文学。基于此，本节拟以都会主义文本中所表现出的传统情结为主导线索，从家园意识、乡土情结、婚恋伦理三个方面入手，进行别一种解读，对现代都会主义文学与传统文化之间剪不断、理还乱的错综关系做进一步考察、论述。

一 现代都会主义文学的传统文化渊源与心理基础

作为中国现代文学史上最具先锋性的文学流派，都会主义文学却迥乎常情地弥漫着抹不掉的传统情调氛围，这一现象自有其文化渊源与心理基础。中国是一个有着几千年悠久历史的农业大国，其传统文

[①] 施蛰存：《沙上的脚迹》，辽宁教育出版社1995年版，第168、169页。

化骨子里就是一种乡土文化。在地理环境上，中国三面崇山峻岭，一面浩瀚重洋，使得交通工具不发达的中国人安土重迁。从中国传统士大夫的精神结构来看，科举制度将许许多多生长于乡村的优秀知识分子或集聚京城、或星散各地为官，使得"举头望明月，低头思故乡"成为传统士大夫的一种典型心态。这种乡土文化经过几千年的变迁与发展，变得圆融自足，精致烂熟，对外来文明具有强大的同化性。在西方文明以形形色色的现代主义思潮冲击上海这一大商埠时，外来文明同时也受到了中国本土文化的浸润与同化。最终能在中国生根并结出丰硕果实的文化，必定与中国传统文化有着某种相通之处。从宏观来看，整个现代文学所依托的有两种文化，一是西方文化，二是中国的乡土文化背景。而后者在三十年的文学发展中越来越占有优势话语地位，在这样一种大的文化背景中，现代都会主义文学不能不受到乡土文化的影响。

　　都会主义作家们在乡土文化（包括普罗文学）的步步进逼下，自由创作的空间日益狭小，创作才华也随之日渐萎缩，最终无可挽回地导致创作质量的下降。在这种淹没一切的大的文化氛围中，这一批与左翼文坛保持疏离状态、极为珍惜自己的创作自由和创作个性的自由主义作家的命运是可想而知的。施蛰存在《我的创作生活之历程》中曾经坦言："普罗文学运动巨潮震撼了中国文坛，大多数的作家，大概都是为了不甘落伍的缘故，都'转变'了。《新文艺》月刊也转变了。于是我也——我不好说是不是，转变了。我写了《阿秀》《花》这两个短篇。但是，在这两个短篇之后，我没有写过一篇所谓普罗小说。这并不是我不同情于普罗文学运动，而实在是我自觉到自己没有向这方面发展的可能。甚至，有一个时候我曾想：我的生活，我的笔，恐怕连写实的小说都不容易做出来，倘若全中国的文艺读者只要求着一种文艺，那是我惟有搁笔不写，否则，我只能写我的。"[①] 然而，他却因《魔道》《夜叉》等作品而遭到左翼文学批评家楼适夷的猛烈抨

---

① 施蛰存：《我的创作生活之历程》，《施蛰存七十年文选》，上海文艺出版社1996年版，第56—57页。

第三章 现代社会转型语境下百年中国文学的怀旧书写发展历程

击,并被不明不白地戴上了"新感觉派作家"这项并不辉煌的帽子。施蛰存在现实的巨大压力下,只得违心地检讨自己的创作,其在写于1933年3月的《梅雨之夕·自跋》中自我批判道:"读者或许也会看得出我从《魔道》写到《凶宅》,实在是已经写到魔道里去了。"① 更为严重的是,此次事件直接导致了施蛰存创作的被迫转向——对现实主义创作方法的回归,其创作质量也因此大幅度下降。比较一下施蛰存的前后期创作,我们不得不十分遗憾地承认:正当这位富有先锋意识与探索精神的作家有可能创作出更为出色的作品时,他却只能遵循传统的现实主义创作方法,制造出一些像《小珍集》之类的二三流小说。穆时英则曾因创作《南北极》而被左翼文坛目为同道,并一度享有"普罗作家"的美誉;但《公墓》等都会主义文学作品一出,即横遭指责,左翼文坛惊呼穆已转向。对此,穆时英有如下辩解:"世界是充满了工农大众,重利盘剥,天明,奋斗……之类的。可是,我却就是在我的小说里的社会中生活着的人。""我不愿像现在许多人那么地把自己的真面目用保护色装饰起来,过着虚伪的日子,喊着虚伪的口号,一方面利用着群众的心理,政治策略,自我宣传那类东西来维持过去的地位,或是抬高自己的身价。我以为这是卑鄙的事,我不愿意做。说我落伍,说我骑墙,说我红萝卜剥了皮,说我什么都可以,至少我可以站在世界的顶上,大声地喊:'我是忠实于自己,也忠实于人家的人。'"(《〈公墓〉自序》)叶灵凤也有类似的遭遇。他曾经宣称:"书籍绝对没有所谓道德的或不道德的。书籍只有写得好或写得不好。"在文学与道德的关系上,他宁肯牺牲道德而绝不放弃文学,奉行实实在在的唯美主义原则。《浴》《浪淘沙》两篇小说就是这种文学观念的产物,它们露骨地描写女性的胴体与手淫的感觉,实在狂放不羁,富于先锋性,结果它们为作家招来了不绝于耳的非议,并令叶灵凤赚取了"流氓才子"的雅称。为此,在左翼文艺运动高潮时,作者被迫

---

① 施蛰存:《梅雨之夕·自跋》,载《施蛰存序跋》,东南大学出版社2003年版,第40页。

在《〈灵凤小说集〉前记》中公开忏悔,同时遭到被左联开除的厄运。在以上几位作家大受批判之时,杜衡(苏汶)的日子也并不好过。他曾经参与鲁迅、胡秋原等人关于"自由人""第三种人"的论争,并不识时务地以"第三种人"的身份为"自由人"辩护。在当时的环境下,这无异于自认落后,自取其辱。因而,他遭到以鲁迅为首的左翼文坛的口诛笔伐也就在所难免。从上述种种史实可以看出:在整个30年代,地位日益显赫的优势话语——乡土文化,已经逐渐将都会主义作家们挤压到无可言说的话语边缘,而西方文化此时在我国文坛的影响却日渐式微,远不能与乡土文化相抗衡。在这种文化背景下,都会主义文学带有乡土文化的深深烙印,具有乡土文化的厚重底色,已成为历史的必然。

从地域上来说,都会主义文学的摇篮上海,是众所周知的"十里洋场",是充斥着声色刺激的地地道道的现代化大都市。然而其主要人口构成却是自南而来的浙江人和自北而来的江苏人。他们带来的吴越文化对上海有着至关重要的影响。生于斯长于斯的都会主义文学自然要秉承吴越文化的某些要素,这是毋庸置疑的。吴越文化中的农商传统(从农则安土重迁,从商则求通求变),使都会主义文学在比较容易地走向现代化的同时,拖着一条长长的守旧的尾巴;而都会主义文学无所顾忌、恣情纵意和善于采纳百家的态度,也都能从吴越文化的叛逆性与兼容性并存的特质中找到文化渊源。吴越文化中有浓重的乡土情结,乡土文学作家中就有不少是浙江人,如鲁迅与周作人。作为五四以后乡土文学理论最重要的倡导者,周作人曾一再表示"对于乡土艺术很是爱重",认为"风土在文艺上是极重大的"。他在为刘大白《旧梦》写的序中曾经说:"我相信强烈的地方趣味也正是'世界的'文学的一个重大成分。具有多方面的趣味,而不相冲突,合(成)能和谐的全体,这是'世界的'文学的价值,否则是'拔起了的树木',不但不能排到大林中去,不久还将枯槁了。"此外,江南文人兼具"绅士的态度"与"流氓的精神"("流氓鬼"与"绅士鬼"在其头脑中交战不休的周作人,即江南文人的典型范例),这与都会

第三章 现代社会转型语境下百年中国文学的怀旧书写发展历程

主义作家在精神气质上有着惊人的相似,二者之间显然有着血脉相连的承传关系。系列考察都会主义作家的籍贯,我们将不无惊讶地发现,其间竟没有一个上海城里人氏:与上海最为贴近的施蛰存,出身于中产商人家庭,祖籍却是浙江杭州;穆时英为浙江慈溪人,十岁时才随父迁居上海;而刘呐鸥则是台湾台南人,直至二十五岁才到上海求学创业;叶灵凤是江苏南京人;杜衡、徐訏的祖籍则分别为浙江杭州、慈溪。这些主要来自江浙的都会主义作家们,尽管大都接受过欧风美雨的洗礼,其骨子里却依然有着与乡土作家并无二致的乡土情结,这不能不在某种程度上对其创作构成影响。

都会主义文学中潜藏的传统情结,不仅可以追溯其文化渊源,其产生的心理基础也是不可忽视的。在现代文学研究中,都会主义作家群体往往被视作在都市中寻欢作乐的浪荡子。从纯粹传记学的角度来看,这种生命形态的特点似乎已有定论;但是,我们应该注意到在现代都市生存中浪荡可能具有的特殊意义。现代象征主义鼻祖波德莱尔曾经说:"一个浪荡子绝不是一个粗俗的人。如果他犯了罪,他也许不会堕落……请读者不要对轻浮的这种危险性感到愤慨,请记住在任何疯狂中都有一种崇高,在任何极端中都有一种力量。"[1] "他们(指浪荡子——引者注)同出一源,都具有同一种反对和造反的特点,都代表着人类骄傲中所包含的最优秀成分,代表着今日之人所罕有的那种反对和清除平庸的需要。"[2] "浪荡作风是英雄主义在颓废之中的最后一次闪光……浪荡作风是一轮落日,有如沉落的星辰,壮丽辉煌,没有热力,充满了忧郁。"[3] 波德莱尔的这一段话为我们公正、客观、历史地看待都会主义文学创作群体提供了一个崭新视角。确实,浪荡

---

[1] [法]波德莱尔:《波德莱尔美学论文选》,郭宏安译,人民文学出版社1987年版,第500页。
[2] [法]波德莱尔:《波德莱尔美学论文选》,郭宏安译,人民文学出版社1987年版,第501页。
[3] [法]波德莱尔:《波德莱尔美学论文选》,郭宏安译,人民文学出版社1987年版,第502页。

不等于堕落，颓废也并非沉沦，尤其是在审美的意义上，它们自有其存在的价值。事实上，都会主义文学代表作家如刘呐鸥、穆时英、叶灵凤等人，都是典型的二重人格者，一方面其个人生活方式放荡不羁、风流成性，常在纸醉金迷的各种娱乐场所出入；另一方面，他们对事业、对艺术又都有着自己的严肃追求。刘呐鸥不遗余力地向中国文坛介绍并引进现代主义文学（主要是都会主义文学），并且几次自筹资金创办文艺刊物。更重要的是，在他的示范与扶持下，真正的都会主义文学才得以诞生。穆时英则对艺术技巧有着狂热的追求。他常常一个人躲在舞厅的角落里，不时在纸上写着东西，可见他出入种种娱乐场所，并不全是为了追求感官刺激；而穆时英在都会主义小说创作中所取得的较高成就，已为世人所公认。叶灵凤编辑的两种杂志《现代小说》与《文艺画报》，对介绍当代欧美和俄国作家的作品以及文坛动向等也起了很大的作用。如果说古代那些深受老庄思想影响的文人们放浪形骸、遁迹山林是与他们的艺术追求融合在一起的话，那么，深受"世纪末果汁"哺养的都会主义作家们徜徉流连于灯红酒绿的都市生活中，其目的也是要在都市律动的感应中建立一种新的艺术追求。当然，这种艺术追求远远谈不上是治国安邦的伟业，然而它们无疑与传统的文人情结一脉相承。千百年来积淀而成的民族心理定势，传统文化中中庸思想的潜在影响，以及施蛰存等人自我设定的保守性的社会角色，上述种种，都注定了中国都会主义作家不可能在文学现代化的路上走得太远，不可能像西方现代主义作家在反叛传统方面来得那么彻底。他们常常自觉不自觉地在反传统这一大框架中认同传统、吸纳传统，从而表现出某种程度的回归传统的倾向。

二　现代都会主义文学的家园意识

中国传统文化中有一个"孝"的基本观念。"父母在，不远游"等传统观念如毒蛇般纠缠着作家的灵魂，由此生发开去，"叶落归根""喜聚不喜散"等观念也以各不相同的方式常常出现在都会主义文学

第三章　现代社会转型语境下百年中国文学的怀旧书写发展历程

的情节结构与主题表达中。都会主义文学的开山祖师刘呐鸥出生于台南州新营郡柳营庄的一户望族，青少年时期他一直游学日本、上海，接受现代文明的洗礼。他常常出入于饭店、舞厅甚至妓院之间，颇具沉迷声色、一掷千金的洋场少年作派。就是这样一位十足洋派的作家，却是一个地地道道的孝子。他曾为了母亲而放弃了去法国求学的愿望："呐鸥虽然和母亲性格不合，但事实上他是很体念母亲的。他本来有志前往法国学艺术，但因为母亲在，不敢远游，所以选择在较近的日本和上海求学。"[①] 更有甚者，在现代文明熏陶下长大的刘呐鸥，居然违心接受了母亲强加给他的包办婚姻，娶了自己对之毫无爱情可言的表姐为妻。为了不违母命，刘呐鸥刻意委屈自己，事母可谓至孝。而"孝"恰恰是与现代文明截然对立的以乡村血缘为基础的传统封建伦理道德，刘呐鸥人格的二重性由此可见一斑。刘呐鸥尽管很不满意自己的婚事，然而他在耽于声色享乐的同时，却依旧生儿育女，养家糊口；到了中年，居然浪子回头，成了顾家的好丈夫、好父亲，个中原因引人深思。施蛰存也未能逃脱传统家庭伦理的潜在影响。他曾说过："我们（指戴望舒、杜衡和作者）自从四·一二事变以后，知道革命不是浪漫主义的行动。我们三人都是独子，多少还有些封建主义的顾虑。"[②] 短短几句话，却蕴含着丰富的潜台词：因为我们是独子，按照传统家庭伦理，有传宗接代的义务，不能为革命而牺牲，而传宗接代正是中国人最大的孝行，所谓"不孝有三，无后为大"即为此意。据此足可推知乡土血缘的传统伦理势力之大，影响之深，它已融入国民的血液里、灵魂中，正是以"孝"为核心的传统文化的渗入，使得都会主义作家谱写的以声光电色为主音的都市奏鸣曲中，总是或明显或潜隐地回荡着一种回归家园的感叹调。

从形象的特质来看，都会主义文学中的人物大多是都市漂泊者、无家可归者，舞厅、饭店、咖啡馆、跑马场……是他们活动的主要场

---

① 彭小妍：《刘呐鸥一九二七年日记——身世、婚姻与学业》，《读书》1998年第10期。
② 施蛰存：《沙上的脚迹》，辽宁教育出版社1995年版，第129页。

所,"都是没有家的人"成了他们互相指认的标志。正因为如此,都会主义文学极少涉及家庭生活的内部深层,而是大量描述各种公共场所的变幻不定的场景。但是与中国现代主流文学中的漂泊者形象群体拒绝回家、甘于漂泊、甘于自我放逐的强者精神特质不太一样的是,这些都市漂泊者在都市旋流中苦苦挣扎的同时,痛感人生艰险,命运无常,他们渴望摆脱自己在城市生活中的边缘生存状态,渴望有一个宁静温馨的港湾作为自己极度疲惫的心灵与躯体的安憩地。家园,是这一群都市漂泊者的最终渴望。虽不能将文学中的人物指认为作家自身,但他们的情绪心态和情感经历必定会烙上作家自身体验与自身遭遇的印痕,这是毋庸置疑的事实。终日流连在各种娱乐场所的穆时英,在对都市文明压抑人性、逼迫人性异化的可怕特质进行有意无意地背离与反叛的同时,对传统有了某种程度的认同与归依;而作为灵魂与躯体最后避难所的家园,成为他衷心向往与全力礼赞的对象,也是在所难免的了。

其实,穆时英之所以在某种程度上对传统有所认同与归依,是与他的身世经历密不可分的。1912年,穆时英出生于浙江慈溪一个中产阶级家庭,父亲是个银行家。10岁时,他随父亲迁居上海,读中学时就阅读了大量文学书籍。15岁时,因父亲做股票破产,家道中落,穆时英开始品尝到人间沧桑、世态炎凉的辛酸滋味,这对他日后的创作影响很大。1933年,他从上海光华大学中国文学系毕业后不久,父亲去世,家境更差,他的精神受到很大刺激,思想日益消沉,为排遣痛苦和孤独而经常出入于歌台舞榭,沉溺于声色犬马。穆时英在《父亲》与《旧宅》两篇具有浓厚自叙传色彩的文章中,反复诉说的就是对于往昔富足、温馨而又热闹的家园的无限怀恋与怅惘。"家啊!家啊!"是回荡全篇的低沉而又哀婉的调子。惯于描绘热闹场中的动态生活画卷的穆时英,此刻却难得地对家庭生活进行了描写。父亲与"我"在家境破败之后,在现实生活中便四处碰壁,求告无门;昔日的荣华富贵与喧哗热闹仿佛只是一场华而不实的梦。"世态炎凉、人

第三章　现代社会转型语境下百年中国文学的怀旧书写发展历程

情浇薄"这一传统主题在以上两篇小说中得到了较为充分的体现。鲁迅对此有过深刻而又犀利的论述："有谁从小康人家而坠入困顿的么，我以为在这途中，大概可以看见世人的真面目。"① 穆时英在此表现出的对于世态人生的清醒观照与批判态度，与鲁迅的《父亲的病》、许钦文的《父亲的花园》等小说有着某种内在的一致性。《父亲》与《旧宅》中传统的情节、传统的情感、传统的慨叹以及传统的叙事技巧，都使人怀疑是否出自穆时英笔下。如下几段引文便是极好的例证：

> 害了病以后的父亲有了颓唐的眼珠子，蹒跚的姿态，每天总是沉思地坐在沙发里咳嗽着，看着新闻本埠附刊，静静地听年华的跫音枯叶似地飘过去。他是在等着我，等我把那座旧宅买回来。是的，他是在耐着心等，等那悠长四个大学里的学年。可是，在这么个连做走狗机会都不容易抢到的社会里边，有什么法子能安慰父亲颓唐的暮年呢？（引自《旧宅》）
>
> 我的骨骼一年年地坚实起来，父亲的骨骼一年年地脆弱下去。到了我每天非刮胡髭不可的今年，每天早上拿到剃刀，想起连刮胡髭的兴致和腕力都没有了的父亲，我是觉得每一根胡髭全是生硬地从自己的心脏上面刮下来的。（引自《旧宅》）
>
> 许多埋怨的眼光看着我，我低下了脑袋，我的心脏为着那一起一落的呻吟痛楚着，一面却暗暗地憎恨父亲不该那么不留情面地叫人难堪，一面却也后悔刚才不应该那么固执。我知道我刚才刺痛了他的心，他是那么寂寞，他以为他的儿子都要抛弃他了。（引自《父亲》）

热心于各种新式技巧试验的穆时英，在此处却扮演着传统的角色，运用传统的叙事手法，讲述平常人家的平常故事。简单而切实的人物

---

① 鲁迅：《呐喊·自序》，《鲁迅全集》第1卷，人民文学出版社2005年版，第437页。

对话，忧郁黯淡的情景渲染，不脱传统伦常的人物情感，以及"望子成龙""子承父业""世态炎凉、人情浇薄"等传统内容，都足可见出穆时英骨子里传统文化的厚重底色。当然，回归家园的感叹，不仅来自以"孝"为核心的传统文化的影响与制约，而且也来自一种现实环境的压迫和一种心理需求的驱动，这就是都市漂泊者们对都市文明的困惑、质疑与厌倦。在回归家园的人物形象中，最引人注目的是以下三种形象群体：都市淘金者、都市寄生者与都市过客。

这些来自偏远乡镇的都市淘金者们怀着种种美妙的憧憬，贸然闯入完全异己的大都市，其淳朴天真的善良本性，再加上原始低劣的谋生手段，都注定了他们在都市生活竞技场中被宰割、被淘汰的命运。穆时英小说《街景》，就是一曲回归家园的悲歌。老乞丐满怀着求生的希望辞别亲人，来到遥远而又陌生的都市。结果，事与愿违，求生变成了求死，象征都市文明的火车无情地碾碎了他病弱的身躯。文章通过意识的散漫流动，让"真想回家"的主旋律像潮水一般漫过全篇，令人不由得悲从中来。而老乞丐最终陈尸街头，永远无法魂归故里的残酷结局在让人领教都市的冷漠无情的同时，又使人感到莫名的恐惧与绝望。《PIERROT》中的潘鹤龄在都市生活中领略到的是无尽的痛楚：爱情失意、朋友隔膜、同志告密……在连遭重创之后，他觉得"什么都是欺骗！友谊，恋情，艺术，文明……一切粗浮的和精细的，拙劣的和深奥的欺骗。每个人欺骗着自己，欺骗着别人。"最终他被关进了都市最阴森的所在——监狱。饱尝铁窗之苦的潘鹤龄，出狱后的第一个冲动便是回家："回家去吧！家园里该有了新鲜的竹笋了吧？家园里的阳光是亲切的，家园里的菊花是有着家乡的泥土味的。家园里的风也是秋空那么爽朗的。而且家园里还有着静止的空气和沉默的时间啊！"果然，家抚平了潘鹤龄灵魂上的累累创痕，使他重新焕发出生的活力与勇气："家园里半个月的培养，在他的脸上消失了浸透了黄昏的轻愁的眼珠子，在他嘴上消失了 Traumeri，那紫色的调子，疲倦的和梦幻的调子，在记忆上消失了的辽远的恋情，辽远的愁思。在精神上和心理上，他变成了健康的人。"只是当他最终极不情愿地发现："在我们这社会里，父亲和母亲原是把子女当摇钱树的"时候，"不自私的""伟大的"慈母形象才顿然倒塌、轰毁，他只得"收拾了行李，坚决地走了"。施蛰存在《嫌厌》一诗中，在有着"永久环行的轮子"的赌场里，看似耽溺于"红的绿的和白的筹码"之中的"我"，内心里热切企望的却是俘获自己心爱的女郎回家，异乡的美景根本无法挽住他急于归家的双足："回旋着，回旋着，/我是在无尽的归程里"，"回旋着，回旋着，/我是在火车的行程里，/绕着圆圈退隐下去的/异乡的田园，城郭，/村舍，河流与陵阜/全不觉得可恋哪/去！让它们退去，万水千山，悠远的途程哪！"，"回旋着，回旋着，/唯有这瘦削的媚脸，/永远在回环的风景上。/我要向她附耳私语：/我们一同归去，安息/在我们底木板房中，/饮着家酿的蜂蜜，/卷帘看秋晨之残月"。艾青在《巴黎》一诗中，描绘的世界超级大都市巴黎是"怪诞的""健强的"，像一个"患了歇斯底里的美丽的妓女"。无数满怀着必胜信心前来淘金的人们，在耗尽了他们的才华、精力、财富时，只得"走上了懊丧的归途"："啊，巴黎！/为了你的嫣然一笑/已使得多少人们/抛弃了/深深的爱着的他们的家园，/迷失在你的暧昧的青睐里，/几十万人/都花尽了他们的精力/流干了劳动的汗/去祈求你/能给他们以些须的同情/和些须的爱怜！/但是/你——/庞大的都会啊/却是这样的一个/铁石心肠的生物！/我们终于/以痛苦，失败的沮丧/而益增强了/你放射着的光彩/你的傲慢！/而你/却抛弃众人在悲恸里/像废物一般的/毫无惋惜！/巴黎/我恨你像爱你似的坚强：/莫笑我将空垂着两臂/走上了懊丧的归途"。穆时英的《夜总会里的五个人》中原本是都市宠儿的胡均益，因股票骤跌，八十万家产一瞬间化为乌有。在一夜狂欢之后，他踏上了永远的不归路，他那痛苦失意的灵魂也觅到了人类最后的家园——坟墓："金子大王胡均益躺在地上，太阳那儿一个枪洞，在血的下面，他的脸痛苦地皱着。"都市像一个双面魔鬼，时而温情脉脉，时而青面獠牙，它的怀抱里从来就没有永远的幸运儿。

穆时英在文末反复感叹着的"辽远的城市,辽远的旅程啊!"确是都市淘金者们无奈的心声。

都市漂泊者的第二类主要形象是以舞女为代表的都市寄生者。《Craven "A"》中那位红得发紫的舞娘,在荒唐的行为与"血色罗裙翻酒污""春风秋月等闲度"的浪漫生涯中,感受到的只是无尽的寂寞与孤独:"真是寂寞呢……寂寞啊!我时常感到的。你也有那种感觉吗?一种彻骨的寂寞,海那样深大的,从脊椎那儿直透出来,不是眼泪或叹息所能洗刷的,爱情友谊所能抚慰的——我怕它!我觉得自家儿是孤独地站在地球上面,我是被从社会切了开来的。那样的寂寞啊!"寂寞、孤独是典型的现代情绪,它们深刻地体现了绝望的都市生存体验,然而在此处还未上升到形而上的哲学高度,只是一种具体的生存感受而已,这也是中国人千百年来习惯于形象思维而不善于抽象思维的一个具体表现。由于生活所迫而背井离乡、漂泊流离于都市的人们,不是都市生活的主宰与中流砥柱,他们生存的边缘状态注定了他们只能扮演都市飘零者的角色。在这里,无家可归或有家归不得的都市飘零者逃避孤独、倦于漂泊、渴望回家的情感内蕴被作家揭露无遗。《黑牡丹》中那个"穿黑的、细腰肢高个儿的"舞女,打动"我"的不是那妖冶的姿色与醉人的媚态,却是她那"靠在几上的倦态"和"鬓脚那儿的那朵憔悴的花",因为"我们"同是"躺在生活的激流上喘息的人",同是被都市工业文明的重压压瘪了的灵魂。黑牡丹似怨似嗔的自述流露出一种深藏在骨子里的疲惫与厌倦:"我是在奢侈里生活着的,脱离了爵士乐,狐步舞,混合酒,秋季的流行色,八汽缸的跑车,埃及烟……我便成了没有灵魂的人。那么深深地浸在奢侈里,抓紧着生活,就在这奢侈里,在生活里我是疲倦了。"在这篇不长的小说中,"疲倦"一词竟重复出现达十次之多,仅此一点即可推知全文的基调:在都市工业文明的重重包围中,都市人都无可奈何地染上了"厌倦"这一可怕病症。叫生活给压瘪了的"我",一心向往的是静穆安适的乡居生活。圣五的"白石的小筑","一畦花圃,露台前珠串似的紫罗兰，葡萄架那儿的果园香"，对"我"都具有无可名状的吸引力。独身的"我"对安定温馨的家有一种莫名的渴望与艳羡。而婚后的黑牡丹，与一个月前那"疲倦的舞娘"简直判若两人，安逸闲适的家居生活抚慰与涤荡着她漂泊躁动的灵魂，将她脸上的疲倦与憔悴一扫而光，她变得安定而又从容，人也随之丰腴起来——总之，她成了"一个幸福的人"。黑牡丹的结局无疑给全文抹上了几许亮色：也许，回归家园是疲倦的都市人最后的出路。值得指出的是，文中黑牡丹与圣五的结合，恰恰暗合了中国文学史上抒写男女情爱的传统笔调："千里姻缘一线牵。"作者刻意将两种迥异的文化（即闲适的乡土文化与疲惫的都市文化）进行对比，企图以乡土文化来调节与弥补都市文化。然而，这种努力似乎并没有取得多大成效，显而易见，这个故事不仅过于理念化，而且存在着明显的编织痕迹，其可信度因此大打折扣。《夜》中那个有着一副"憔悴的、冷冷的神情"的寂寞女郎，整日过的是笑中带泪的生活，在"太响的笑声"、"太浓的酒"和"太疯狂的音乐"交织而成的令人窒息的氛围中，她为自己也为都市的匆匆过客而轻轻叹息："都是没有家的人啊！"施蛰存所著的《薄暮的舞女》也突出地表现了都市飘零者的灵魂对传统与家园的归依。主人公素雯在厌倦了调笑无厌的舞女生涯之后，对传统的家庭生活充满了新奇的渴望。她将卧室布置成家的样子，并久久耽溺于对"家"的美妙幻想之中，"她感觉到一个文雅的鼻息，一个真实的爱着的心，一个永久占有了的肉体，还有，成为她的莫大之安慰者，她初次地感到她是在家里了"。她渴望扮演传统认同的角色：人妻、人母。然而，她这一可怜的愿望竟然也成了奢望。在答应娶她的商人破产后，她不得不重操旧业。她归依家园的强烈愿望，在残酷现实的挤压下，最终无可避免地归于幻灭。

以水手、流浪汉为代表的都市过客，是都市漂泊者的第三类主要形象。《夜》中的那位水手，自称"海上的吉普西"，从这个口岸到那个口岸的经年漂泊，让他饱尝了孤独与寂寞的况味。"家在哪儿啊？

家啊!"是他与那萍水相逢的眼光里藏有二十年流浪的女子的共同慨叹,而那个四处找鼻子的醉鬼,反复念叨的也是"我要回去了,回家去了"。黑婴的《五月的支那》与《夜》在具体内容与表现手法等方面具有惊人的相似性。那位怀念着母亲,怀念着家乡的水手,也是一个"怀乡病"患者,一个渴望回家的流浪汉。徐訏在《吉卜赛的诱惑》中也借主人公"我"之口,表达强烈的思乡之情:"这是一切都完的时候,我惟一的希望就是早点回到家乡。我满心填塞着沉重的乡愁。"穆时英的《空闲少佐》中描写了空闲少佐受伤昏厥前一刻的画面,浮现在他脑海中的是远在东京的妻儿,是那个温暖的令人留恋的家:"东京的年轻的妻和才六岁的孩子浮到眼前来了,是的,他家是在东京郊外,门口有盏大纸灯笼,两盆精致的小盆景……家的四边是有樱花的……";被俘后在治疗期间他时刻想念的也是那个属于自己的家:"大海的那边儿,在细巧的纸扎灯下,在樱花里边,在明秀的景色里边,有他的家,小小的矮屋子……妻啊!儿子啊!在海的那边儿哪!多啃再能和儿子一同到上野公园去打棒球?……妻也许已经领到了抚恤,她会在深夜里躲着哭";而支撑着他活下去的,也正是那种对家园的持久热情与渴望:"总有一天要回去的,回到海的那边儿去,家里去。"家园对于漂泊异域、滞留异乡的游子所具有的魔力,由此可见一斑。施蛰存的《你的嘘息》一诗将关于故乡的温馨回忆与异己的都市文明进行了比照,并滋生出强烈的"恬静地安居"之愿望:"被忘却的故乡的山脚下,/有我的铅皮小屋。/那倾圮的屋顶上/久已消失了/青色的炊烟。""陪我跋涉于山川者,/虽然有卷菸的烟,/茶的烟,摩托车的烟——/但它们全不是/恬静的家居之良伴。""而你的嘘息是如此之恬静,/愿他们在这偶尔的机会中,/暂时地给我作安居之符号"。对故乡"铅皮小屋"与"青色炊烟"的亲切怀念与对都市文明的隐隐不满构成了巨大的情感张力,"回归家园"的主题在此再次得到了深刻的阐释。穆时英的《夜总会里的五个人》则在分镜头式的切换与视角的频频转换中,将夜总会里一个个貌似潇洒快乐、实则痛苦不堪的男男女女的情绪心态表现得淋漓尽致。世界在他们的眼里是"破了的气球","时间的足音"给这群都市漂泊者带来的是对于爱的绝望、生的厌倦以及死的恐惧。"No one can help！"这世纪末的哀音弥漫全篇的字里行间。这些在夜总会里表现得那么狂放不羁的灵魂，在内心深处渴望的依旧是家园的慰藉。他们以逃向群体、放浪形骸的方式来躲避孤独与痛苦的侵蚀，在这传统的逃避方式中，家，这方灵魂的安憩地，是那么富有魅惑力地向着这些无家的游魂招手。这一群生活在都市旋流中的无家可归者，在身心极度疲惫的流浪生涯中，家园，成了他们最大也是最后的向往。

三 现代都会主义文学的乡土情结

刘呐鸥曾经说过一段被人们反复引证的话：

……我要做梦，可是不能了。电车太嘈闹了，本来是苍青色的天空，被工厂的炭烟布得灰朦朦了，云雀的声音也听不见了。缪塞们，拿着断弦的琴，不知道飞到哪里去了。那么现代的生活里没有美吗？哪里，有的，不过形式换了罢。我们没有 Romance，没有古代城里吹着号角的声音，可是我们却有 thrill, carnal, intoxication……就是战栗和肉的沉醉。[①]

不少文学研究者往往将这段话作为刘呐鸥欣赏都市生活并全身心投入其中的注解，他们注重的是："thrill, carnal, intoxication"，却常常忽略了其前半部分——对被破坏殆尽的乡土文明的留恋回味与哀婉叹息。乡村优美纯净的自然景观在现代文明的熏染与侵蚀下，一步步往后退却，从城市的边缘一直退守到远离都市的海岛。现代都市对都市人的生存挤压得愈厉害，人们对充满乡村牧歌情调的大自然就愈向

---

① 引自1926年11月10日刘呐鸥致戴望舒信，收入孔另境主编《现代作家书简》，花城出版社1982年版，第185页。

往，似乎已经成为不争的事实。大自然是疲于挣扎、倦于漂泊的现代都市人的一方圣土，是他们梦寐以求的精神家园。正因为如此，回归大自然这一主题在都会主义文学中才体现得那么鲜明而又集中。从刘呐鸥到穆时英，几乎每一位都会主义作家都无可回避地触及这一主题。

都会主义作家在奏响回归大自然的旋律时，将对乡村自然生命力的向往与对都市人生命力萎弱的批判互相参照，互相交汇，文本中的精彩描绘与独到见解俯拾即是。如徐迟的《都会的满月》："写着罗马的/ Ⅰ Ⅱ Ⅲ Ⅳ Ⅴ Ⅵ Ⅶ Ⅷ Ⅸ Ⅹ Ⅺ Ⅻ /代表的十二个星；/绕着一圈齿轮。/夜夜的满月，立体的平面的机件。/贴在摩天楼的塔上的满月。/另一座摩天楼低俯下的都会的满月。/短针一样的人，/长针一样的影子，/偶或望一望都会的满月的表面。/知道了都会的满月的浮载的哲理，/知道了时刻之分，/明月与灯与钟兼有了。"这是纯粹的都市感受，在灯火辉煌、讲求实效的大都通邑里，炫目的人造五彩灯光遮住了自然的月光，月亮作为审美对象的存在已失去其物质根基，它给人间带来的无尽诗意已荡然无存。自然界中月的阴晴圆缺对终日忙碌的都市人来说已不再存在，被"贴在摩天楼的塔上"的毫无灵性的、兼具"明月与灯与钟"三种功能的"立体的平面的机件"，即都市人"夜夜的满月"。自然界诗意月光下自由健康优美的人类，在此已完全丧失了自主性与生命力，被异化为"满月"上的一个零件；成了有着"长针一样的影子"的"短针"，终日不知疲倦地机械地运转着。"满月的浮载的哲理"与大自然中人类诗意地栖居的理想是那么格格不入，诗人贬前褒后的情感倾向从平静的抒写中流露了出来。刘呐鸥《游戏》一文中也不乏对大自然的顶礼膜拜：

……我的眼前只有一片大沙漠，像太古一样地沉默。那街上的喧嚣的杂音，都变作吹着绿林的微风的细语，轨道上辘辘的车声，我以为是骆驼队的小铃响。最奇怪的，就是我忽然看见一只老虎跳将出来，我猛地吃了一惊，急忙张开眼睛定神看时，原来是伏在那劈面走来的一只山猫的毛皮。这实在不能怪我，山猫的祖先原是老虎，因为失了恋爱，正在悲哀的时候，被猎户捉去饲养，变成了猫儿，后来又想起它的爱人，走到山野里去，所以变成了山猫的。

……继而锣、鼓、琴、弦发抖地乱叫起来。这是阿弗加利人的回想，是出猎前的祭祀，是血脉的跃动，是原始性的发现。

在作者笔下，繁华的大都市幻化成了有驼铃叮当作响的大沙漠和有老虎出没其间的绿色丛林。在两相比照、不动声色的文字描述背后，隐含着作家鲜明的情感倾向。而"阿弗加利人的回想""出猎前的祭祀""血脉的跃动""原始性的发现"四组富于原始强力与蓬勃生机的野性十足的自然意象，则暗含着对城市人生命力日益萎弱的讽刺与悲哀。都市人的命运恰似一只山猫：祖宗是强悍凶猛、充满生命活力的林中之王，而自己却仅是一只经猎人饲养（即经都市工业文明熏陶）而失去原始生命强力的山猫，徒有伤感，徒有悲叹——现代都市人欲回归自然而不能的无可奈何的生存状态，令人无可回避也无法回避。显然，"我"对都市文明已经厌倦，回归大自然成了"我"精神与肉体上的双重渴望。然而，男主人公步青对大自然的膜拜不过是遥远的回想与瞬间的幻觉，他最终不得不心碎地接受"都会的诙谐"——在大都市这个现代荒原上，一切都不存在，除了幻灭，还是幻灭。

徐迟的《春烂了时》一诗同样是以乡村文明作为参照系来批判都市文明："街上起伏的爵士音乐，/操纵着蚂蚁，蚂蚁们。/乡间，我是小野花：/时常微笑的；/随便什么颜色都适合的；/幸福的。/您不轻易地撒下了饵来。/钻进玩笑的网/从，广阔的田野/就搬到蚂蚁的群中了。/把忧郁溶化在都市中，/太多的蚂蚁，/死了一个，也不足惜吧。/这贪心的蚂蚁/他还在希冀您的剩余的温情哩，/在失却的心情中，冀求着。/街上，厚脸的失业者伸着帽子。/'布施些，布施些。'

爵士音乐奏的是：春烂了。/春烂了时，野花想起了广阔的田野。"在乡村的野趣自由悠闲与都市的喧嚣压抑贪婪的对立抒写中，蕴含着强劲的情感张力，使爱憎历历分明。《田舍风景》可算是穆时英最为彻底地对大自然的全身心投入。文中对优美自然风景的描绘比比皆是："从峰顶，一片苍翠的松林直卷下来，在山腰那儿和一丛丛的茶花混在一起，滚到山坡下在溪旁蔓延了开来，杂生在两岸的桃树里边。水面上静静地漂着落花，时间是停住了，空气中有一种静止，只听得松韵的金戈铁马声。""崇高的七宝山在北方静静地蹲着，遮住了从内外蒙古吹来的蹂躏了北国的寒风，它的山脉蠕蠕地爬过来"，"大松林里，千年落叶和野玫瑰的枯瓣堆成的软土上，荡漾着清澈的月色和柔情笑声真是太可爱了"。他不仅希望"溶化在大自然里边"，而且采用了对他而言极为罕见的乡村视角（《南北极》除外），直接对生活在大自然中的人们的苦涩然而也不乏诗意的生活进行了抒写，大都市上海在此却成了一个遥远的梦想，一个梦幻的所在。然而大自然中的人性也并非十全十美，人们在厌倦了贫穷的乡村生活的同时，却对象征着现代文明的大上海模糊地向往起来。

在都会主义文本中，大自然具有不可思议的魔力，自然之圣水不仅洗净了都市人的灵魂，而且洗净了都市人关于都市放荡生活的种种不洁记忆。刘呐鸥的《风景》一开篇就闪过一组快镜头："人们是坐在速度上面的。原野飞过了。小河飞过了。茅舍，石桥，柳树，一切的风景都只在眼膜中占了片刻的存在就消失了。"这一组镜头都只有"片刻的存在"，然而作家却欲从中"提取出它可能包含着的在历史中富有诗意的东西"，"企图从过渡中抽出永恒"。[①] 大自然在作者笔下是如此富有诗意："水渠的那面是一座古色苍然，半倾半颓的城墙，两艘扬着白帆的小艇在那微风的水上正像两只白鹅从中世纪的旧梦中浮出来的一样。"同时又具有神奇的魔力："含着阿摩尼亚的田原的清

---

① [法]波德莱尔：《波德莱尔美学论文选》，郭宏安译，人民文学出版社1987年版，第484页。

风"仿佛"一帖健康的汤药"，洗净了燃青曾被都市种种放荡生活与"不洁的记忆"玷污了的灵魂与肉体，使他"觉得苏生了一样地爽快"。文中刘呐鸥借"她"之口道出了自己的真实看法："我想一切都会的东西是不健全的。人们只有学着野蛮人赤裸裸地把真实的感情流露出来的时候，才能够得到真实的快乐。"一褒一贬，态度鲜明。主人公燃青和"女人"都是长期生活在机械包围的都市中的，由于一个偶然的机缘，他们"脱离了机械的束缚，回到自然的家里来了"。"她"像一只放出笼外的小鸟，欢欣雀跃；而燃青则"勃然觉得全身爽快起来，同时一道原始的热火从他的身上流过去"。在都市机械文明的挤压下业已丧失爱的能力的一对男女，在大自然的怀抱中，在青色的床单上（指绿草地），重又燃起了熊熊的爱之火焰。这是自然真实人性的一次闪光，是对日益衰颓的都市文明的大胆挑战。可《风景》却只是一曲人性的哀歌，男女主人公相爱只是瞬间突围，他们只能在回到自然的梦幻中沉迷于虚幻的真实，梦醒之后，他们又不得不面对机械而矫情的现实，舍此别无选择。刘呐鸥的《赤道下》中的"我"十分感激"风光的主人"将"跟沥青路上的声音一块儿产生的"妻送回到怀里。在远离都市喧嚣的海岛上，"我"和妻自由自在地嬉戏，无忧无虑地相爱，仿佛回到了人性的本真状态。"砂虽是烫的，然而碧水却极度地凉爽。当我们伸直了脚仰浮在水面上，而拿着无目的的视线远搁在海上褐色的珊瑚礁时，我们的思想是跟在头上舞着的海鹅一般地自由的。我们得跟深海里的鱼虾做着龙宫的梦，跟那赤脚大蟹横行于岛里的岩礁的空隙间，带着盐味的南来的风把我们灌醉了，并向我们的体内封进了健康。我们是阳光的儿们，我们在无人的砂上追逐着，游戏着，好像整个天地都是属于我们的爱一般地。"在大自然的怀抱里，"我们"的思想是"自由"的，身体是"健康"的，爱情是纯洁无瑕的。大自然仿佛一剂万能的良药，医好了"我们"的"都市病"。《赤道下》分明是一曲大自然的颂歌。可惜，海岛不宜久居，这对"上帝的儿女"的爱情在大自然的怀抱中最终还是无可避免地归于幻灭。文章因此有了一个无奈而又略含讽刺的结尾："海鸥歌送的是甲板上的一对专待文化方式给他们解决一切的，相爱着的丈夫、妻子。"辛笛的《月光》中的主人公"我"在大自然美妙月光的洗濯下，变得超凡脱俗起来："何等崇高纯洁柔和的光啊/你充沛渗透泻注无所不在/我沐浴于你呼吸怀恩于你/一种清亮的情操一种渴想/芬芳热烈地在我体内滋生。"穆时英的《黑牡丹》中的"我"，在被机械文明的重压压得喘不过气来时，总是对大自然的怀抱有一种莫名的渴望。大自然在"我"眼中仿佛是一幅"米勒的田舍画"，"田野里充满着烂熟的果子香，麦的焦香，带着阿摩尼亚的轻风把我脊梁上压着的生活的忧虑赶跑了"。终日来回穿梭于办公室与舞厅之间的"我"，渴望大自然的拥抱，却因生活所迫，不得不被困于都市。大自然像一座神秘的城堡，可望而不可即。"我"在绝望中寻找，在疲倦里渴求：大自然的抚慰与涤荡。

  都会主义文学中的人物回归大自然还有一个更深层的驱动力：对自由的向往。刘呐鸥的《热情之骨》中的主人公比也尔生活在都市中，却厌恶"巴黎市的灰色的昙空"，"仰慕着阳光，仰慕着苍穹下的自由。"充满阳光、空气和水的大自然，为人类的心灵提供了无限广阔的自由空间，并成了漂泊异域的游子的精神家园。在穆时英的《公墓》一文中，作者借人物之口反复强调那"广大的田野""蓝的天""太阳""池塘""大块的红云""紫色的暮霭""柳树"等大自然中的优美怡人的风光，并宣称"顶喜欢古旧的乡村的空气"，作者对大自然的由衷喜爱与向往由此可见一斑。穆时英笔下的圣处女理想中的快乐王国，是有着"绯色的月，白鸽，花圃"，满地都是玫瑰的，还有"莲紫色的夜，静谧的草原，玲珑的小涧和芳菲的歌声"。这"快乐的王国"，分明就是大自然的化身。对快乐王国的礼赞，就是对大自然的礼赞。徐訏的《吉卜赛的诱惑》，向人们奉上了一幅至真至美的理想生活图画：

第三章 现代社会转型语境下百年中国文学的怀旧书写发展历程

……我们大家快活,恬静,没有争执,没有妒嫉地过着美满的生活。我与潘蕊间再没有怀疑,不安,担心,我们生活打成一片,正如我们的爱打成一片一样,二者再没有矛盾与冲突了。我已经相信罗拉的话,吉卜赛的生活是专为培养永生的爱情的,我们也终于将生活献给爱神,我们看不见人世的权利与虚荣,我们只见蓝天与明月,我们忘却了人类所创造的不同的哲学与理论,我们只听见每个人爱与情感的韵律,我们再不是社会偶像的奴隶,我们成为上帝的儿女。

几个月的流浪,我们认识了更多的吉卜赛的人民了,我们已经被他们同化,再不爱说话,争论,再不想人间的是非与究竟,也不想知道人间冗长错综的故事与各自自圆其说的理论,我们活在情感与爱的里面,嬉戏而简单的生活当中,我们再不想跳出这谐和的世界,我们已经没有事业的理想,与人世的野心,我们相信只有这个世界里生活与爱是不相冲突与矛盾。我们要恬静地依着上帝的意志,过我们简单而谐和的生活。

这两段引文集中反映了作品的主题,也集中地表达了徐訏的一种生活理想:以古朴和谐的与大自然密切相连的生活方式来否定现代都市文明。文中将挣脱一切文明的束缚,重获人性自由,"恬静地依着上帝的意志,过我们简单而谐和的生活",视为生命的最高境界。在《旧地》一文中,徐訏深情地写道:"在枫林,人情是温暖的,生命是愉快的","这是世界中最温暖的一角","这一角世界在我的记忆中是最美的,最安详的,最温暖的世界"。并且他毫不含糊地表示自己喜欢乡下人,不喜欢上海人。这段话可作为徐訏上述生活理想的形象注解与补充。陈江帆希望"生长在香粉和时装的氛围中,/做着灰鸽般的流浪"的"你的心","让窗子将田舍的风景放进来"(《麦酒》),并在《荔园的主人》一诗中勾勒出一幅迷人的田园牧歌图:"五月的荔子园,/晚风吮着圆熟的花果。/主人坐在篱下。/是飘着百灵鸟的歌音吗？/一个牧羊的歌女/踱进了篱旁。""晚风/是催眠的歌，/晚霞/是催眠的歌，/在催眠的暮霭下；/荔子园的日色残了，/散着银丝的小羊也乏了。"在如梦如歌的田园生活中，人们欣赏自然美景，谛听万物天籁，过着优游自在、无拘无束的日子，在此，人性极度舒展自由，人与大自然已融为一体，再也分不清彼此了。

在都会主义作家中，对回归大自然这一主题关注最多、开掘最深的，是施蛰存。作为一位都市文学家，施蛰存具有根深蒂固的城乡二元性格。他是由乡入城的作家群体的代表，幼年在江南乡镇嬉闹游玩，熟读古书，直到十八岁才到上海求学（其深厚的古典文学修养为他日后的创作抹上了浓重的传统色彩），因而他观察都市的视角自然与刘呐鸥、穆时英等人有所不同。他所看到更多的是现代都市文明对乡土风俗文化的浸染，他对那种静谧安宁而又古朴简雅的淳厚乡风的日益瓦解与淡化，不时流露出一种不堪回首的惋惜之情。可以说，传统文化情结贯穿了施蛰存的整个文学历程。早期作品《上元灯》，弥漫着浓郁的江南小镇的气息；成熟期的作品如《春阳》《梅雨之夕》《雾》等小说，则纯熟地运用心理分析与意识流等手法，勾勒出一幅幅乡村与都会的"文化碰撞图"；他的后期创作如《鸥》《塔的灵应》《黄心大师》等，在由现代主义向现实主义的回归中，再次显示出传统文化的巨大影响。施蛰存的早期作品《渔人何长庆》，通篇弥漫着江南小镇的气息，文中不乏对乡村自然风景的描绘："这个小镇魅惑人的地方，还不仅是这些小山的故事，它又有一种满带着鱼腥的江村的景色，足以使人慨然想起了我国的富饶。"就是在这种如梦如烟的氛围中，作者展开了对一个优美而又凄凉的爱情故事的叙述，江南小镇闸口的淳厚民风与渔人何长庆的善良痴情让人在感动之余，顿生悠然神往之心。尤其值得注意的是，文中有意识地以"都会"作为乡镇风俗民情、自然景观的参照系，将都会与乡镇的小菜场以及街道进行了某种程度的对比，并由此得出结论："村市也能给人一个美好的印象。"在《闵行秋日纪事》中，施蛰存对久违的大自然发出了由衷的赞美："正是将近五点钟的垂暮天气，旷野上的秋空是很可观的，寂静的大树和土阜好像黑影绘似的描在五色灿烂的东方的天上，这里有一个年老的乡人在掘取蕃芋，那里有三两个牧人在远离着他们的羊群席地斗草，远处村舍的屋上袅袅地升起了青色的幻想的炊烟，空气中浮漾着村巷里的犬吠声、呼人声。对着这样的景色，憬然地冥想着我身如在米莱（millet）的画幅中。"发表于1932年的诗歌《桥洞》，对自然风光有着充满诗情画意的描绘："小小的乌篷船，／穿过了秋晨的薄雾，／要驶进古风的桥洞里了。""我们看见殷红的乌桕了，／我们看见白雪的芦花了，／我们看见绿玉的翠鸟了，／感谢天，我们底旅程，／是在同样平静的水道中。"在超脱尘世的自然景物中，作者悟出了桥洞的神秘特质。在《彩燕》一诗中，彩燕简直成了"我"的化身，"我"已与美好的春光融为一体，身心备感自由欢快："春无处不在——／可是谁真能夷犹飞转？／于飞固好，分飞也何尝不好！""莫用这许多红围翠绕，／但留下空阔的春天一片。""去把窗子打开，／去把墙门打开，／让它们跟着泄漏的春光，／翩然而逝。／让它们飞过长街。／让它们飞上那桥顶。／它们会成为我的心，悄悄地，／剪掉寒流，溜出了城闉。"辛笛的《航》在对自然风景的描绘中，寄寓着超时空的生命感悟："帆起了／帆向落日的去处／明净与古老／风帆吻着暗色的水／有如黑蝶与白蝶"，"从日到夜／从夜到日／我们航不出这圆圈／后一个圆／前一个圆／一个永恒／而无涯涘的圆圈／将生命的茫茫／脱卸于茫茫的烟水。"生命于此通过极度地放恣而达到了极度自由的境界。

四 现代都会主义文学的婚恋伦理

都会主义文学中的婚恋伦理主要体现在都会主义作家对都市男女性关系的叙写上。都会主义作家大都从男性立场出发，对都市女性采取三重态度：把玩、批判、欣赏。在古老中国，由于女性地位低下，传统和集体无意识一直对女性有一种压抑和扼杀的倾向，传统文人无论其社会地位尊卑高下，都无一例外地对女性具有某种程度的病态把玩倾向；以"万恶淫为首"为千古训条的传统伦理，为都会主义作家批判都市男女的恣情纵意、寻欢作乐提供了一个坚实的立足点；同时，传统文人对于女性所体现出的人性美、人情美以及外形美的欣赏，也程度不一地被现代都会主义作家承袭了下来。联系刘呐鸥、穆时英等作家的文本，我们不难厘清其血脉相连的承传关系。

在机械文明熏陶下长大的都市女性，深受西方性解放思潮的影响，她们在对待男女两性关系的态度上，远较她们的父辈开放，传统的性道德对她们已失去约束力，性开放、性自由是她们自觉不自觉的追求。此类人物形象在同期非都会主义文学中也常常出现，如茅盾的《蚀》三部曲中的慧女士、章秋柳等人物即属此例。在都会主义文本中，性开放、性自由的都市女性形象比比皆是：无论是喜欢玩弄"都会的诙谐"的轻佻女子（《游戏》），是有着"经过教养的优美的举动"和"对于异性的强烈的，末梢的刺激美感"的风情少妇（《风景》），是"香橙花似的动人的"卖淫女（《热情之骨》），是从未"跟一个gentleman一块儿过过三个钟头以上"的应召女郎（《两个时间的不感症者》），是为其姐夫解决性卫生问题的白然（《礼仪与卫生》），还是丈夫尸骨未寒便四处寻求性刺激的霞玲（《残留》），无一不是荡妇，无一不是性欲亢奋者，她们陶醉于萍水相逢的露水姻缘，拼命追求一夜风流（以上所引六文均系刘呐鸥所作）。穆时英塑造的以舞女为核心的大批都市女性形象，也大都是性自由、性开放者，从黑牡丹、余慧娴、茵蒂到黄黛茜、蓉子、某夫人，无一例外。徐霞村的《Modern Girl》中的信子也是一个追求性解放的摩登女郎。

在对待两性关系的态度上，尽管都会主义作家大都接受过西方19世纪唯美主义思潮的影响，可他们（叶灵凤似乎是个例外）却只学得其皮毛（即注重对两性关系本身的描绘），而对其作品中体现出的一种唯美追求实质未能正确理解与把握。如英国作家劳伦斯所著《查特莱夫人的情人》一书，即为世界文学史上关于性爱描写的经典之作。作家从唯美主义立场出发，将起源于生命原初冲动的、两情相悦的性爱纳入审美的范畴，性爱在此已完全剔除了猥亵、色情的成分，而被升华到一个至美、至真、至纯的人性高度。该书通过两性关系的描写，揭示了人的自然本能力量对完整人性的意义，表现了性爱使人冲破重重阻碍而达到自我的完成这一严肃主题，因而具有经久不衰的艺术魅力。而中国传统文学描写男女性爱大都未能跳出才子佳人、士子倡优的窠臼，无论是佳人还是倡优，在传统文学中，其实质只不过是作为物化的对象而充当被男性把玩、玩味的玩物。正如茅盾所指出的："中国文学中的性欲描写——只是一种描写，根本算不得文学。"[1] 这种情形的出现，应归因于中国传统女性在男权社会中地位的低下。她们在几千年文明史上，被剥夺了言说的权利，始终是被迫沉默的一群人，她们永远是作为被言说的对象而被载入史册或流传后世。可以说，一部中国文明史，就是一部女性失语史。身为炎黄子孙的都会主义作家们，其血液里难免含有传统的因子，而都会主义文本中男性对待女性的态度，也多少承袭了这一先辈遗风，颇具色情意味的把玩、玩味随处可见。如刘呐鸥的文本中就充斥着大段大段的不乏猥亵色彩的女性躯体、容貌描写：

> 两个肢体抱合了。全身的筋肉也和着那癫痫性的节律，发抖地战栗起来。当觉得一阵暖温的香气从他们的下体直扑上他的鼻孔来的时候，他已经耽醉在麻痹性的音乐迷梦中了。朦胧的眼睛只望见一只挂在一个雪白可爱的耳朵上的翡翠的耳坠儿在他鼻头上跳动。他直挺起身子玩看着她，这一对很容易受惊的明眸，这个理智的前额，和在它上面随风飘动的短发，这个瘦小而隆直的希腊式的鼻子，这一个圆形的嘴型和它上下若离若合的丰腴的嘴唇，这不是近代的产物是什么？他想起她在街上行走时的全身的运动和腰段以下的敏捷的动作。她那高耸起来的胸脯，那柔滑的

---

[1] 茅盾：《中国文学内的性欲描写》，《茅盾全集》第19卷，人民文学出版社1991年版，第115页。

鳗鱼式的下节……（引自《游戏》）

　　看了那男孩式的断发和那欧化的痕迹显明的短裾的衣衫，谁也知道她是近代都会的所产，然而她那个理智的直线的鼻子和那对敏活而不容易受惊的眼睛却就是都会里也是不易找到的。肢体虽是娇小，但是胸前和腰边处处的丰腴的曲线是会使人想起肌肉的弹力的。若是从那颈部，经过了两边的圆小的肩头，直伸到上臂的两条曲线判断，人们总知道她是刚从德兰的画布上跳出来的。但是最有特长的却是那像一颗小小的，过于成熟而破开了的石榴一样的神经质的嘴唇。（引自《风景》）

　　他觉得这立像的无论那一个地方都是美丽的。特别是那从腋下发源，在胸膛的近边稍含着丰富味，而在腰边收束得很紧，更在臀上表示着极大的发展，而一直抽着柔滑的曲线伸延到足盘上去的两条基本线觉得是无双的极品。（引自《礼仪与卫生》）

　　由上面几段引文可以看出，刘呐鸥对女性完全是用一种观察者的姿态进行细致的描绘，根本没有突入女性的心理层面。女性在他笔下，永远只有外在的形貌、服饰，她们没有个性，没有情感，没有心灵，有的甚至没有姓名，当然更谈不上聪慧。他着重描写的是这些女性的躯体线条、眼神风韵，完全是一种外在的观察。因而，这些描述是极其浮泛而粗浅的。他文本中的男性对待女性，不管爱与不爱，一律采用传统士大夫对待女性的常规态度：赏玩。如步青对女人是"玩看"，燃青对女人是"玩味"，姚启明对白然也是"玩味"。刘呐鸥一方面欣赏女性的躯体美；另一方面却嫌恶女性作为性象征所缺乏的智性和心灵的美，女人已被他彻底物化。现代都市女性被贬黜到如此境地，这是用男性叙事者色情的眼光来审视性解放的都市女性的结果。经常混迹于歌台舞榭的时髦公子穆时英，对待女性难免沾染不少公子哥儿的作派，他的小说中也时见饱含色情暗示的描写：

  浴室的门开了，在热腾腾的水蒸气里，亭亭地站着的，饱和了新鲜的性感的站在瘦削的黑缎鞋上的，洁白而丰腴的裸像正是Madam X。(引自《某夫人》)

  站在阑珊的月色里的她，给酒精浸过了的胴体显着格外地丰腴，在胸脯那儿膨胀起来的纱衫往瘦削的腰肢那儿抽着柔软的弧线，透过了纱的朦胧的梦，我看见一个裸露在亵衣外面的脂肪性的背脊，而从解了纽扣的胸襟那儿强烈的体香挥发着。(引自《红色的女猎神》)

  那儿是一片丰腴的平原。从那地平线的高低曲折和弹性和丰腴味推测起来，这儿是有着很深的粘土层。气候温和，徘徊是七十五度左右；雨量不多不少；土地润泽。两座孪生的小山倔强的在平原上对峙着，紫色的峰在隐隐地，要冒出到云外来似地。这儿该是名胜了吧。(引自《CRAVEN "A"》)

  用富于文学意味的笔调描写女子的容貌、躯体，并借此传达某些难言的色情体验，古已有之，穆时英不过是承袭古风余绪而已；可如此精细地运用地理学知识来为女性描容画像（参见第三段引文），在中国现代文学史上，穆时英应该是罕见的一例。叶灵凤的《第七号女性》中的"我"实在无聊至极，居然专备一个记事簿，每天在公共汽车上为女性编号打分："翻开从衣袋里抽出来的记事簿：烫发，Reynolds型的圆脸，大眼睛，不加修饰的眉毛和嘴唇。有时，两颊有胭脂的晕痕。削肩，长身材，北平口音，看新文艺书籍，职业住址不详。每日上午八时二十分以后，九时以前到停车站。下车地点不详。天雨不到。最近的服饰：堇色华尔纱长旗袍，纺绸白纱边的衬衣，银灰平底皮鞋,短袜,手腕和小腿有海水浴的痕迹。一柄蒲公英图案的小阳遮,这是最近才有的。NO.7。A+。"小说中流露出的庸俗的文人趣味,很容易让人联想到传统士大夫对戏旦的品评:欣赏中有侮蔑,爱慕中有猥亵。

都会主义作家在对待都市女性的态度上是复杂的,具有鲜明的个人矛盾性:即一方面希望女性性开放;另一方面又用传统的道德尺度对其进行批判。在都会主义作家看来,唯有性开放的女性,才会无所顾忌地与男性自由自在地交往,才有可能碰撞出真爱的火花,并且双方都用不着负道义上的责任,也不会受到良心的谴责。与此同时,都会主义作家又无法摆脱传统性道德的潜在影响,性开放、性自由的都市女性往往被他们有意无意地视为荡妇淫娃而送上道德的祭坛。在刘呐鸥的都会主义文本中,那些摩登的都市女郎,无一例外地都指向唯一的代码——性。刘呐鸥在欣赏女性躯体美的同时,不时祭起传统的道德尺度,对这些都市女性加以批判。小说《游戏》批判了人欲横流、爱情不再的罪恶都市。在现代都市里,永恒的爱情渐趋瓦解,它已蜕变为一场场寻找刺激的情感游戏。男主人公步青是一个重感情的爱情理想主义者,然而,他所爱的女人却是一个放荡不羁、欲壑难填的时髦都市女郎,她彻底击碎了他的迷梦:"他感觉着苦痛……贞操的破片同时也像扭碎了的白纸一样,一片片,坠到床下去……他觉得一切都消灭了","他替她将来的男人悲哀,又替现在的自己悲哀"。连"大都会的脸子"也"好像怕人家看见了它昨晚所做的罪恶一样,还披着一重朦朦的睡衣"。刘呐鸥的小说《热情之骨》中,被比也尔尊为"领前的明灯"的玲玉,"竟是常人以下的娼妇",她在比也尔激情如潮、正觉得"与爱人共感着同一的脉搏"时,居然开口向他要钱,使他"一时好像从头上被覆了一盆冷水一样地跳了起来","半晌不能讲出半句话来",终于,"梦尽了,热情也飞了,什么都完了"。黑婴的《回力线》与《热情之骨》的情节与主题基本相似,其最终结局是男主人公觉得"是真正的输了",因为女人粉碎了他关于爱情的

110

梦想。徐訏的《陷阱》中祖父母"美丽的、诗意的、英雄的"生死恋情与都市里"平凡的、庸俗的"情感游戏形成巨大反差,"我"一心憧憬着祖父母式的爱情,可都会里"却始终没有女人知道用爱情叫我为她牺牲一切,为她舍身。结果是我到现在没有结婚"。作者在文末不无辛酸地写道:"我不知道这是祖父的教育耽误了我,还是我辜负了祖父给我的教育。"徐訏心目中的理想婚姻,其实质就是"英雄加美人"古典爱情模式的翻版,而他在文中对都市女性的委婉批判,也正是建立在传统道德的基础上的。

都会主义作家在对待都市女性的态度上,不仅具有个人矛盾性,而且具有群体矛盾性。他们有的对女性怀有歧视,有的则寄理想于东方女性。如刘呐鸥对女性是极度歧视的。他笔下的都市女性,大都是"性欲的权化"。刘呐鸥在文本中表现出的对女性的偏见与歧视,与他不幸的婚事密切相关,同时中国传统迷信中的男性根深蒂固的"荡妇"情结也为他的"女性嫌恶症"提供了思想基础。刘呐鸥的婚姻对他的两性观念有很大的影响。他奉母命于1922年10月16日与表姐黄素贞结婚,年仅17岁,这是一桩纯粹由家长包办而成的婚姻。由于对旧式婚姻的反感,加上素贞从未受过正规的现代教育,刘呐鸥对自己的婚事十分不满。婚后,他一直游学东京、上海,夫妻难得一聚。从他1927年所记的日记中颇可看出他对女性的偏见和歧视的由来。1927年5月18日,刘呐鸥在日记中写道:"啊!结婚真是地狱的关门……女人是傻呆的废物……不知满足的人兽,妖精似的吸血鬼,那些东西除放纵性欲外那知什么。"[1] 19日又有如下记载:"女人,无论是哪种的,都可以说是性欲的权化。她们的生活或者存在,完全是为性欲的满足。……她们的思想,行为,举止的重心是'性'。所以她们除'性'以外完全没有智识。不喜欢学识东西,并且没有能力去学。你看女人不是大都呆子傻子吗?她(指黄素贞)的傻真是使我气死了。"[2] 他对

---

[1] 彭小妍:《刘呐鸥一九二七年日记——身世、婚姻与学业》,《读书》1998年第10期。
[2] 彭小妍:《刘呐鸥一九二七年日记——身世、婚姻与学业》,《读书》1998年第10期。

女性的评价既然如此之低，那么，他在文本中塑造了不少仅仅作为性象征的时髦都市女郎，也就不足为奇了。在中国传统文学中，"荡妇"形象比比皆是，潘金莲是为集大成者。在以"万恶淫为首""女人是祸水"为千古训条的文明古国里，她们的命运可谓多灾多难，连生活在20世纪二三十年代的现代化大都市上海的现代女性，都难免有被这一训条的黑暗阴影吞没的危险。文学史上之所以会出现此类现象，究其根源，则是男性社会霸权与话语霸权在文学上的具体体现，流风所及，刘呐鸥当然也未能免俗。刘呐鸥虽然极度轻视女性，他心目中还是有着自己的理想女子的："……她的全身从头至尾差不多没有一节不是可爱的。那黑眸像是深藏着东洋的热情，那两扇真珠色的耳朵不是 Venus 从海里出生的贝壳吗？那腰的四围的微妙的运动有的是雨果诗中那些近东女子们所没有的神秘性。纤细的蛾眉，啊！那不任一握的小足！比较那动物的西欧女是多么脆弱可爱啊！"（《热情之骨》）在对女性歧视的同时，却又寄理想于婉约优雅的东方女性，刘呐鸥对待都市女性的矛盾态度是值得深思的。而他对东方女性"脆弱可爱""不任一握的小足"的欣赏，也暗暗流露出中国传统男人病态的"金莲情结"。典型的纨绔子弟穆时英，心目中的最高女性形象却是颇具传统古典风范的玲子。玲子不仅是她父亲的掌上明珠，而且是"我"倾心爱慕的偶像。她温婉乖顺、聪明大方而又美丽多情，不愧为东方女性的典范，难怪穆时英要寄理想于她了。与刘呐鸥不同，穆时英对生活在都会最底层的女性都市飘零者，更多的是同情与怜惜，而不是恣意贬斥。舞女生活中无边的凄凉孤独与透彻骨髓的寂寞无助，以及舞厅里疲倦感伤的调子与疲倦落寞的舞娘，激起了穆时英深深的身世之慨："同是天涯沦落人，相逢何必曾相识！"穆时英笔下的都市女性，是以舞女为核心的一组群像。青春已逝、容颜憔悴的黄黛茜（《夜总会里的五个人》），红极一时却又落落寡欢的余慧娴（《CRAVEN "A"》），荒唐放纵而又不无真情的茵蒂（《夜》），容貌平平、天真纯朴的林八妹（《本埠新闻栏编辑室里一札废稿上的故事》）……都是作家哀悯的对象,他爱她们"憔悴的脸色,给许多人吻过的嘴唇,黑色的眼珠子"和"疲倦的神情"。"这是初夏的一朵玫瑰/独自地开着;/没有人怜惜她颊上的残红,/没有人为了她的太息而太息!"《初夏的最后一朵玫瑰》(《CRAVEN "A"》)这首歌充分体现了穆时英寄予她们的无限同情与深深怜惜。这种感情,发展到极致,便是他最终钟情于一名广东舞女,并娶她为妻。然而,他毕竟未能跳出传统的窠臼,未能开掘出她们心灵深处的丰富内蕴,他文本中的都市女性依旧是男性作家笔下被扭曲的女性形象:哀怨自怜,面影模糊。似乎这些女性最大的幸运便是嫁一个知冷知暖的如意郎君——黑牡丹命运前后戏剧性的转换便足可为证。显然,事实绝非如此简单。家,也许只是囚禁都市女性的另一个牢笼。作为一位男性作家,传统"菲勒斯中心"神话对他的创作不可避免的会有某种潜在的影响,穆时英对此有意无意的回避是可以理解的,但也可见出他对都市女性观察的浮泛与表面化。

以擅长心理分析而著称的施蛰存,其对都市女性的描写也是别具一格的,他大都从心理分析入手,对她们复杂隐秘的情感活动进行独到的描写。施蛰存的以边缘都市女性(笔者将处于都市与乡村边缘的、兼具现代与传统两种特质的女性称为边缘都市女性)为主人公的都会主义小说,总是或隐或显地散发出江南小镇的水乡气息。读他的这类作品,人们或许根本意识不到这是发生在现代大都市里的种种故事。在以快速、高效、多变为显著特色的都市人生画卷中,施蛰存所关注和描绘的却是那种慢节奏的、带有某种诗意的朦胧意境,乃至一段支离破碎、迷离恍惚的心理流程。他所描绘的人物、情境、故事似乎常常是超脱于都市生活之外的:人物往往骨子里是传统守旧的,情境更容易让人联想到苏杭等地的江南风光,故事则更接近于江南小镇中每日上演的悲喜剧,而较少现代都会色彩。在《春阳》、《梅雨之夕》和《雾》三篇都会主义小说中,主人公婵阿姨、"我"以及素贞姑娘,在经历了一系列稍稍逸出常轨的心理历程之后,依然遵循现实的老路,退守到传统的壳里。

长期乡居的婵阿姨,在春阳的烘蒸与都市的诱惑之下,忽然厌倦了往昔没有爱情、没有天伦之乐的枯寂时日,对健全人的幸福家庭生活向往起来。她"觉得身上恢复了一种好象久已消失了的精力,让她混合在许多呈着喜悦的容颜的年青人的狂流中,一样轻快地走……走"。此时,连眼前的景物也鲜丽明朗起来:"天气这样好,眼前一切都呈着明亮和活跃的气象。每一辆汽车刷过一道崭新的喷漆的光,每一扇玻璃橱上闪耀着各方面投射来的晶莹的光,远处摩天大厦的圆瓴形或方形的屋顶上辉煌着金碧的光。"在她的爱欲之火被年轻的银行职员一句"太太"的称呼兜头扑灭之后,婵阿姨对金钱的欲望与对传统伦理的恪守重又占了上风,她只得回到往昔的寂寞而又痛苦的氛围中。此刻,天公也不作美了:"一阵冷。眼前阴沉沉的,天色又变坏了。西北风,好像还要下雨。"天气的变化乃是婵阿姨心理情绪的外化,在正常的情欲遭到无情打击之后,婵阿姨无可奈何地踏上了回乡之途。这种对传统的无奈回归,个中充满了悲凉与辛酸。《梅雨之夕》则通篇采用了意识流的手法,将一已婚男子邂逅一美丽少女时隐藏于心底的缥缈思绪揭露无遗。尽管故事发生在大都市上海,然而全文的背景与氛围却分明洋溢着浓郁的苏州味。"我"尽管对少女有种种猜测甚至企望,然而也仅仅是限于内心活动而已,并没有在行为上有任何越轨之处。在怅然若失地目睹少女的背影消失在苍茫暮色之后,"我"依旧返回了家园,返回到妻的身边,充任千年不变的传统角色——"我"骨子里依旧摆脱不了传统的羁绊。在江南秀丽风光熏陶下长大的"我",本质上依然是一个不乏诗意的大自然之子,一切美妙的意境,美丽的生灵,"我"都不忍去破坏,不忍将其据为己有。《雾》中的素贞姑娘,也是一个都市文明与乡村文明杂交所生的一个奇怪的混血儿。她心心念念的是嫁一个如意郎君,她期待多年的"是一个能做诗,做文章,能说体己的谐话,还能够赏月和饮酒的美男子"。但是闭塞的乡镇里是没有这类美男子的,于是素贞小姐只好蹉跎下去,年已二十八岁仍未出嫁。她在去上海的火车上，邂逅了一名极具现代绅士风度的影星，心中暗自欢喜，并立即将他与理想中的丈夫联系起来，"她觉得二十八年的处女生活并不是完全虚度了的"。对一名见识浅陋的乡村女子而言，笑一笑，彼此说说话，也许就意味着一桩婚姻的开端，更不必说互通姓名，互留地址了。在传统女子以嫁人为职业的古老国度里，这原也无可厚非，然而，事不凑巧，男方竟是一名标准的都市产儿——专门制造幻象的影星；如此一来，乡镇与都市两种异质文明便不可避免地发生了令人啼笑皆非的碰撞：最起码的现代礼节被当成了求婚的暗示，最普通的日常交谈被误解为情有所钟。素贞姑娘在"真相大白"之后，美梦幻灭，"突然觉得通身都松弛了，很疲乏"。《雾》在对乡村文明进行委婉批判的同时，挥不去一缕淡淡的忧郁与哀愁，隐隐透露出作家对乡村文明的无尽依恋。

通过对以上三篇都会主义小说的分析，我们不难发现：施蛰存的婚恋观是亦新亦旧的，即在基本认可传统婚恋伦理的大前提下，再融进某些现代质素。他作品中的主人公"婵阿姨"、"我"与素贞姑娘都是亦新亦旧的人物，他们都接触过现代文明，同时骨子里又都是传统守旧的，就算思想行为偶尔出轨，也会马上自觉不自觉地回到"正道"上来。耐人寻味的是，施蛰存的都会主义小说总有一个让人觉得怅然若失的结尾：结局远不是圆满的，美丽的幻想一经现实的烛照，往往便烟消云散，人们除了照原样活下去之外，别无选择。

综上所述，本节以现代都会主义文本中所表现出的传统情结为主导线索，从文本入手，对其家园意识、乡土情结、婚恋伦理三个方面进行了考察论述，认为都会主义文学在奏响现代都市文明进行曲的同时，一直低回着以回归传统为主旋律、以回归家园、回归大自然为核心的传统文化情结的复调。这是对都市文明的一种抗争与补救，也是对中国千百年来传统文化与民族心理的继承与延续。与以波德莱尔等人的创作为代表的西方都市文学彻底反叛传统、极度标新立异有所不同的是，中国现代都会主义文学内容的复式结构给其带来了兼具保守性与先锋性的美学品格,并最终决定了其作为具有保守性的先锋文学流派的文学史地位。其对都市文明的抗争与补救,从人文精神上看,主要是对家园的皈依寻找;但从社会发展来看,传统文化的介入使都会主义文学陷入了传统与现代、皈依与反叛、保守与先锋的两难境地,并在某种程度上限制了都会主义文学的纵深发展与横向拓展,使都会主义文学在走向现代化的同时难以摆脱因袭的重负而变得举步维艰。都会主义文学从20年代末的萌芽到30年代初的繁荣昌盛,经历了不过短短的几年时间,便迅速地走向衰落,其最终的淡出,显然和传统文化的强劲制约有关。进一步言之,中国现代都会主义文学并非完全意义上的现代主义文学,它是传统文化与现代意识交媾而生的产物,是饱含传统因子的现代主义文学。都会主义文学的特殊美学品格再一次提醒我们:传统文化对中国文学乃至中国文学的现代化有着双重影响,它不仅是文学发展(当然包括文学的现代化)的必然基础,也是制约中国文学进一步现代化不可忽视的因素。

第三节 20世纪三四十年代救亡主旋律下低回的怀旧之音:老舍、萧红、张爱玲的怀旧书写

20世纪三四十年代,发生在中国最重大的历史事件是日军侵华导致的全面抗战,救亡图存成了此一时期压倒一切的主旋律。抗战文学虽在意识形态上占据了时代的制高点,可艺术成就差强人意。老舍、萧红、张爱玲的怀旧书写,分别代表了在救亡主旋律下低回的怀旧之音的三个重要面向。其内蕴丰厚而含义多元,在对都市民间、东北风情、都市婚恋、传统家族等题材的多向度开掘中,跳出了抗战文学的狭小圈子,取得很高的艺术成就,是对抗战文学的有力矫正与补充。

一 老舍的怀旧书写

1937年7月7日卢沟桥一声炮响,标志着长达八年的全面抗战拉

第三章 现代社会转型语境下百年中国文学的怀旧书写发展历程

开帷幕。全面抗战在文艺界也激起了极大反响。1938年3月27日中华全国文艺界抗敌协会（简称"文协"）正式成立。老舍作为文协的发起人与实际负责人之一，全力投入文艺抗战的时代洪流中去。老舍对文协的贡献是有目共睹的，茅盾如此评价道："老舍先生置个人私事于不顾，尽力谋'文协'之实现。我们那时的几次见面，所谈亦无非此事。如果没有老舍先生的任劳任怨，这一件大事——抗战的文艺家的大团结，恐怕不能那样顺利迅速地完成，而且恐怕也不能艰难困苦地支撑到今天了。这不仅是我个人的私言，也是文艺界同人的公论。"（《光辉工作二十年的老舍先生》）。老舍不仅着手撰写了《写家们联合起来!》《联合起来》两篇鼓吹文艺抗战的文章，而且亲自动手创作了30多万字的抗战作品："在抗战三年里，一共才写了三十多万字，较之往年，在量上实在退步了不少；但是，拿这三年当作一年看，象前段所说明的，就不算怎么太寒酸了。这三十多万字的支配是：小说：短篇四篇，约两万多字。长篇一篇（未写完）三四万字。通俗文艺：见于《三四一》者六万字，未收入者还至少有万字。话剧：《残雾》六万字，《张自忠》五万字，《国家至上》三万字（后半是宋之的写的）。诗歌：《剑北篇》已得四万余字，其他短诗军歌尚有万字。杂文：因非所长，随写随弃，向不成集，大概也有好几万字了。"老舍如此自陈其创作的缘由："炮火和血肉使他愤怒，使他要挺起脊骨，喊出更重大的粗壮的声音，他必须写战争。"可在"文章下乡""文章入伍"口号下应急赶写出来的宣传作品，因对所写对象的隔膜与生疏，用老舍自己的话来说，就是"经验不够""没有新的砖灰及其他的材料，"光有一腔爱国抗战的热情，其艺术效果显然难以令人满意："我写了旧形式新内容的戏剧，写了大鼓书，写了河南梆子。甚至于写了数来宝。……新的是新的，旧的是旧的，妥协就是投降！因此，在试验了不少篇鼓词之类的东西以后，我把它们放弃了。"在此种境况之下，为创作出像样的作品，作为作家的老舍回到过去的老路，转而叙写其极其熟悉的北平，也就成了在所难免的选择："虽然我在天津、济南、青岛和南洋都住过相当的时期，可是这一百几十万字中十之七八是描写北平。我生在北平，那里的人、事、风景、味道，和卖酸梅汤、杏儿茶的吆喝的声音，我全熟悉。一闭眼我的北平就完整的，象一张彩色鲜明的图画浮立在我的心中。我敢放胆的描画它。它是条清溪，我每一探手，就摸上条活泼泼的鱼儿来。"①在救亡主旋律下低回的怀旧书写，就这样获得了合理合法的存在依据。

在国家危亡和举国抗战的时代大背景下，老舍的怀旧书写着眼于叙写时代洪流冲击与裹挟下民众的历史命运，其以《骆驼祥子》《四世同堂》《断魂枪》《老字号》为代表的怀旧书写，主要从表现北京民俗和市井生活，以及现代社会转型期民族文化重建这两个层面展开。其怀旧书写从本质上而言，是一种文化乡愁的表达。以《骆驼祥子》为例，老舍在对祥子坎坷命运的叙写中寄寓着极深的关于现代社会转型期道德失范、价值偏颇的焦虑。《骆驼祥子》中关于祥子思乡的叙写与作者寓居青岛期间对于故乡北平的思恋交织纠缠，甚至互相叠印，祥子关于前途命运的朴素思考却又与残酷的都市游戏规则直接冲突。刚进城的祥子是何等青春焕发，充满自信："他的身量与筋肉都发展到年岁前边去；二十来的岁，他已经很大很高，虽然肢体还没被年月铸成一定的格局，可是已经象个成人了——一个脸上身上都带出天真淘气的样子的大人。看着那高等的车夫，他计划着怎样杀进他的腰（注：杀进腰，把腰部勒得细一些。）去，好更显出他的铁扇面似的胸，与直硬的背；扭头看看自己的肩，多么宽，多么威严！杀好了腰，再穿上肥腿的白裤，裤脚用鸡肠子带儿系住，露出那对'出号'的大脚！是的，他无疑的可以成为最出色的车夫；傻子似的他自己笑了。"②可现实却是如此残酷，祥子满怀希望进城谋生，以为凭借自己的年轻、要强和努力，一定可以拥有梦寐以求的黄包车，在都市立足，过上自己想要的体面安稳的生活，谁知最终却落得两手空空的悲惨下

---

① 老舍：《三年写作自述》，载《抗战文艺》1941年第7卷第1期。
② 老舍：《骆驼祥子》，长江文艺出版社2012年版，第6页。

场。在虎妞难产死后，小说将祥子陷入绝望的生命状态刻画得淋漓尽致："（祥子）呆呆的看着烟头上那点蓝烟，忽然泪一串串的流下来，不但想起虎妞，也想起一切。到城里来了几年，这是他努力的结果，就是这样，就是这样！他连哭都哭不出声来！车，车，车是自己的饭碗。买，丢了；再买，卖出去；三起三落，象个鬼影，永远抓不牢，而空受那些辛苦与委屈。没了，什么都没了，连个老婆也没了！"[1] 所谓"天之道，损不足以奉有余"，造化弄人，本来就近乎一无所有的祥子，经过几年的拼命争取与苦苦挣扎，不但车子没了，连虎妞都没了，那些曾经给予他哪怕是一丝希望的可能性转眼间全部化为乌有。在历经世事沧桑之后，祥子已经泯然众人，甚至可以说完全堕落，与所有长年混迹于社会最底层的黄包车夫一样，染上了各种毛病。他不但四处向熟人撒谎骗钱，而且可以为了六十大洋就出卖人命。其个人品质的前后反差实在是令人触目惊心："体面的，要强的，好梦想的，利己的，个人的，健壮的，伟大的，祥子，不知陪着人家送了多少回殡；不知道何时何地会埋起他自己来，埋起这堕落的，自私的，不幸的，社会病胎里的产儿，个人主义的末路鬼！"[2] 老舍将都市竞技场中底层民众的屡屡败北、几乎毫无希望，以及对底层民众不公正，几乎是赶尽杀绝的残酷境遇与对淳朴民间的温情脉脉两相对举。他花了大量笔墨去描写都市民间的种种生活情状，从生日祝寿到婚丧嫁娶，以及北京大杂院里底层市民的日常生活，其目的不仅仅是给主人公祥子提供给一个生存空间，更是为了传达自己的一种文化态度：批判尔虞我诈、物欲横流的现代都市文明，对都市民间葆有的农耕时期人与人之间的互相守护、农民自尊自强质朴无华品格的赞赏与叹惋。值得关注的是，作者在此表现出的强烈的归返传统的文化乡愁，正是建基于现代都市在社会转型过程中对人的腐蚀性作用的深刻认识与省思之上的。祥子就是一个乡下淳朴青年在都市生活的挤压与诱惑之下，一步

---

[1] 老舍：《骆驼祥子》，长江文艺出版社2012年版，第149页。
[2] 老舍：《骆驼祥子》，长江文艺出版社2012年版，第187页。

步在可悲的命运中蜕变为堕落之徒的典型。祥子不甘于沦落，一次次燃起生的希望，却一次次被现实迎头痛击，从苦熬苦作买车，到战乱丢车、被孙侦探讹诈，再到被虎妞骗婚、小福子自杀，要强的祥子怎么也扛不住无情命运的再三捉弄，在小说结尾时他终于认了命，沦为自己最初怎么也瞧不上眼的行尸走肉般的存在。老舍的痛惜之情在看似漠不相关的客观叙写中潜藏着，似乎不肯痛快地流露出来，然而终于在小说最后将祥子今昔境遇的强加比照中，以极为隐晦的方式表达了自己的爱憎。的确，凡有点良知的人，都得承认祥子的生命历程是不能不令人警醒且伤感的。这种潜藏的低回的哀悼气息仿佛招魂幡，要将那个喝着传统乡村文明奶汁长大的"体面的、要强的、好梦想的"祥子连同他所代表的传统乡村文明召唤回来，给无家的都市旋流中的漂泊者安上一个稳妥的家，为这堕落的烂酱缸似的现代都市注入一股新鲜而又古老的血液，并企望其由此获得新生。的确，作者一边痛批作为"个人主义的末路鬼"的祥子，彻底否定其试图靠个人奋斗立足于都市的种种努力，一边却又似乎为其指出了一条出路：那位行将饿毙街头的老车夫关于蝗虫打成阵的譬喻，仿佛暗示着集体反抗的光明前景。然而，小说的基调究竟是哀伤的，祥子的一生在不断地回想与回望，除了得过且过地混过每一天，他到底也没有寻出个法子来。正是在这个意义上，我们不得不承认，《骆驼祥子》的文化怀乡终究还是落了空。

老舍另一部大部头代表作《四世同堂》同样包蕴着浓厚的怀旧情愫，将其视为文化乡愁视域下的怀旧书写亦不为过。作为中国现代文学史上唯一一部展示了抗战全程、具有多层次文化内涵的长篇小说，其艺术成就早有定论。老舍在此书序言中写道："设计写此书时，颇有雄心。可是执行起来，精神上，物质上，身体上，都有苦痛，我不敢保证能把它写完。即使幸而能写完，好不好还是另一问题。在这年月而要安心写百万字的长篇，简直有点不知好歹。算了吧，不再说什么了！"[①]

---

① 老舍：《序》，《四世同堂》第1卷，长江文艺出版社2012年版，第3页。

第三章　现代社会转型语境下百年中国文学的怀旧书写发展历程

时值1944年，抗战正处在黎明前的黑暗——最为艰难的持久战阶段，老舍在身体尚在打摆子（即患疟疾）的境况下开写此部百万字的长篇并在《扫荡报》连载，其置一切于不顾的文学抱负不可谓不宏大。他的文学抱负在《八方风雨》中也得到了证实："我决定把《四世同堂》写下去。这部百万字的小说，即使在内容上没什么可取，我也必须把它写成，成为从事抗战文艺的一个较大的纪念品。"可见，作者写作此书有着非常明确的为抗日战争"立此存照"的目的。

关于《四世同堂》文化的多层次内涵，老舍在小说中借写祁家的家庭文化而夫子自道："在这样一个四世同堂的家庭里，文化是有许多层次的，象一块千层糕（六十章）。"① 的确，《四世同堂》中所涉及的文化层面与人物角色均是多元的：其一是以祁老人为代表的中国传统文化的根柢，静水深流，是维持安宁的日常生活的底子；其二是以祁天佑、韵梅为代表的颇得传统文化温良恭俭让精髓的忠厚国民，在太平时节未尝不是社会中不可或缺的角色；其三是以祁瑞宣为代表的既吸收了新思想又囿于旧传统的终至于在苦苦求索中谋到一条出路的知识分子矛盾综合体；其四是以钱默吟、钱孟石父子、祁瑞全等为代表的以血肉之躯投身抗战的抗日英雄，代表着古老民族文化中铮铮铁骨、血性的一面；其五是以蓝东阳、冠晓荷、大赤包等人为代表的认贼作父、唯利是图的汉奸，代表着传统民族文化中苟且偷安、卖身求荣等劣根性的一面；其六是各色活跃在底层的市井民众，代表着民间文化既生机勃勃又藏污纳垢的双重面向。老舍赋予上述人物不同的文化底色，同时也赋予其因不同文化底色与不同个性所致的不同命运，在看似客观平静的叙写中暗藏着其文化取向与波涛汹涌的情感之流。总括来看，作者对其有四种态度：含泪的批判（祁老太爷、祁天佑等）、哀愁的回望（祁瑞宣、韵梅等）、衷心的讴歌（钱默吟、祁瑞全等）、彻底的摒弃（蓝东阳、冠晓荷、大赤包等）。而这四种态度，又

---

① 老舍：《四世同堂》第2卷，长江文艺出版社2012年版，第321页。

都被一种深深的悼惜之情所笼罩，从而散发出莫名的哀愁的气息。老舍是深受传统文化熏陶、从北京大杂院里走出来的知名作家，其对传统文化的沉迷与对民间市井生活的熟稔，促使他在社会发生深刻裂变的抗战时期，采取一种回望的姿态，欲从传统文化的资源里找到疗救现实问题的药方，并坚信其是切实可行的。其在文本中塑造祁瑞宣与韵梅这两个亦新亦旧、兼具传统与现代文化之优长的人物形象，显然具有某种象征意义。其象征着老舍对于艰苦卓绝的抗战能孕育出经过血与火的淬炼的理想人格的信念，与那点不死的民族文化复兴的希望。进而言之，甚至可以说在这两个人物形象身上寄寓着作者重建民族文化的理想。即以中国传统文化为根基，借鉴吸收现代文化的精髓，即可打造出胜过对传统文化抱残守缺的上一代的真真正正的社会脊梁，重建与时俱进的、风华灿烂而又富有生命强力的民族文化传统。

祁老太爷是典型的千年不变的传统文化符号，持重稳当而又带点自得，恪守传统礼仪规范，信守恒常的生活准则。作为小说的开场人物，祁老太爷的形象极具普泛性："祁老太爷什么也不怕，只怕庆不了八十大寿。在他的壮年，他亲眼看见八国联军怎样攻进北京城。后来，他看见了清朝的皇帝怎样退位，和接续不断的内战；一会儿九城的城门紧闭，枪声与炮声日夜不绝；一会儿城门开了，马路上又飞驰着得胜的军阀的高车大马。战争没有吓倒他，和平使他高兴。逢节他要过节，遇年他要祭祖，他是个安分守己的公民，只求消消停停的过着不至于愁吃愁穿的日子。即使赶上兵荒马乱，他也自有办法……"[①]此段不乏夸张的文字，将一位见过阵仗、以不变应万变、谨守传统礼法的北平旧派老市民的形象活现在我们眼前。宗法社会传下来的礼仪、价值观念与生活方式尽管封闭保守，并时时与现代社会起冲突，可它们在祁老人这里就是千古不易的真理。尤其是在祁家这四世同堂的大

---

① 老舍：《序》，《四世同堂》第1卷，长江文艺出版社2012年版，第4页。

第三章 现代社会转型语境下百年中国文学的怀旧书写发展历程

宅院里,任凭风吹草动,世事变迁,祁老太爷却是什么都不担心,只要家里存着全家够吃三个月的粮食与咸菜,再用装满石头的破缸顶上大门,便可躲避一切灾祸,万事大吉了。但显然,随着时势的发展,祁老太爷的老皇历是越来越不管用了。在长孙祁瑞宣被捕、合家老小被日本人强制监控的非常时刻,他陷入极大的困惑中:"老人的心疼了一下,低下头去。他自己一向守规矩,不招惹是非;他的儿孙也都老实,不敢为非作歹。可是,一家子人都被手枪给囚禁在院子里。他以为无论日本鬼子怎样厉害,也一定不会找寻到他的头上来。可是,三孙子逃开,长孙被捕,还有两支手枪堵住了大门。这是什么世界呢?他的理想,他的一生的努力要强,全完了!他已是个被圈在自己家里的囚犯!他极快的检讨自己一生的所作所为,他找不到一点应当责备自己的事情。"[①] 随着儿子祁天佑屈死、孙辈祁瑞宣无辜被捕、祁瑞全投身抗日运动、祁瑞丰堕落成汉奸、重孙女妞妞活活饿死等一系列意料之外事情的发生,作者无情地将老派市民千百年来奉行的那一套生存逻辑撕得粉碎,其对传统文化由因袭重负而致的僵化固守、迟缓怠惰、不足以应变的犀利批判也在不露声色的叙写中得以体现。

祁天佑、韵梅是如此忠厚诚恳,与人为善,其身上所体现的出来的传统文化温良恭俭让的品质,闪烁着伦常的光辉,温暖着世道人心。若在平时,倒也不失为做人的根基,立身处世的好法宝。但处在抗日战争这一独特的历史时期,祁天佑却因被日本人和汉奸冤为"奸商"不愿反抗、无从反抗而白白送了性命,其自证清白的方式只能是了结自己的性命:"他的心中完全是空的。他的老父亲,久病的妻,三个儿子,儿媳妇,孙男孙女,和他的铺子,似乎都已不存在。他只看见了护城河,与那可爱的水;水好像就在马路上流动呢,向他招手呢。他点了点头。他的世界已经灭亡,他须到另一个世界里去。在另一世界里,他的耻辱才可以洗净。"[②] 这是何等软弱的反抗,如此忍气吞

[①] 老舍:《四世同堂》第2卷,长江文艺出版社2012年版,第137页。
[②] 老舍:《四世同堂》第2卷,长江文艺出版社2012年版,第311页。

声,任人宰割,读之不由得令人悲从中来:"李四爷也落了泪。这是他看着长大了的祁天佑——自幼儿就腼腆,一辈子没有作过错事,永远和平,老实,要强,稳重的祁天佑!老人没法不伤心,这不只是天佑的命该如此,而是世界已变了样了——老实人,好人,须死在河里!"① 事实上,作者对祁天佑选择以自沉的方式来表达微弱反抗的意愿已经给出了解释:"老百姓是不甘心受日本人奴役的,他们要反抗。可是几千年来形成的和平、守法思想,束缚了他的手脚,使他们力不从心。"② 此间夹杂着的怜悯、痛惜与恨其不争的复杂情感,正见出了老舍对一味固守传统文化的复杂心态。一方面与传统文化血肉相连,情之所系;另一方面,却不得不承认这种近乎僵化、停滞的古老传承在当今的现实境遇下无力应对的尴尬乃至绝望局面。然而深受传统文化熏染的韵梅却在风云激荡的时代环境的激发下,打破桎梏,成长为一位有主见、有担当的兼具传统与现代女性优点的女性。她本人也因了自身的成长而获得了原本并不怎么喜欢她的夫君祁瑞宣的尊重,成为其不可或缺的真正意义上的人生伴侣。这是一个寄寓了作者理想人格的人物形象。

如果说祁老爷子、祁天佑等人物形象身上更多的体现的是中国传统文化温柔敦厚乃至懦弱无能的一面,那么,以钱默吟、钱孟石父子、祁瑞全等为代表的以血肉之躯投身抗战的抗日英雄则代表着"真正中国文化的真实力量",是刚烈忠勇、敢作敢当、富有血性的。请看作者笔下的钱默吟:"钱先生是地道的中国人,而地道的中国人,带着他的诗歌、礼义、图画、道德,是会为一个信念而杀身成仁的。"③ 作者对传统文化的自豪感终于在钱先生这里得到了证实:"老人表现的不只是一点点报仇的决心,而是替一部文化史作正面的证据。"④ 诗书

---

① 老舍:《四世同堂》第2卷,长江文艺出版社2012年版,第317页。
② 老舍:《四世同堂》第3卷,长江文艺出版社2012年版,第194页。
③ 老舍:《四世同堂》第2卷,长江文艺出版社2012年版,第61页。
④ 老舍:《四世同堂》第2卷,长江文艺出版社2012年版,第60—61页。

第三章　现代社会转型语境下百年中国文学的怀旧书写发展历程

礼乐与杀身成仁原本就是传统文化的一体两面，菩萨低眉与金刚怒目这两种看似矛盾实则同构的优秀传统品格在钱先生身上得到了极好的表现。"人生自古谁无死，留取丹心照汗青。"钱默吟人格焕发的光芒足以让其与历史上那些辉耀千古的名字如文天祥、岳飞、于谦等相提并论。老舍甚至借钱默吟之口说道："这次抗战应是中华民族的大扫除，一方面必须赶走敌人，一方面也该扫除清了自己的垃圾。"其对民族文化劣根性自觉批判的意识与以传统文化为豪自觉传承的意识两相交织，共同映照出作者的文化诉求：放眼世界，扬弃传统文化，重新建构新的民族文化传统，以期民族兴盛、国家富强，人们体面地、有尊严地安居乐业。

祁瑞宣可以说是老舍着墨极多而又寄寓极深的一位人物，不夸张地说，他才是小说的真正主角。作为小羊圈胡同里难得的有见识的知识分子，饱受传统文化教化的祁瑞宣温柔和善、知书识礼，从来与暴力、血腥等都是绝缘的："他是文化人，但必须体贴过去的历史。""真的，即使有机会，他也不会去高呼狂喊，他是北平人。他的声音似乎专为吟咏用的。北平的庄严肃静不允许狂喊乱闹，所以他的声音必须温柔和善，好去配合北平的静穆与雍容。"[1] 祁瑞宣在其依违于家庭伦常与国家大义之间无法抉择无从行动的矛盾时刻，作者借祁瑞宣之口，表达了与沈从文类似的对民间力量与古远文化的信仰："（祁瑞宣）发现了一个事实：知识不多的人反倒容易有深厚的情感，而这情感的泉源是我们的古远的文化。……上海与台儿庄的那些无名英雄，岂不多数是没有受过什么教育的乡下人么？同时，他也想到，有知识的人，像他自己，反倒前怕狼后怕虎的不敢勇往直前；知识好像是情感的障碍。"[2] 此段话语鲜明地标示出一种往回看与往下看的文化姿态。在这不无沉痛的感慨中，我们见出一种对本民族文化的清醒反思。正是基于这种不断的自我省思，祁瑞宣在日军侵华、家破人亡的惨痛

---

[1] 老舍：《四世同堂》第2卷，长江文艺出版社2012年版，第19页。
[2] 老舍：《四世同堂》第2卷，长江文艺出版社2012年版，第21页。

现实的教训下，一步步艰难前行，终于摆脱了传统伦常的束缚，获得了看待世事的新视角，其从犹豫再三到坚决投身抗战大业的心路历程真实可感，具有动人的艺术力量。值得注意的是老舍对这个人物身份的设置。他既是四世同堂的祁家的长房长孙，是典型的中国传统文化的承载者与传承者，同时又是懂英文、接受过新式教育的知识分子，其亦中亦西、既传统又现代的边缘文化身份暗示了一种以传统文化为根基、放眼世界的中西结合的可能性，在祁瑞宣乃至韵梅身上，一种崭新的、具有时代精神同时又不失传统中国文化风范的现代人格正在形成。作者在小说快要结尾时给予了祁瑞宣极高的评价："他不但明白天下大势，而且对问题有深刻的认识，对人类的未来怀有坚定的信心。"[①]这也正暗示着老舍对于民族文化的未来与人类的未来持有乐观的信心。

抗战固然催生了一批如钱默吟般的志士仁人，但不可回避的是，汉奸群像也在文本中占有一定比重。以蓝东阳、冠晓荷、大赤包等人为代表的认贼作父、唯利是图、寡廉鲜耻的汉奸们，淋漓尽致地展现了人性贪婪无耻的劣根性。老舍对其极度鄙夷、不留余力地加以批判。令人痛快的是，作者为这些民族败类安排了一个个自取其咎的死亡结局。"蓝东阳和中华民族五千年的文化毫不相干。他的狡猾和残忍是地道的野蛮。他属于人吃人，狗咬狗的蛮荒时代。日本军阀发动侵略战争，正好用上他那狗咬狗的哲学，他也因之越爬越高。他和日本军阀一样，说人话，披人皮，没有人性，只有狡猾和残忍的兽性。……蓝东阳捧上了比他自己还要狡诈和残忍的死亡武器。他没能看到新时代的开端，而只能在旧时代——那人吃人、狗咬狗的旧时代里，给炸得粉身碎骨。"[②] 老舍因对于传统文化的过于爱重，特意要将蓝东阳之流从中华民族五千年的文化中剥离开来，拒绝承认其中华民族子孙的地位，从中也见出其爱憎分明的价值取向。然据实说来，蓝东阳恰恰是我国传统文化劣根性养育出来的一个孽子。反观历史，在日军侵华

---

① 老舍：《四世同堂》第3卷，长江文艺出版社2012年版，第213页。
② 老舍：《四世同堂》第3卷，长江文艺出版社2012年版，第205页。

第三章　现代社会转型语境下百年中国文学的怀旧书写发展历程

期间，汉奸人数之众，其行径之丑恶，实在是令人无法回避的民族耻辱与伤痛。唯有不断反省，自我解剖、自我批判，深思而后警醒，不断扬弃传统文化，吸收借鉴其他民族文化的精髓，才有可能在将来避免类似的悲剧再度发生。老舍善恶二元对立的叙写模式虽有助于突出人物的典型性，将其表现推至一种极致的纯粹，但同时也难免会带来将文化、历史、人物等进行简单化解读的弊端。

值得指出的是，老舍的文化乡愁最终安放的两个居所，一个是传统文化，另一个则是民间文化。关于"民间"这一范畴，陈思和先生有着精辟的阐释，认为其主要有三大特点：其一，它是在国家权力控制相对薄弱的领域产生，保存了相对活泼的形式，能够比较真实地表达出民间社会生活的面貌和下层人民的情绪世界；其二，自由自在是它最基本的审美风格；其三，民主性的精华和封建性的糟粕交杂在一起，构成了独特的藏污纳垢的形态。[①] 小羊圈胡同的市井民众所构成的小小民间社会，的确具备上述三大要素。老舍花费了大量笔墨塑造了一群活跃在社会底层的市井民众形象，其对民间所蕴含的活泼泼的原始生命强力与淳朴人性寄予了无尽希望。从李四爷、白巡长到小文夫妇、孙七、小崔等，个个性格鲜明，各有自己的一份欢欣与哀愁。尽管地位卑微，然其在日常生活中乃至面临生死考验的关头，所彰显出的无尽生命力与无形正义力量，与老舍一直抱持的希望在民间的信念正相暗合。而三号的日本人、冠晓荷一家、丁约翰等人则是民间藏污纳垢的"污垢"，作者对其则是既刻骨冷嘲又无情批判，为其安排的结局是死的死，逃的逃，散的散，终于让生活在小说中按照本该有的形式重新安排了一次，可谓大快人心。然老舍在创作中屡屡采用的善恶二元对立的叙写方式的局限性也由此再次得到了不幸的验证。小说中的人物形象趋于两个极端，非黑即白，要么全好，要么全坏，缺乏中间过渡地带。这也在很大程度上削弱了《四世同堂》本该有的更深

[①] 陈思和：《中国当代文学史教程》，复旦大学出版社1999年版，第12页。

沉、更丰富的内涵。鲁迅曾经称赞《红楼梦》"写好人并非全好,坏人并非全坏"的绝妙写实手法,老舍却未曾完全学得其精华,甚为可惜。

而最能体现老舍怀旧情愫的作品,莫过于被称为"最老舍"的短篇小说《老字号》了。《老字号》全文不过五千余字,却写尽了正派规矩的老字号绸缎庄三合祥,由业内公认的老手钱掌柜负责,其所遵循的老气度、老规矩在时代车轮的碾压下,如何抗争与妥协,并最终败给了以周掌柜、正香村为代表的新势力。时代的车轮滚滚向前,谨守传统老规矩的三合祥被时代吞噬的结局令人叹惋。小说开篇即写钱掌柜因无法盈利而被老板辞退:"钱掌柜走后,辛德治——三合祥的大徒弟,现在很拿点事——好几天没正经吃饭。钱掌柜是绸缎行公认的老手,正如三合祥是公认的老字号。辛德治是钱掌柜手下教练出来的人。……他说不上来为什么这样怕,好象钱掌柜带走了一些永难恢复的东西。"在辛德治眼里,钱掌柜是传统文化精华的象征:沉静、温和、诚恳、谨守礼法、讲究信用。在他的治理下,三合祥从来都是那么体面,永远"官样大气","金匾黑字,绿装修,黑柜蓝布围子,大机凳包着蓝呢子套,茶几上永远放着鲜花"。店里来的全是规矩人,做的也都是规矩生意,诚实守信,没有"胡闹八光"的各种噱头,只规规矩矩按照传统来尽各人应尽的职责,各得其所。而钱掌柜被辞退,即意味着三合祥一个时代的结束。幽雅、安静、诚信的三合祥最终败给了粗俗、喧闹而又唯利是图的正香村,小说宛如一支为已经逝去的时代唱响的挽歌,传达出无尽的依恋和无尽的追怀,弥漫全篇的哀婉气息流露出浓浓的怀旧意味,那已经逝去与行将逝去的源自传统文化的一切美好成了今日物欲喧嚣的绝佳反衬,今非昔比之慨不禁油然而生。

二 萧红的怀旧书写

萧红作为最早叙写抗日战争的东北作家之一,其创作生涯自1933年至1942年,不过短短的十年时光,却历经从局部抗战到全面抗战的重

第三章　现代社会转型语境下百年中国文学的怀旧书写发展历程

大民族危亡时刻。毫不夸张地说，抗日战争，是萧红创作的基本社会背景。其绝大部分作品，一生的喜怒哀乐与起伏沉浮，乃至生命的黯然终结，都与抗战有着密不可分的关系。其成名作《生死场》之所以能得到鲁迅的肯定与大力推举，很大程度上因为其是一部反映东北民众艰苦卓绝地抗战的杰作。这在鲁迅为此书所做的序里可知一二："和闸北相距不过四五里罢，就是一个这么不同的世界，——我们又怎么会想到哈尔滨。……我早重回闸北，周围又复熙熙攘攘的时候了。但却看见了五年以前，以及更早的哈尔滨。……北方人民的对于生的坚强，对于死的挣扎，却往往已经力透纸背；女性作者的细致的观察和越轨的笔致，又增加了不少明丽和新鲜。"[①] 但值得注意的是，东北流亡作家的身份并不能囊括萧红的全部。尽管其重要作品处处都有抗战的大背景在，但其作品最具有魅力的地方，与其说是具有鲜明的抗战时代色彩，毋宁说是那恒久的回望姿态与无处不在的历史意识。也正是这种回望的姿态与历史意识，将萧红的作品推到了一个超越同时代抗战文学的高度，进而赋予其作品以一种诗意审美与历史反思的维度，由此令其作品具有广袤的人性内涵。萧红的文学史地位也因此得以确立。毋庸置疑，萧红的大部分创作可归属于怀旧书写的行列，其中最典型的作品当推《商市街》《呼兰河传》《小城三月》等。

　　散文集《商市街》的篇章均为萧红对于过往生活的点滴回忆，既有与萧军在哈尔滨共同熬过的饥寒交迫的苦日子的眷眷回顾，也有慷慨激昂的《给流亡异地的东北同胞书》，更有质朴深情的《回忆鲁迅先生》等现代散文史上的名篇。《呼兰河传》作为著名的诗化小说，其在中国现代文学史的地位自不待言。《商市街》与《呼兰河传》最引人瞩目的共同特点是采用了回忆的方式进行叙写，回忆在此扮演了非同寻常的角色，同时承担起了文本的结构功能和审美功能。其重要性诚如吴晓东在《记忆的神话》中所言："'回忆'对《呼兰河传》

---

① 鲁迅：《生死场·序言》，《萧红全集》（长篇小说卷一），凤凰出版社2010年版，第2页。

具有统摄作用。它是一种生命的和艺术的双重形式。作为生命的形式，意味着回忆构成了萧红灵魂的自我拯救的方式，正如普鲁斯特在回忆中写作，在写作中回忆进而把回忆当成个体生命的现实形态一样。而作为一种艺术形式，则意味着回忆在小说中承载着基本的结构的和美学的功能。它生成着或者说决定着小说的技巧。"[1] 从这一意义上而言，回忆成了这些文本的贯穿始终的灵魂性存在。萧红在《给流亡异地的东北同胞书》中以回忆的方式构架全篇，开篇即以对往日的追怀来唤起大家的共鸣："沦亡在异地的东北同胞们：当每个中秋的月亮快圆的时候，我们的心总被悲哀装满。想起高粱油绿的叶子，想起白发的母亲或幼年的亲眷。"篇中又以对家乡的极度怀恋与赞美来传达共同的思乡之情："家乡多么好呀，土地是宽阔的，粮食是充足的，有顶黄的金子，有顶亮的煤，鸽子在门楼上飞，鸡在柳树下啼着，马群越着原野而来，黄豆像潮水似的在铁道上翻涌。人类对着家乡是何等的怀恋呀……"其铿锵有力的结尾仍是怀旧的："东北流亡同胞们，为了失去的土地上的大豆、高粱，努力吧！为了失去的土地上的年老的母亲，努力吧！为了失去的土地上的痛心的一切的记忆，努力吧！"萧红在此激励大家为了那失去的乐园与关于乐园的一切美好记忆，去做最大的努力与争取。这篇幅短小的告同胞书，其打动人心的力量也即在于唤醒了流亡异乡的人们失乐园的痛苦记忆，以及那潜藏在心底的复乐园的冲动与希望。这是关于失乐园与复乐园的恒久命题在抗战这一时代背景下的极好演绎与阐发，具有撼人心魄的艺术魅力。《纪念鲁迅先生》是为中国现代文学史上的怀人名篇，是萧红为纪念鲁迅逝世三周年而作。其清丽俊逸的文笔与真切的家常叙述风格，赋予了其特殊的艺术魅力。鲁迅是萧红立足文坛最重要的引荐者与支持者，与萧红过从甚密，情谊深厚。由萧红写来的怀念鲁迅先生的文章，自然有着与众不同的价值。仿佛与人共话家常般的琐琐碎碎、散散落落

---

[1] 吴晓东：《记忆的神话》，新世界出版社2001年版，第79页。

第三章　现代社会转型语境下百年中国文学的怀旧书写发展历程

的语句,将近乎被神化的鲁迅从神坛上拉下来,还原了鲁迅及其家人在日常生活中的种种情态,向我们昭示了一个更富有生命力的带有体温的日常的鲁迅形象。鲁迅曾三次将萧红列入中国现代最优秀的作家,视其为"当今中国最有前途的女作家","很可能成为丁玲的后继者"。其不但亲自为萧红的《生死场》作序、联系出版,助其步入文坛一举成名,还专门设宴为其推介左翼文坛的重要作家茅盾、胡风、聂绀弩。其对萧红的知遇之恩、怜惜之情从文本中关于家常生活的点滴叙写中映现出来,具有温暖人心的柔性力量,感人至深。

　　萧红作品中最富有怀旧色彩的文本当推《呼兰河传》,此点上文已有论及。我们从茅盾为《呼兰河传》所作的序里可以看出这一点:"如果让我们在《呼兰河传》找作者思想的弱点,那么,问题恐怕不在于作者所写的人物都缺乏积极性,而在于作者写这些人物的梦魇似的生活时给人们以这样一个印象:除了因为愚昧保守而自食其果,这些人物的生活原也悠然自得其乐,在这里,我们看不见封建的剥削和压迫,也看不见日本帝国主义那种血腥的侵略。而这两重的铁枷,在呼兰河人民生活的比重上,该也不会轻于他们自身的愚昧保守罢?"[①]茅盾在此本意是要批评萧红在《呼兰河传》中没有直接叙写"封建的剥削和压迫",以及"日本帝国主义那种血腥的侵略"这"两重铁枷",反而津津乐道于"愚昧保守"民众的"悠然自得其乐",有违时代的需求与召唤,是小说的"思想的弱点"。茅盾此一建基于现实主义文学批评标准之上的观点,对萧红这一非现实主义小说而言,显然有失公允。但我们如果换一个角度来理解这段话,却不难发现其恰恰道出了《呼兰河传》的独特艺术价值之所在。的确,回荡《呼兰河传》全篇的带有淡淡哀愁的怀旧的调子,看上去与抗日救亡、反抗压迫的主旋律不甚谐和,其关注的不是时代风潮激荡下的现代社会之剧变,而是抗日救亡背景下民众日常生活之恒常,这是与萧红的成名作

---

① 萧红:《呼兰河传·序》,《萧红全集》(长篇小说卷一),凤凰出版社2010年版,第126页。

《生死场》至关重要的区别。这也正是《呼兰河传》超越同期抗战题材小说的地方。常言道，无论海面如何大浪滔天，大海的深处永远是平静的。萧红的《呼兰河传》，写出了抗战这波涛汹涌的时代风潮下的日常生活千年不变的根基与底子，是对陷身于时代洪流中的人们浮躁、急功近利的心态与行为的有利反拨，具有安抚人心的功效。此一叙写姿态标明《呼兰河传》的主题既非风靡一时的抗战救亡，亦有别于鲁迅式的自上而下的悲悯启蒙，而是自觉地采取了一种民间的叙事立场。萧红于此有着鲜明的自觉意识："鲁迅以一个自觉的知识分子，从高处去悲悯他的人物。他的人物，有的也曾经是自觉的知识分子，但处境却压迫着他，使他变成听天由命，不知怎么好，也无论怎样都好的人了。这就比别的人更可悲。我开始也悲悯我的人物，他们都是自然的奴隶，一切主子的奴隶。但写来写去，我的感觉变了。我觉得我不配悲悯他们，恐怕他们倒应该悲悯我咧！悲悯只能从上到下，不能从下到上，也不能施之于同辈之间。我的人物比我高。这似乎说明鲁迅真有高处，而我没有或有的也很少。一下就完了。这是我和鲁迅不同处。"[1] 此段自白看似谦虚，实则有着隐藏的骄傲：她的作品有独立于鲁迅作品之外的价值。而同时代大部分为潮流裹挟的青年作家只不过是鲁迅的追随者，启蒙与救亡是他们永恒的主题。萧红于此开辟了一方新的天地——超越启蒙，超越救亡，立足民间，与大众同生共死，共享悲欢。在此，批判的锋芒与怜悯的泪水隐退了，只有设身处地的感同身受，呼吸着人物的呼吸，痛苦着人物的痛苦，共同坦然地面对生老病死，无悲无欢，无怨无悔："他们这种生活，似乎也很苦的。但是一天一天的，也就糊里糊涂地过去了，也就过着春夏秋冬，脱下单衣去，穿起棉衣来地过去了。生、老、病、死，都没有什么表示。生了就任其自然地长去；长大就长大，长不大也就算了。老，老了也没有什么关系，眼花了，就不看；耳聋了，就不听；牙掉了，就

---

[1] 聂绀弩：《回忆我和萧红的一次谈话——序〈萧红选集〉》，《新文学史料》1981年第1期。

整吞；走不动了，就瘫着。这有什么办法，谁老谁活该。病，人吃五谷杂粮，谁不生病呢？死，这回可是悲哀的事情了，父亲死了儿子哭；儿子死了母亲哭；哥哥死了一家全哭；嫂子死了，她的娘家人来哭。哭了一朝或是三日，就总得到城外去，挖一个坑把这人埋起来。埋了之后，那活着的，仍旧得回家照旧地过着日子。"这种生存状态在启蒙者眼里，是需要唤醒的一群庸众的安于麻木愚昧，是恨其不争的，是阻碍社会进步与光明的到来的。但在萧红笔下，却意外地有了达观通透的意味。在向死而生的生存中，无惧于或者无知于死亡与命运的惘惘威胁，如此坦然地面对生老病死，简直要令人肃然起敬了。正是在这一层意义上，萧红说"我不配悲悯他们"，"我的人物比我高"。如今看来，萧红对自己的定位与评价都是经得起时间考验的，其自觉与时代疏离，保持一种独立的创作姿态，其所采取的民间叙事立场，与老舍在抗战期间创作的《骆驼祥子》《四世同堂》等杰作有异曲同工之妙。与通篇弥漫的怀旧基调相应的是，《呼兰河传》以回忆为主线，担纲起小说的结构功能。也就是说，其为非传统意义上的具有严谨逻辑关系的结构，而是随着心绪与意识的流转，自由地流淌，往日生活场景片段的呈现，转瞬即逝情绪的抒发，与时时对现实的冷眼观照交织和鸣，冷暖对照，极大地增强了文本的张力，拓展了文本的深度与广度，可谓深得意识流巨构《追忆逝水年华》的真传。无可回避的是，文学批评界关于萧红的小说结构散漫、不像小说的批评不绝于耳。如胡风就曾在《〈生死场〉读后记》中批评萧红的小说结构散漫："对于题材的组织力不够，全篇显得是一些散漫的素描，感不到向着中心的发展，不能使读者得到应该能够得到的紧张的迫力。"[①] 这些批评纵使不能说是错的，至少也可以说是比较片面的。如《呼兰河传》般以回忆为主调的诗化小说，采用传统逻辑严密的叙事结构显然是不适合的，散文化的片段连缀与意识流叙事手法的运用，与文本的内在

---

① 胡风：《〈生死场〉读后记》，《萧红全集》（长篇小说卷一），凤凰出版社2010年版，第115页。

本质更相契合。对此,茅盾先生的观点值得借鉴:"要点不在《呼兰河传》不像是一部严格意义的小说,而在于它'不像'之外,还有些别的东西——一些比像一部小说更为诱人的东西:它是一篇叙事诗,一幅多彩的风土画,一串凄婉的歌谣。"① 这就引出了《呼兰河传》的审美向度,其不像小说的结构功能也正与其诗意化的审美向度相匹配。

马尔库塞指出:"真正的乌托邦建立在回忆往事的基础之上。"②《呼兰河传》通过对遥远的隔着时空距离的故乡、童年以及家人的怀想,为自己建立了一个心灵的乌托邦。其创作目的,作者在小说结尾交代得很清楚:"以上我所写的并没有什么幽美的故事,只因他们充满我幼年的记忆,忘却不了,难以忘却,就记在这里了。"③ 为了留存那曾经深深影响"我""难以忘却"的童年记忆,为了给自己在风雨飘摇、炮火纷飞的动荡岁月串起完整的从过去到现在再到将来的完整生存之链,并寻找到一方心灵栖息所,萧红将目光投向了过去,以回忆作为小说的主轴,串起一个个平凡却又诗意盎然的生活场景,宛如"一篇叙事诗,一幅多彩的风土画,一串凄婉的歌谣"。正是这些饱含生命意识的活泼泼的回忆,为萧红给出了其生命存在的意义,给终生都在寻找温暖和爱的萧红以极为重要的情感慰藉,并为她颠沛流离的生活提供了一个坚实的立足点。其功效一如耀斯所言:"被现实的无可弥补的缺陷所阻滞的期待可以在过去的事件中得到实现,这时回忆的净化力量有可能在追求美的过程中弥补经验中的缺憾。"④

值得注意的是文本的复调结构。李钧认为,"《呼兰河传》不仅有着多义主题,而且有着多重叙事视角;它不仅形成了萧红小说的'回

---

① 茅盾:《呼兰河传·序言》,《萧红全集》(长篇小说卷一),凤凰出版社2010年版,第125页。
② [美]马尔库塞:《审美之维》,转引自刘小枫《诗化哲学》,山东文艺出版社1986年版,第177页。
③ 萧红:《呼兰河传》,《萧红全集》(长篇小说卷一),凤凰出版社2010年版,第323页。
④ [德]汉斯·罗伯特·耀斯:《审美经验与文学解释学》,顾建光等译,上海译文出版社1997年版,第146页。

忆诗学',且具有重要的中国叙事学价值;它将萧红与鲁迅、沈从文等乡土作家的写作立场区分开来,确立了'大地民间'的文化人类学意义"。① 从文本的显在层面来看,幼年的"我"是文本唯一的叙事者,小说通篇都是试图从一个孩子的视角来观察世界与表达生命体验及感受:"花开了,就像花睡醒了似的。鸟飞了,就像鸟上天了似的。虫子叫了,就像虫子在说话似的。一切都活了,都有无限的本领,要做什么,就做什么。要怎么样,就怎么样。都是自由的。"② 这是如此自由自在、活泼无邪、一派天真的儿童世界。然而我们细读文本并详加体察的话,就会发现,小说还有一个隐形的叙事者:成年的"我"。这个成年的"我"不断从文本的罅隙中挣扎出来,发出属于现实的阴冷声音。这种成年叙述最突出的情绪表现当为"寂寞"。对于这一点,茅盾以他的艺术敏感性一针见血地在《序言》中点了出来:"对于生活曾经寄以美好的希望但又屡次'幻灭'了的人,是寂寞的;对于自己的能力有自信,对于自己工作也有远大的计划,但是生活的苦酒却又使她颇为悒悒不能振作,而又因此感到苦闷焦躁的人,当然会加倍的寂寞;这样精神上寂寞的人一旦发觉了自己的生命之灯快将熄灭,因而一切都无从'补救'的时候,那她的寂寞的悲哀恐怕不是语言可以形容的。"③ 萧红写作《呼兰河传》时正值避乱香港孤岛,虽求得了暂时的安宁,但身体虚弱、与端木蕻良的感情以及日常生活中亦有种种不尽如人意之处,令抱负极高的萧红陷入"苦闷焦躁"的状态,其在全力投入写作之际,掩饰不住的寂寞体验时时袭来,有意无意地撕裂了文本中明亮、温馨的回忆。进而言之,作者创作《呼兰河传》的初衷之一未尝不是为了抗拒这致命的寂寞,为了抵挡那"寂寞中空虚的袭来",为了反抗本己生存之虚无与绝望。这潜藏在文本中的深层意蕴恰与其文学领

---

① 李钧:《乡愁叙事与回忆美学——从〈呼兰河传〉看萧红的小说学》,《名作欣赏》2012年第25期。
② 萧红:《呼兰河传》,《萧红全集》(长篇小说卷一),凤凰出版社2010年版,第186页。
③ 茅盾:《呼兰河传·序言》,《萧红全集》(长篇小说卷一),凤凰出版社2010年版,第119—120页。

路人鲁迅反抗绝望、抵御虚无的哲学相通。如果说鲁迅对绝望与虚无的反抗表现为铮铮铁骨的呐喊与毫不容情的批判，是要"正视现实，人生的不完美、不圆满、缺陷、偏颇、有弊及短暂速朽，并从这正视中，杀出一条生路"（《鲁迅语萃·编序》）；那么在萧红这里则表现为温情脉脉的呼唤，此呼唤中暗含着无尽的回忆过往的柔情，倾注了强烈的主观情感，带有一种诗化的意味。萧红试图通过饱含情感的呼唤，将遥远的逝去的温暖儿时记忆召唤到当下的生存中来，以期弥合其都市碎片化生存带来的断裂感与无根感。这种经过时间淘洗与空间间隔的陈年往事，经过作者有意识的情感过滤而上升为审美存在，然而不容忽视的是，其间仍暗含着作者隐在的批判意识。如有二伯、磨倌冯歪嘴子等人顽强坚韧的生存，尽管蓬勃着都市里极为匮乏的原始生命强力，作者在对其进行近乎赞美的叙写的同时，也对其因缺乏现代文明的洗礼而呈现出的动物般的粗野与麻木进行了委婉的批判。此外，小团圆媳妇的惨死，村民们飞短流长的琐碎与残忍，以及对于男权奴役的暗含讥讽……均在本质上与启蒙话语有相通之处。无论如何萧红有多么特出，她毕竟是鲁迅的学生，鲁迅的启蒙思想或多或少都会对其产生潜在的影响。体现在文本中，则是其民间叙事话语中时时会不自觉地隐含着启蒙叙事话语。正是在这一意义上，吴晓东认为："它超出了'回忆'的叙述框架，打破了小说自叙传式的自我生命拯救的命意，从而为小说带来了改造国民性的主题。从这个意义上说，回忆的模式就被纳入了一个更大的结构框架之中。《呼兰河传》由此成为一个几种类型的声音并存的文本。它容纳了民俗学、人类学的话语，国民性改造的启蒙主义话语，以及关涉自我生命拯救的个人性话语。因此，它其实缝合了萧红的多重的文化想象。"[1] 这种独具一格的双声叙事注定了文本的复调结构，使得小说同时兼具遥远的浪漫诗意与切近的现实批判，大大增强了其艺术表现力。

---

[1] 吴晓东：《记忆的神话》，新世界出版社2001年版，第81页。

三 张爱玲的怀旧书写

成名于20世纪40年代的孤岛上海,张爱玲的作品中却基本上看不到抗战的时代烽火,也难寻"听将令"的踪迹。其作品中的时代意识固然相当强烈,同时却又能从具体的情境中抽离出来,具有某种程度上超时代的普遍的意义。其关于现代社会转型的体验与看法与同期诸多作家迥异,其情状正如陈芳明所言:"当许多作家在关心整个民族命运时,张爱玲选择了对个人命运的探索。当其他作家都轰轰烈烈在凸显国家意识时,张爱玲揭示了什么是女性意识。"① 因着家世、自身偏好、后天经历等原因,张爱玲的作品天生就有一种咿咿呀呀老胡琴的调子,怀旧的调子。张爱玲的怀旧书写是有意识地自觉为之,这在其散文《自己的文章》中得到了鲜明的阐发:"这时代,旧的东西在崩坏,新的在滋长中。但在时代的高潮来到之前,斩钉截铁的事物不过是例外。人们只是感觉日常的一切都有点儿不对,不对到恐怖的程度。人是生活于一个时代里的,可是这时代却在影子似地沉没下去,人觉得自己是被抛弃了。为要证实自己的存在,抓住一点真实的,最基本的东西,不能不求助于古老的记忆,人类在一切时代之中生活过的记忆,这比望将来要更明晰、亲切。"② 张爱玲在此自招其怀旧书写的目的为"证实自己的存在,抓住一点真实的,最基本的东西",即通过怀旧书写来确证自己的存在,为个体的微渺生存在时代"影子似地沉没下去"的非常时刻寻找到一个相对恒常、稳定、真实的立足点。其怀旧情结首先体现在对上个时代遗留下来的旧的世家生活题材的选择上,其次体现在怀旧氛围的精心营造上,再次体现在对其家族辉煌历史及已逝亲人的不断追怀等三个方面。

张爱玲的成名作《沉香屑:第一炉香》,代表作《金锁记》《倾城之恋》,以及《鸿鸾禧》《留情》等小说,均取材于前朝遗留下来的旧

---

① 陈芳明:《毁灭与永恒》,《华丽与苍凉》,台北:皇冠出版社1995年版,第229—233页。
② 张爱玲:《张爱玲文集》第四卷,安徽文艺出版社1992年版,第174页。

的世家生活。夏志清在《中国现代小说史》中对其评价至为恰切："传奇里的人物都是道地的中国人，有时候简直道地得可怕。他们大多是她同时代的人；那些人和中国旧文化算是脱了节，而且从闭关自守的环境里解脱出来了，可是他们心灵上的反应仍是旧式的——这一点张爱玲表现得最为深刻。"[1] 张爱玲对这些题材的熟稔程度可以称得上是信手拈来，所谓嬉笑怒骂皆成文章。如她写葛薇龙的姑妈梁太太："她看她姑母是搁有本领的女人，一手挽住了满清末年的淫逸空气，关起门来做小型慈禧太后。"[2]（《沉香屑：第一炉香》）年轻时不惜下嫁富豪做小的姑妈，打着世家的旗号干着男盗女娼的勾当，在葛薇龙眼里是如此不堪，她曾反复说服自己要远离姑妈以及她的社交圈，可她却无法抵御这种有毒的生活带来的奢靡享受，作者对此类环境与人物都非常熟悉，刻骨的讽刺竟也显得入情入理，入木三分地将姑妈不断渔色的、荒唐的晚年生涯活现在读者面前。《倾城之恋》中的白公馆："白公馆有这么一点像神仙的洞府：这里悠悠忽忽过了一天，世上已经过了一千年。可是这里过了一千年，也同一天差不多，因为每天都是一样的单调与无聊。"[3] 短短几行文字将白公馆那种千年如一日的死水一潭的没落生活的实质凸显了出来，读来有种触目惊心的感觉。寡居在娘家的白流苏在这令人窒息的氛围里自然待不住，求生的本能迫使她不得不往外逃。这也是有家却不得不逃家的白流苏接受范柳原的暧昧邀请的最迫切的现实动因。《金锁记》中的姜公馆："风从窗子里进来，对面挂着的回文雕漆长镜被吹得摇摇晃晃，磕托磕托敲着墙。七巧双手按住了镜子。镜子里反映着的翠竹帘子和一副金绿山水屏条依旧在风中来回荡漾着，望久了，便有一种晕船的感觉。再定睛看时，翠竹帘子已经褪了色，金绿山水换为一张她丈夫的遗像，镜子里的人

---

[1] 夏志清：《中国现代小说史》，香港中文大学出版社2001年版，第342页。
[2] 张爱玲：《沉香屑：第一炉香》，《张爱玲集·倾城之恋卷》，北京十月文艺出版社2006年版，第260页。
[3] 张爱玲：《倾城之恋》，《张爱玲集·倾城之恋卷》，北京十月文艺出版社2006年版，第183页。

第三章 现代社会转型语境下百年中国文学的怀旧书写发展历程

也老了十年。"① 此一极为典型的关于镜像的叙写揭示了非我的镜像式生存的残酷本质。曹七巧作为麻油店老板的女儿,本是寻常市井出身,其家人偏要贪图姜家的富贵,试图让七巧跻身原本并不属于自己的阶层。然而事与愿违,七巧始终不被姜家尊重与接纳,其在姜公馆遭遇的种种难堪均导因于其出身的卑贱。姜公馆在本质上一如白公馆,沉闷、单调、无聊,千年一日般一成不变,一日千年般煎熬难忍,充斥全篇的是无比的虚幻、无比的死寂,七巧就在这里耗尽了她的青春与热望,酝酿着她的黄金梦,背负着黄金与情欲的双重枷锁,一步步走向死亡之境。《创世纪》中的匡公馆:"祖父不肯出来做官,就肯也未见得有得做。大小十来口子,全靠祖母拿出钱来维持着,祖母万分不情愿,然而已是维持了这些年了。"破败如斯,可旧架子还在:"潆珠家里的穷,是有背景,有根底的,提起来话长。"祖母养家,祖父虚耗在家里,父亲靠向祖母讨零花钱过活,母亲无能而又懦弱……潆珠就是从这破落世家走出来的一个试图自力更生的亦新亦旧的女性。然其结局依旧是令人唏嘘的:不但爱情无所得,纵算亲情也是稀薄得很,小说在无尽的落寞中就这样戛然而止,令人不由得心生惆怅之感。

张爱玲因着对这些旧日破落世家生活的极度熟悉与了解,故而在文本中能对其进行深入骨髓的体察与刻画。她尤其擅长将没落世家精神上的衰颓与物质上的匮乏巧妙地融合在看似不经意的家常叙写中。那一个个外表光鲜、实际上却内囊已尽的旧家族,曾经的辉煌一去不复返,虚空的壳子里只剩下一群苟且偷生的饮食男女,除了一个个紧紧地盯着自己眼前的一点点利益,似乎别无所长。人性的光辉在此滑落到了最低点。仿佛为了祭奠一个时代的消逝,其文本中弥漫着一种淡淡的带有霉味的哀婉气息。值得注意的是张爱玲在叙写旧时旧事的同时,常常采用的是新旧交替的视角进行的,人物的设置也常常是新旧对举,环境也往往是中西混搭风格的。如《金锁记》《倾城之恋》

---

① 张爱玲:《金锁记》,《张爱玲集·倾城之恋卷》,北京十月文艺出版社2006年版,第143页。

《沉香屑：第一炉香》等，均是如此。我们从姜长安与童世舫（《金锁记》）、白流苏与范柳原（《倾城之恋》）、葛薇龙与乔琪乔（《沉香屑：第一炉香》）等几组人物的设置上颇能感觉到作者上述匠心。

张爱玲的怀旧情结其次体现为诸多文本中着力于怀旧氛围的精心营造。如《金锁记》的开头与结尾："三十年前的上海，一个有月亮的晚上……我们也许没赶上看见三十年前的月亮。年轻的人想着三十年前的月亮该是铜钱大的一个红黄的湿晕，像朵云轩信笺上落了一滴泪珠，陈旧而迷糊。老年人回忆中的三十年前的月亮是欢愉的，比眼前的月亮大，圆，白；然而隔着三十年的辛苦路往回看，再好的月色也不免带点凄凉。"① "三十年前的月亮早已沉了下去，三十年前的人也死了，然而三十年前的故事还没完——完不了。"② 这是典型的说古的腔调，所谓三十年河东，三十年河西，三十年应该是代表一个时代非常恰切的时间跨度。小说从开篇到结尾，以写月亮始，到写月亮终，通过对三十年前的月亮与月色的反复渲染与回忆，为文本的回忆性主题定下了基调，不但从显在层面构建了完整的小说框架，同时也营造了一种回环往复、一唱三叹的怀旧氛围，带有浓浓的历史烟尘的气息。这一叙写技巧被作者反复运用。张爱玲的成名作《沉香屑：第一炉香》发表的时候，正值上海成为抗战中孤岛的1943年。其开篇与结尾与《金锁记》有着异曲同工之妙："请您寻出家传的霉绿斑斓的铜香炉，点上一炉沉香屑，听我说一支战前香港的故事。您这一炉沉香屑点完了，我的故事也该完了。"③ "这段香港的故事，就在这里结束……薇龙的一炉香，也就快烧完了。"④ 葛薇龙的一生就是一炉在已经发霉生锈

---

① 张爱玲：《金锁记》，《张爱玲集·倾城之恋卷》，北京十月文艺出版社2006年版，第126页。

② 张爱玲：《金锁记》，《张爱玲集·倾城之恋卷》，北京十月文艺出版社2006年版，第175页。

③ 张爱玲：《沉香屑：第一炉香》，《张爱玲集·倾城之恋卷》，北京十月文艺出版社2006年版，第247页。

④ 张爱玲：《沉香屑：第一炉香》，《张爱玲集·倾城之恋卷》，北京十月文艺出版社2006年版，第304页。

的铜香炉中缓缓燃烧的沉香屑,偶尔爆出一星半点的火花,更多的时候却是在一种看不见希望的不断下滑的生活中慢慢耗尽自己的一生。薇龙因战乱家道艰难而无力继续升学,遂转而求助于姑妈,没想到自己一生的悲剧就此拉开了序幕。其从一开始试图借力于姑妈完成学业,此时心中尚存有关于前途与事业的一番设想;到退而求其次试图求得洋场浪子乔琪乔的爱情,相较于其刚来姑妈家时暗藏的高傲要强的心气,不能不说是退了一大步;但薇龙对生活与情感的退让才刚刚开始,其最终竟然在明知乔琪乔不爱她、只愿意利用她挣钱的情况下仍然嫁给了他。被爱欲、物欲等原始欲望控制可以令人堕落到何种境地,腐朽发霉的环境对一个人的腐蚀可以到什么程度,在薇龙身上有着令人心惊的表现。小说结尾时两人逛年夜市街时薇龙自比卖身女证明其对自己的真实处境有着明确的认知,其所感受到的本真被遮蔽的非我生存带来的至深伤痛令人感慨与深思。文本中对梁太太书房的描写也有着浓浓的传统风味:"一引把她引进一间小小书房里,却是中国旧式布置,白粉墙,地上铺着石青漆布,金漆几案,大红绫子椅垫,一色大红绫子窗帘;那种古色古香的绫子,薇龙这一代人,除了做被面,却是少见。"[①] 梁太太拥有传统的中式书房,本是一件挺讽刺的事情,作者着力于描写其装潢布置的考究复古风,却绝口不提书房里最重要的藏书情况及主人的内在修为,事实上已经陈述了这样一个事实:书房对梁太太而言,只不过是其附庸风雅、装点门面的一个摆设而已。然而正是这种伪装出来的传统书香氛围与奢靡的物质生活,成为薇龙一步步沦落的至关重要的诱因。《倾城之恋》用咿咿呀呀的胡琴声来营造一种苍凉的怀旧情境,余韵悠长,令人回味:"胡琴咿咿呀呀拉着,在万盏灯的夜晚,拉过来又拉过去,说不尽的苍凉的故事——不问也罢!"[②] 张

[①] 张爱玲:《沉香屑:第一炉香》,《张爱玲集·倾城之恋卷》,北京十月文艺出版社2006年版,第256页。

[②] 张爱玲:《倾城之恋》,《张爱玲集·倾城之恋卷》,北京十月文艺出版社2006年版,第176页。

爱玲在散文《罗兰观感》中为自己的《倾城之恋》做推介时如是说："流苏与流苏的家，那样的古中国的碎片，现社会里还是到处有的。就像现在，常常没有自来水，要到水缸里去舀水，凸出小黄龙的深黄水缸里静静映出自己的脸，使你想起多少年来井边打水的女人，打水兼照镜子的情调。"①作者将散落在现代社会中的"古中国的碎片"——捡拾起来，在精心解读之余，将这些碎片拼出一个静静地带有古情调的世界，为浮躁的现代社会带来一点定力与历史沧桑感，寻得瞬息万变的时代风潮下那个永恒的安稳的底子。《金锁记》中姜长安与童世舫永别的情景，如此哀凄隐忍而又意味深长，将长安对这段感情的珍惜、不舍与绝望描摹得淋漓尽致："长安觉得她是隔了相当的距离看这太阳里的庭院，从高楼上望下来，明晰，亲切，然而没有能力干涉，天井，树，曳着萧条的影子的两个人，没有话——不多的一点回忆，将来是要装在水晶瓶里双手捧着看的——她的最初也是最后的爱。"②甚至亲历者长安对正在发生的离别就起了一种将来即将缅怀的心态。这是非常奇异的未来怀旧，即假设将来怀念如今正在发生的事情的场景，在长安这个大家闺秀的身上得到了玄妙的表现。饶有意味的是，有时明知不甚谐和，张爱玲还是忍不住要怀一下旧，请看《沉香屑：第二炉香》的开头："克荔门婷兴奋地告诉我这一段故事的时候，我正在图书馆里阅读马卡德耐爵士出使中国谒见乾隆的记载。那乌木长台，那影沉沉的书架子，那略带一些冷香的书卷气，那些大臣的奏章，那象牙签、锦套子里装着的清代礼服五色图版，那阴森幽寂的空气，与克荔门婷这爱尔兰女孩子不甚谐和。"③怀旧的情调夹杂在现代的嘈杂声中，显得奇异而又难堪，甚至略带邪恶的气息，这气息引出了紧接其后的关于罗杰的那个

---

① 张爱玲：《罗兰观感》，《张爱玲集·流言卷》，北京十月文艺出版社2006年版，第221页。
② 张爱玲：《金锁记》，《张爱玲集·倾城之恋卷》，北京十月文艺出版社2006年版，第173—174页。
③ 张爱玲：《沉香屑：第二炉香》，《张爱玲集·倾城之恋卷》，北京十月文艺出版社2006年版，第305页。

晦暗而又阴惨的故事,其于无形中所起的铺垫与烘托的作用,不可小觑。

对其家族辉煌历史及已逝亲人的不断追怀,是张爱玲怀旧书写的第三大特色。《私语》与《对照记》可谓专门为家族与亲人而作的经典文本。关于《对照记》的创作目的,张爱玲有着明确的交代:"我没赶上看见他们,所以跟他们的关系仅只属于彼此,一种沉默的无条件的支持,看似无用,无效,却是我最需要的。他们都静静地躺在我的血液里,等我死的时候再死一次。我爱他们。"[①] 因为与家人有着最密切的血缘关系,因为她的血管里流淌着属于携带家族印记的血液,她实质上就是那些已经逝去的亲人的一部分,代表他们继续活在这世界上。一贯对亲情颇为冷漠的张爱玲突然大谈与家族的渊源与情感,首先是因为孤悬海外的特殊境遇,导致其对亲人、对童年的无尽怀念。其次也不能不说是出于一种引发关注的需要。20世纪80年代的张爱玲,其声名远不能与其当年红遍上海滩的盛况相比,随着消费时代的逐渐来临,海内外的张爱玲热也正在慢慢酝酿之中,张适时推出这部有着大量图片、图文并茂的《对照记》,不能不说在某种程度上是为了造势。张爱玲成年后尽管性情孤傲,却有着强烈的市场意识,其非常善于利用自身的特殊资源进行巧妙的市场营销。譬如她在散文《到底是上海人》(1943年发表于上海《杂志》)中写道:"我为上海人写了一本香港传奇,包括《沉香屑:一炉香》、《二炉香》、《茉莉香片》、《心经》、《琉璃瓦》、《封锁》、《倾城之恋》七篇。写它的时候,无时无刻不想到上海人,因为我是试着用上海人的观点来察看香港的。只有上海人能够懂得我的文不达意的地方。我喜欢上海人,我希望上海人喜欢我的书。"[②] 如果说前面一段话还有点云遮雾罩的话,最后一句话就说得非常直白了。由此可见,刻意与读者拉近距离,大打情感牌,

---

[①] 张爱玲:《张爱玲集·对照记卷》,北京十月文艺出版社2006年版,第45页。
[②] 张爱玲:《到底是上海人》,《张爱玲集·流言卷》,北京十月文艺出版社2006年版,第48—49页。

应该说是张爱玲自我营销的拿手好戏。尤其明显的是其在为《对照记·看老照相簿》中特意在文中提醒读者,说《孽海花》里说的是其祖父与祖母的故事,以抬高自己的身价,激发读者阅读以外的兴趣。"又一天我放假回来,我弟弟给我看新出的历史小说《孽海花》,不以为奇似地撂下一句:'说是爷爷在里头。'"① "曾家与李家总也是老亲了,又来往得这样密切。《孽海花》里这一段情节想必可靠,除了小说例有的渲染。"② 随后又申说"因为是我自己'寻根',零零碎碎一鳞半爪挖掘出来的,所以格外珍惜"。③ 张爱玲"寻根"的行为,得到了市场的热烈回应。其在后文中再次强调其祖父母的传奇婚姻,就是要通过反复渲染,让众人都了解其身世的不凡,在看似平和的叙述中未尝不隐含着一种因血统高贵而来的骄傲:"悠长得像永生的童年,相当愉快地度日如年,我想许多人都有同感。然后崎岖的成长期,也漫漫长途,看不见尽头,满目荒凉,只有我祖父母的姻缘色彩鲜明,给了我很大的满足,所以在这里占掉不合比例的篇幅。然后时间加速,越来越快,越来越快,繁弦急管转入急管哀弦,急景凋年倒已经遥遥在望。一连串的蒙太奇,下接淡出。"④ 这段文字所包蕴的感情极为复杂,其中既有对童年短短幸福时日的满心追怀,也有对青春成长期在父母感情破裂后经历的磨难的不堪回首却又频频回首的记忆,更有对祖辈婚姻传奇的隐隐自得,最重要的是对于时间以加速度流逝的苍凉生命体验,委实是我们理解张爱玲的极好材料,是值得玩味再三的。

关于亲人与家族乃至童年的记忆,始终是与家紧紧连在一起的。

---

① 张爱玲:《对照记·看老照相簿》,《张爱玲集·对照记卷》,北京十月文艺出版社2006年版,第30页。
② 张爱玲:《对照记·看老照相簿》,《张爱玲集·对照记卷》,北京十月文艺出版社2006年版,第33页。
③ 张爱玲:《对照记·看老照相簿》,《张爱玲集·对照记卷》,北京十月文艺出版社2006年版,第33页。
④ 张爱玲:《张爱玲集·对照记卷》,北京十月文艺出版社2006年版,第81页。

张爱玲对于家的叙写很能打动人:"乱世的人,得过且过,没有真的家。然而我对于我姑姑的家却有一种天长地久的感觉。"①(《私语》)纸短情长,短短几句话写尽了姑侄的深厚感情以及张爱玲对姑姑的依恋。然而姑姑的家纵然可恋,到底不是自己的家:"现在的家于它的本身是细密完全的,而我只是在里面撞来撞去打碎东西,而真的家应当是合身的,随着我生长的",②于是"我想起我从前的家了"。从"有着春日迟迟的空气"的天津的大宅院,到"有一种紧紧的朱红的快乐"的上海石库门房子,最令作者怀念的是有母亲主持的"有狗,有花,有童话书"以及许多"蕴藉华美的亲戚朋友"的花园洋房,"家里的一切我都认为是美的顶巅"。父母离异后,母亲去了法国,父亲懒洋洋、灰扑扑的家,成了张爱玲眷恋的所在:"我喜欢鸦片的云雾,雾一样的阳光,屋里乱摊着小报,看着小报,和父亲谈谈亲戚间的笑话——我知道他是寂寞的,在寂寞的时候他喜欢我。"③"房子里有我们家太多的回忆,像重重叠叠复印的照片,整个的空气有点模糊。有太阳的地方使人瞌睡,阴暗的地方有古墓的清凉,房屋的青黑的心子里是清醒的,有它自己的一个世界。"④张爱玲自小一直渴望母爱却不得不在幼年即开始承受与母亲的一次次离别,与母亲的聚少离多导致其与母亲之间产生了一种既亲近又疏远、交织着依恋与对抗的复杂情愫。张爱玲虽然看不上父亲热衷于抽鸦片、娶姨太、嫖妓女的遗少做派,其骨子里却有着与父亲极深的情感连接,甚至可以说张具有一定程度上的恋父情结。基于对家人的情感体验,张爱玲创作了两个颇为特别的短篇小说《心经》与《茉莉香片》,分别对恋父情结与恋母情结做了惊心动魄的文本演绎。家,对于张爱玲而言,实在是一言难尽的所在,然而,它到底是如飘蓬般的人生的难得的慰藉,在《私

---

① 张爱玲:《私语》,《张爱玲集·流言卷》,北京十月文艺出版社2006年版,第127页。
② 张爱玲:《私语》,《张爱玲集·流言卷》,北京十月文艺出版社2006年版,第128页。
③ 张爱玲:《私语》,《张爱玲集·流言卷》,北京十月文艺出版社2006年版,第135页。
④ 张爱玲:《私语》,《张爱玲集·流言卷》,北京十月文艺出版社2006年版,第136页。

语》中，因为"我"与母亲共同欣赏过老舍的《二马》，所以"我"一直喜欢《二马》；因为父亲家里永远乱摊着小报，所以每当看到小报，"我"就有一种回家的感觉。关于家的念念回想，亲情的牵念与缠绕就这样以神秘的方式在种种不经意的细节上呈现出来，常常要令人生起惆怅之心。从更广泛的意义而言，家，既是张爱玲人生的出发点，亦是其存在的立足点，更是其创作的源泉所在。其对家的频频怀念，正是其一次次返回生命与创作的原点汲取前行的动力的外在表现。

  考察张爱玲怀旧的动因，不得不提及其曾经在《〈传奇〉再版的话》中所说的一段广为引证的话："呵，出名要趁早呀！来得太晚的话，快乐也不那么痛快。……快，快，迟了来不及了，来不及了！个人即使等得及，时代是仓促的，已经在破坏中，还有更大的破坏要来。有一天我们的文明，不论是升华还是浮华，都要成为过去。如果我最常用的字是荒凉，那是因为思想背景里有这惘惘的威胁。"① 在现代社会转型之际，新旧交替的时代带来的"惘惘的威胁"是张爱玲怀旧最直接的现实动因。其在《私语》中言："现在我寄住在旧梦里，在旧梦里做着新的梦。"② 出生阀阅世家，既经见过旧世界的繁华又饱受西洋文化的熏陶，张爱玲的家庭及教育环境较之一般现代作家而言，要优越得多。这也为其观照世界、参悟人生提供了一个与众不同的中西结合的视角。张爱玲一边表现出对整个旧时代逐渐走向没落的生活方式的近乎沉溺的欣赏，一边又自觉不自觉地站在新时代的立场来对其进行批判。她太清醒地知道，以她父亲与继母为典型代表的那一代人以及与他们血肉相连的旧时代已经或行将退出历史舞台，一个全新的时代正以裹挟一切、冲决一切的力量呼啸而来。

  反观张爱玲的一生，其无论是升学、谋生还是写作、婚恋等，莫

---

  ① 张爱玲：《〈传奇〉再版的话》，《张爱玲集·倾城之恋卷》，北京十月文艺出版社2006年版，第456页。

  ② 张爱玲：《私语》，《张爱玲集·流言卷》，北京十月文艺出版社2006年版，第140页。

第三章 现代社会转型语境下百年中国文学的怀旧书写发展历程

不与时代风潮的突变息息相关。无根感与无家感遂因此成为张爱玲至深的时代体验。为了能在历史的滚滚洪流中留下哪怕是一点点曾经存在的印迹,"回望"显然是其可能采取的最为切近的姿态。这在《〈传奇〉再版的话》结尾处也能得到进一步的证实:"将来的荒原下,断瓦颓垣里,只有蹦蹦戏花旦这样的女人,她能够夷然地活下去,在任何时代,任何社会里,到处是她的家。"[①] 张爱玲在似乎可以毁灭一切的时代的大背景下,竭力要用一支笔所摇曳出来的那个世界,为自己在文明的荒原里找到一个现实立足点,乃至一个精神家园。对于亲身经历过香港战争,目睹其沦陷的张爱玲而言,我们不得不承认她对于时代的感觉是源于非常鲜活的切身体验。目睹成千上万的人死去,见证无数的人失去家园,她自己也因为战争,首先是不得不放弃去伦敦大学留学的机会转而求学香港,接着是因为香港的沦陷导致大学学业中断。数年来为了取得好成绩付出了艰苦努力,最后等来的却是一切优秀的记录在炮火中转瞬化为灰烬。这些经历对张爱玲的影响可谓至深。1944年2月发表于《天地》杂志的回忆港战的散文《烬余录》对此有着详尽的交代:"我与香港之间已经隔了相当的距离了——几千里路,两年,新的事,新的人。战时香港所见所闻,惟其因为它对于我有切身的、剧烈的影响,当时我是无从说起的。"[②] 这为张爱玲后来关于这场战争不断地多角度回顾提供了极好的解释。"去掉了一切浮文,剩下的仿佛只有饮食男女这两项。"[③] 这一观点在她的诸多文本中都有体现。

1943年9—10月在上海《杂志》连载的中篇小说《倾城之恋》的标题,即直接取自张爱玲亲历的那场香港战争:"香港的陷落成全了她。但是在这不可理喻的世界里,谁知道什么是因,什么是果?谁知道呢?也许就因为要成全她,一个大都市倾覆了。成千上万的人死去,

---

① 张爱玲:《〈传奇〉再版的话》,《张爱玲集·倾城之恋卷》,北京十月文艺出版社2006年版,第458页。
② 张爱玲:《烬余录》,《张爱玲集·流言卷》,北京十月文艺出版社2006年版,第34页。
③ 张爱玲:《烬余录》,《张爱玲集·流言卷》,北京十月文艺出版社2006年版,第45页。

成千上万的人痛苦着,跟着是惊天动地的大改革……"① 这是回到了"倾城"最原初的意义上去解释其内涵。光是这标题,相较于通行的用法,就颇有几分回到事物本真的、追溯一切源头的怀旧意味。张爱玲在文本的末尾刻意点题,就是要竭力逼近事物与人心的真相,洞察瞬息万变的时代风潮下那个永恒的不变,人性的永恒的基石,文明的永恒的基石,也就是张爱玲时常提到的"人生的底子"。文本中反复出现的关于"那堵墙"的意象将此意蕴揭橥无遗:"这堵墙,不知为什么使我想起地老天荒那一类的话。……有一天,我们的文明整个的毁掉了,什么都完了——烧完了,炸完了,坍完了,也许还剩下这堵墙。"②"剩下点断堵颓垣,失去记忆力的文明人在黄昏中跌跌跄跄摸来摸去,像是找着点什么,其实是什么都完了。流苏拥被坐着,听着那悲凉的风。她确实知道浅水湾附近,灰砖砌的那一面墙,一定还屹然站在那里。风停了下来,像三条灰色的龙,蟠在墙头,月光中闪着银鳞。她仿佛做梦似的,又来到墙根下,迎面来了柳原,她终于遇见了柳原。"③ 在战争这种非常时刻,当一切都被战火烧毁了,炸光了,作为人,我们还剩下什么?张爱玲试图给出的答案,就是那堵墙,那堵怎么也不会坍塌的地老天荒的墙,即建基于本真人性之上的人与人之间的爱与真心。对于范柳原这样浑身洋场做派、常年周旋于风月场的花花公子与白流苏这样颇具古典情怀又不幸落入现代婚恋尴尬境地的世家女子而言,因平时太精于现实算计,早就忘了婚姻本该是两个相爱的人结合的初衷。这一对看似卿卿我我的情侣,其实质却仿佛战场上两个旗鼓相当的对手,一个是为了在对方身上寻觅昔日大家闺秀的风范而沉溺于近乎虚幻的爱情,一个是为了谋得一张长期饭票而不

---

① 张爱玲:《倾城之恋》,《张爱玲集·倾城之恋卷》,北京十月文艺出版社2006年版,第221页。
② 张爱玲:《倾城之恋》,《张爱玲集·倾城之恋卷》,北京十月文艺出版社2006年版,第197—198页。
③ 张爱玲:《倾城之恋》,《张爱玲集·倾城之恋卷》,北京十月文艺出版社2006年版,第218—219页。

第三章　现代社会转型语境下百年中国文学的怀旧书写发展历程

得不屈尊俯就，自甘卑贱。正是基于彼此对对方目的的洞察与轻蔑，范柳原才毫不忌讳地讥讽白流苏："根本你以为婚姻就是长期的卖淫。"① 唯有在战争这样特殊的境遇中，在无处不在的死亡的直接威胁下，在彼此生死与共的战争避难体验中，才给了他们彼此褪去面纱的可能，才看到了对方作为人的本真的存在，才发现爱与被爱的美好、踏实。也就是说，唯有战争，才赋予了他们一次从其早已习惯的世俗庸常的硬壳中脱逃出来的机会，正是借由这个从密不透风的日常生活中被撕裂开来的口子，他们得以返璞归真，返回到了人性的原初与本真状态，从而窥见了对方的真心，感受到了彼此心意相通，意识到了对方的存在对自己的重要性，发现自己原来是爱着且被爱着的，并由此达成了彼此之间深刻的谅解与同情。唯有在这个意义上，张爱玲难得地赋予小说一个圆满的收场："在这动荡的世界里，钱财，地产，天长地久的一切，全不可靠了。靠得住的只有她腔子里的这口气，还有睡在她身边的这个人。她突然爬到柳原身边，隔着他的棉被，拥抱着他。他从被窝里伸出手来握住她的手。他们把彼此看得透明透亮。仅仅是一刹那的彻底的谅解，然而这一刹那够他们在一起和谐地活个十年八年。"② 对于一贯悲观的张爱玲，虽然通篇似乎都在反传奇，但《倾城之恋》其实又何尝不是在缔造一个新的关于人性本真的爱的传奇。

其实，单从细节来看，范柳原最初喜欢上白流苏，更多的也是因为一种怀旧情愫所致。且看他对白流苏的倾诉：

　　流苏忽然觉得他的一双眼睛似笑非笑地瞅着她，她放下了杯子，笑了。柳原道："我陪你到马来亚去。"流苏道："做什么?"

---

① 张爱玲：《倾城之恋》，《张爱玲集·倾城之恋卷》，北京十月文艺出版社 2006 年版，第 206 页。

② 张爱玲：《倾城之恋》，《张爱玲集·倾城之恋卷》，北京十月文艺出版社 2006 年版，第 219 页。

柳原道："回到自然。"①

"我的意思是：你看上去不像这世界上的人。你有许多小动作，有一种罗曼蒂克的气氛，很像唱京戏。"②

"在上海第一次遇见你，我想着，离开了你家里那些人，你也许会自然一点。好容易盼着你到了香港……现在，我又想把你带到马来亚，到原始人的森林里去……"③

从"回到自然""不像这世界上的人""罗曼蒂克""唱京戏"等词语来看，这远不止于既往诸多研究者认为的纯粹的浅薄调情，徒逞口舌之快，而是凸显出范柳原在骨子里对白流苏怀有不切实际的带有强烈怀旧意识的罗曼蒂克的爱的期待。正是这种爱令他沉迷与不舍。他试图揭开流苏靠家世与教养打造出来的社交假面，还原一个女人本真的面貌。他之所以迟迟不娶白流苏，其原因正如他自己所言："流苏，你不爱我。"他太明白流苏与他相处无非想图一个经济上的安全，既然他有些爱她，舍不得离开她，那么就这样各怀心思处着也不坏。从范与白两人之间屡屡驴唇不对马嘴的诸多对话中可见，常年漂泊的范柳原试图借古典温婉的女子的爱情让自己安顿下来、拥有一个真正的家的初衷只能告吹。然而，认定"爱就是不问值得不值得"的张爱玲，显然不会将故事停留在这一阶段。请看如下文字：

流苏拥被坐着，听着那悲凉的风。她确实知道浅水湾附近，

---

① 张爱玲：《倾城之恋》，《张爱玲集·倾城之恋卷》，北京十月文艺出版社2006年版，第201页。
② 张爱玲：《倾城之恋》，《张爱玲集·倾城之恋卷》，北京十月文艺出版社2006年版，第201页。
③ 张爱玲：《倾城之恋》，《张爱玲集·倾城之恋卷》，北京十月文艺出版社2006年版，第201—202页。

第三章 现代社会转型语境下百年中国文学的怀旧书写发展历程

灰砖砌的那一面墙,一定还屹然站在那里。风停了下来,像三条灰色的龙,蟠在墙头,月光中闪着银鳞。她仿佛做梦似的,又来到墙根下,迎面来了柳原。她终于遇见了柳原。……在这动荡的世界里,钱财,地产,天长地久的一切,全不可靠了。靠得住的只有她腔子里的这口气,还有睡在她身边的这个人。她突然爬到柳原身边,隔着他的棉被,拥抱着他。他从被窝里伸出手来握住她的手。他们把彼此看得透明透亮,仅仅是一刹那的彻底的谅解,然而这一刹那够他们在一起和谐地活个十年八年。

在张爱玲笔下,仿佛命运的召唤,一场导致整个城市倾覆的战争,让一切都发生了急剧的改变,白流苏终于在炮火中于刹那间懂得了范柳原,也终于弄懂了那堵墙的内在含义,她终于得其所哉。而范柳原,也终于在生死考验的滚滚硝烟中明白了彼此的真心,从而收获了他心心念念欲求的天长地久的古典爱情。也许,这才是"倾城之恋"的本来含义吧。

当然,我们在结尾的时候还是得提及张爱玲怀旧书写的不足。这在文学批评史上应该说早有定论:"文学遗产记忆过于清楚,是作者另一危机。把旧小说的文体运用到创作上来,虽在适当的限度内不无情趣,究竟近于玩火,一不留神,艺术会给它烧毁的。旧文体的不能直接搬过来,正如不能把西洋的文法和修辞直接搬用一样。何况俗套滥调,在任何文字里都是毒素!"[①] 太熟悉旧题材,太谙熟老套路,太沉溺于关于往事暗沉沉回忆的打捞,既是张爱玲的优长,同时也是她的死穴。她当时正在《万象》(1944年)杂志上连载的小说《连环套》也正是因为傅雷的批评而被腰斩,成了一个残篇。虽然张爱玲发表了《自己的文章》作为回应,但我们不得不承认傅雷的确是命中了张爱玲创作的要害。当然,公允地评价,张爱玲的文本在不断地回忆过往的同

---

① 傅雷:《论张爱玲的小说》,《张爱玲文集》第四卷,安徽文艺出版社1992年版,第418页。

时，除了不可避免的沉迷之外，其实还是处处渗透了现代意识的。譬如《沉香屑：第一炉香》写葛薇龙对自身处境的清醒认知，《私语》中"我"对父亲所代表的古旧生活方式的理性与实践拒斥，"我"对母亲去国前来告别时自己冷酷表现的自我批判，《烬余录》中对伤兵死亡时"我"的无动于衷的冷血的自我揭露，《琉璃瓦》中对女结婚员的无情嘲讽等，莫不见出作者作为一名现代人的强烈的现代感。显然，怀旧书写在张爱玲这里，其目的并不是回到过去，而是寻找到自己的来路，寻找到真正的文化之根，以更好地在瞬息万变的时代风潮中安身立命。

第四节 20世纪80年代对新启蒙的质疑与反动：诗化哲学引领下寻根派的怀旧书写

兴起于20世纪80年代中期后期的一场思想运动——新启蒙运动，与五四运动遥相对接，其内在构成十分复杂，在高度认同西方现代化的同时，又从内部深层对其展开了批判与反思。张光芒认为，"80年代的'新启蒙'在'回归五四'的旗帜下对历次启蒙运动包括'五四'运动做出了深刻反思，产生了深远影响。但毋庸讳言，其侧重于民主与理性的文化批判与'外在扩张'，缺少人性建构与内在超越的缺憾也隐含着自身的危机。而且这时的'新启蒙'远没有像'五四'那样渗透至文学审美潮流之中，形成文化与文学、思想与审美'联手作战'的局面。"[①] 正是在这一意义上，20世纪80年代中期在文坛渐成气候的寻根文学，着力于传统文化、民族历史以及民间意识的发掘，并试图给众声喧哗的芜杂现实开出文化改造的药方，可视为一定程度上对新启蒙的质疑与反动。寻根文学以韩少功1985年发表的论文《文学的"根"》为标志，此外尚有阿城的《文化制约着人类》、郑万隆的《我的根》、李杭育的《理一理我们的"根"》、郑义的《跨越文化断

[①] 张光芒：《"新启蒙主义"：前提、方法与问题》，《人文杂志》2005年第1期。

第三章 现代社会转型语境下百年中国文学的怀旧书写发展历程

裂带》等。该流派认为,"文学有根,文学之根应深植于民族传统文化的土壤里",文学寻根,是为了"寻找我们民族的思维优势和审美优势","在立足现实的同时又对现实世界进行超越,去揭示一些决定民族发展和人类生存的谜","我们的责任是释放现代观念的热能,来重铸和镀亮这种自我"。[①](《文学的"根"》)其代表作品有韩少功的《爸爸爸》、王安忆的《小鲍庄》、阿城的"三王"(《棋王》《树王》《孩子王》)、李杭育的《最后一个渔佬儿》、张炜的《古船》、郑义的《远村》、莫言的红高粱系列、李杭育的"葛川江"系列、李锐的厚土系列等。寻根文学由于其面向极广,题材包罗万象,创作者众多,故对其进行分类阐释颇为不易。总的来看,大致可分为如下三类:其一,从传统文化的深厚历史积淀中汲取营养,为应对现实发展找到文化之根;其二,追溯民族历史与作为个体的人的起源,试图找出民族与个体生命之根;其三,从民间文化等非物质文化遗产中寻找历史的踪迹,并力图揭开"一些决定民族发展和人类生存的谜"。这三类文本又都有一个共同的特色,那就是均可归属怀旧书写的范围。无论是从儒家文化、道家文化、佛教文化还是从全国各地的民间习俗以及各民族历史资源中寻找文化与文学之根,作者们都采取了一种普遍的往后看的姿态。当然,往后看并不等于作者的目的是要回到茹毛饮血的古代,回到原始太初,回到民间的世俗尘埃中,而是为了唤醒与重建对造物主及宇宙万物的敬畏之心,为了探寻民族与个体的本真存在,为了在现实中谋求可持续的生存与发展之道,为了践行诗意栖居的理念,其实质是指向无限的未来的。纵观20世纪中国文学史,寻根文学恰在1985年前后以如此鲜明的姿态高调亮相,可以说是时势所致。空间上的共生性与时间上的共时性,是此一流派非常突出的两大特点。

寻根是对现代社会转型的一种反动与反拨,对现代化具有一定抑制作用,是人类试图回到童年、回到原始状态、返璞归真的一种文化

---

① 韩少功:《文学的"根"》,《作家》1985年第4期。

153

努力,这是一个远未完成的艰难历程。从沈从文的《边城》《湘行散记》、汪曾祺的《受戒》《大淖记事》到韩少功的《爸爸爸》《归去来》,经过一代代作家的跋涉,虽然随着世事变迁与时空流转而关注点有所不一,但其目的皆指向为人类曾经的存在做一诗意阐释、为当下找到安身立命之存在依据,以及为将来谋求行之久远的生存及发展之道。尤其值得关注的是 1984 年《上海文学》杂志举办的杭州会议,聚集了韩少功、郑万隆、阿城、李杭育、陈思和、南帆、许子东、吴亮、王晓明等一批年轻的作家与文学批评家,而有意识地"把'文化'引进文学的关心范畴,并拒绝对西方的简单模仿,正是这次会议的主题之一"。[①]这次会议为一年后寻根文学的面世做了充足的理论准备与有力的创作铺垫。显然,寻根文学的诞生,绝非朝夕之间的事情。尽管蓄势已久,然其最直接的诱因却是 20 世纪 80 年代初期以来逐渐在社会上弥散开来的民族虚无主义情绪。"文化大革命"结束,随着国门的再次打开,放眼看世界的中国作家们不得不站在自家的文化荒漠上接受着种种外来文明的冲击与考验,在试图与世界文坛对话的时候,才发现自身的立足之地是如此脆弱不堪,民族文化身份认同的焦虑由此而起。象征中华文明的黄色文明之封闭、落后与全面溃败,象征西方文明的蓝色文明之开放、先进与欣欣向荣,这一两相对立绝无调和的决绝认知,一度在社会上广为流行。由此而派生出的抛弃本民族的所谓落后文明,向蓝色文明认同,全盘西化的观点一度甚嚣尘上。有鉴于此,在千百年来文以载道的传统教养下自觉萌生出强烈使命感的作家们,纷纷祭起传统文化、民族历史、民间风俗、历史遗存等祖传大旗,喊出了文化寻根与文学寻根的口号,并以自身的创作实践显示了寻根文学的赫赫实绩。从这一意义上而言,寻根文学的出发点是为了缓解乃至化解民族文化身份认同的焦虑。汪曾祺一针见血地指出:"我认为本世纪的中国文学,翻来覆去,无非是两方面的问题:现实

[①] 蔡翔:《有关"杭州会议"的前后》,《当代作家评论》2000 年第 6 期。

第三章　现代社会转型语境下百年中国文学的怀旧书写发展历程

主义与现代主义；继承民族传统与接受西方影响。"[①] 这种观点言简意赅地揭出了近代以来中国文学始终徘徊挣扎于现实与现代、本土与西方之间的两难境地。因时因地因人而异，不是东风压倒西风，就是西风压倒东风，难得有平心静气互相取长补短的时候。汪曾祺对此倒是有着非常豁达的看法："现实主义和现代主义可以并存，并且可以溶合；民族传统与外来影响（主要是西方影响）并不矛盾。二十一世纪的文学也许是更加现实主义的，也更加现代主义的；更多地继承民族文化，也更深更广地接受西方影响。"[②] 这种兼容并包的心态是极为难得的，其有助于克服民族与文化偏见，吸取他者所长为我所用，从而走向多元共存的真正强大。

但显而易见的是，寻根文学的担当者们，远没有这样从容娴雅。民族文化身份认同的焦虑在其理论宣言如《文化的"根"》等文本中体现得直接而又鲜明："文学有'根'，文学之'根'应深植于民族传统文化的土壤里，根不深，则叶难茂。……对西洋文化的简单复制，只能带来文化的失血症。……几年前，不少作者眼盯着海外，如饥似渴，勇破禁区，大量引进。……近来，一个值得欣喜的现象是：作者们开始投出眼光，重新审视脚下的国土，回顾民族的昨天，有了新的文学觉悟。……（文化寻根——引者加）是一种对民族的重新认识、一种审美意识中潜在历史因素的苏醒，一种追求和把握人世无限感和永恒感的对象化表现。……从人家的规范中来寻找自己的规范，模仿翻译作品来建立一个中国的'外国文学流派'，想必前景黯淡。……万端变化中，中国还是中国，尤其是在文学艺术方面，在民族的深层精神和文化物质方面，我们有民族的自我。我们的责任是释放现代观念的热能，来重铸和镀亮这种自我。"此段冗长的引言虽然并无很强的思辨色彩，但其观点却是清晰无疑的：在中西对举的文化语境下，回归传统文化，追溯民族历史，以达至振兴民族文化、重建民族自信

[①] 汪曾祺：《〈汪曾祺自选集〉重印后记》，漓江出版社1993年版。
[②] 汪曾祺：《〈汪曾祺自选集〉重印后记》，漓江出版社1993年版。

心、重构民族身份认同的目的，并在此基础上进一步探寻人类与自我存在之终极根底，以实现一种审美式提升与超越。

而1982年马尔克斯的《百年孤独》获得诺贝尔文学奖，则在某种程度上加剧了这种民族文化身份认同的倾向。瑞典文学院给马尔克斯的颁奖词为："他创造了一个独特的天地，即围绕着那个由他虚构出来的马孔多小镇的世界。自20世纪50年代末，他的小说就把我们引入了这个奇特的地方。那里汇聚了不可思议的奇迹和最纯粹的现实生活。作者的想象力在驰骋翱翔：荒诞不经的传说、具体的村镇生活、比拟与影射、细腻的景物描写，都以新闻报道般的准确性再现出来。"所谓越是民族的则越是世界的，这一放之四海而皆准的观点在此再次得到了验证。马尔克斯通过魔幻现实主义这一魔法而编织出来的魔幻拉丁世界，其所具有的魔力裹挟着诺奖的神秘威力，对中国作家产生了难以估量的震撼与诱惑。在这个层面上说马尔克斯的世界性成功激起了中国当代作家文化寻根的勃勃野心，应该不能算是纯粹的猜测罢。

此外，试图借文化与文学寻根来摆脱文学对政治的依附，挑战当时风行文坛的社会主义现实主义创作的话语权，建立新的文学规范，张扬新的艺术精神，完成从政治反思到文化反思的转型，以谋求文学的自主性，应该也是寻根文学发起的重要理由，或者说是最为隐秘却又最重要的理由。在寻根文学之前的伤痕文学、反思文学、改革文学等诸多文学流派，均与政治有着太深的牵连，文学自主性基本沦为一句空话。寻根文学试图通过对民族文化传统的回望、挖掘与省思，并对其进行审美观照与提升，以获得文学的审美主体性地位，从而在作品中达到一个神、人、大自然和谐一致的境界。

对人类原初本真、淳朴而充满原始生命强力的生命状态的憧憬与向往，试图重新建立人类与神秘宇宙的神圣连接，唤起人们对大自然与宇宙的敬畏，是寻根文学诞生不可忽视的另一重要动因。在物质高度发达的现代社会，物欲横流，现代人如蝼蚁般在水泥森林昼夜穿梭，为了谋得那小小的一方生存空间。寄居在高楼大厦里的人们早已远离

第三章 现代社会转型语境下百年中国文学的怀旧书写发展历程

了泥土,远离了大自然,彻夜不息的人造灯光遮蔽了月光。以征服自然为己任、生产力至上、技术至上的现代人早已失去了人类原初时期对大自然与广袤宇宙的敬畏之心。此种状况诚如海德格尔在《诗人何为》中所言:"技术统治之对象事物愈来愈快,愈来愈无顾忌,愈来愈完满地推行于地球,取代了昔日可见的世事所约定俗成的一切。技术的统治不仅把一切存在者设立为生产过程中可制造的东西,而且通过市场把生产的产品提供出来。人之人性和物之物性,都在贯穿意图的制造范围内分化为一个在市场上可计算出来的市场价值。"① 这段文字毫不容情地指出了现代文明带来的弊端:技术宰制时代,人成了失去灵魂的空心的存在,包括人在内的一切皆可物化,唯有市场价值才能衡量一切。人之为人,早已失却了其安身立命之所,失却了人之为人的本性。为了将现代人从技术至上的深渊里解救出来,人类学家、社会学家、文学家等可谓费尽心血。威泽福德的专著《野蛮人与文明人:谁将存活?》就是此一努力的代表性学术成果。其认为现代社会与"恐龙社会"并无二致,恐龙曾经的强大无法掩盖其只能充当化石这一历史事实。为了避免重蹈恐龙灭绝的覆辙,现代人需要窥破现代文明一派繁华的镜像,保持洞见与智慧,借镜野蛮人的生存方式,即信天安命、敬畏宇宙、与万物和谐共处,以化解迫在眉睫的生存危机,以求得可持续的生存与发展空间,安然栖息于大地之上。一个半世纪以前,某印第安部落酋长在给美国总统皮尔士的信中写道:"我的族人认为,地球上每个地方都是神圣的。每一根闪亮的松针、每一片沙滩、黑暗的森林、每一片薄雾、每一个嗡嗡的昆虫,在我的族人的记忆与经验中,都是神圣的。"② 这正是海德格尔心心念念向往之、歌咏之的诗意栖居之境。如此美好,如此神圣。中国传统文化中的核心范

---

① [德]海德格尔:《诗人何为》,孙周兴编《海德格尔选集》,上海三联书店1996年版,第432页。
② [美]杰拉德·戴蒙德:《第三种猩猩:人类的身世与未来》,王道还译,海南出版社、三环出版社2004年版,第329页。

畴"天人合一"在此得到了极好的注解。

韩少功的《归去来》里关于"我"与四妹的对话将巫楚文化中天人合一的观念表现得极为鲜活:"'吾姐已变成了一只鸟,天天在这里叫你,你听见没有?'……树上确是有只鸟在叫唤:'行不得也哥哥,行不得也哥哥——'声音孤零零地射入高空,又忽悠悠飘入群山,坠入树林。"在痴心的妹妹心中,含着委屈去世的姐姐早已化身成为一只鸟,用另一种生命形式来顽强地诉说着自己的心声。文本对人与大自然之间这种神秘的对应与关联之叙写并不止于此。在"我"最终偷偷逃离村庄的时刻,"走到山头上,我回头看了看,又见村口那棵死于雷电的老树,伸展的枯枝,像痉挛的手指,要在空中抓住什么。毫无疑问,手的主人在多年前倒下,变成了山脉,但它还在挣扎,永远地举起一只手"。"毫无疑问"这四个字是如此醒目,将一个原本带有猎奇心态的现代人,在历经一系列满溢着原始巫风的事件之后观察世界立场的转变,表达得特别有劲道。显然,不断被误认为曾经在村里当过民办教师的"马眼镜"的"我",在接受过村民们的"洗礼"("我"被洗澡的场面真是意味深长)之后,此刻在很大程度上已经认同并运用原始的思维方式,即大自然与人有着不可思议的深度连接,人与大自然之间有着奇妙的对应关系,甚至人就是大自然的一部分。正是从这一意义上来理解人之为大自然之子,才算回到了其应有的本真状态上来。请看《爸爸爸》的一段文字:"所有的这些老人都面对东方而坐。祖先是从那边来的,他们要回到那边去。那边,一片云海,波涛凝结不动,被太阳光照射的一边,雪白晶莹,镶嵌着阴暗的另一边。几座山头从云海中探出头来,好像太寂寞,互相打打招呼。一只金黄色的大蝴蝶从云海中飘来,像一闪一闪的火花,飘过永远也飞不完的青山绿岭,最后落在一头黑牯牛的背上——似乎是世界上最大的一只蝴蝶。"作者在此为我们描述了一幅近乎诗意的图景:人与自然在此合二为一,人如自然般沉静,源于自然归于自然;自然富有精灵般的智慧,处处洋溢着生命的气息。悲壮与凄美、永别与回归是如此奇异地交融在一起，为了世代的繁衍生息，这些在整个村寨迁徙前集体服毒的老人，恬静安然，乐天知命，不像去赴死，倒像是要回家，回到那充满神性与生机的造物主的怀抱，以一种新的生命形式在宇宙中与万物共享阳光，谐和地生长。谁说那只金黄色蝴蝶是没有灵魂的呢？也许它就是一个人的灵魂的审美性存在。

　　从传统民族文化与民间文化中汲取营养，用以滋养与建构新的文学样式与艺术精神，则是寻根文学的最直接诉求。几乎所有与寻根文学有关联的作家与评论家都意识到了这一点，并多次在创作与评论中表达了自己的观点。以李杭育为例，其在《理一理我们的"根"》中指出："一个好的作家，仅仅能够把握时代潮流而'同步前进'是很不够的。仅仅一个时代在他是很不满足的。大作家不只是属于一个时代，他的情感和智慧应能超越时代，不仅有感于今人，也能与古人和后人沟通。他眼前过往着现世景象，耳边常有'时代的号唤'，而冥冥之中，他又必定感受到另一个更深沉，更浑厚因而也更迷人的呼唤——他的民族文化的呼唤。"[1] 其将传统民族文化与作家之间的深度连接以文学化的方式表现得极为到位。而"更深沉""更浑厚""更迷人"等比较级词汇的叠加使用，则鲜明地昭示出作者的情感倾向与价值选择。显然，在这里，民族文化是一切的根基与源头，相较于当代文化与外国文化，其根本性地位不容撼动。寻根，就是要睁开一双被喧闹的市声遮蔽已久的双眼，拨开历史的迷雾，回到本民族文化的原点，在自觉接受祖先智慧的洗礼后重新再出发。更有意味的是寻根派作家们不约而同地对非规范、非正统的民间文化的推崇。李杭育在同一篇文章中欣喜地写道："与汉民族这个规范相比，我国各少数民族能歌善舞，富于浪漫的想象"，"真实""质朴""生气勃勃"是"奇异的瑰宝"。[2] 韩少功在《文学的"根"》中对楚文化的看法与李的观点不谋而合："两年多以前，一位诗人朋友去湘西通道县侗族地区参加了一次歌会，

---

[1] 李杭育：《理一理我们的"根"》，《作家》1985年第9期。
[2] 李杭育：《理一理我们的"根"》，《作家》1985年第9期。

回来兴奋地告诉我：找到了！她在湘西那苗、侗、瑶、土家所分布的崇山峻岭里找到了还活着的楚文化。那里的人惯于'制芰荷以为衣兮，集芙蓉以为裳'，披兰戴芷，佩饰纷繁，萦茅以占，结茞以信，能歌善舞，呼鬼呼神。只有在那里，你才能更好地体会到楚辞中那种神秘、奇丽、狂放、孤愤的境界。他们崇拜鸟，歌颂鸟，模仿鸟，作为'鸟的传人'，其文化与黄河流域'龙的传人'有明显的差别。"[①]表现在创作上，有阿城《棋王》对道家传统文化核心范畴"无为而无不为"的精妙阐释与践行："王一生孤身一人坐在大屋子中央，瞪眼看着我们，双手支在膝上，铁铸一个细树桩，似无所见，似无所闻。高高的一盏电灯，暗暗地照在他脸上，眼睛深陷进去，黑黑的似俯视大千世界，茫茫宇宙。那生命像聚在一头乱发中，久久不散，又慢慢弥漫开来，灼得人脸热。"有王安忆《小鲍庄》对儒家仁义的悲壮演绎："全庄的人都去送他了，连别的庄上，都有人跑来送他。都听说小鲍庄有个小孩为了个孤老头子，死了。都听说小鲍庄出了个仁义孩子。送葬的队伍，足有二百多人，二百多个大人，送一个孩子上路了。小鲍庄是个重仁重义的庄子，祖祖辈辈，不敬富，不畏势，就是敬重个仁义。鲍庄的大人，送一个孩子上路了。"更有莫言、李杭育、郑义等人对各地民间文化的审美观照与艺术呈现。作者的审美观照与其所表现的民间文化之间存在着一种奇异的张力，也正是这种张力将文化寻根的内在意义结构召唤出来，通过构建民族共同体来达到民族文化身份认同的目的。

从寻根意识到寻根文学，传统审美意识与历史意识的观照显然是必不可少的一个环节。韩少功曾经敏锐地指出：寻根文学需要"一种对民族的重新认识、一种审美意识中潜在历史因素的苏醒，一种追求和把握人世无限感和永恒感的对象化表现"。[②] 这就从更广更高的意义上为寻根文学的创作找到了根基与目的。寻根文学显然不仅仅是为了

---

① 韩少功：《文学的"根"》，《作家》1985年第4期。
② 韩少功：《文学的"根"》，《作家》1985年第4期。

文学寻根，更是为了发掘民族审美意识中的历史因素，通过借镜历史，寻找到久远与恒定的民族文化之根。对此，贾平凹也颇有一番类似的见解："对山川地貌、地理风情的描绘，只要带着有意'寻根'的思想，而以此表现出中国式的意境、情调，表现出中国式的对于世界、人生的感知、观念等等一系列美学范畴的东西，这当必然是'寻根'的结果。"① 作者在此反复强调的"中国式"，意味着其民族意识的自觉。在此，寻根之所寻到的，当然是中国传统文化之根，而绝非其他。李杭育的思考则更率性跳脱也更富想象力："我常想，假如中国文学不是沿着《诗经》所体现的中原规范发展，而能以老庄的深邃、吴越的幽默，去糅合绚丽的楚文化，将歌舞剧形式的《离骚》《九歌》发扬光大，作为中国文学的主流发展到今天，将是个什么局面？"② 这一天马行空的设想，看似荒唐，实则大有意趣。在大胆假设的背后，隐藏着作者对于墨守成规的中国文学主流的不满。其独辟蹊径，试图发掘出中华传统文化的另一脉矿藏，将老庄、吴越文化、楚文化等糅合在一起，发酵出一种逸出常规的富有生命激情、瑰奇浪漫、恣肆汪洋的活泼泼的文学范式。其文学态度与文学抱负于此一问中昭然若揭。上述观点在诸多寻根文学文本中都有表现。无论是韩少功的巫楚文化书写，莫言的东北文化书写，李杭育的吴越文化书写，等等，莫不注重传统审美意识与历史意识的观照，从而让作品既富有丰厚的传统内涵，同时又兼具一定程度的批判性。我国传统审美意识有着极为丰富的内涵，而以审美的态度观照自然、社会与人生，则是其至为突出的特点。建基于自然、依托于自然的天人合一，则被视为传统审美的至高境界。平和、含蓄、冲淡、隐喻、梦幻、烘托、节制等，均为传统审美意识之表征。寻根文学表现在审美向度上，则是无处不在的挽歌情调。

然而，我们不得不承认的是，寻根文学尽管以寻得传统民族文

---

① 贾平凹：《答〈文学家〉问》，《文学家》1986年第1期。
② 李杭育：《理一理我们的"根"》，《作家》1985年第9期。

化之根相号召与标榜，然其最大的硬伤恰恰是文化根基的薄弱与文化品位的缺失。急功冒进，概念大于内容，图解大于审美的文本不在少数。究其原因，寻根文学的代表作家郑义早就阐述得非常清楚："一代作家民族文化修养的缺欠，却使我们难以征服世界。"[①] 这句话既指出了寻根文学致命的缺憾，也为亲历者与后来者指明了努力的方向。毕竟，寻根绝不是一朝一夕就能完成的浩大工程，我们只能一直在路上。

第五节 20世纪90年代多元文化语境下的多元回归：陈忠实、贾平凹、王安忆的怀旧书写

在20世纪90年代的多元文化语境下，文坛呈现出多元回归的趋势。怀旧书写则以陈忠实的《白鹿原》、贾平凹的《废都》以及王安忆的《长恨歌》为代表。《白鹿原》从纯粹的乡村视角出发，通过对传统儒家文化的强烈认同与皈依，试图建构一个以仁义为根基的乌托邦"仁义白鹿村"而不得；《废都》的叙事视角半是都市半是乡村，通过对世纪末西京文化圈世态人情的绝望叙写，同时唱响了现代都市文明与乡村农耕文明的挽歌；《长恨歌》则采取纯粹的都市视角，为都市女性的生存架构了人物、空间、时间的三重镜像，通过对主人公王琦瑶一生辗转挣扎于这三重镜像之间生命历程的追溯，谱写了一曲繁华旧上海的悲歌。[②]

一 陈忠实的怀旧书写——以《白鹿原》为例[③]

1993年出版的《白鹿原》在中国当代文坛显然是一种不可忽视的

---

① 郑义：《跨越文化断裂带》，《文艺报》1985年7月13日。
② 论述《长恨歌》的这句话引自课题负责人的前期成果《都市女性的镜像式生存——王安忆〈长恨歌〉的别一种解读》，载《江西财经大学学报》2007年第4期。
③ 文中所有未标注出处的小说引文均引自陈忠实《白鹿原》，人民文学出版社1993年版。

存在。其分为上、下部首发于《当代》1992年第6期与1993年第1期，紧接着人民文学出版社出版了单行本。与《废都》一面世即毁誉交加不一样的是，《白鹿原》在当代文坛激起了热烈的反响，评论界对它的态度要正面得多。其被朱寨先生誉为"扛鼎之作"，可谓一锤定音。李建军先生称其为"一部令人震撼的民族秘史"[①]；雷达先生自陈："我从未象读《白鹿原》这样强烈地体验到，静与动、稳与乱、空间与时间这些截然对立的因素被浑然地扭结在一起所形成的巨大而奇异的魅力。"[②] 王仲生先生则称《白鹿原》为"一部超越了陈忠实的过去，也超越了建国以来问世的农村题材长篇小说的扛鼎之作"。[③] 卷首题记引用巴尔扎克的名言"小说被认为是一个民族的秘史"，在在表明了作者的文学野心。应该说，陈忠实写作此篇时有着非常自觉的寻根意识，这从他对拉美作家卡朋铁尔的评价中可以一窥端倪："更富于启示意义的是卡朋铁尔之后的非凡举动，他回到故国古巴之后，当即去了海地。选择海地的唯一理由，那是在拉美地区唯一保存着纯粹黑人移民的国家。他要'寻根'，寻拉美移民历史的根。这个仍然保持着纯粹非洲移民子孙的海地，他一蹲一深入就是几年，随之写出了一部《王国》。这是第一部令欧美文坛惊讶的拉丁美洲的长篇小说、惊讶到瞠目结舌……我在卡朋铁尔富于开创意义的行程面前震惊了，首先是对拥有生活的那种自信的局限被彻底打碎，我必须立即了解我生活着的土地的昨天。"[④] 的确，文本对以家族宗法伦理为根基的儒家传统文化与民族精神表现出一种强烈的认同与回归倾向。

1990年代以来，儒学复兴遍及哲学、史学、文献学、文学等诸多领域，蔚为大观。《白鹿原》于20世纪末问世，意味着儒家文化在文学上的复兴达到了一个高峰。其对儒家文化价值的弘扬，对儒家道德

---

① 李建军：《一部令人震撼的民族秘史》，《小说评论》1993年第4期。
② 雷达：《废墟上的精魂——〈白鹿原〉论》，《文学评论》1993年第6期。
③ 王仲生：《〈白鹿原〉：民族秘史的叩询和构筑》，《小说评论》1993年第4期。
④ 陈忠实：《寻找属于自己的句子》，《小说评论》2007年第4期。

伦理的坚守,以及对儒家文化在现代社会转型过程中无可避免地衰落的叹惋,莫不寄寓着深沉的民族文化之慨与焦灼的现世家国之忧。陈忠实认为,"传统文化主要就是儒家文化"。① 其关于传统文化与现代意识的关系问题,有着自己独特的思考:"我并不研究儒家,我的作品也主要不是评价儒家,我主要是关注我们民族的精神历程。封建社会解体,辛亥革命完成以后,中国的传统文化,在乡村是怎样影响着、制约着人们的精神心理,这些乡村的乡绅和村民的心理是怎样构架的?当国民革命、共产主义革命在生活中发生的时候,这些以传统文化为心理结构的各种人,发生了怎样的精神迁移或者裂变?不仅是大的社会运动的内容,更深层的是人的心理结构被打乱,甚至被打散。我是写这个的。实际上不要说那个时代的人,就是解放后很长一段时间,一般民众的精神心理上,仍然没有完全解构完那些传统思想。不管是传统文化中美好的,还是腐朽的东西,都仍然在支撑着中国人的心理结构。"② 此段话语彰显了陈忠实对传统文化善恶并存以及文化心理结构历经时代变迁仍屹立不倒的恒久性的清醒认知。其运用现代意识观照传统文化,认为显然是传统文化的延续性而非断裂性更具现实意义,更值得关注。正是基于此一认知,陈忠实从文化心理结构入手,试图通过半个世纪以来白鹿原这片历经血雨腥风的土地上发生的家族故事的叙写,发掘关中大地蕴藏的千年民族文化积淀与历史底蕴,由儒家宗法伦理统摄下的家族史来追蹑一部中华民族灵魂史。与同期出版的《废都》半是乡村半是都市的视角相较,《白鹿原》几乎摈弃了现代都市的视角,是一部纯粹的乡土小说,其出发点是耕读传家的农耕文明,关注的焦点是已经逝去与正在逝去的以仁义为核心的儒家文化精髓与民族精神。其对乡土的无限眷恋,对最后一个族长白嘉轩与最好的先生朱先生两位儒家文化代表人物浓墨重彩的刻画,对"仁义白鹿村"仁义之举的反复渲染,对黑娃"学为好人"的欣赏与慨叹,对白孝文

---

① 杨晓华:《陈忠实:白鹿原上的文化守望》,《中国文化报》2013年3月6日。
② 杨晓华:《陈忠实:白鹿原上的文化守望》,《中国文化报》2013年3月6日。

阴险狠辣的揭露与批判，对田小娥卑微淫贱的怜悯与鄙弃……无不见出其对儒家文化强烈的认同与皈依倾向，以及因儒家文化在王旗变幻的历史进程中日益式微而生的悲慨。

（一）乡土情结与儒家道德情怀

《白鹿原》的文化寻根首先体现为浓厚的乡土意识与对乡土的无限眷恋。作为20世纪最后一个十年里最重要的一部乡土小说，《白鹿原》的一切都建基于乡土之上，浓厚的乡土意识与对乡土的无限眷恋弥漫全篇。费孝通在《乡土中国》一书中将乡人与土地之间极深的扭结阐释得非常透彻："靠种地谋生的人才明白泥土的可贵。城里人可以用土气来蔑视乡下人，但是乡下，'土'是他们的命根。在数量上占着最高地位的神，无疑是'土地'。"① 乡土是生于斯长于斯争斗于斯而又死于斯的乡民安身立命之所。对于如同植物般世世代代在同一块土地上生老病死的乡民而言，地缘在某种意义上即为血缘的另一种呈现方式。"血缘是稳定的力量。在稳定的社会中，地缘不过是血缘的投影，不分离的。'生于斯，死于斯'把人和地的因缘固定了。生，也就是血，决定了他的地。"② 对于基于血缘与地缘、安土重迁的乡土社会与儒家礼法之间的本质关联，费孝通亦有着深彻的理解。其认为儒家文化遵循的礼治与以家族为本位的乡土社会颇相契合："礼治的可能必须以传统可以有效的应付生活问题为前提。乡土社会满足了这前提，因之它的秩序可以礼来维持。"③ 的确，乡村超稳定的社会结构，实有赖于儒家宗法伦理对乡民们的柔性规约——礼治。乡村作为大批儒者出生、成长、活动与归隐之地，是名副其实的儒家文化沉积带。正是在此意义上，笔者认为，对乡土的眷恋难舍在某种程度上即意味着对儒家文化的服膺与爱重。

而白鹿原，俨然是乡土中国的缩影。《白鹿原》的书名本身就是

---

① 费孝通：《乡土中国》，北京出版社2005年版，第2页。
② 费孝通：《乡土中国》，人民出版社2011年版，第87—88页。
③ 费孝通：《乡土中国》，人民出版社2011年版，第64页。

一块广袤土地的名字，其以土地上的繁衍生息始，在历经半个世纪的土地变迁之后，以土地上的政权确立终。白鹿原这块热土上无论是政治斗争的残酷，王旗变幻的血腥，还是人性的复杂莫测，时代发展与文化滞后的矛盾冲突，均因为开掘到了民族文化最深处的土地意识，而具有了史诗般的沧桑厚度与恢宏气度。小说中的白鹿神话无疑是以土地为核心的一则太平盛世的文化寓言："一只雪白的神鹿，柔若无骨，欢欢蹦蹦，舞之蹈之，从南山飘逸而出，在开阔的原野上恣意嬉戏，所过之处，万木繁荣，禾苗茁壮，五谷丰登，六畜兴旺，疫疠廓清，毒虫灭绝，万家乐康，那是怎样美妙的太平盛世！"（《白鹿原》）白鹿作为千百年来农耕文明的象征符号，在此被提升到了图腾的地位而被膜拜被传颂，朱先生、白灵均被视为白鹿精灵的人间化身而在某种意义上被神化，而白嘉轩处心积虑地导演换地好戏，与其在雪后的土地上发现意寓着吉祥的鹿形灵异植物直接相关。尽管人生追求迥异，但买田置地，却是鹿泰恒父子与以白嘉轩为代表的白氏族家族共同的奋斗目标与实践行动。此外，白鹿两家风水轮流转般的踢田卖地也正是紧紧围绕土地的争斗展开的。

陈忠实对白鹿原的观察也正是基于最朴素的土地意识："（我）眼光瞅住了白鹿原的北坡。坡地上的杂树已披上绿叶。麦苗正呈现出抽穗前的旺势。间杂着一坨一坨一溜一溜金黄的油菜花。荒坡上的野草正从陈年的枯干淡黑的蒙盖里呈现出勃勃的绿色。历经风雨剥蚀，这座古原的北坡被冲刷成大沟小沟。大沟和大沟之间的台地和沟梁，毫无遮蔽地展示在我的眼前，任我观瞻任我阅览。我在沉迷里竟看出天然雕像……我发现这沉寂的原坡不单在我心里发生响动、而且弥漫着神秘的诗意。"[①] 土地，这乡土文明最原始最厚重的意象，在此以袒露的胸怀低诉着其承载的不绝生命繁衍与遥远的神秘诗意，它同时召唤着作者与读者，唤起其透过地表风物的欣赏来探究民族历史的太初与本源的热情。小

---

① 陈忠实：《寻找属于自己的句子》，《小说评论》2007年第4期。

说中反复出现对田野的描写,如写秋末初冬的原野风光:"田野已经改换过另一种姿容,斑斓驳杂的秋天的色彩像羽毛一样脱光褪尽荡然无存了,河川里呈现出一种喧闹之后的沉静。灌渠渠沿和井台上堆积着刚刚从田地里清除出来的包谷秆子。麦子播种几近尾声,刚刚播种不久的田块裸露着湿漉漉的泥土,早种的田地已经泛出麦苗幼叶的嫩绿。秋天的淫雨季节已告结束,长久弥漫在河川和村庄上空的阴霾和沉闷已全部廓清。大地简洁而素雅,天空开阔而深远。清晨的冷气使人精神抖擞。"这绝非无关紧要的环境描写,而是与文本血肉相连的有机构成部分。进而言之,文本中的一切都是由这一年四季不断变幻姿容的田野里生长出来的。大地孕育了一切,关乎村人的生死存亡。其在此既是令人心旷神怡的诗意欣赏对象,更是人们赖以生存与发展的根基。写结束久旱的第一场透雨的景象:"原野上呈现出令人惊喜的景象,无边无际密不透风的包谷、谷子、黑豆的枝枝秆秆蔓蔓叶叶覆盖了田地,大路和小道被青葱葱的田禾遮盖淹没了,这种景象在人们的记忆里是空前仅有的。"大地与村民们生死相依的关系在此得到了令人震撼的具象化再现。大地生长出人们赖以活命的粮食,久旱而致大地干涸、寸草不生,直接导致村民们的死亡。在大饥馑的年月,家家户户都有饿死的老人、小孩或者女人,连族长白嘉轩家里都饿死了人。孝文媳妇在孝文出门乞讨无力顾家也不愿顾家的绝望境地中最终饿死,其在无望的等待与煎熬中灯尽油干的形象极具冲击力。人与土地的本质性关联在关于大饥馑的叙写中表现得尤为深刻。

而对乡土的无限眷恋则主要是通过白嘉轩对土地的深情来表达的。细细考察白嘉轩的一生,不难发现一个事实:其所有重大举措与人生抉择都与土地有关。无论是换地、打官司,还是交农、祈雨,这一切的目的都是土地。为了拥有更好的土地,他不惜与鹿子霖对簿公堂;为了得到有白鹿显灵的风水宝地,他甚至可以违背自己做人的原则,耍起了骗人的勾当。为了保护土地上出产的粮食不被横征暴敛,他敢于对抗官府;为了求得好收成,他在大旱年月毁己成人,以自残的方式祈雨……白嘉轩是真正的白鹿原之子，其喜怒哀乐莫不与土地息息相关。其与土地生死相依、福祸相倚的情义显然寄寓着作者对土地的深沉情感与思考。

  值得关注的是，《白鹿原》对乡土情结的叙写，很大程度上是建构在颇富道德意味的土地伦理的基础之上的。这一看似不经意的安排恰恰展现出作者难掩的儒家道德情怀。文本中反复出现土地意象，就是要提醒与强调土地对村人的至关重要的作用，以及其在村人心目中的至高地位。必须指出的是，在农耕社会，土地既是农民梦寐以求的终极占有对象，又是将其牢牢束缚而挣脱不得的无形枷锁。意味深长的是，作者将白嘉轩这一道德楷模与粗鄙不堪的鹿子霖进行反复对照叙写时，是从其祖先的不同发家史开始着笔的。白嘉轩的祖先拼命苦做，省吃俭用，将极度节俭攒下的每一个麻钱都用于购置田产，终于重振家威并回报乡里。其购置财富的资金来源于土地上的辛勤劳作，其在拥有土地财富的同时，也收获了村人依照土地伦理而给予的相应尊重，其家传文化符号是一只有进口没出口的槐木匣子。而鹿子霖祖上的财富是脱离土地进城学厨艺而得，尤其是传说这其间还夹杂着有损人格的出卖行为，虽然其最终也还乡置田买地，但其财富的来路因违背了土地伦理而难以获得族人的尊重，其家传文化符号则是一把掌厨的勺子。白家与鹿家在村里的地位差异不仅仅是因为族长只能由白氏家族产生的祖训，更导因于其祖上获取财富的路径——匣子与勺子——有别，而区分的标准则是土地伦理。土地伦理是"一种处理人与土地，以及人与在土地上生长的动物和植物之间的伦理观"，其基本原理为："当一个事物有助于保护生物共同体的和谐、稳定和美丽的时候，它就是正确的，当它走向反面时，就是错误的。"［奥尔多·利奥波德（Aldo Leopold）《沙乡年鉴》］白嘉轩对土地伦理的遵循与鹿子霖对土地伦理的背离恰成比照，作者浓得化不开的土地意识以及潜藏的价值判断于此昭然若揭，而其"耕织传家""经书济世"的儒家道德情怀亦在此得以彰显。

第三章　现代社会转型语境下百年中国文学的怀旧书写发展历程

当然，陈忠实在文本中倾注的儒家道德情怀，除却表现为其对仁义的追寻与对宗法秩序的维护，更主要的还是体现在对白嘉轩与朱先生这两位道德高标伟岸形象的塑造上。因下文已有专章论述，此处不赘。从某种意义上来说，远离走马灯似的变幻主角的辉煌舞台，尽可能地贴近大地，融入百姓的日常生活，回归到尘埃中，从与地平线齐平的观察点出发，挖掘深藏在历史地表之下的文化记忆，洞察历史风云变幻背后的民族心理，追蹑白鹿原人半个世纪的命运变迁，既是陈忠实谱写民族秘史的一条有效路径，更是其基于儒家体恤民间疾苦、维护纲纪伦常、以天下苍生为己任的道德情怀的呈现。尽管陈忠实深知历史的发展规律是轰隆隆向前，然其发自内心对传统儒家道德的频频回望乃至认同皈依，不仅导致其依违于传统与现代立场难以两全的尴尬，而且进一步在文本中制造了诸多叙事困境，留下了难以弥合的叙事罅隙。从朱先生凌空蹈虚的超凡生涯，到儒家文化后继无人的悲凉境遇，再到现实权力场中黑白颠倒的人物命运，均在在凸显了此一叙事困境。这种由历史与道德的二律背反所带来的负面效应也正是其文化怀旧的鲜明表征。

（二）白嘉轩与朱先生：儒家文化的践行与传承

《白鹿原》对儒家文化的践行与传承，主要体现在对最后一个族长白嘉轩与最好的先生朱先生两位儒家文化代表人物不遗余力地刻画上。诚如洪子诚先生所言，其"寄托着作家对于儒家文化的现代意义的信念"。① 陈忠实在《寻找属于自己的句子》中曾自言："白嘉轩就是白鹿原。一个人撑着一道原。白鹿原就是白嘉轩。一道原具像为一个人。"② 可见白嘉轩在文本中的统领作用。白嘉轩作为小说的灵魂人物，其来历也是必然中有偶然："白嘉轩这个人物确实得到过一句启示。正在酝酿这部书的时候，一位老人向我粗略地讲述了一个家族的序列。其中说到一位族长式的人时，他说这人高个子，腰总是挺得端

---

① 洪子诚：《中国当代文学史》（修订版），北京大学出版社2007年版，第350页。
② 陈忠实：《寻找属于自己的句子》，《小说评论》2008年第4期。

直直的,从村子里走过去,那些在街巷里袒胸裸怀给娃喂奶的女人,全都吓得跑回街门里头去了。当时我脑子已有白嘉轩的雏形,这几句话点出了一个人的精髓,我几乎一下子就抓住了这个人物的全部气性,顿然感到有把握也有信心写好这个人物了。"① 那"总是挺得端直直的"腰杆,是其人格与道德的具象化表现,也象征着其标杆式的族人楷模的族长身份。白嘉轩乃一介农夫,实在没有受过太多子曰诗云的正统教育,但其正直、坚韧、执着、信奉儒家文化,谨守"耕读传家"训条,白家庭院里明柱上的对联"耕织传家久,经书济世长",便是其安身立命与规训子孙的金科玉律。作为一族之长,其翻修祠堂、兴建学堂、惩治烟赌、训诫淫逆、反抗暴政、率民祈雨、安抚乡里,秉承儒家"仁义"二字行世,以"乡约"为立身依据,其顽强地接受各种力量的挑战而始终不违初衷。其对儒家文化的信奉与坚守,主要是以践行的方式体现在日常生活的言行中。小说开篇就是一句惊世骇俗之语:"白嘉轩后来引以豪壮的是一生里娶过七房女人。"这既可见出其师承柳青的印迹,更与《百年孤独》的开头:"许多年之后,面对行刑队,奥雷良诺·布恩地亚上校将会想起,他父亲带他去见识冰块的那个下午"有着异曲同工之妙。这个起首不但为文本渲染出一种宏大的男性叙事气势,而且赋予其特殊的雄性生命力想象空间。白嘉轩的与众不同就在这不寻常的起首的一瞬间被定格。白嘉轩七娶六丧,为娶妻倾家荡产仍在所不惜,其就是为了"不孝有三,无后为大"这句祖训不能落空,要遵循我国儒家文化特别强调的孝道行事。在其自己都成为爷爷辈的情况下,尚能坚持每天都抽空陪母亲白赵氏拉家常,以尽晨昏定省的孝道,殊为不易。而其拒绝黑娃与田小娥进祠堂成婚,在族人面前公开惩治狗蛋、田小娥、白孝文,都是因为他们犯了儒家文化视"淫"为万恶之首的戒律。

其重修祠堂,践行乡约也正是在外界环境的不断恶化的情况下,

---

① 陈忠实:《关于〈白鹿原〉的答问》,《小说评论》1993 年第 3 期。

第三章　现代社会转型语境下百年中国文学的怀旧书写发展历程

为了保存儒家文化的根蒂而有意识地"文化寻根"行为。诚如颜敏先生所言："《白鹿原》的人物行为方式和民情风俗透露出作家对村落家族文化熟稔老到的把握。作家的艺术直觉通达人物内心文化世界，而且无论是大规模的祭祖、祈雨和岁时礼俗，还是婚丧庆吊的人生礼俗及日常生活文化，他都入乎其内地加以感知，整体性地营造出浓厚的文化氛围。作家在展示家族文化时，显然不是为了炫耀他的人类学修养。这厚重的文化堆积是理性导引的艺术还原，渗透着作家的文化思考。"[1] 的确，文本在对"展示家族文化"进行"艺术还原"时，"渗透着作家的文化思考"：以儒家文化的"仁义"来教化乡民，规约乡里。请看祠堂修葺一新之后的情景："白鹿村的祠堂完全按照原来的格局复原过来，农协留在祠堂里的一条标语一块纸头都被彻底清除干净，正殿里铺地的方砖也用水洗刷一遍，把那些亵渎祖宗的肮脏的脚印也洗掉了。白鹿两姓的宗族神谱重新绘制，凭借各个门族的嫡系子孙的记忆填写下来，无从记忆造成的个别位置的空缺只好如此。白嘉轩召集了一次族人的集会，只放了鞭炮召请在农协的灾火中四处逃散的列祖列宗的亡灵回归安息，而没有演戏庆祝甚至连锣鼓响器也未动。白鹿两姓的族人拥进祠堂大门，首先映入眼帘的是断裂的碑石，都大声慨叹起来，慨叹中表现出一场梦醒后的大彻大悟……"白嘉轩重修被黑娃领导下的农协砸碎砸烂的祠堂，用意是非常显明的：其一是通过重绘的族谱来纪念与追怀列祖列宗，为在历次名目繁杂的运动中涣散的人心找到同根同种的源头，从而达成家族共同体的共识；其二是通过重建共同的文化记忆与身份认同的心理空间，为失去灵魂安顿之所的族人（包括已经过世的先人）建造一个灵魂安妥之所；其三是通过附设在祠堂的学校对家族的晚生后辈进行传统儒家文化教育，以葆有文化记忆，接续文化香火，让其得以世代传承。

　　从某种意义上来说，正因为有以田福贤等人"导演的猴耍"为标

---

[1] 颜敏：《文化记忆的历史：〈白鹿原〉》，《江西师范大学学报》（哲学社会科学版）1997年第3期。

志的风水轮流转的王旗变幻,才让白嘉轩清醒地意识到了没有皇帝日子该怎么过还得怎么过的重要性,才明确地意识到《乡约》作为规约族人日常生活行为的必要性,从而激起了修复《乡约》的热情:"白鹿村所有站在祠堂正殿里和院子里的男人们,鹿子霖相信只有他才能完全准确地理解白嘉轩重修祠堂的真实用意,他太了解白嘉轩了,只有这个人能够做到拒不到戏楼下去观赏田福贤导演的猴耍,而关起门来修复乡约。"果然,在诵读、践行乡约后不久,白鹿村作为"仁义村"仁义的一面又熠熠生辉地闪耀起来了。

而其接纳浪子回头的白孝文与黑娃重归祠堂祭祖,则具有多重意蕴。如果说白孝文回乡祭祖更多的是一种衣锦还乡、雪耻洗辱的世俗欲望的表达,那么黑娃回乡祭祖更多地则是为了一种真诚的忏悔,一种洗心革面、重新做人的决心,一种皈依儒家宗法传统的虔诚。而以白嘉轩为首的宗族对二者的接纳,首先意味着儒家文化的无尽魅力能令浪子回头;有白嘉轩的训子箴言为证:"黑娃离开白鹿村的当天晚上白嘉轩在上房里对孝武说:'凡是生在白鹿村炕脚地上的任何人,只要是人,迟早都要跪倒在祠堂里头的。'"其对儒家文化的自信由此可见一斑。其次代表着儒家文化的博大优容,海纳百川。黑娃在学习儒家文化后发生了脱胎换骨的变化,其认知与言行与从前迥然两样。其在拜朱先生为师时忏悔道:"兆谦闯荡半生,混帐半生,糊涂半生,现在想念书求知活得明白,做个好人。"黑娃对自己为何要学习传统儒家文化有着清醒的认知,这是其在对自己前半生的流离生涯进行痛切反省的基础上做出的决定:"学为好人。""黑娃言谈中开始出现雅致,举手投足也显出一种儒雅气度。"气质变化则意味着内在的变化,黑娃在对儒家经典的日夜吟诵与参悟中不断精进,随后竟被桃李遍天下的朱先生视为"最得意的弟子",儒家文化的教化之功在此得到了艺术化的表现。再次,象征着白嘉轩这位族长的人格感召力,其具有召唤浪子归来的能力、识见与胸怀。"白嘉轩把拐杖靠在门框上,右手扶起匍匐在膝下的黑娃。黑娃站起来时已满含热泪:'黑娃知罪了!'白嘉轩只有一个豁朗慈祥的表情,用手做出一个请君先行的手势……黑娃在木蜡上点香时手臂颤抖,跪下去时就哭起来,声泪俱下:'不孝男兆谦跪拜祖宗膝下,洗心革面学为好人,乞祖宗宽容……'朱先生也禁不住泪花盈眶,进香叩拜之后站在白嘉轩身边。"白孝文与黑娃这两位曾经的逆子先后回原祭祖,正彰显了以白嘉轩为代言人的儒家宗法文化的恒久魅力。这两次回乡祭祖都是由朱先生从中传话并达成意愿的,朱先生甚至亲自陪同黑娃回原,亲自参与黑娃的祭祖活动。作者借重朱先生在文本中地位之尊贵,来肯定白嘉轩代表族人迎接二位进祠堂参拜列祖列宗的意义之重大,其用心不可谓不良苦。

白嘉轩创办学堂,为族人子弟提供了难得的接受儒家文化教育的机会。请看学堂开馆典礼的场面描写:

> 典礼隆重而又简朴。至圣先师孔老先生的石刻拓片侧身像贴在南山墙上,祭桌上供奉着时令水果,一盘沙果、一盘迟桃、一盘点心、一盘油炸馃子。两支红蜡由白嘉轩点亮,祠堂院庭里的鞭炮便爆响起来,他点了香就磕头。孩子们全都跪伏在桌凳之间的空地上,拥进祠堂院子里的男人们也都跪伏下来。鹿子霖和徐先生依次敬了香跪了拜,就侍立在祭台两边,关照新入学的孩子一个接一个敬香叩头,最后是村民们敬香叩首。祭祀孔子的程序完毕,白嘉轩把早已备好的一条红绸披到徐先生肩上,鞭炮又响起来。徐先生抚着从肩头斜过胸膛在腋下系住的红绸,只说了一句话作为答辞:"我到白鹿村来只想教好俩字尽职尽心了,就是院子里石碑上刻的'仁义白鹿村'里的'仁义'俩字。"

族长亲自主持"隆重而又简朴"的典礼,拜的是儒家文化的最高典范"至圣先师孔老先生",请来的教书先生是关中大儒朱先生推荐的以"仁、义"二字相标榜的徐先生,其办学宗旨自不必说,当然是用儒家文化来熏陶、教化村民（尤其是晚生后辈），使其皆学为好人，行仁义之事，不负白鹿村仁义之名。纵观白嘉轩的一生，除了偷换鹿子霖的风水宝地与骗兔娃为孝义借种这两件事之外，其几乎每一重要举措都自觉以儒家仁义为行动准则，这种一以贯之的人生态度的确蕴含了一种近乎固执的伦理道德之美。

　　白嘉轩与朱先生均被作者视为"白鹿精魂"的符号化存在，如果说白家轩对儒家文化的遵循主要体现在日常生活层面，那么，朱先生对儒家文化的坚守则主要体现在精神层面。文本中的朱先生是一尊近乎完美的人格神，作者对其评价极高："砥柱人间是此峰。"其作为最后一位关中大儒，饱读诗书，"先天下之忧而忧，后天下之乐而乐"，有大济苍生的胸怀与才干，在拟定《乡约》、救济赈灾、修撰县志、开馆授徒、弘扬正气等各个方面都起到了极为重要的作用。毫不夸张地说，凡有朱先生出现的地方，几乎都可以得到一场人格与道德上的洗礼。其在白家门楼上题写的"耕读传家"匾额，不仅仅寄寓着其对白家子弟的殷切期望，更是其对农耕社会乡民安身立命之根本的形象化表达。而后其在为数不多的题字中有：为幡然悔悟的黑娃题写"学为好人"，为即将奔赴抗日战场的鹿兆海题写"砥柱人间是此峰"，莫不显示出朱先生对晚生后学包容、提携、奖掖、激励的磊落胸怀与铮铮骨气。为了凸显朱先生的与众不同，作者在文本的第二章即设置了朱先生南下讲学的情节。然而朱先生此行是失望的，由于道德修为不同与语言迥然有异，南方的开放与悠游显然很不对朱先生的胃口，"南国多才子，南国没学问"是其此次游历归来的最大感慨。作者在此有着较为强烈的褒贬倾向，意欲借南方学者的轻浮与学问的浅薄来反衬朱先生的道德自律与根基深厚。相较于以繁华著称、得风气之先的南方都市杭州而言，"自幼至今尚未走出过秦地一步"的朱先生土里土气的着装、含混难懂的方言、身正学高的做派，都有那么一点不合时宜。恰恰是这点不合时宜，为文本带来了一种怀旧的调子。朱先生的不满在某种程度上也可以说就是作者的不满，文本中对传统儒家文化的固守与认同正是建立在对以南方都市为代表的现代化进程不满之上的。

朱先生一生英豪，做过许多大事，其间最重要的事情之一是帮助白鹿村拟定《乡约》。此《乡约》来历有点特别，系作者从地方志上抄来的《吕氏乡约》。其核心内容即为儒家文化的"仁义"，由德业相劝、过失相规、礼俗相交三部分构成，从各个方面规范村民们的日常行为，实乃乡民安居乐业的"治本之道"。朱先生拟定《乡约》的初衷就是要以儒家文化的仁义为根基，为乡民们在世事无常的变化中找到那个万变中的不变，找到安身立命的依据。在朱先生将《乡约》交给白嘉轩付诸实施之后，白鹿村的景况果然有了大的改观，不但各种恶行在原上绝迹，连人们说话的声音都变得文雅起来。从文本的情节设置来看，朱先生拟定《乡约》，是为用儒家文化教化乡民的精神之父；白嘉轩以族长的身份执行《乡约》，是为用儒家文化教化乡民的实践之父。两位儒家文化的代表性人物合力推行以"仁义"为根本的儒家行为规范《乡约》，显然蕴含着不同一般的文化隐喻，寄寓着作者欲借儒家文化救世的殷切期望。

对"仁义白鹿村"仁义之举的反复渲染，是《白鹿原》文化寻根的第三大表征。"仁义村"的来历本就意味深长。其源自一个俗而又俗的寡妇一田二卖的故事。李寡妇为了将自家的田地卖个好价钱，一块地先卖给鹿子霖，后来又卖给出价更高的白嘉轩，最终惹来了白嘉轩与鹿子霖的一场斗殴与官司。随后两家在朱先生的劝解下和解，不但将田地归还给了李寡妇，而且合力出粮出钱救济她，一场争地闹剧由此转化为一场以仁义为核心内涵的正剧。滋水县令闻听后，赞白鹿村为"仁义白鹿村"，遂"凿刻石碑一块，红绸裹了，择定吉日，由乐人吹奏升平气象的乐曲，亲自送上白鹿村。碑子栽在白鹿村的祠堂院子里，从此白鹿村也被人称为仁义庄"。白鹿村在族长白嘉轩的垂范下，处处彰显着仁义的光芒。白嘉轩与家里的长工鹿三情同手足，情谊深厚；对黑娃曾经派人打断自己的腰杆不但不记恨于心，反而在其落难时愿意为其求情；白嘉轩与鹿子霖素不相睦，但当鹿兆海以抗日英雄的身份为国捐躯之际，其却真诚安慰鹿子霖，积极组织公祭；与鹿子霖共同出钱出力，发动族人兴办学堂，教育原上子弟以"仁义"为本；在民心浮动的流年里重修祠堂、践行《乡约》、凝聚人心，力争将乡民们聚集在仁义的大旗之下，来谋求乱世中的安稳生存。祠堂作为儒家宗法制度实施的现实空间，是传统宗法社会对乡民进行教化与规训的公共场所，其目的旨在弘扬传统儒家文化，在宗族范围内实现仁义。白嘉轩重修祠堂，在祠堂里办学，在祠堂前惩治烟赌、惩罚触犯性禁律者，修复乡约刻石，均以推行仁义、践行仁义、匡正世风为旨归。白嘉轩以族长的身份在上述各类活动中表现出的公正无私、刚直不阿、坚韧宽宏的品性，正体现了仁义这一至高道德准则对人立身行事的重要意义，其对村民的感召力是不言而喻的。文本中对村民同修《乡约》的场景描写很是动人："白鹿村的祠堂里每到晚上就传出庄稼汉们粗浑的背读《乡约》的声音。从此偷鸡摸狗摘桃掐瓜之类的事顿然绝迹，摸牌丸搓麻将抹花花掷骰子等等赌博营生全踢了摊子，打架斗殴扯街骂巷的争斗事件再不发生，白鹿村人一个个都变得和颜可掬文质彬彬，连说话的声音都柔和纤细了。"被学堂教师徐先生赞为"治本之道"的《乡约》，果然将白鹿村治理成了一个礼仪之邦。然而好景不长，随着鹿子霖被任命为白鹿镇保障所乡约，一切安宁祥和的景象随之烟消云散。陈忠实试图借儒家文化的精髓来为民族发展谋一现实出路的愿望在此表露无遗，但他终究是清醒的，明白理想的乌托邦撞上现实的南墙是无可避免的结局。也正是意识到了这种无可避免的悲剧结局，其在字里行间总是不经意流露出一种难以掩饰的伤悼之情。

(三) 儒家宗法伦理宰制下女性命运的悲情叙写

《白鹿原》对儒家宗法伦理宰制下诸多女性命运的叙写，在传达出作者对儒家宗法伦理强烈认同倾向的同时，又处处或隐或显地流露出难掩的悲悼意味。其对女性命运的悲情叙写，撕开了儒家文化温情脉脉的仁义面纱，直指其骨子里的血腥残忍，深切地彰显了男性与女性、传统与现代、人性与伦理道德之间不可弥合的张力。此种张力的叙写在赋予文本难得的丰厚悲凉之美的同时，也见出了作者内在的矛盾与纠结。文本中的女性形象可分为三类：其一是以白嘉轩妻子仙草、朱先生夫人朱白氏等为代表的贤妻良母型女性；其二是以白灵为代表的新时代女性；其三是以田小娥为代表的荡妇型女性。第一类女性形象各异，命运也各个不一，她们在婚恋方面都是奉"父母之命、媒妁之言"成婚，一生都遵循着古老的儒家传统训条：在家从父、出嫁从夫、夫死从子。在以男性为绝对中心的男权社会里，其作为男人的助手、陪衬、附庸乃至包袱而存在，没有自主权，也没有话语权，一切均依附男人而存在。毋庸置疑，因了作者的男性身份，男性话语霸权常常在文本中有意无意地显露出来。在白嘉轩因五娶五丧而心灰意冷决意不再娶妻之际，白赵氏规劝儿子："女人不过是糊窗子的纸，破了烂了揭掉了再糊一层新的。死了五个我准备给你再娶五个。"很难想象这几句话是出自白家门楼里温厚贤淑的媳妇白赵氏之口。传宗接代的急切与女性自我物化的自轻自贱奇妙地交融在一起，散发出一股杀人于无形的沉沉煞气。白赵氏果然说到做到，第六个新媳妇的生命逝去没几天，白嘉轩的第七房女人又吹吹打打进了门。文本中举凡出现女性，作者莫不采用传统男性视角来对其进行叙写。不独白嘉轩的第七任妻子仙草，连白嘉轩的母亲白赵氏、朱先生夫人朱白氏、白孝文第一任妻子、鹿子霖妻子、鹿兆鹏妻子鹿冷氏、田小娥甚至白灵，无论作者对其是褒是贬，其形象是正面还是反面，都要被放到传统儒家伦理衡量女性的天平上去称一称。仙草嫁入白家之后一连生了两个儿子（孝文、孝武），母凭子贵，她就可以心安理得地享受婆婆白赵氏的伺候；而一直到生下女儿白灵时，才得到白嘉轩为其烧了一碗开水的照顾，其竟然为此感动得热泪盈眶，可见传统宗法社会中女性在家庭里地位之低下。白赵氏活着的意义似乎就是为了催促儿子白嘉轩成家生子，传宗接代。朱白氏一生的事业就是相夫教子，好好照顾朱先生就是她的天命，其温厚恭谨的性情，只不过是朱先生的盖世才情在世俗层面的一个小小回响。孝文妻子在经历了孝文堕落出轨、与田小娥撕扯争夫等不堪之事后沦为村人的话柄，最终在大饥馑的年月里活活饿死在以"耕读传家"相标榜的族长家。其一生的悲剧，均与其失宠于白孝文直接相关。鹿子霖妻子对鹿子霖频频出轨、满世界认干儿子的风流行径，除了谅解别无他法。为了救下狱的鹿子霖出来，其不惜拜遍大小官员，将家里所有的黄货、白货统统用来行贿，其行为相当自觉地遵守着出嫁从夫的古训，可谓贤良的典范。鹿兆鹏媳妇鹿冷氏的命运尤其悲惨，其在新婚次日即遭抛弃，一辈子守着活寡幻想着丈夫的归来，最终患上了难以启齿的淫疯症，在众人的白眼中被父亲下药毒哑至死。因父母之命而成的这桩婚姻的结局是传统儒家婚恋伦理扼杀女性的最好证明。第二类女性白灵受过现代教育，有着强烈的现代意识，具有一切新时代女性的特质。她敢于反叛父权，自主退婚，读洋学堂，自由恋爱，参加革命，有着远高于一般流俗女子的见识与胆魄，但其骨子里仍是一名倚赖夫君的传统女性。在其以地下工作者的身份与鹿兆鹏相处之后，其所做的地下工作都是为了协助鹿兆鹏，其去延安是鹿兆鹏安排的，其在延安受到廖军长的拼死保护只不过因为她是鹿兆鹏的女人。值得注意的是文本反复强调其容貌的出众，却对其性格、人格、学识修养等方面的魅力着墨不多。说到底，这仍然是典型的传统男性叙事策略下的一个女性形象，虽不乏现代色彩，但仍未能完全跳出传统窠臼。

需要特别提及的是田小娥这个特殊的人物形象。作为《白鹿原》中刻画得最为丰满的女性形象，田小娥的命运的确值得同情。因为相貌生得好，她先是被穷困的父母嫁与郭举人做小妾，受尽屈辱；接着是与黑娃相好，意欲成亲却被以族长白嘉轩与家长鹿三为代表的族人拒之门外；再是黑娃落难时被鹿子霖趁人之危诱奸；其后是因与狗蛋莫须有的奸情而被族人当众惩治；最令人不是滋味的是其在鹿子霖一手操纵下引诱白孝文走入堕落之途；其最终的结局是为代表儒家宗法伦理的公公鹿三所杀。回顾田小娥短暂却又多灾多难的一生，其几乎经历了传统女性在宗法伦理下所能经受的一切屈辱与磨难，在以"万恶淫为首"的传统训条的淫威之下，在性道德上远非无懈可击的田小娥最终被置于道德祭坛上饱受批判与惩处，其悲剧命运几乎可以说是注定的。作者对田小娥的态度是矛盾的，既欲祭起儒家传统的道德大旗批判其不守妇道、放荡成性，又试图从人道主义立场出发，对其如浮萍般始终无法把握自己的命运而终至于命丧黄泉的悲剧人生表示深切的同情。如对其与黑娃之间的真情、其在白孝文落难后的忏悔、乃至其对鹿子霖的下意识反抗，尤其是对鹿三被田小娥鬼魂附体申诉冤情等场面的叙写，都闪现出人性的光芒，一个敢爱敢恨、富有人情味的妖媚女子形象跃然纸上。但作者对待田小娥的态度终究是服从儒家宗法伦理的，这在文本随后出现的瘟疫肆虐原上、田小娥骨殖被焚毁并被镇压在六棱塔下等情节的设置上得到了鲜明的体现。值得关注的不是一个被冤杀的弱女子化身为一场瘟疫来进行报复这个故事本身，而是作者在叙写这个故事时所采取的立场。我们非常遗憾地看到，成书于1990年代的《白鹿原》，在叙写该故事时没有表现出丝毫的现代意识，在瘟疫被默认为田小娥带来的灾难之后，提出焚毁其骨殖并建塔镇压的人竟然是德高望重的朱先生。在朱先生与白嘉轩的合力领导之下，田小娥的骨灰与魂魄被族人成功镇压在六棱塔下，一场夺去包括白嘉轩妻子仙草在内的多人性命的瘟疫终于从原上退去。平心而论，从纯粹民俗学的角度这样来写的话也未尝不可，但陈忠实自陈其写作目的是要为民族谱写一部秘史。何为秘史？雷达先生对此有着精辟的阐释："秘史之'秘'，当指无形而隐藏很深的东西，那当然莫过于内心，因而秘史首先含有心灵史、灵魂史、精神生活史的意思。"[1] 作者对儒家宗法伦理如此惨无人道地打压、毁灭一个毫无反抗力的弱女子，不但没有突入儒家文化的内部深层进行任何反思性批判，反而对其进

---

[1] 雷达：《废墟上的精魂——〈白鹿原〉论》，《文学评论》1993年第6期。

行全方位认同,这种将儒家文化中的糟粕当作精华加以褒扬的倾向实在是值得我们反思的。

(四) 儒家文化精神与实践层面的双重挽歌

必须承认的是,《白鹿原》在对儒家文化倍加礼赞并高度认同的同时,并"没有完全回避以'传统'文化支撑的个人、家族、村落,在现代观念、制度的包围、冲击之下出现破裂与溃败的命运的揭示",① 始终带有一种挥之不去的哀惋的情愫。"这也是小说中的失败感和浓郁的'悲凉之雾'产生的根源。"② 从这一意义上说,《白鹿原》既是一支儒家文化的赞歌,又是一支儒家文化的挽歌。雷达先生认为:"陈忠实在《白鹿原》中的文化立场和价值观念是充满矛盾的:他既在批判,又在赞赏;既在鞭挞,又在挽悼;他既看到传统的宗法文化是现代文明的路障,又对传统文化人格的魅力依恋不舍;他既清楚地看到农业文明如日薄西山,又希望从中开出拯救和重铸民族灵魂的灵丹妙药。这一方面是文化本身的两重性决定的,另一方面也是作者文化态度的反映。如果说他的真实的、主导的、稳定的态度是对传统文化的肯定和继承,大约不算冤枉。"③ 从开篇到结尾,小说从诸多人物命运的叙写与场景的设置等方面都传达出了上述信息。白嘉轩如是,朱先生如是,白灵亦如是。如白嘉轩数十年来在一次次反复轮转的政治斗争中愈来愈不得其位,在官、兵、匪相继肆掠原上的兵荒马乱年代,其意欲维持"仁义白鹿村"昔日的荣光亦愈来愈感到力不从心。其在小说快结尾时一改既往的坚韧执着,变得善于审时度势,并主动放弃了多年来一直坚守的族长职责:"各位父老兄弟!从今日起,除了大年初一敬奉祖宗之外,任啥事都甭寻孝武也甭寻我了。道理不必解说,目下这兵荒马乱的世事我无力回天,诸位好自为之。"其一贯坚守的知其不可为而为之的儒家入世精神在这篇演说中荡然无存。

---

① 洪子诚:《中国当代文学史》(修订版),北京大学出版社2007年版,第350页。
② 洪子诚:《中国当代文学史》(修订版),北京大学出版社2007年版,第350页。
③ 雷达:《废墟上的精魂——〈白鹿原〉论》,《文学评论》1993年第6期。

第三章 现代社会转型语境下百年中国文学的怀旧书写发展历程

在生命的晚年，却不得不放弃自己多年来一以贯之的立身处世准则，白嘉轩的悲剧性命运也在这几句短短的话语中被揭橥无遗。此外，陈忠实对白嘉轩人格复杂性的多角度探寻，在增加作品厚度的同时也将反思的深度往前推进了一步。白嘉轩作为儒家文化实践层面的代言人，显然远非道德完人，其在处心积虑谋取鹿子霖的风水宝地与利用兔娃移花接木传宗接代这两件至关重要的事情上都是典型的损人利己者，严重背离了其自我标榜的"从未做过见不得人的事情"的道德准则。白嘉轩的上述种种言行，再加上其最终得意于心狠手辣的大儿子白孝文的出任县长，显然意味着儒家文化在践行层面的没落。尤其令人深思的是小说的结尾，不择手段的白孝文坐稳了滋水县县长的交椅，而真正学为好人的黑娃却死于非命，被白孝文以反革命的罪名枪杀。白嘉轩在得知黑娃被判死刑的消息之后，立即前往县城搭救。于是有了如下一段对话：

  ……白嘉轩捏着茶杯又重复一遍："我今日专意担保黑娃来咧。"白孝文却哈哈一笑："新政府不瞅人情面子，该判就判，不该判的一个也不冤枉，你说的哪朝哪代的老话呀！"白嘉轩很反感儿子的笑声和轻淡的态度："黑娃不是跟你一搭起义来吗？容不下他当县长，还不能容他回原上种地务庄稼？"白孝文突地变脸："爸！你再不敢乱说乱问，你不懂人民政府的新政策。你乱说乱问违反政策。"

知子莫若父，白嘉轩的一番犀利言辞证明他完全知晓白孝文的所有阴暗心理与厚黑手段。但此刻他已经无力回天，儿子突然变脸让他意识到了今非昔比，更让他意识到了县长与族长之间的权力等差，他只能到此为止了。然而毕竟人命关天，黑娃又是鹿三的儿子，见死却相救不得给其留下了心结，所以才有了其后来的"听到了一串枪响，眼前一黑就栽倒在门坎上"的举动。白嘉轩付出的代价不止一只眼睛，骤然增多的白发也在暗示着其饱受良知与道义的煎熬，或者更准

181

确地说，他是在用自己身体的残废来为儿子赎罪。可他终于还是接纳了白孝文及其不择手段攫取的权力。"龙种到底是龙种"，为了这句乡人的称赏，白嘉轩连刀子都吞得下去。黑娃死在了白孝文指挥的枪口之下，这有点出乎意料的黑白颠倒的结局，足见作者对丰富幽微的人性洞察之深彻，同时也见出其试图以儒家文化来救世的梦想破灭之后的悲哀。此外，作为白鹿精灵化身的白灵死于非命，更进一步加深了小说的悲悼意味。

对传统儒家文化的人格神朱先生悲剧性命运的叙写同样充满着悲悼的意味。朱先生虽品行高洁，学富五车，然其应邀到南方讲学却遭到南方同人的奚落与年轻学子的怠慢；其亲自主持抗日民族英雄鹿兆海的公祭，事后方知鹿兆海根本就上不了抗日战场而只能沦为内战的牺牲品；其率领八位修撰县志的老先生投笔从戎奔赴战场被劝阻；其从被历届县令奉为乡贤倍加礼遇到向新县令讨要出版县志的经费被拒；其在接受黑娃为关门弟子之前反复劝其不要读书，甚至宣称自己都不再读书了……与其当年只身退兵、禁毁鸦片、赈灾济困、拟定乡约、开馆授徒等壮举相较，朱先生的上述种种经历，无不或隐或显地透露出叙事者的焦灼：以朱先生为代表的儒家文化与现实的时时抵牾所彰显出来的内在张力，事实上即意味着以仁义为核心的儒家文化在精神层面的没落，意味着古老的儒家文化在应对时代变迁时的无力与无奈，意味着其衰落已经无可避免。

综上可见，尽管陈忠实在《白鹿原》中对儒家文化过往的辉煌频频回望，由衷礼赞，并希冀借儒家文化的仁义精髓来为当下的民族生存与发展谋求一条现实的出路，然其终究是清醒的，其在对儒家文化表现出强烈的认同倾向的同时，不得不面对儒家文化在迥异于传统的现代历史进程中所遭遇的无奈与尴尬。陈忠实曾坦言："我确实也看到很多人提倡传统文化的东西，但这个构建相当困难。"[①] 其

---

① 杨晓华：《陈忠实：白鹿原上的文化守望》，《中国文化报》2013年3月6日。

情形诚如南帆先生所言:"的确,这是一个无情的事实:现代社会的崛起也就是儒家文化渐行渐远的历史。三纲五常或者克己复礼逐渐成为怀旧的谈资,这些范畴愈来愈少地进入现今的历史叙事。"① 正是从这一意义上而言,《白鹿原》同时奏响了儒家文化精神与实践层面的双重挽歌。

二 贾平凹的怀旧书写——以《废都》为例②

20世纪90年代贾平凹的怀旧书写的代表作是1993年出版的长篇小说《废都》。《废都》被贾平凹自己界定为能安妥灵魂的小说。其间既有弥漫全篇的关于一个富有历史积淀的城市的记忆,又有现代社会转型期都市社会中农耕文化命运的寓言式表达。从这一意义上而言,《废都》蕴含着双重怀旧。其既是对一个有着辉煌历史的古城在现代化的进程中逐渐失去本来面目的无尽哀悼,又是对于城乡冲突中乡村文明节节败退惨状的痛心回望。

这部作品在为作者带来了巨大声望的同时,也将其推至被非议、被批评乃至被查禁的风口浪尖。具体情况请参看张涛《贾平凹创作年表简编》:"1993年7月长篇小说《废都》发表在《十月》第4期。同时,单行本《废都》由作家出版社出版,首印50万册。8月11日中午,中央人民广播电台播出了《废都》上市引起轰动的消息。8月11日,陕西经济广播电台和陕西省作协联合举办了《废都》座谈会。《废都》发表、出版后,饱受争议,其中招致了非常严厉的批评,多位著名的文学批评家都撰文批评贾平凹的《废都》。以《废都》为争议中心,出版了十余本有关贾平凹的文学创作、评论集,诸如《〈废都〉之谜》、《〈废都〉废谁》、《失足的贾平凹》、《〈废都〉滋味》等。出版不到半年时间,《废都》被北京市出版局以'格调低下,夹杂色情描写'为由查禁。《废都》被查禁后,盗版《废都》风起云涌,

---

① 南帆:《文化的尴尬——重读〈白鹿原〉》,《文艺理论研究》2005年第2期。
② 文中所有未标注出处的小说引文,均引自贾平凹《废都》,作家出版社2009年版。

183

据统计，累计的盗版数量超过1200万册。"① 直到2008年贾平凹的《秦腔》获得茅盾文学奖，关于其创作的争议才略告一段落。2009年7月，《废都》与《浮躁》、《秦腔》一道，合为《贾平凹三部》，由作家出版社重新出版，被禁16年之久的《废都》终于重见天日。此次重版与当年初版铺天盖地的高调宣传迥然两样，出版方甚为低调："不能说《废都》已经解禁，只是贾平凹本人对作品进行了修改，此次重新推出的是修改版。贾平凹10年出一本书，我们把他30年出的三本书做成《贾平凹三部》，包括《浮躁》、《废都》和《秦腔》。"②

反思现代性，直面现代化的后果，是贯穿贾平凹创作始终的一个主题。这一点极为鲜明地体现在其传统与现代，城市与乡村两相对立的叙写模式上。如果说传统与现代是在时间维度上的对立，那么，城市与乡村则是在空间维度上的对立。贾平凹在写作《废都》时，已经在西安城里生活了二十年。其对西安的深情厚谊与熟悉了解，在散文《西安这座城》里体现得极为鲜明："时至今日，气派不倒的，风范依存的，在全世界的范围内最具古城魅力的，也只有西安了。它的城墙赫然完整，独身站定在护城河上的吊板桥上，仰视那城楼、角楼、女墙垛口，再怯弱的人也要豪情长啸了。大街小巷方正对称，排列有序的四合院和四合院砖雕门楼下已经幽黑如铁的花石门墩，你可以立即坠入了古昔里高头大马驾驶了木制的大车喤喤喤开过来的境界里去。"③这种对西安历史遗存所激发的关于汉唐盛世风范与气派的豪情想象，在在泄露了作者以传统文化守灵人自居的身份设定。作者站在历史的立场指斥现代化对传统文化的肆意破坏与毁败。在全球性的现代化洪流席卷而来之际，其建基于文化忧思之上的都市欲望叙写，是如此触目惊心，具有振聋发聩的效果。对此，雷达先生等人有着精辟的论断："我欣赏'废都'二字，一个'废'字，有多少世事沧桑！……透过知

---

① 张涛：《贾平凹创作年表简编》，《文艺争鸣》2012年第10期。
② 蔡震：《〈废都〉没解禁只出修改版》，《扬子晚报》2009年7月29日。
③ 贾平凹：《西安这座城》，《北京文学》1992年第11期。

第三章　现代社会转型语境下百年中国文学的怀旧书写发展历程

识分子的精神矛盾来探索人的生存价值和终极关怀，原是本世纪许多大作家反复吟咏的主题，在这一点上，《废都》与这一世界性文学现象有所沟通。但《废都》是以性为透视焦点的，它试图从这最隐秘的生存层面切入，暴露一个病态而痛苦的真实灵魂，让人看到，知识分子一旦放弃了使命和信仰，将是多么可怕、多么凄凉；同时，透过这灵魂，又可看到某些浮靡和物化的世相。"①《废都》透过对都市欲望的叙写，将一群被欲望攫住的男女在欲海里沉浮挣扎的无奈与悲哀呈现在读者面前。以庄之蝶为代表的价值失衡、道德沦丧、无家可归的都市游魂形象，彰显了作者对寄居都市中的知识分子面临的人文精神危机的严肃思考。庄之蝶是一位靠才华起家的作家，原本清净自守，品行端正，但随着声名日隆，在浮躁的欲望之都的刺激下，其欲望与私心也日益膨胀，终至于走上了道德堕落之途而一发不可收。于情于友，庄之蝶基本上都是以自我利益为出发点的。其不但放荡无耻地追逐女色，利用女人巴结权贵，而且不顾多年情面，趁老友之危谋一己之利。其与唐婉、柳月、阿灿等众多女性的关系，除了本能的互相吸引外，彼此利用也是非常重要的一个方面。为了自己能赢得与景雪荫的名誉官司，不惜将情人柳月许给市长的残疾儿子为妻。而来自乡村的小保姆柳月也在其腐蚀性的言行熏染下日益失其天真，走上了追逐欲望的不归路。更让人难以接受的是其在好友龚靖元赌博被捕时落井下石，以极低的价格一举收购龚费了半生心血收藏的大半精品书画。为避免良心谴责，其说辞则更是让人大跌眼镜："咱为开脱这么大的事，争取到罚款费了多大的神，也是对得起龚靖元的。既然龚小乙烟瘾那么大，最后还不是要把他爹的字全输出去换了烟抽，倒不如咱收买龚靖元的字。"其虚伪丑陋、见利忘义之心性实在是令人齿冷。作者在此毫不留情地撕破了庄之蝶之流的道德遮羞布，还原了一个猥琐小人的形象。不得不指出的是，庄之蝶对待女性的态度是极其传统的。

---

① 雷达等主编：《贾平凹研究资料》，山东文艺出版社2006年版，第256页。

男权社会菲勒斯中心主义在他与多名女性交往的过程中体现得极为鲜明。这些女性无一例外都对庄之蝶一见钟情，具有强烈的人格依附性。而庄之蝶对她们夹杂着猥亵与侮蔑的爱慕与欣赏也是典型的传统士大夫对待女性的态度。不能说庄之蝶对女性的疯狂追逐里没有一丝上下求索、自我探寻的意味，但充斥全篇的欲望宣泄显然遮蔽了这一隐藏的内涵。其空虚的灵魂日日煎熬，总是急切地妄想从现实中抓住点什么，来填塞心中无尽的空洞，可他能抓到的无非一个个别有所图的女人。庄之蝶与诸多女性的欲望纠缠，并没有如其所愿找到生存的意义与本真的自我，只是令他陷入了更深的沉沦。于是他最终选择了出走。这不由得让人想起了鲁迅那篇著名的杂文《娜拉走后怎样》。鲁迅在文中给出的结论够简单也够狠：不是堕落，就是回来。庄之蝶走后又会怎样呢？他终究没能离开西京。

贾平凹对传统文化被轰毁、被碾压、被遗忘的痛心疾首在看似平静的承受中显示出来。这首先显示在西京文化代表——四大文化名人——之废。西京城里的作家庄之蝶、书法家龚靖元、画家汪希眠、音乐家阮知非这四大文化名人身上散发出来的末日气息是如此浓烈，其在本真性不断丧失的堕落过程中完全迷失了自我，其结局最后是死的死，废的废，不但整座城废了，连代表这座古城传统文化各个面向的人都一起废了。贾平凹有一段自我陈述值得玩味："西安可说是一个典型的废都，而中国又可以说是地球格局中的一个废都，而地球又是宇宙格局中的一个废都吧。这里的人自然有过去的辉煌和辉煌带来的文化重负，自然有如今'废'字下的失落、尴尬、不服气又无奈的可怜。这样的废都可以窒息生命，又可以在血污中闯出一条路子。而现在，就是一种艰难、尴尬的生存状况。"[①] 作家庄之蝶终日追逐女色无心写作，屑小之辈环绕左右；书法家龚靖元沉溺于赌博而终触法网；画家汪希眠以仿制名画、炮制赝品牟利求名；音乐家阮知非则干起了

[①] 贾平凹：《〈废都〉创作之秘——贾平凹答编辑问》，《羊城晚报》1993 年 8 月 13 日。

经纪人的勾当，为了挣钱无所不用其极。废都之废，在这四位文化名人身上得到了生动演绎。在社会转型时期，庄之蝶的遭际反映了当下具有古典气质的中国文人的失落与颓废消极的生活和精神状态。他才华横溢、自命不凡、多愁善感、浪漫放荡、见利忘义等多重形象是外因与内因交织作用的结果。作者在写尽一群文化人"失落、尴尬、不服气又无奈的可怜"之余，点出了创作《废都》的初衷，其正是作者不甘于被"窒息生命"，欲从"血污中闯出一条路子"来的倔强抗争。

废都之废，其次表现在古城富有历史积淀的文化遗存被逐一毁去。文本中多次出现古建筑被毁的场景。如赵京五居住的四合大院曾是高门大户的府邸："门楼确是十分讲究，上边有滚道瓦槽，琉璃兽脊，两边高起的楼壁头砖刻了山水人物，只是门框上的一块挡板掉了；双扇大门黑漆剥落，泡钉少了六个，而门墩特大，青石凿成，各浮雕一对麒麟；旁边的砖墙上嵌着铁环，下边卧一长条紫色长石。"可市长却决定要在此地"修建一座体育馆，一大片房子就得全拆"。在现代化的市政规划中，拆掉成片的承载着城市记忆的古建筑，是再自然不过的事情。这不由得让人想起了当年梁思成力阻拆毁北京老城的旧事。历史的错误在不断地重演。拆掉旧城建新城，以摧枯拉朽之势抹去一切关于这座城市曾经的堂皇气象的记忆，是多么干脆利落的一件事。有关城市的记忆逐渐消逝了，城市被斩断了来路，没了根底，城市人一颗颗茫然无措的心无处安放，他们仿佛一群无家的游魂四处飘荡在西京这个鬼魅世界。19世纪的美国作家爱默生曾经提出过一个著名论断："城市靠记忆而存在。"城市记忆的功能则"在于保持城市历史文化的连续性和身份特征，加强城市居民的认同感和凝聚力，塑造城市的场所精神与文化"。[①] 如果说周敏、唐婉、柳月等人是从乡村来都市冒险的淘金者，城市记忆的有无与其当然不甚相干；那么，对于长居西京的庄之蝶、龚靖元、阮知非、汪希眠、赵京五等人而言，城市记

[①] 朱蓉：《城市记忆与城市形态——从心理学、社会学视角探讨城市历史文化的延续》，博士学位论文，东南大学，2005年。

忆的重要性就不言而喻了。他们是在城市中生、在城市中死的一群人。西京是其安身立命之所在，是其追名逐利的一个巨大名利场。没有了西京以及关于西京的记忆，他们就什么都不是。关于西京的城市记忆构成了其灵魂至关重要的一部分。著名城市理论家刘易斯·芒福德在其皇皇巨著《城市发展史：起源、演变和前景》中指出："历史性城市，凭它本身的条件，由于它历史悠久，巨大而丰富，比任何别的地方保留着更多更大的文化标本珍品。人类的每一种功能作用，人类相互交往中的每一种实验，每一项技术上的进展，规划建筑方面的每一种风格形式，所有这些，都可以在它拥挤的市中心区找到。那种巨大浩瀚，那种对历史和珍品的保持力，也是大城市的最大价值之一。"[①]西京就是这样一座有着辉煌历史的历史性大城市，其价值自是不可估量。可这座千年古城却正在历经"改变"、"重生"和"再造"，使其遭受丧失记忆、被遗忘、被恣意切割重组的折磨。在现代社会转型时期，城市快速更新，历史屡屡被遗忘，城市记忆需要重新评估以确定和巩固其在城市共同体中的重要作用。旧的城市记忆在大兴土木的各项工程中逐渐淡出人们的视野，新的城市记忆正在形成。庄之蝶们目睹了一座历史悠久、随处可拾得秦砖汉瓦的千年古城怎样一步步被现代化这个怪物逼得走投无路，变成一个日益浮躁、势利、浅薄、喧嚣的现代都市。眼前的这个西京面目模糊、来历不明。一座座精美的楼院被推倒，一条条古巷被拆除，新的高楼建起来了，新的街道修起来了，可属于城市人的特殊的城市记忆承载体却再也回不来了。曾经那么熟悉的城市从眼前消失了，城市人成了自己城市的陌生人。也正是这种陌生的与被驱逐的感觉，导致了庄之蝶与周敏的出走。

  小说快结尾时，预备出走的庄之蝶"抬起头来，那北门洞上挂着'热烈祝贺古都文化节的到来'的横幅标语，标语上方是一面悬着的牛皮大鼓。庄之蝶立即认出这是那老牛的皮蒙做的鼓。鼓在风里呜呜

[①] ［美］刘易斯·芒福德：《城市发展史：起源、演变和前景》，倪文彦、宋峻岭译，中国建筑工业出版社2005年版，第573页。

第三章 现代社会转型语境下百年中国文学的怀旧书写发展历程

自鸣。"伴随推土机所向披靡的轰鸣声，一座座古建筑被推倒、摧毁。在历史遗存被破坏殆尽、近乎废墟的古城"热烈祝贺古都文化节的到来"，并在标语之上悬挂象征农耕文明的牛皮大鼓，这一切在被迫出走的庄之蝶眼里看来，是何等不伦不类、自我颠覆的讽刺性场面。鼓"呜呜自鸣"发出的世纪末的哀音弥漫全篇，为文本带来了浓浓的怀旧情调。而庄之蝶，既作为参与者以其行动加速西京的衰败，同时又时时跳脱出来充当一个略带忧伤的见证者："他也不知道自己要来这儿干什么，整响整响在推土机推倒残墙断壁的轰鸣声中，看那一群上了年纪蹲在土堆上唠叨的人。"赵京五说也想让他去自己家那儿看看。因为赵家住的是旧式四合院，马上要拆，他要再不去看，便再也看不到了。赵京五直接说白了，请庄之蝶来看自己住的院子，就是为了他哪天能将所见所闻写下来。这种看似闲散的"看"，其实正体现了作者有意识地要保留历史痕迹、记录一个城市曾经的过去的一种努力。显然，作者是不甘于就这样毫无作为地任凭一个承载着千年丰厚历史文化的城市死去，至少，他可以充当一个记录曾经存在的记录者。事实上，绝非西京一座历史性城市面临这种毁灭性的命运，"城市社会已经发展到了一个分岔路口。这时，如果对历史有了深刻的了解，对那些至今依然控制着人类的古老决定有了高度的自知，我们就有能力正视如今人类面临的迫切抉择：这一抉择无论如何终将改造人类。即是说，人类或者全力以赴发展自己最丰富的人性，或者俯首听命，任凭被人类自己发动起来的各种自动化力量的支配，最后沦落到丧失人性的地步，成为'同我'，即所谓'史后人类'。这后一种抉择将使人类丧失同情心、情感、创造精神，直至最后丧失思想意识"。[①] 刘易斯·芒福德对城市可能的两种命运有着透彻的分析，并特别指出后一种选择的严重后果：人性丧失。贾平凹对城市历史遗存被摧毁的焦虑，应该说在很大程度上也是基于对

[①] ［美］刘易斯·芒福德：《城市发展史：起源、演变和前景》，倪文彦、宋峻岭译，中国建筑工业出版社2005年版，第2页。

现代文明令人性沦丧的担忧。

《废都》传达的是一种末世哀音，建构的是一种颓废之美。这在其精心营造的氛围里能强烈地感觉到。各种违背常情的异事层出不穷，老牛在城市中死去，牛皮被剥下来做成了一面大鼓，成片的古建筑被夷为平地，周敏吹奏的埙音，庄之蝶爱听的哀乐，一次次死亡场景的呈现……这一切共同构成了一个巨大的死亡场域，活现出一幅群魔乱舞、哀音四起的末世乱象。值得注意的是文本中叙写庄之蝶与周敏谈论听吹埙的感受："你闭上眼慢慢体会这意境，就会觉得犹如置身于洪荒之中，有一群怨鬼呜咽，有一点磷火在闪；你步入了黑黝黝的古松林中，听见了一颗露珠沿着枝条慢慢滑动，后来欲掉不掉，突然就坠下去碎了，你感到了一种恐惧，一种神秘，又抑不住地涌动出要探个究竟的热情；你越走越远，越走越深，你看到了一疙瘩一疙瘩涌起的瘴气，又看到了阳光透过树枝和瘴气乍长乍短的芒刺，但是，你却怎么也寻不着了返回的路线。"这是对于无根的都市生存的极好表达。一群被幽怨、神秘、恐惧击中的彷徨于无地的都市游魂，迷失在欲望的汪洋大海，怎么也回不了家，"怎么也寻不着了返回的路线"，四处流离漂泊由此成为其命定的归宿。文本有意采用的旧小说口吻更加深了颓废的意味。吴亮在《城镇、文人和旧小说——关于贾平凹的〈废都〉》一文中对《废都》有着相当不客气的批评："当人们普遍认为文化正在下滑，对史诗不再抱有希望，写作陷于困境，精神价值完全不被提起的历史隙缝中，突然出现这样一部渗透着旧式颓废感，将窥视镜伸进文人圈层，指涉他们的轶事、丑闻、隐私乃至床帏秘戏；闪烁其词地也是蜻蜓点水式地提及政经背景，用搜集来的人们早已耳熟能详的街头谣辞来替代社会景观的如实描述；过分自恋，沉溺于一己的虚无主义；以狎妓心态对待女人，以神秘的定数论迷雾来消解世间的知识理性从而使旧文化糟粕大行其道；用传统乡村和民间语汇来记述一个20世纪末的'小城故事'，让人们从一面乡土折射镜中去了解一群新时代的旧文人——这种种自命不凡同时又自我封闭的倾向所构成

第三章 现代社会转型语境下百年中国文学的怀旧书写发展历程

的长篇小说，的确是耐人寻味的。"① 尽管吴亮的批评显得有点过于严厉，但他的确击中了贾平凹的致命要害。怀旧与颓废，与其说是《废都》的两大主题，毋宁说是《废都》唯一的主题——死亡的内容与形式。怀旧是死亡的内核，颓废是死亡的审美形式。颓废美学的一个代表性符号是那头被赋予哲学家理性意识的牛。这头牛从附近的村庄来到被现代文明统治的城市，却与城市格格不入。其以焦虑与敌意来抵抗城市对其的异化，但面对时代洪流，除了在内心深处不断地悲悼已经逝去、正在逝去的农耕文明，怨恨正在轰隆隆破坏一切宁静和谐的现代文明之外，它对百事皆无能为力，最终自身难保，仿佛命中注定般死在了城市，成了理性被破坏、被毁灭的又一颓废象征。

在城乡文化对立冲突的过程中，城市以其快速高效、舒适便捷的现代生活展示出无可比拟的优越性，而乡村文明则在城市文明的步步进逼之下逐渐走向衰败，乃至消亡，诸多饱含乡俗民情的民俗文化亦随之日渐式微。作者站在乡村的立场批判都市的物欲横流，价值失范。小说借周敏之口，唱出了来自乡村、无法在都市立足的漂泊者灵魂无处安放的悲歌："我走遍东西，我寻访了所有的人。我寻遍了每一个地方，可是到处不能安顿我的灵魂。"城市文明这把双刃剑，在用各种物质享受与欲望满足来诱惑人们沉溺其间的同时，又对人们实行残酷的剥夺，自我泯灭，灵魂漂泊，精神家园无所追寻，是都市人不得不付出的沉重代价。那张巨大的牛皮鼓原本的存在形式，是一头奶牛，其从乡村迁徙到了都市，见证了西京汉风唐韵逐渐消亡这一历史进程，其自身则在命运之槌的重击之下，发出了末世的哀音。在被榨干之后被宰杀，是如哲学家一般的奶牛进城的宿命。整张牛皮被做成了一面巨大的鼓，悬挂在城门上方，仿佛被钉在十字架上的耶稣，以受难者的形象从另一个世界俯瞰芸芸众生，时时警醒着城里远离大自然、没有灵魂、徒存欲望的一群生灵。

---

① 吴亮：《城镇、文人和旧小说——关于贾平凹的〈废都〉》，《文艺争鸣》1993 年第 6 期。

文本最后的出走意味深长：周敏与庄之蝶都准备从西京出走，却在火车站狭路相逢。他们共同的目的地是南方：

> 他转过身来就走，在候车室里，却迎面撞着了周敏。两个人就站住。庄之蝶叫了一声："周敏！你好吗？"周敏只叫出个"庄……"字，并没有叫他老师，说："你好！"庄之蝶说："你也来坐火车吗？你要往哪里去？"周敏说："我要离开这个城了，去南方。你往哪里去？"庄之蝶说："咱们又可以一路了嘛！"两个人突然都大笑起来。周敏就帮着扛了皮箱，让庄之蝶在一条长椅上坐了，说是买饮料去，就挤进了大厅的货场去了。等周敏过来，庄之蝶却脸上遮着半张小报睡在长椅上。周敏说："你喝一瓶吧。"庄之蝶没有动。把那半张报纸揭开，庄之蝶双手抱着周敏装有埙罐的小背包，却双目翻白，嘴歪在一边了。

周敏是决绝地要离开这个无法帮助他实现野心的地方，他要去南方。西京于他，本就没有什么情分可言，他是可以毫无挂念地离开西京的。可庄之蝶的选择显然没这么简单。一方面在理智上他是彻底厌倦了西京这座城："这么大个西京城，于我又有什么关系呢？这里的什么真正是属于我的？只有庄之蝶这三个字吧。可名字是我的，用的最多的却是别人！"另一方面，在情感上，在文化渊源上，他又无法割舍这座成全了他又毁了他的城市。他对西京真是爱恨交加。当初他离开乡村来到西京，西京接纳了他并赋予其事业与情感上的种种成功。其后为盛名所累，陷身于桃色官司与各种情欲纠葛，终至于在现实的威迫之下试图逃离西京，去传说中的自由南方谋求发展，可最终到底没走成，他倒在了火车站。他的这一结局，与其说是偶然，不如说是必然，是其不愿离开西京却又不得不离开西京的最佳选择。在必须离开血肉相连的这座城时，他倒下了。他走不了。他生是西京的人，死是西京的鬼。离开了西京，他庄之蝶就不是庄之蝶了。西京已经融入他的血液与灵魂,他不愿割舍也无法割舍,于是,死亡(或者中风)①在离别来临的一刹那选择了他,或者说他选择了死亡。庄之蝶终于和即将死亡、正在死亡的传统文化、西京古城一起死去。废都,一废百废。其结局是如此令人绝望,没有提供任何赎的可能,要么走,要么死。废都,只是一片文化荒漠,不宜人居。一切生机与活力终将被彻底埋葬。这是对于现实过于清醒的认知而致的一种冷静的想象与判断,虽不无悲观,倒见出难得的透彻。作者在世纪末发出末世哀音,不断回望那曾经的繁华,在现实中却无能为力,只能成为一个古城消亡的见证者。于是,为古城谱写一曲挽歌就成了他宿命的担承——《废都》由此得以诞生。

三　王安忆的怀旧书写——以《长恨歌》为例②

王安忆的长篇小说《长恨歌》,是为怀旧文本的典型范例。其有意打破故事正常流程、一唱三叹的慢节奏的叙述,对上海弄堂、流言、闺阁、鸽子以及王琦瑶式的女人的细致描绘与精警分析、议论,对作为边角料的人生绵绵不绝的长久关注,对四十年前上海繁华生活之影的极度留恋与对其无可奈何消逝的哀婉与叹惜,以及对当今上海的种种不称心与无形鄙薄,无不传达出一种极其浓厚的怀旧情结。可以说,《长恨歌》是一曲繁华旧上海的挽歌,是一部对四十年来上海由沉潜趋于浮躁、由精致滑向粗糙、由优雅坠入粗俗的怀旧感伤史。

《长恨歌》开篇长达一万二千多字洋洋洒洒的铺叙,基本上给小说定下了格调:小说的灵魂是怀旧,而不是它叙述的故事。故事在此只不过是为怀旧提供了一个框架,一个载体。而故事情节的时常中断,小说的发展常常由时间顺序的推进转换成空间维度的拓展,也就顺理

---

① 庄之蝶最后到底是死了还是中风了,其实都不重要,重要的是他正如刘易斯·芒福德所说的"失去了思想意识",即"丧失了人性"。笔者宁愿相信他是死了。对他来说,死是比中风更为决绝的选择。

② 文中所有未标注出处的引文均引自王安忆《长恨歌》,作家出版社1995年版。

成章地要服从于一个主题——怀旧。正如海德格尔所言:"任何一种存在之理解都必须以时间为其视野。"①《长恨歌》的怀旧情结就是建立在对时间的独到领悟与精确把握的基础上的。文本中对时间的描绘与议论有许多神来之笔,精彩之例比比皆是:"太阳在空中渡着它日常的道路,移动着光和影,一切动静和尘埃都已进入常态,是日复一日,年复一年。"邬桥"是时间的本质,一切物质的最原初",是"带有永恒意味的明证,任凭流水三千,世道变化,它自岿然不动,几乎是岁月和人的真理"。飞翔在上海屋顶上的鸽群,一代一代虽在替换,可作为总体,它们却是万物流变中的一个永远不变,是时间的化身、命运的见证。王琦瑶对于时间更是别有一番体悟:"她想,'光阴'这个词其实该是'光影'啊!谁说时间是看不见的呢?分明历历在目。""有谁比王琦瑶更晓得时间呢?……窗帘起伏波动,你看见的是风,王琦瑶看见的是时间,地板和楼梯脚上的蛀洞,你看见的是白蚂蚁,王琦瑶看见的也是时间。星期天的晚上,王琦瑶不急着上床,谁说是独守孤夜,她是载着时间飘呢!"而人生苦短的慨叹,则又给小说染上了一抹悲观绝望的色彩:"他(康明逊)望着窗外对面人家窗台上的裂纹与水迹,想这世界真是残破得厉害,什么都是不完整的,不是这里缺一块,就是那里缺一块。这缺又不是月有圆缺的那个缺,那个缺是圆缺因循,循环往复。而这缺,却是一缺再缺,缺缺相承,最后是一座废墟。也许那个缺是大缺,这个缺是小缺,放远了眼光看,缺到头就会满起来,可惜像人生那么短促的时间,倘若不幸是生在一个缺口上,那是无望看到满起来的日子的。"时间像一根魔棍,在不经意间搅动着人生,变幻着命运,它自身却毫发未伤,悠悠然地远去了。

正是凭借着时间的距离与淘洗,王琦瑶由1946年满溢着世俗时尚风味与家常感的"沪上淑媛"、三小姐,摇身一变而成为旧上海精神

---

① [德]海德格尔:《存在与时间》,陈嘉映等译,生活·读书·新知三联书店2000年版,第1页。

与昔日繁华的代表与见证，并因此而蕴蓄了一种历史沧桑感，具有了某种贵族般的精神气质与古典的优雅华丽。时间，以不经意的方式，流淌在《长恨歌》的字里行间，主导着小说的发展趋向。它串起了王琦瑶枝枝叶叶的生活，掏空了她的青春年华与如花美貌，卷走了她忠贞不渝的情人，同时也为她日后的缅怀积蓄着点点滴滴的资本。文本中，对时间的慨叹凌驾于一切之上，可谓彻骨彻髓。怀旧的前提条件之一就是要有旧可怀，要有相当长度的时间距离以便回顾。王琦瑶一生大起大落，经历坎坷，颇具传奇色彩，她自然有旧可怀。说穿了，她也只有靠着怀旧才能够活下去。而她在旁人心目中的地位与价值，也全然仰仗她当年的艳名——充当四十年前锦绣繁华生活的历史活见证。她一生的遭际，都与她早年的境遇有着必然的联系：与康明逊蚀骨恋情的黯然夭折，给王琦瑶后半生以致命的打击；与萨沙的无奈纠缠，更在王琦瑶身心上打下了耻辱的印记；与老克腊时间倒错了四分之一世纪的畸恋，则淋漓尽致地渲染了这位当年誉满上海滩的三小姐的可笑、可悲、可怜；连最终命丧黄泉的惨绝命运，追根溯源，也都不得不归结于她早年风艳绮丽的生活。繁华落尽后的凄凉与无奈，更让人觉得黯然神伤。外婆的朴素想法，竟在不经意间成了她命运的谶语："这孩子的头没开好，开头错了，再拗过来，就难了。"真可谓一步走错，步步皆错。

通观《长恨歌》全篇，小说中的重要人物几乎人人都有抹不掉的怀旧情结。王琦瑶自不必说，就是程先生、蒋丽莉、康明逊、严家师母、老克腊、张永红、小林乃至外婆等人，都在一定程度上或真或假地喜欢缅怀过去。作者对他们潜在的悲悯与宽容，甚至偏袒，是显而易见的。而毫无历史感、盲目追逐时尚的薇薇则是作为作者批判的靶子而存在的。繁华梦尽后的王琦瑶，基本上是活在对往事的回忆里，韶华已逝的悲哀与不尽人意的现实更加深了怀旧时的萧瑟意味。老克腊们虽然是新人，无旧可怀，可他们穿越时间隧道，飞越时间激流，执着念旧，终于使自己染上了几许老调子的色彩。无视世事变迁，永

195

远穿着整洁西装的程先生,则"像是从四十年代旧电影里下来的一个人物","身影带着些纪念的神情";他"是执着的",有"要与旧时尚从一而终的决心"。街上卖桂花糖粥的敲梆声与周璇的《四季调》在文本中反复出现,营造出了一种浓厚的怀旧氛围,同时也凝结着一种让人泪下的历史沧桑感。在小说中,连夕照都带有怀旧的意味:"照进窗户的阳光已是西下的阳光,唱着悼歌似的,还是最后关头的倾说,这也是热火朝天的午后里仅有的一点无可奈何。这点无可奈何里是带有一点古意的,有点诗词弦管的意境,是可供吟哦的。"怀旧,是万花筒式的闹哄哄中的一个静,它为浮华热闹的现代生活加深了底蕴,增添了定力,追回了一份历史感:"要说她才是舞会的心呢!别看她是今晚唯一的不跳,却是舞会的真谛,这真谛就是缅怀。""这些大都是年轻人的聚会上,王琦瑶总是很识时务地坐在一边,却让她的光辉为聚会添一笔奇异色彩。人们常常是看不见她,也无余暇看她,但都知道,今夜有一位'上海小姐'到场。有时候,人们会自始至终地等她莅临,岂不知她就坐在墙角,直到曲终人散。她穿着那么得体,态度且优雅,一点也不扫人兴的,一点不碍人事情的。她就像一个摆设,一幅壁上的画,装点了客厅。这摆设和画,是沉稳的色调,酱黄底的,是真正的华丽,褪色不褪本。其余一切,均是浮光掠影。"甚至老克腊式的怀旧,也有存在的价值:"他看上去是有些寂寞的,但正是这寂寞,为这个快乐新潮的群体增添了底蕴。"

怀旧,除了显在的对昔日的缅怀之外,还有更深一层的潜在意蕴:对现状的不满。毫不夸张地说,追怀过去的心理,有很大一部分是建立在现实生活不如意的基础之上的。对现代生存处境的陌生不适与抵触反感,以及丧失既得利益的无可奈何与被排除在主流生活之外的尴尬失落,铸就了一代又一代失意者"往后看"的执着习惯。"今非昔比"的共同感慨,是频频震响在怀旧这一旋律中的最强音。对这群失意者而言,现实的舞台既已失去,前程的辉煌似乎也无可瞻望,他们将目光投向那被有意无意粉饰过的过去，寻求一种心理依托，聊以慰藉那一颗颗茫然仓皇的心，也是顺理成章的事。戴着一层感情的面纱怀想已经无法追回的过去，那过去纵然在当时也不尽如人意，如今因为其渺不可寻，不可再得，自然也就越发显得如梦如烟，可歌可泣。中华人民共和国成立后王琦瑶生存的边缘状态注定了她怀旧的宿命。以1946年的上海为参照系，薇薇她们的时代，"在王琦瑶看来，旧和乱倒还在其次，重要的是变粗鲁了。……这城市变得有些急风暴雨似的，原先的优雅一扫而空"。"上海的街景简直不忍卒读。前几年是压抑着的心，如今释放出来，却是这样大鼓大噪的，都窝着一团火似的。说是什么都在恢复，什么都在回来，回来的却不是原先的那一个，而是另一个，只可辨个依稀大概的。""昔日，风吹过来，都是罗曼蒂克，法国梧桐也是使者。如今，风是风，树是树，全还了原形。"因时局变幻而不得不蜗居平安里充任注射护士的王琦瑶，正因为痛失维持昔日优雅得体的言行举止与如梦如歌的浪漫情调所必需的物质基础，才如此深深地鄙薄今日的举止粗鲁与没情没趣。从中华人民共和国成立到"文化大革命"结束那个年代，十分讲究思想行为大一统，一切试图标示个性与特出的企图与努力都将遭到无情的压制与扼杀。单从最表层的着装与流行的称呼来看，就已经与中华人民共和国成立前迥然有别：满街清一色的人民装代替了昔日的西装旗袍，以往熟到心里去的"先生小姐"之称谓被充满平等解放气息并且男女统称的"同志"所取代。改革开放的80年代似乎给王琦瑶们带来了新的机运，然而复古的旗号掩饰不住今日的浮躁难耐与没根没底；在种种貌似神非之"复古怪现状"中，昔日生活优雅精致的精髓已荡然无存。更何况随着岁月的流逝，美人早已迟暮，青春已成白发。早年那些不提当年勇的各路英雄们，纵然有心一显身手，只怕也是力不从心了。当年就是凭借个人某方面的出众而领尽风骚的王琦瑶们，抚今追昔，自然是感慨万千。面对潮水般涌过来的新时代，不适—失落—抵触—拒绝或勉强接受，可以说是他们典型的心路历程。无尽的没落感与隐忍感充斥在他们看似小心谨慎实则暗藏锋芒的平民生活中。当然，我们不得不承认，怀旧时因种种原因，当事人难免美化旧人旧事。以王琦瑶为例，当年被选为"上海小姐"与充当军政要人的外室，她亲历时并未觉得有多么的风华绮艳，倒是在多年后不无矫情的回忆中一遍遍温习这罕见的繁华与辉煌。回忆的次数多了，年深日久，终至于弄假成真，连她自己也信以为真起来。文本对于这一点有着较为温婉的表现。

王琦瑶对那如花似锦的往事的无尽缅怀，为我们提供了一个典型的都市女性镜像式生存范例。在文本中作者巧运匠心，架构了层层叠叠的三重镜像：上海三小姐的形象是第一重镜像，上海的形象是第二重镜像，过去的形象是第三重镜像。这由人物、空间、时间共同构成的三重镜像彼此呼应，彼此映射，并在不断的呼应与映射中呈现出一个无穷尽的欲望世界。主人公王琦瑶一生辗转挣扎于这三重镜像之间，始终未能走出镜像为其带来的浮于生存实质表面的悬空感与无根感。与王安忆的其他作品如《桃之夭夭》《富萍》等小说相较，《长恨歌》显得很特别。这种特别源于《长恨歌》全凭想象的创作过程，更源于作者在文本中塑造的一个始终生活在镜像之中、有着强烈角色意识的都市女性形象——上海三小姐王琦瑶。王琦瑶既是消费社会都市女性追逐欲望的代言人，又是消费社会欲望的牺牲品。作者赋予其特殊的镜像式生存境遇，重新演绎一个风花雪月般的上海传奇，在消费意识勃兴、都市繁华直追20世纪三四十年代的上海的20世纪末，的确是耐人寻味的。这不仅仅隐现着浓重的怀旧意识，更显示出作者对重重镜像的无情勘破。

杰姆逊指出："形象具有象征性，并不完全等于物质意义上的形象。"[①] 这一观点用来解析本文论及的三重镜像，同样是极为贴切的。上海三小姐的形象具有某种象征意味，象征着传奇与日常这两种截然迥异的因素相争相让、虚虚实实的微妙融合。王琦瑶自从被选为上海

---

① ［美］弗雷德里克·杰姆逊讲演：《后现代主义与文化理论》，唐小兵译，北京大学出版社1997年版，第209页。

第三章　现代社会转型语境下百年中国文学的怀旧书写发展历程

三小姐以后，就一直深陷这一殊荣所带来的炫目光晕之中而不能自拔。自此，真正的王琦瑶消失了，虽然我们看到的还是其外在形象，但其真实存在已经被掏空，她不再是王琦瑶，而是上海三小姐。她的风情、她的娇媚、她的优雅，并不是与生俱来的，也不是其家庭或学校教养出来的，而是来自她对上海三小姐身份的认同以及由此而来的对该角色的竭力扮演。王琦瑶与上海三小姐的形象二者之间十分相似，但又有着本质区别：真实的王琦瑶只不过是一个美丽的弄堂女儿，而上海三小姐却是一位笼罩着神秘光环的公众人物。上海三小姐的形象作为真实的王琦瑶的镜像，为我们揭示出"真实世界外的另一个虚幻的世界"——1946年风雅奢靡的繁华上海，也就是笔者将在下文论及的文本中所架构的第二重镜像——上海的形象。王琦瑶对上海三小姐形象的自我建构，充斥着因无意识的自欺而致的主观性及虚假性。这种扮演角色的努力以及对镜像的沉迷，本质上是他者对"我"的侵凌与消解，用萨特的话说，即"我按我所不是的方式是他"。[①] 王琦瑶按自己本真所不是的方式是上海三小姐，这就构成了镜像中至为重要的一种关系——自欺关系。[②] 自欺在此是深刻的无意识行为，其心理动因是极为微妙复杂的。"我"在此被非我的他者所取代，"我对我的身体，对我的活动来说，永远是不在场者"[③] 在场的永远只是他者。"我"与对"我"构成侵凌与消解之他者之间这种若即若离、非此即彼而又互为表里的错综关系，诚如萨特所言："这恰恰是我应该是的而我又完全不是的主体。这不是因为我不愿意是这主体，也不是说这主体是另外一个人。而毋宁说他的存在和我的存在之间没有共同的尺度。对别的人和对我本身来说他是一个'表象'，这意味着我只能在表象中是这个主体。但是显然，如果我代表这主体，我全然不是他，我与他分

[①] [法]萨特：《存在与虚无》，陈宣良等译，生活·读书·新知三联书店1997年版，第96页。
[②] 张一兵：《不可能的存在之真——拉康哲学映像》，商务印书馆2006年版，第121页。
[③] [法]萨特：《存在与虚无》，陈宣良等译，生活·读书·新知三联书店1997年版，第96页。

离，正如主体和对象被乌有分离一样，但是这乌有把我从这主体中孤立出来，我不能是他，我只能扮演是他，就是说，只能想象我是他。"[1] 这种由本质上非我的他者进行的自我形象建构，其形象定然不可避免的具有虚无性。值得指出的是，尽管"我到处避开存在，然而我存在"。[2] 正是"我"的不在场的存在，使得非我的他者存在成了一种虚无。也正是在这个意义上，我们认为上海三小姐的形象其实质乃是虚无。这种本质为虚无的镜像，不仅可以自欺而且可以欺人，他人亦常常被其建构的形象所欺，如老克腊、长脚等人对王琦瑶期冀的破灭，即归属此列。

王安忆不仅在《长恨歌》中向我们展示了上海三小姐这一栩栩如生的人物镜像，同时亦满怀深情地为我们推出了一幅城市镜像——上海的形象，这"真实世界外的另一个虚幻的世界"。上海的形象作为文本中所架构的第二重镜像，同样具有极强的象征性。其象征着人们对锦绣繁华世界的沉醉享乐与极度向往，以及对现实生活的隐隐不满与极力超越。事实上，我们仔细阅读文本即可发现：以"上海书记官"自命的王安忆，在写人的时候，时时刻刻都不忘写上海这座城。甚至在某种意义上可以说，王安忆写城的自觉程度超过了其写人的自觉程度。在日益都市化的消费社会，城市与城市人作为永远无法分割的一体两面，其彼此之间有着唇齿相依的血缘亲情："一旦城市被定义，城市人同时也就被分裂成了两部分。世俗部分生活在物质城市中，享受着城市所提供的种种便利；精神部分则生活在城市镜像里，并通过镜像寻找可能并不存在的自我。物质城市消失在欲望的海洋里，城市镜像则生存在视觉与心理共同构成的虚拟世界中。"[3] 如果说上海三

---

[1] ［法］萨特：《存在与虚无》，陈宣良等译，生活·读书·新知三联书店1997年版，第97页。

[2] ［法］萨特：《存在与虚无》，陈宣良等译，生活·读书·新知三联书店1997年版，第97页。

[3] 杨小彦：《城市镜像：一种物质—视觉—心理相互置换的过程》，原载《博览群书》2005年第3期。

小姐这一人物镜像是享受着物质城市所提供的种种便利的世俗世界的象征性符号，那么，上海的形象这一城市镜像则是人们建构在视觉想象与心理想象基础之上的虚拟空间，且两者同属拉康所说的"异质的心理现实"，异质与虚幻是其共同特征。王琦瑶是从上海小弄堂里飞出来的金凤凰，她依托旧上海的繁华锦绣而成名，同时亦是新上海时尚的忠实执行者，其对上海发自肺腑的爱是毋庸置疑的。然而，此上海非彼上海，她爱的是上海的虚幻之影而不是上海本身。在她心目中，上海的形象辉煌夺目："上海真是不能想，想起就是心痛。那里的日日夜夜，都是情义无限。邬桥天上的云，都是上海的形状，变化无端，晴雨无定，且美仑美奂。上海真是不可思议，它的辉煌叫人一生难忘，什么都过去了，化泥化灰，化成爬墙虎，那辉煌的光却在照耀。这照耀辐射广大，穿透一切。从来没有它，倒也无所谓，曾经有过，便再也放不下了。"显而易见，在此，上海这座镜像之城"是幻觉，一个鲜明而充分视觉化了的幻觉。……城市经由视觉的指引深入到无边的心理体验当中，冷漠的物质于是就被细腻的触感所置换掉了"。[①] 王琦瑶"曾经沧海难为水"的无尽感慨，既映照出其对物质世界的高度依赖，又饱含着其对城市镜像的衷心热爱。在此，镜像中的自欺关系再次显现出其无所不在的威力。对王琦瑶而言，这种不由自主的自欺早已深入骨髓而成为一种无意识行为。的的确确，是上海的小弄堂养育了王琦瑶，是上海的繁华锦绣为王琦瑶提供了成名的机会，是上海让她认识了李主任，是上海赐予了她与康明逊的相遇；但同时也是上海葬送了她的青春，毁了她清白的好名声，夺走了她的真爱乃至她的生命。上海的形象也许是王琦瑶一辈子都无法穿越的镜像，它比第一重镜像更具迷惑性，更不容易为凡夫俗子所参透。真实的上海风华绮艳与藏污纳垢同在，温情脉脉与青面獠牙并存。这一点，王琦瑶至死都未能真正悟透。"她想：……她上海生上海长的王琦瑶，又何故非要

[①] 杨小彦：《城市镜像：一种物质—视觉—心理相互置换的过程》，原载《博览群书》2005年第3期。

远离着，将一颗心劈成两半，长相思不能忘呢？上海真是叫人相思，怎么样的折腾和打击都灭不了，稍一和缓便又抬头。它简直像情人对情人，化成石头也是一座望夫石，望断天涯路的。"这段点题之笔，细致入微地描画了王琦瑶对上海的形象"长相思不能忘"的耿耿衷情，以及其对风雅奢华的上海的形象的痴迷与沉醉。其对镜像的沉迷一至于此，让人不得不感慨自欺关系对人性渗透之深彻。在此，真实的上海按其所不是的方式是上海的形象，上海的形象作为他者而在场存在，并对真实的上海构成侵凌与消解，迫使真实的上海只能以不在场的方式存在。但也正是真实上海的这种不在场的存在，使上海的形象这一在场存在其本质成为虚无。尤有意味的是，由于上海三小姐这一人物镜像常常与王琦瑶的本真存在互相叠印，乃至互相混淆，故而文本中对于上海的形象这一城市镜像的缅怀则更是虚幻之上再加一重虚幻。

如果说上海的形象为王琦瑶的镜像式生存提供了空间维度，那么，文本中设置的第三重镜像——过去的形象——则为其镜像式生存提供了时间维度。王琦瑶的过去虽说有点与众不同，但说简单也简单，无非一个俗而又俗的英雄美人的老套故事的翻版而已。但这"过去"在不无矫情地不断被缅怀与追忆中，逐渐失却了它的本来面目，终至于演绎成一个风艳传奇——"过去的形象"也就此形成。① 斯图亚特·霍尔曾言："过去不仅仅是我们发言的位置，也是我们赖以说话不可或缺的凭借。"他强调就弱势族群而言，"建构历史的第一步就是取得发言的位置，取得历史的阐释权"。② 王琦瑶、康明逊等人在中华人民共和国成立以后，其边缘化的生存境遇决定了其必须借助怀旧来重构历史，以取得新的立足点与发言权。但这种重新建构的历史恰恰是非历史的。杰姆逊关于怀旧影片的论述对我们不无启发："他们对过去

---

① 周明鹃:《论〈长恨歌〉的怀旧情结》,《中国文学研究》2003 年第 2 期。
② 李有成:《〈唐老亚〉中的记忆政治》,载单德兴、何文敬《文化属性与华裔美国文学》,台北中研院欧美研究所 1994 年版,第 121 页。

第三章　现代社会转型语境下百年中国文学的怀旧书写发展历程

有一种欣赏口味方面的选择，而这种选择是非历史的，这种影片需要的是消费关于过去某一阶段的形象，而并不能告诉我们历史是这样发展的，不能交代出个来龙去脉。……而那些怀旧电影正是用彩色画面来表现历史，固定住某一个历史阶段，把过去变成了过去的形象。这种改变带给人们的感觉就是我们已经失去了过去，我们只有些关于过去的形象，而不是过去本身。"[1] 与城市镜像的发生原理同构，视觉想象与心理想象在此再次合谋，二者共同谋杀了过去的本真存在，并建构了一段以他者为在场主体的虚拟的时间镜像——过去的形象。在弥漫全篇的怀旧氛围中，频频被人们追怀的恰是过去的形象而不是过去本身。过去本身在这种带有浓厚主观虚拟色彩的追怀中渐行渐远，终至于完全退隐。过去的形象对过去本身的侵凌与消解在此以极为隐秘的方式表现出来，故而常常不易为人所察觉。如"上海三小姐"由最初"最体现民意"的"日常"代表，历经时间的淘洗之后，逐渐演变成了旧上海优雅繁华的活见证："比如王琦瑶回忆当年。这样的题目真是繁荣似锦，将眼前一切都映暗了。还有与那繁荣联着的哀伤，也是披着霓虹灯的霞被。"在此，真实的上海与真实的三小姐退隐了，留下的是怀旧的人们愿意接受与想象的"过去的形象"。细细品味康明逊对上海的过去与王琦瑶的历史的感怀："这所有的记忆连贯起来，王琦瑶的历史便出现在了眼前。这历史真是有说不尽的奇情哀艳。现在，王琦瑶从谜团中走出来了，凸现在眼前，音容笑貌，栩栩如生。……昔日，风吹过来，都是罗曼蒂克，法国梧桐也是使者。"在康明逊看来，"奇情哀艳"与"罗曼蒂克"就足可概括王琦瑶的过去与上海的过去，那一路走来的隐忍难耐、屈辱不甘与绝望痛楚统统都沉潜下去，浮于历史地表的全是辉煌灿烂的一面。过去的形象这一时间镜像也因此获得了毋庸置疑的被缅怀、被追忆的地位与资格。这种由特定的存在境遇所引发的特殊情感色彩，尽管在本质上不乏自欺的

---

[1] ［美］弗雷德里克·杰姆逊讲演：《后现代主义与文化理论》，唐小兵译，北京大学出版社1997年版，第227页。

意味，但就审美意义而言，则有助于凄美审美意蕴的形成。旅美华人作家严歌苓对此有着精彩的论述："怀旧使故国发生的一切往事，无论多狰狞，都显示出一种特殊的情感价值。它使政治理想的斗争，无论多血腥，都成为遥远的一种氛围，一种特定的环境，有时荒诞，有时却很凄美。"①《长恨歌》作为上海这座镜像之城的一曲怀旧挽歌，其满溢于字里行间的凄美之审美意蕴极大地增强了小说的艺术感染力，常常令人怅然若失、黯然神伤，顿起无尽的历史沧桑之感。然而，我们不得不指出文本中蕴含的反讽意味：当年（1946年）竞选上海小姐的初衷是为了赈灾募捐，而整个评选过程中极尽奢华铺张的做派与灾民无以生存的苦难境遇之间形成的极大反差，让我们得以窥见浮华背后的极度贫困，风花雪月掩盖下的水深火热。就王琦瑶个人而言，其在参加选美前后，风华绮艳中夹杂着寄人篱下的隐痛，最后竟因情感纠葛而不得不在羞辱与尴尬中离去；在被动等待李主任的承诺与安顿时饱受无奈与焦灼的煎熬；寄居爱丽丝公寓期间以青春为武器与时间展开一场场绝望之战……琐碎、庸常、痛苦、屈辱以及零零碎碎的不如意，杂糅在辉煌灿烂的过去之中，构成真实的过去"奇情哀艳"与"罗曼蒂克"的另一面。正如真实的王琦瑶之于上海三小姐、真实的上海之于"上海的形象"，真实的过去以其不在场的存在，使"过去的形象"这一非我的他者存在其本质亦只能是虚无。

　　王琦瑶以上海三小姐的形象这一人物镜像的身份生存于上海的形象所建构而成的空间镜像（城市镜像）与过去的形象所建构而成的时间镜像之中，其生存是典型的镜像式生存。而镜像式生存带来的第一个问题则是身份指认的模糊与不确定。与自身的撕裂、分离，与他者黏合的非本源性，直接导致其无所适从的身份认同的焦虑。身份无法确认带来的后果是王琦瑶生存的边缘性与无根性。众叛亲离，痛失所爱，看见自己欢喜的生活却无法融入其中，遇见相爱的人却无法长相

---

① 严歌苓：《呆下来，活下去》，《北京文学》2002年第11期。

厮守，王琦瑶生存境遇之尴尬痛苦可想而知。但这恰恰是她主动选择镜像式生存方式所必须承受的后果之一。她曾经享受过多少繁华与欢欣，此刻就得偿付多少凄凉与痛楚。李主任是亲手替王琦瑶搭建如锦如绣安乐窝的衣食父母，康明逊则是王琦瑶唯一真正爱过的人。李主任的乱世身亡以及与康明逊的被迫分手，是王琦瑶一生中所经历的最为惨痛的死别与生离。也正是这两次事件毁了她的一生，让她领教了镜像式生存所必须付出的沉重代价。王琦瑶本是寻常人家的小家碧玉，因为参加选美并荣获"上海三小姐"称号这一偶然的机缘而脱离了既定的生活轨道并游走于异己的中产阶层之间，从而见识了迥异于原本生活的别一番洞天。正是这种特殊的人生经历，激起了其试图跻身中产阶层的模糊野心。其企望以上海三小姐的身份来获取心向往之的阶层的接纳，但暧昧不明的情妇身份将"她的依附性内在化了"；尽管"她尊重公众舆论，承认它的价值；她羡慕上流社会，沿袭它的生活；她希望根据资产阶级的标准得到评价"。[①] 但她毕竟只是"一个寄生于富有的中产阶级的人"，[②] 而并非真正的中产阶层人士，因而这就注定了其既已背离原本阶层、又不被一心想跻身其中的阶层接纳的无所依从的两难生存境遇。这一两难生存境遇源于其最初的镜像式生存，同时又更进一步将她推向更深度的无法自拔的镜像式生存。如此反复恶性循环，最终导致其悲剧命运无法再度扭转。她与康明逊的相恋及分手即生动地演绎了这一两难生存境遇的残酷性。王、康两人相爱事实上是以彼此的误认为基始的，他们彼此为之怦然心动的均是镜像而不是其本身。康明逊先是在王琦瑶身上找到了过去繁华的影子，进而误将王琦瑶当作集"奇情哀艳"与"罗曼蒂克"于一身的历史代言人；王琦瑶则误将康明逊指认为繁华时代遗留下来的训练有素的、富有绅士教养与浪漫情怀的世家子弟。据此，他们彼此都对对方产生了联想式认同，从而揭开了那真爱不在场的恋情的序幕。可以说，王、康恋

---

① ［法］西蒙娜·德·波伏娃：《第二性》，陶铁柱译，中国书籍出版社1998年版，第645页。
② ［法］西蒙娜·德·波伏娃：《第二性》，陶铁柱译，中国书籍出版社1998年版，第645页。

情的破灭不仅是因两人身份错位所致，同时更是源于爱的非真实性，即真爱的不在场。这种一开始就建立在镜像认同基础上的虚幻恋情一旦遭遇压力，自然会即刻让位于现实的身家打算。从这一意义上而言，康明逊在王琦瑶后半生的缺席，也就不会让人如此难以释怀了。按说凭借王琦瑶的聪慧与对世情的洞察，她不可能不知道她与康明逊的相爱以及与严师母的交往，其间存在着严重的不对等。而这不对等，究其实质则源于王琦瑶身份指认的模糊与不确定。在这微妙的情感纠葛与人际交往中，康明逊与严师母随时都可以全身而退，唯有王琦瑶无路可退、无处可逃，只能守在原地，静待那可怕的最终结局——死亡的到来。王琦瑶定然会时时体悟到其生存本质的虚幻与空无，然而即便她洞穿镜像并发现真相，可由于她无法找到走出镜像之门的方法，她也就只能在镜像中混混沌沌、自欺欺人地活着。应该说，这种清醒地意识到"幻像与空无的映射关系对'我'的奴役"，[①] 以及"我"之存在被他者所侵凌所消解时"假做真时真亦假、无为有处有还无"（《红楼梦》）的蚀骨伤痛，才是王琦瑶镜像式生存最为深刻的悲剧性之所在。

　　辗转挣扎于由上海三小姐的形象、上海的形象与过去的形象所构成的三重镜像之间的王琦瑶，终于在不再自欺的最后关头，亲手打破了镜像，走向生命的终结。留待我们思考的是：隐藏在镜像背后的真相究竟为何？镜像式生存的本质到底是什么？由上文对构成文本核心的人物镜像、空间镜像（城市镜像）与时间镜像这三重镜像的详尽阐析，我们可以推知：空无、虚幻、不在场以及死亡，即镜像背后的真相；而镜像式生存的本质则是非我的他者生存。由懵懂纯真的女生在片厂初窥镜像，到贴心暖肺的沪上淑媛走入镜像；从风情万种的上海三小姐沉迷镜像，到徐娘半老的旧上海小姐窥破镜像；王琦瑶一步步走上了满溢着欲望的不归路。"当她发觉自己被海市蜃楼愚弄时，已

[①] 张一兵：《不可能的存在之真——拉康哲学映像》，商务印书馆2006年版，第123页。

经为时太晚；她的力量在失败的冒险中已被耗尽。"

　　作为一名女性作家，虽然王安忆本人一再否认其女性写作立场，宣称坚持中性写作，但我们还是不难发现，《长恨歌》确是出自女性的手笔。《长恨歌》时间跨度长达四十年，内容几乎囊括了中国20世纪后半叶的全部历史流程与重大历史事件。这很容易就被写成一部如《白鹿原》般的史诗性小说。然而，我们在小说中发现的却是作者对于作为边角料人生的绵绵不绝的长久关注与浓厚兴趣。在此，重大社会变动因刻意淡化而退居背景，小人小事式的家常生活被推至前台。这里的怀旧不是英雄末路的慷慨悲凉式的，而是温婉阴柔、细致深微的女性化的怀旧。作者善于从极细微处捕捉怀旧的情愫，家常的饮食起居，穿着打扮，人情往还，日常的一些小小感触，一一被收诸笔端，成为怀旧的好材料。衣饰上能见出旧日风情："王琦瑶总是穿一身素色的旗袍，在五十年代的上海街头，这样的旗袍正日渐少去，所剩无多的几件，难免带有缅怀的表情，是上个时代的遗迹，陈旧和摩登集一身的。"晒霉时不免要感时伤怀："晒霉常常叫人惆怅心起，那一件件的旧衣服，都是旧光阴，衣服蛀了，烂了，生霉了，光阴也越推越远了。"无声的家具与有声的电车也来为繁华旧梦作证："桃花心木上的西班牙风的图案流露出追忆繁华的表情，摸上去，是温凉漠然的触觉，隔了有十万八千年的岁月似的。""这城市里似乎只有一点昔日的情怀了，那就是有轨电车的当当声。"善于品尝人生真味的王安忆，在小说中幽幽地向我们道来：正是一个个不显山不露水的细节串在一起，才构成了这有声有色的斑驳人生。细微处方见真精神、真性情。怀旧，从细微处着眼，才不至于流于浮泛，才可入骨入髓。

　　尤其值得注意的是，小说中几次将对床的描写与对王琦瑶命运的暗示联系起来。逃不脱的命运将王琦瑶团团罩住，并将她推向那冥冥之中的命定归宿——由绚烂归于平淡，而终至于死于非命。她在对自己命运有着模糊预感的同时，几乎无时无刻不被怀旧的心绪左右：片厂女演员扮演在床上自杀或他杀的场景，与王琦瑶本来毫不相干，她却觉得莫名的眼熟。投靠李主任时,"王琦瑶走到卧室,里面放了一张双人床,上方悬了一盏灯,这情景就好象似曾相识,心里忽就有了一股陈年老事的感觉,是往下掉的"。时间推进到了50年代,"有一日,她去集雅公寓,走进暗沉沉的客厅,打蜡地板印着她的鞋袜。她被这家的用人引进卧房,床上一个年轻女人,盖一条绿绸薄被,她觉得这女人就是自己的化身"。到严家做客,严家师母的卧房布置又勾起了王琦瑶对爱丽丝的痛楚回忆:"中间半挽了天鹅绒的幔子,流苏垂地,半掩了一张大床,床上铺了绿色的缎床罩,打着褶皱,也是垂地。"就连最后横死眠床之际,王琦瑶还在极力地回想:"这情景好象很熟悉,她极力想着。在那最后一秒钟里,思绪迅速穿越时间隧道,眼前出现了四十年前的片厂。……一间三面墙的房间里,有一张大床,一个女人横陈床上,头顶上也是一盏电灯,摇曳不停,在三面墙壁上投下水波般的光影。"在文本中决定王琦瑶一生跌宕命运的三个代表性地点:片厂、爱丽丝公寓、平安里,都精心地用"床"这一不起眼的意象,加以贯穿、糅合,其用心尽显作者女儿本色,可谓细腻绵密之至。

怀旧,到了20世纪80年代,既然已经成为一种时尚,就难免有点鱼目混珠、真假莫辨。王琦瑶式的刻骨伤怀是一种,老克腊式的矫情恋旧是另一种。王琦瑶的自我定位是极其准确的:"要说我才是四十年前的人,却想回去也回去不得。"对她而言,"上海真是不能想,想起就是心痛。那里的日日夜夜,都是情义无限。……上海真是不可思议,它的辉煌叫人一生难忘,什么都过去了,化泥化灰,化成爬墙虎,那辉煌的光却在照耀。这照耀辐射广大,穿透一切。从来没有它,倒也无所谓,曾经有过,便再也放不下了"。而老克腊呢,尽管年纪轻轻,在叶公好龙式的刻意怀旧心绪中,"却又成了个老人,一下地就在叙旧似的。心里话都是与旧情景说的。总算那海关大钟还在敲,是烟消云灭中的一个不灭,他听到的又是昔日的那一响"。接下来的几句话才揭穿了他怀旧的实质:"在他二十六岁的年纪里,本是不该

第三章 现代社会转型语境下百年中国文学的怀旧书写发展历程

知道时间的深浅,时间还没把道理教给他,所以他才敢怀旧呢,才敢说时间好呢!""他总是无端地怀想四十年前的上海,要说那和他有什么关系?"按说本来无旧可怀的老克腊,却硬要强作怀旧状,自然也有他自己的目的:"对他来说呢,也是需要一个摩登背景衬底,真将他抛入茫茫人海,无依无托的,他的那个老调子,难免会被淹没。"最能体现老克腊怀旧本质的应该说是他与王琦瑶的似是而非的恋情了。王琦瑶是诚心诚意的终生相托,他则是半推半就的假戏真做。直到需要承诺的最后关头,他终于招架不住,来了个落荒而逃:"短短一天里,他已经是两次从这里逃跑出去,一次比一次不得已。他手上还留有王琦瑶手的冰凉,有一种死到临头的感觉。他想,这地方他再不能来了!"在一个万事万物都需要打假的年代,怀旧,似乎也走到了需要打假的尴尬境地。这真真假假的颠倒错位,又导致了多少人生悲喜剧的上演。

怀旧时慷慨悲凉也好,柔肠寸断也罢,而其最终的结局,却是惊人的一致——除了幻灭,还是幻灭。正是"此情可待成追忆,只是当时已惘然"。往事早已灰飞烟灭,其踪迹更是渺不可寻。人们对那不可再现的过往的回忆,往往不可避免地夹杂着无尽的依恋与惋惜。那海市蜃楼般的往事,是那般的可望而不可即。疲惫的现代人,也只好凭借这虚幻的景象来暂时地安慰自己那伤痕累累的灵魂,也算慰情聊胜于无罢。人类对精神家园的不倦追寻与探索,为令人窒息的龌龊现实凿开了一个极其微小的通风口,"清风徐来,水波不兴"的佳境顿现眼前。对往昔的回忆,是对现实的暂时中断与反叛,是人类灵魂较高尚的一方要求净化、要求纯粹的具象化表现方式。渴望超越的心灵力求挣脱现实的枷锁,不绝地向上飞升。这一潜意识在人的记忆黑域中冲突奔腾,疯狂地寻找着突破口,终于,各种欲望由"怀旧"这一人类灵魂的薄弱点喷薄而出。一个又一个往事片段的闪回,仿佛一道道紫金色的闪电划破记忆暗夜的长空,绚烂夺目,却又转瞬即逝。正因为其不可久留,不可再得,才显得那般的余味悠长,那般的可珍可贵。透过怀旧的窗口，穿越时间的隧道，借着回忆这一束强光，窥视过往的记忆，昔时、昔地、昔人、昔景，将一一重现眼前。是喜？是悲？唯亲历者自知。"物是人非事事休"的感慨将油然而生。其实，又岂止是人非，物也早已不是当年的物了。"人不能两次踏进同一条河流"真乃千古至言。深谙个中三昧的王安忆，在小说中精心谱写了一曲曲怀旧的挽歌。王琦瑶的欲回当年而不得，王、康爱情的破灭，程先生的断然自杀，老克腊的最后出逃，都是因为受了同样的致命伤——怀旧的幻灭。王琦瑶："她的世界似乎回来了，可她却成了旁观者。"王、康恋情："康明逊知道，王琦瑶再美丽，再迎合他的旧情，再拾回他遗落的心，到头来，终究是个泡影。他有多少沉醉，就有多少清醒。"程先生："要走快走"，往事不再，旧情已了，这世上已经没什么值得留恋。老克腊："他想他今天实在不该再来，他真是不知道王琦瑶的可怜，这四十年的罗曼蒂克竟是这么一个可怜的结局。他没赶上那如锦如绣的高潮，却赶上了一个结局。"在文本中，就连即时的回忆，也难免夹杂着幻灭的感慨："他们回顾昨天晚上，你一言，我一语，互相补充和纠正，要使情景重现似的。昨晚的灯光和康乃馨在这样潮天的太阳里显得不很真切，恍恍惚惚。他们就加把劲地回顾，好把它呼回来。"刚刚获得"上海小姐"花冠的王琦瑶，"忽然发现她做主角的日子已经过去了。昨夜的那光荣啊！真是有些沧海巫山的味道"。乃至在一再标榜怀旧的老克腊眼中，"那歌乐中人实是镜中月水中花，伸手便是一个空。那似水的年月，他过桥，他渡舟，都也是个追不上"。幻灭，只有幻灭，才是怀旧的真谛。

作为一部怀旧文本，《长恨歌》的经典性是不容置疑的。当然，毋庸讳言，以"同志"身份进入上海的王安忆，其对旧上海的隔膜，对上海上层社会的陌生，无可避免地导致了小说极力渲染的怀旧氛围的矫情与褪色。被选为"上海小姐"的殊荣与爱丽丝公寓的豪奢生活，应该说是王琦瑶的极盛时期，可作家运笔至此，却明显地显示出"心有余而力不足"的缺陷。虽然对整部小说而言，这只是白璧微瑕，却给读者带来了不少的遗憾。

第六节 20世纪90年代至21世纪消费文化语境下的时尚怀旧:陈丹燕、程乃珊的怀旧书写

自韩邦庆于1892年在其创办的文学杂志《海上奇书》上连载《海上花列传》以来,新感觉派、张爱玲、王安忆、陈丹燕、程乃珊、卫慧、棉棉、金宇澄等作家对上海的叙写历经百余年而不衰。其皆执着地以上海为审美对象,着力于表现这个独一无二的十里洋场的时代特色,挖掘其所蕴藏的历史沧桑韵味。海派文学的开山之作《海上花列传》因其颠覆了既往青楼小说才子佳人、士子倡优的传奇叙事模式,以反传奇的写实笔法叙写上海青楼"平庸得令人吃惊"的日常生活而获得读者的广泛关注。小说发表后风行一时,竟至洛阳纸贵,《海上奇书》也因此而销量大增,随后发行的单行本销量亦相当可观。毫不夸张地说,海派文学在一开始即具备了日常性与商业性的消费文学特征。兴盛于20世纪二三十年代之交的新感觉派文学,承续了《海上花列传》对于上海光怪陆离摩登生活的热情,在奏响都市奏鸣曲的同时,又在文本的内部深层潜藏着回归传统的倾向。上海与怀旧之间的奇妙关联,在这里初露端倪。读着新感觉派小说长大的张爱玲,将海派文学的成就推至一个高峰。其中西合璧的生活与教育背景,令其作品既具有地道的上海都市风情,又饱蕴着正宗的传统文化因子。强调"出名要趁早"、具有强烈市场意识的张爱玲,是不惮于将自己的作品置于消费文化语境中的。其作品一经面世即风靡上海滩,其在世俗层面激起的消费热情,于不经意间将消费文化、上海、怀旧三位一体地融合在了一起,为读者提供了一个亦新亦旧、亦中亦西的杂糅的文化想象空间。被指认为张爱玲海派传人的王安忆(王本人并不认可这种说法),其上海书写的代表作《长恨歌》是怀旧的经典文本。《长恨歌》是一曲繁华旧上海的挽歌,是一部对四十年来上海由沉潜趋于

浮躁、由精致滑向粗糙、由优雅坠入粗俗的怀旧感伤史。其主人公王琦瑶在消费社会对欲望的汲汲追逐中成名，又在其无尽膨胀的欲望驱使下沦为消费社会的牺牲品。在显在的怀旧意识弥漫全篇的同时，隐在的对都市女性镜像式生存的批判与悲悯之意尤具发人深省的深层力量。离经叛道的"70后"作家卫慧、棉棉凭借对本能欲望的肆意宣泄以及因之而来的空虚落寞的叙写，将世纪之交的上海推到了纸醉金迷的风口浪尖，上海作为消费空间的功能在此被扩张到了极致。金宇澄作为上海书写的集大成者，其于21世纪问世的长篇小说《繁花》繁复绵密，众声喧哗，既富有"不亵则不能使人欢笑"的浓得化不开的烟火气息，热闹蓬勃，又能时时跳脱世俗具象的三界之外，对市井百姓的日常生活进行理性乃至哲学的考量与反思，深得上海文化大俗大雅之神髓。而其关于20世纪90年代消费社会一场场宴席与聚会的叙写，紧握时代脉搏，应和都市律动，确有穷形尽相、新人耳目之效。

　　自20世纪90年代以来，随着消费文化的兴盛与上海国际地位的持续提升，一批以旧上海为认知时空的怀旧文本应运而生。对20世纪三四十年代上海曾经繁华的追忆与向往，对旧上海所代表的精致、优雅、富足生活的怀念与追寻，为其烙上了深深的怀旧印记。但此怀旧非彼怀旧，这些非亲历者怀的其实是他人之旧，与怀旧者并无本质关联，其在更大意义上是一种时尚的表征。其旨在收割消费者的终极目标正表明其怀旧写作更接近一种经济行为。戴锦华在《想象的怀旧》一文中一针见血地指出："从某种意义上说，正是在类似布满了裂隙社会语境之中，90年代的中国都市悄然涌动着一种浓重的怀旧情调。而作为当下中国重要的文化现实之一，与其说，这是一种思潮或潜流，是对急剧推进的现代化、商业化进程的抗拒，不如说，它更多地作为一种时尚；与其说，它是来自精英知识分子的书写，不如说，它更多是一脉不无优雅的市声；怀旧的表象至为'恰当'地成为一种魅人的商品包装，成为一种流行文化。如果说，精英知识分子的怀旧书写，

第三章　现代社会转型语境下百年中国文学的怀旧书写发展历程

旨在传递一缕充满疑虑的、怅惘的目光；那么，作为一种时尚的怀旧，却一如80年代中后期那份浸透着狂喜的忧患，隐含着一份颇为自得、喜气洋洋的愉悦。"① 陈丹燕、程乃珊的上海怀旧书写，是为此类作品的代表。

拥有"小资教母"之冠冕的陈丹燕，对于上海有一种难以言传的款款深情。其上海怀旧系列是以上海中产阶层为叙写对象的三部曲《上海的风花雪月》《上海的红颜遗事》《上海的金枝玉叶》，亦有叙写自身与上海之间渊源的《陈丹燕和她的上海》。自小在上海、香港两地长大的程乃珊，祖父程慕灏系当年红遍上海滩的金融家，其对上海中上层生活有着切身体验，其上海书写系列《上海Lady》《上海探戈》《上海Fashion》《上海罗曼史》《海上萨克斯风》等，从世家名媛、时尚潮流到罗曼蒂克的爱情，将上海滩中产阶层奢靡生活中的风华绮艳一一收诸笔端，其所着意营造的怀旧氛围为读者附庸风雅以及羡富、窥富的欲望提供了无尽的想象空间。自称不是上海人的陈丹燕曾自言其"认同城市工业化的非牧歌生活，享受上海这样一个文化混杂，人群混杂，食物混杂，建筑风格混杂的殖民城市所呈现出来的奇特丰富性，喜爱移民和殖民带来的拼贴式的生活方式"。② 上海在此实质上担当起了关于现代化的想象这一文化符号的功能，意指现代、优裕、时尚。这在《上海的风花雪月》封底的宣传语上得到了淋漓尽致的展现："上海，曾经被称为东方的巴黎，曾经是个浮华璀璨的花花世界，曾经最西化，最时髦，有着最优雅精致的生活方式。30年来的对外封闭，使上海昔日繁华掩埋在厚厚的历史烟尘中，仿佛美人迟暮。今天的上海人回首往昔，不免深深怀想，那未曾经历过的旧日时光，竟有着巨大的诱惑力呵……"此段文字写尽了上海普通市民对殖民时期繁华上海富足优雅精致生活的想象，具有极强的煽情意味。陈丹燕

---

① 戴锦华：《想象的怀旧》，《隐形书写——90年代中国文化研究》，江苏人民出版社1999年版，第107页。
② 陈丹燕：《城与人——陈丹燕自述》，《小说评论》2005年第4期。

213

的上海怀旧三部曲每部印数都在10万册以上，以畅销行世，类似的广告词无疑起到了激发读者以文化消费来满足怀旧想象的作用。20世纪90年代以来的上海怀旧书写，属于典型的消费文化语境下的时尚怀旧范畴。其通过对昨天记忆的虚构性追怀，来获取今天的想象空间与情感抚慰，怀旧意象指向消费服务，历史叙事则通过一系列相互矛盾的语言表述系统拼贴而成，其本质上是以消费记忆为旨归的文学生产。

陈丹燕、程乃珊从20世纪90年代消费文化发达、消费意识勃兴以来，以殖民时期的上海为人物与故事的演绎时间与空间，集中推出了上海怀旧书写系列作品，其不但在精神层面成为所谓白领与小资的时尚导师，而且取得了消费市场上的成功，作品可观的销量为其带来了可观的财富。在其赚得盆满钵满的背后，究竟暗藏着怎样的玄机？笔者认为，主要是源于如下两点。首先，陈、程二人的上海怀旧书写顺应了时代大势，与整个社会形成的上海怀旧风潮相呼应。陷入怀旧浪潮中的民众急需中产阶层生活的效仿模板，以一窥堂奥，而上海怀旧文本恰好提供了非常形象的范例，为其填补了这个心理空缺。上海怀旧书写与上海怀旧需求二者于此一拍即合，一场关于旧上海的文化消费热潮就此形成。尤其值得关注的是，程乃珊从20世纪八九十年代，对待旧上海以及上海中产阶层的态度来了个一百八十度大转弯（从《蓝屋》到《上海探戈》，可以鲜明地看到这一点）：其原来所不齿的所谓中产阶级腐朽堕落的生活方式，如今成了其倾情讴歌与顶礼膜拜的对象。这转变的根由，不能不承认是来自对时代消费大潮的主动顺应。其次，从意识形态层面来看，上海政府试图在新一轮经济腾飞的时代机遇面前有所作为，那么，通过挖掘旧上海的历史文化内蕴与重现上海当年的辉煌，来打造全新的上海国际都市形象，利用上海怀旧来为现代上海造魅，提升其文化影响力，便成为其快速达到目的的不二法门。上海怀旧书写亦因与政府的发展规划相合而得到大力鼓励。

第三章 现代社会转型语境下百年中国文学的怀旧书写发展历程

陈丹燕与程乃珊以沪上淑媛与名门闺秀过去的风华生活为书写对象，旧上海中上层女子的日常生活、婚恋以及命运沉浮，繁华旧上海的枝枝叶叶，都被作者悉数纳入笔下，如数家珍。文本中的女性常常被读者奉为时尚教主，其教育背景、生活方式、价值取向、婚恋选择、时尚偏好、消费习惯等亦时时被现代小资们加以膜拜与效仿。市民大众对跻身中产阶层的热切向往在上述种种膜拜与效仿中揭橥无遗。显然，怀旧在此已经溢出文学范畴，超越了个人爱好的褊狭范围，而成为一种具有商业力量的集体性文化消费行为。诚如周平所言："怀旧文化的风行离不开消费主义的意识形态。其内在逻辑就是要迎合最广大消费者的兴趣，以消费品的平面肤浅及受众感官的刺激愉悦为目标，最终使得怀旧文化成为一种产业文化。"[①] 应该说，陈丹燕与程乃珊的上海怀旧书写正是此意义上成功的范例。

在谈及创作上海"怀旧三部曲"的创作缘由时，陈丹燕曾坦率地承认是出于身份认同的危机，上海怀旧书写就是其进行自我身份确认的一种方式。文本中的人物与故事都是采访或者考察所得，有着自己的生命气息与历史底蕴，属于非虚构的纪实性写作。作者采用这种非虚构写作方式，除却个人气质偏好等原因，一个重要的理由应该是为了更好地营造作品的历史沧桑感，以增加作品的真实感与可信度。陈丹燕仿佛亲历者一般，与文本中的人物一起，拨开历史的迷雾，将读者引入历史深处的幽暗真实，去感受那曾经存在的浮华璀璨。关于上海女人，陈丹燕在《陈丹燕和她的上海》中说道："上海女人对欲望有特别的感应力和抵抗力，因为她在这个欲望中成长，她知道什么东西是她不要的。"其在《上海的金枝玉叶》中塑造了郭婉莹这个非常特别的上海女子形象。婉莹是上海永安百货公司的郭家四小姐，曾经养尊处优，是燕京大学的高才生。其无论面临任何困境，都能始终如一地保持着优雅与尊严，的确具有一定的人格感召力。但作者引用她

---

① 周平：《解读怀旧文化》，《理论月刊》2007年第8期。

说过的很多话来证明其非同寻常,笔者却认为不能完全从语言的能指层面来理解。如"她晚年时,有外国记者问起她那些劳改岁月,她却优雅地挺直背说:'这些劳作,有助于我保持苗条的身材'"。"她说,要不是我留在上海,我有的只是和去了美国的家里人一样,过完一个郭家小姐的生活,那样我就不会知道我可以什么也不怕,我能对付所有别人不能想象的事。她说要是没有后来的解放,反右,四清,文化大革命,我是不会吃什么苦,可是我也永远不知道我能吃什么苦,我有多大的力量,现在我可以说我经历了许多不同的生活,我有非常丰富的一生。"从字面上看,郭婉莹的确有一种宠辱不惊、乐天知命的安然气度,但深入探究文本,我们还是从中读出了一种自欺欺人的阿Q式精神胜利以及不甘于被命运如此拨弄的沉重悲凉。如果生活可以重来,她还会选择留下来吗?青春无悔的结论恐怕不是作者能轻易给得出来的。从这一意义而言,陈丹燕还是没能抓住这个人物真正的精神内核,只能着眼于一些细微的日常生活细节进行琐碎的描写与介绍。《上海的金枝玉叶》通篇均以纪年的形式来加强其纪实性,本无可厚非,然各章小标题实在难脱拜金的窠臼,如"1910 一岁悉尼那双白色的软底鞋";"1915 六岁爹爹带我们去一家叫'上海'的中餐馆";"1920 十一岁上海的阳光照耀";"1928 十九岁永远的中国式服装、永远的英文";"1931 二十二岁利西路上的大房子"……尽是物质上极度丰足的半是艳羡半是炫耀的罗列,其精神上的贫瘠与庸俗的市民趣味实在是令人不堪卒读。作为被消费者追捧的当红作家,陈丹燕对消费市场的自觉迎合也于此可见一斑。基于此,我们也能理解何以作者写不出郭四小姐这个人物真正的光华所在了。

而出身于金融世家的程乃珊,尽管未曾亲历旧上海的繁华,却也继承了关于繁华旧影的家族记忆,其在20世纪80年代即以小说《蓝屋》引发文坛关注,却在沉寂了很久之后的20世纪90年代才感应上海怀旧的时代风潮重新写作,其在文本中以老上海后裔自居,以发生在老上海的陈年旧事为原材料,通过一番煎煮炸炒,为读者奉上一桌美味的旧上海生活时尚大餐。"由于从小的生活方式和家庭教养，熟悉这种氛围，也乐于通过写作，陶醉在这种氛围里。正因为这种原因，她的作品，常让人感到一种怀旧的情绪（尽管她本人不愿意承认）。"①程乃珊仿佛怀旧教主，不仅信笔掠过旧上海的咖啡馆、舞厅、跑马场、美食店、酒吧等各种时尚消费场所，带领读者去读来感受笔尖上曾经的繁花似锦，更在《上海探戈》中将代表富贵奢华生活的绿屋誉为"万国建筑之都的上海滩的一朵奇葩"，"三十年代中西文化相恋而派生的结晶，一位迟暮的美人，楚楚如一株疏于照顾的百合，还明似晦，犹如若柔妩媚，默默散发着暗香"。这种对过往豪奢生活的极度艳羡与全面认同姿态，散发出浓烈的拜金气味与庸俗的市井气息。而《上海探戈》的畅销，则证明其文学生产因恰好投合了广大市民消费者对于殖民时期旧上海的奢华想象与潜在的怀旧消费欲望，为其接近并模仿心向往之的中产生活提供了真实可感的范例，从而获得了在文化消费市场大行其道的号召力。其对物质文明的顶礼膜拜亦体现在对上海女人形象的建构中："特别是上海女人，对蜜丝佛陀的化妆品和刚问世的、薄如蝉翼的令腿部线条毕露的玻璃丝袜，很有种天荒地老的忠诚。"在此，人存在的意义深度与时空广度都被抹去了，唯有对物质的地老天荒的忠诚才是生命本来的质地。世纪末消费文化语境下压倒一切的物质主义，在彰显个性的表象下，将人挤压成了扁平的物，失去了生命热力和英雄梦想，丧失了精神主体性，沦为一个个只知道追逐物欲与流行的消费符号。显然程乃珊对消费主义的迎合有着相当的自觉，其曾放言："以前所失去的，后来更要补上"，"世界进入九十年代，再不会有人用'阿飞'这个字眼来指责时尚，也不会有'资产阶级生活方式'来批评物质享受"。这既体现了一种弥补既往失去的物质享受的迫切补偿心理，又暗含着一种紧跟时代潮流、不甘于落伍的时尚追求。在高扬理想主义旗帜的宏大叙事时代过去之后，曾经被

---

① 朱青：《论程乃珊小说创作的女性风格》，《小说评论》1996年第4期。

压抑得太久的消费意识与物质欲望，一旦有机会从囚笼中挣脱出来，其矫枉过正的威力自是无可阻挡。物质的洪流冲决一切、席卷一切，消费文化语境下的上海怀旧书写就是文学层面对物质主义盛行的一个热切回应。

第四章 现代社会转型语境下百年中国文学的怀旧书写主题

现代社会转型语境下百年中国文学的怀旧书写主题集中呈现在以下五个方面：其一，现代人"无家可归"生存境遇下的家园意识；其二，叛逆与归乡两难抉择下的乡土情结；其三，现代生存挤压下意欲重返母体的童年情结；其四，基于修复碎片化生存的个人身份与民族文化重建；其五，消费社会中被置换成消费符号的怀旧情愫。审美救赎则是怀旧书写的必由之路，旨在帮助现代人摆脱现代文明的束缚，重返永恒的家园。

第一节 现代人"无家可归"生存境遇下的家园意识

德国哲学家诺瓦利斯曾经说过一句名言："哲学就是怀着永恒的乡愁寻找家园。"而现代人在"无家可归"生存境遇下的家园意识则尤其深切浓郁。被上帝遗弃的现代人那因无家可归而致的彻骨彻髓的漂泊感与孤独感，被尼采在《查拉图士特拉如是说》一书中揭橥无遗："我处处找不到家，我漂流于所有城市，我走过所有城门"，"'何处是我家？'我叩问，我寻觅，寻觅而不得。啊，永恒的苍茫！啊，永恒的空漠！啊，永恒的——虚无！"① 此一叙写深刻揭示出现代人灵魂渴望皈依却无处可归的悲凉生存境遇。海德格尔在《关于人道主义的书信》中更进一步指出："无家可归状态变成一种世界命运。因此就有必要从存在历史上来思这种天命。马克思在某种根本的而且重要的意义上从黑格尔出发当作人的异化来认识的东西，与其根源一起又复归为现代人的无家可归状态了。这种无家可归状态尤其是从存在之天命而来在形而上学之形态中引起的，通过形而上学得到巩固，同时又被形而上学作为无家可归状态掩盖起来。"② 无家可归的人类共通命运注定了人存在的痛苦境遇。为了摆脱这种似乎是命中注定的痛苦，具有现代性意义的自我放逐与追寻在永恒昭示着安详和谐喜乐的家园的召唤下显得如此可歌可泣。"有鉴于人的根本性的无家可归状态，对存在历史性的思想来说，人的未来天命就显示在：人要找到他进入存在之真理的道路，并且要动身去进行这种寻找。"③ 漂泊，以及在漂泊过程中所感受到的不绝生命律动与钢铁般的生存意志是如此卓绝地彰显着人之为人的存在伟力。然漂泊终是为了归来。漂泊是一种生存状态，怀旧是人类共通的文化本能与心理特质。如果说漂泊是在启蒙精神照耀下带有强烈理性色彩的自我放逐，那么，怀旧则是在审美本能召唤下带有浓郁感性色彩的情感眷恋与心灵皈依。为何选择漂泊？是因为在寻找到真正的家园之前，相较于勉为其难、泯灭本真自我的所谓世俗意义层面上的归来，漂泊此一生存状态更宜于昭示自我的真实存在，更能彰显自我存在的真正价值。此刻还未到能获得本真性存在的时机，生命意义蒙昧未明，精神寄托彷徨于无地。是因为此刻的存在于自我而言是非本真的存在，它扭曲了自我的本来面目，遮蔽

---

① ［德］尼采：《查拉图士特拉如是说》，转引自王一川《意义的瞬间生成——西方体验美学的超越性结构》，山东文艺出版社1988年版，第51页。
② ［德］海德格尔：《关于人道主义的书信》，《路标》，孙周兴译，商务印书馆2013年版，第400页。
③ ［德］海德格尔：《关于人道主义的书信》，《路标》，孙周兴译，商务印书馆2013年版，第402页。

了自我本应有的价值，所以，我决绝地选择离弃，离弃这个假借我之躯壳的非我的镜像。因离弃而漂泊，在漂泊中寻求，寻求那终极的归宿——家园。对终极家园的渴求是人类永恒的梦想与永远的伤痛。明知无家可归，仍顽强地想要归家；现实的家园可以毁败，但心中的家园永存。漂泊这一生存状态的内在价值也正是在这种对无家可归的命运的不屈抗争与对终极家园的不懈寻求中得以张扬与实现。

五四启蒙文学的领军人物鲁迅，其文集由《呐喊》到《彷徨》到《野草》再到《朝花夕拾》，极为清晰地勾勒出了其心路历程的发展轨迹。其《伤逝》是一篇值得关注的关于家园的小说。开篇即为充满哲学意味的伤悼："会馆里的被遗忘在偏僻里的破屋是这样地寂静和空虚。时光过得真快，我爱子君，仗着她逃出这寂静和空虚，已经满一年了。事情又这么不凑巧，我重来时，偏偏空着的又只有这一间屋。依然是这样的破窗，这样的窗外的半枯的槐树和老紫藤，这样的窗前的方桌，这样的败壁，这样的靠壁的板床。深夜中独自躺在床上，就如我未曾和子君同居以前一般，过去一年中的时光全被消灭，全未有过，我并没有曾经从这破屋子搬出，在吉兆胡同创立了满怀希望的小小的家庭。"值得注意的是，既往的研究者多从经济学与社会学层面来解读《伤逝》，而忽略了隐含其间的哲学意蕴。笔者认为，与其说主人公涓生是在追念一个具体的小小家庭的毁灭，倒不如将其看作鲁迅关于存在家园的寓言式表白：寻觅—误入镜像—失望—绝望—打破镜像—走出镜像，重归寂静与虚无（亦即重归无家可归状态）。主人公在不绝的悔恨与哀伤中却仍未泯灭生的斗志与希望，其精神内在的支撑点，即重建家园的信心与重觅幸福的可能。

新感觉派代表作家刘呐鸥、穆时英、施蛰存等人的作品，尽管以叙写现代感十足的洋场生活为主要内容，但回归家园的旋律却始终在其内部深层回荡着。此观点因在本著第三章第二节"20世纪20年代末至30年代初都市之子对传统的皈依：现代都会主义文学作家的怀旧书写"中有详细论述，故此处从略。

张爱玲在不断剖析与拆解一个个有着"古墓般阴凉"气息的公馆的腐烂家族生活的同时,却在《金锁记》《倾城之恋》《沉香屑:第一炉香》《封锁》《爱》《红玫瑰与白玫瑰》《十八春》等篇章中坚持着对爱与家园的不懈追寻。从其婚恋经历亦可见出这一点。《金锁记》中的姜长安、《倾城之恋》中的范柳原、《沉香屑:第一炉香》中的葛薇龙、《封锁》中的吴翠远、《爱》中的女孩、《红玫瑰》中的王娇蕊、《十八春》中的顾曼桢,莫不是家园这一理想目标的追寻者。其中《封锁》尤其值得关注,全篇的构架充满荒诞的寓言意味。暂时被封锁的电车这一特定时空境遇,其实就是人之存在境遇的极好象征。切断了与外界一切联系的逼仄空间与瞬息即逝的时间,为人发现自我本真提供了有效契机。这是一种真正的命运使然的"被抛"状态,在感着同一命运脉搏的男女之间特别容易滋生同情以及由之而来的爱情。而这所谓爱,主要表现为对家园的想象性建构——以抗拒那不断袭来的沉重的空虚与寂静。吕宗桢"实际上我是无家可归的"慨叹,其实就是张爱玲的夫子自道。这既是对"同是天涯沦落人"的辛酸认同,更是对人类普遍生存境遇的冥冥感知。虽说文本中不乏对男女主人公吕宗桢与吴翠远的调侃,而且反复强调"思想是痛苦的"以暗示男女双方都不过是不用脑子的庸碌之辈,然其基调仍是对于人之存在富有悲悯意味的温情展示,而绝非嘲讽。正因为主人公都是不脱人间烟火气的饮食男女,文本中的境遇才具有象征性与普泛性。其内在的深层悲剧意蕴才得以彰显。对此,而作者在文本中故作轻俏地自我解构:在封锁期间,电车里所发生的一切只不过是"整个的上海打了个盹,做了个不近情理的梦"。则更进一步有意加深了人们的误解。笔者认为这只不过是张爱玲为了掩饰其发自内心的对文本涉及人生境遇的严苛性的有意削弱,以期减轻读者(乃至作者本人)可能因深入思考而带来的痛苦与惊惶,也即为了文本的通俗性而刻意削弱其哲学意蕴,以获取最广大的潜在读者的支持与认同。这就赋予了这个文本非常有意味的双声复调结构。

第四章　现代社会转型语境下百年中国文学的怀旧书写主题

为了追寻心中的梦想、拒绝与自己站在两个极端的父亲的豢养，十九岁的萧红毅然离开那个阴冷的家，决绝地踏上了漂泊之途。可她却在《永远的憧憬和追求》以及《呼兰河传》中明白无误地传达出对爱与温暖的极度渴求："从祖父那里，知道了人生除掉了冰冷和憎恶而外，还有温暖和爱。所以我就向这'温暖'和'爱'的方面，怀着永久的憧憬和追求。"① 既有对过去温情的怀念，又有对未来的憧憬。为何漂泊？为了逃避与抗拒没有爱的宿命，为了追寻心中爱与温暖的梦想。由家园、故乡与童年三位一体交织而成怀旧载体，遂宿命地成了萧红漂泊生涯最后的灵魂避难所。《财主底儿女们》中的蒋纯祖在漂泊途中不绝地追寻生命与存在的意义，其对命运与死亡的无所畏惧的直面与担当，体现出一种罕见的存在的勇气，而支撑着他的不倦追寻之旅的终极力量，则是来自精神家园的本己召唤：找回业已失落的本真自我。其实质诚如蒂利希所言："我们必须是自己，我们必须决定向何处去。我们的良心是对自身的召唤，它并不说什么具体的事物，它既不是上帝的声音，也不是对永恒原则的领悟。它呼吁我们回到自身，摆脱常人的品行，摆脱日常言谈和日常惯例，摆脱顺从主义者作为部分而存在的勇气的主要原则——调整。"② 这种追寻，其表象为一种向外的抗争突围与开拓进取，其内核则是一种向内转的心灵安妥与灵魂皈依。蒋纯祖在生命的最后一息，找到了确信无疑的爱情，找到了生命的意义，有无上的感激、无上的满足，他对恋人万同华说："我回来了。""我们底冒险得到报偿了！""幸福"一词在文本中反复呈现，更加深了"归家"的喜悦："他从前殊死以求，而不能得到的，他现在都得到了。他比以前任何时候都更爱着自己，他所期待，所确信的那个光明在他底眼前升了起来，给他照明道路：海水，闪着波光。"③《无名书稿》中的印蒂上穷碧落下黄泉，追寻一生，每每在其

---

① 萧红：《永远的憧憬和追求》，《萧红全集·商市街》，凤凰出版社2010年版，第260页。
② ［美］P.蒂利希：《存在的勇气》，成显聪等译，贵州人民出版社1988年版，第133页。
③ 路翎：《财主底儿女们》，人民文学出版社1985年版，第966页。

欲沉溺于有违本性的日常泥潭的关键时刻，总能听到"神秘的钟声在远远地敲"。这钟声似远实近，它就是来自内心深处的神秘本己召唤，召唤印蒂舍弃一切前行，去寻找精神家园，去找回本真的自我，做回他自身。荣格在高度评价道家哲学鼻祖老子时，亦特别指出这一点："老子是具有超人见识的代表人物，他能够看到、体验到价值与无价值，并想在生命的尽头回归自身的存在，回归到永恒的无法辨识的意义中去。"① 老子强调"见素抱朴""复归于朴""复归于婴儿"，强调彻底舍弃身外之物，返璞归真，回到婴儿般的纯净无瑕，回到生命的本真状态，用质朴的生命智慧将哲学层面的寻找精神家园与世俗层面找到在家的感觉统合起来，为我们在时代风潮中提供一条切实可行的归家之路。

第二节　叛逆与归乡两难抉择下的乡土情结

现代作家们由乡村而都市，由传统而现代，由东方而西方等地域、文化上的不断迁徙而带来的断裂性的生存体验，直接催生了文化怀乡这一内蕴复杂的人文现象。怀乡，在现代社会急剧转型的语境下，与其说是一种传统文化与心理惯性使然，毋宁说是一种迥异于前朝的现代性体验。"哀其不幸，怒其不争"，是非常具有典型性的对现实故乡的态度。因怒而叛逆，因哀而留恋，大多数作家曾依违于二者之间，痛苦而又彷徨。系列考察一下现代作家的生平，我们发现，几乎无一例外，他们最终都选择了离乡。五四文学的主题是"出走"，然以鲁迅等为代表的新文学旗手们更关注的却是"走后怎样"。在地域上离开家乡之后，或直接或间接受过欧风美雨洗礼的现代作家们，获得了从另一种他者视野反观乃至审视故乡的可能。满目疮痍的故乡，自然经不起这样犀利的现代性目光的再三打量。师陀在《巨人》一诗中流

---

①　［瑞士］荣格：《梦·记忆·思想：荣格自传》，陈国鹏、黄丽丽译，国际文化出版公司2011年版，第308页。

第四章 现代社会转型语境下百年中国文学的怀旧书写主题

露出的彷徨犹疑,"我不喜欢我的家乡,可我怀念着这那广大的原野",①闻一多在《死水》《发现》等诗歌中对真实故国的绝望坚拒:"这是一沟绝望的死水,/清风吹不起半点漪沦。"(《死水》)"我来了,我喊一声,迸着血泪,/'这不是我的中华,不对,不对!'"(《发现》)鲁迅在《故乡》中对儿时记忆轰毁的痛楚慨叹:"我的心禁不住悲凉起来了。啊,这不是我二十年来时时记得的故乡?"以上文本均不约而同地暗示了现代知识分子的共通命运:被放逐的漂泊的宿命。这群当初主动离弃故乡的叛逆之子事实上已经被故乡永远放逐,永远也无法返乡了,他们成了自己故乡的异乡人。除了离去,他们别无选择。返乡的结局竟是与故乡的决绝,这讽刺性的一幕,其背后深藏着整整一代知识分子的精神悲剧。鲁迅在当年做出"走异路,逃异地,去寻求别样的人们"的决定的时候,就已经将自己从故乡放逐,成了故乡的异乡人。海德格尔关于何谓"异乡的"有着极为精到的见解:"'异乡的'……根本上意味着:前往别处,在去……的途中,与此前保持的东西相悖。异乡者先行漫游。但它不是毫无目的、漫无边际地乱走一气。异乡者在寻找之际走向一个它能够在其中保持为漫游者的位置。'异乡者'几乎自己都不知道,它已经听从召唤,走在通向其本己家园的道路上了。"②对中国现代作家这群站在现实故乡大地上的异乡人而言,故乡在此已然虚化成一个文化符号,一个心理象征的载体,现实的家乡既无法归返,那么精神返乡,则自此成为他们怀乡的唯一可行途径。文化怀乡由此而生。其实怀乡的精神实质与家园意识在本质上是一致的。那就是听从人类皈依本能的召唤,不断追寻本己的家园。人永远只能在途中。胡绳对路翎文本的评价,就极为精确地揭示了这群"在异乡唱着家乡的歌"的流浪者的精神境遇:"流浪者有无穷的天地,万倍于乡场穷人的生涯,有大的痛苦和憎

---

① 师陀:《巨人》,《师陀全集》第1卷,河南大学出版社2004年版,第127页。
② [德]海德格尔:《诗歌中的语言——对特拉克尔的诗的一个探讨》,《在通向语言的途中》,孙周兴译,商务印书馆2004年版,第34—35页。

恶。流浪者心灵寂寞而丰富,他在异乡唱家乡的歌,哀顽地通过风雨平原。"①

夏志清在他的《中国现代小说史》里指出:"鲁迅的故乡是他创作灵感的源泉。"② 的确,作为乡土文学的首倡者,鲁迅对故乡的关注以及故乡对鲁迅的重要性都是有目共睹的。展阅其人诸作,我们不难见出,有一股浓重的怀乡情绪弥漫在其作品的字里行间。五四文学的主题是"出走",而鲁迅所关注的却是"出走以后又怎样"。③ 在鲁迅看来,纯粹的出走只是叛逆的一个开端,而真正叛逆的猛士应作如是观:"他屹立着,洞见一切已改和现有的废墟和荒坟,记得一切深广和久远的苦痛,正视一切重叠淤积的凝血,深知一切已死,方生,将生和未生。他看透了造化的把戏;他将要起来使人类苏生,或者使人类灭尽,这些造物主的良民们。"④(《淡淡的血痕中》)以肩负整个人类的苏生或灭绝为己任的叛逆猛士而自命的鲁迅,因其理想与抱负的过于高广深远,自然会有着知音难觅的彻骨孤独感,因而他在竭尽全力为新文学摇旗呐喊的同时,不免时时感到"荷戟独彷徨"的悲哀。孤独体验可以说是怀乡的强力催化剂,于此有着切肤体验的鲁迅,在《呐喊·自序》里曾夫子自道:"我感到未尝经验的无聊。"这陷入无物之阵的英雄,一如既往地举起了投枪,但结局却是"如置身毫无边际的荒原,无可措手的了,这是怎样的悲哀呵,我于是以我所感到者为寂寞。这寂寞又一天一天的长大起来,如大毒蛇,缠住了我的灵魂了"。⑤ 寂寞、孤独与无端的悲哀,给鲁迅带来了极大的痛苦:"我自己的寂寞是不可不驱除的,因为这于我太痛苦。"⑥ 为了排遣这痛苦,

---

① 胡绳:《评路翎的短篇小说》,载杨义等编《路翎研究资料》,北京十月文艺出版社1993年版,第112页。
② [美]夏志清:《中国现代小说史》,香港友联出版有限公司1979年版,第29页。
③ 丁国强:《怀乡与孤独》,《读书》2001年第11期。
④ 鲁迅:《淡淡的血痕中》,《鲁迅全集》第2卷,人民文学出版社2005年版,第226—227页。
⑤ 鲁迅:《呐喊·自序》,《鲁迅全集》第1卷,人民文学出版社2005年版,第439页。
⑥ 鲁迅:《呐喊·自序》,《鲁迅全集》第1卷,人民文学出版社2005年版,第440页。

第四章 现代社会转型语境下百年中国文学的怀旧书写主题

"我于是用了种种法,来麻醉自己的灵魂,使我沉入国民中,使我回到古代去"。① 此时此刻,对极度孤独的鲁迅而言,故乡,那满蕴着慈母柔情的温暖一角,那承载过他童年嬉戏游乐的仁厚热土,对他的魅惑力是可想而知的。

乡人乡情乡风乡俗,时时见诸鲁迅笔端,《阿Q正传》《祝福》《在酒楼上》《孔乙己》等作品,均依托以故乡为原型的背景构建而成,这绝不是偶然的,从《社戏》《风筝》等散文里我们不难见出他对故乡的怀想与热爱。前文我们已经分析了越文化对鲁迅精神气质的莫大影响,然而,在鲁迅这里,其文化怀乡的实质永远只能是叛逆而不是归乡。叛逆与归乡的两难抉择,归根结底是启蒙与怀旧的冲突所致。鲁迅是怀旧的传统士大夫,更是启蒙的现代思想家。从封建文化堡垒中冲杀出来的他,太知道时时"往后看"可能导致的停滞与沉沦、僵化与堕落,为了唤醒与疗救国民病弱的灵魂,他"自己背着因袭的重担,肩住了黑暗的闸门"(《我们现在怎样做父亲》),义无反顾地踏上了启蒙的殉道之途。其在《过客》中对神秘呼唤的执着追寻,正是为了实现生命与真理的终极圆全,以及整个人类与寰宇的大欢喜大解脱。

在现代文坛上,绝非鲁迅一人对故乡有如此深切的眷念。关于这点,鲁迅本人在评价那些"隐现着乡愁"的文学作品时说得很明白:"蹇先艾叙述过贵州,斐文中关心着榆关,……许钦文自名他的第一本短篇小说集为《故乡》,也就是在不知不觉中,自招为乡土文学的作者,不过在还未开手来写乡土文学之前,他却已被故乡所放逐,生活驱逐他到异地去了,他只好回忆'父亲的花园',而且是已不存在的花园,因为回忆故乡的已不存在的事物,是比明明存在,而只有自己不能接近的事物较为舒适,也更能自慰的……看王鲁彦的一部分的作品的题材和笔致,似乎也是乡土文学的作家,但那心情,和许钦文

---

① 鲁迅:《呐喊·自序》,《鲁迅全集》第1卷,人民文学出版社2005年版,第440页。

是极其两样的。许钦文所苦恼的是失去了地上的'父亲的花园',他所烦冤的却是离开了天上的自由的乐土。……黎锦明,他大约是自小就离开了故乡的。在作品里,很少乡土气息,但蓬勃着楚人的敏感和热情。"[1]

然而必须补充的是,与鲁迅一样,那些紧跟鲁迅步伐的年轻作家,如许钦文、王鲁彦、蹇先艾、台静农、彭家煌等,他们在表达对故园的深深眷恋的同时,却无法忘却故乡的封闭保守与落后愚昧,因而在"哀其不幸,怒其不争"的复杂心态支配之下,又对故乡进行了尖锐批判。这种矛盾两难的心态与境遇诚如郁达夫在《在寒风里·序》里所言:"都会里呆不下去了,所以逃到了乡下,乡下更是穷迫得可怜,所以又只能溜回到了都会。"理智上对故乡的批判与情感上对故乡的眷恋之间形成的尖锐冲突将现代作家们在启蒙的路途上弄得左右为难。他们几乎人人都曾在叛逆与归乡的两难抉择中彷徨、挣扎过,其心路历程自是各个不一,然而结局却是惊人的一致,那就是选择叛逆,拒绝归乡。这群顺应时代潮流走出家园的叛逆者们,很清醒地知道自己不能回去,正所谓"开弓没有回头箭",在他们决定跨出家门的那一刻起,就已经没有回头路可走了。他们除了继续命定的漂泊,别无选择。叛逆与归乡,这一困扰着以鲁迅为代表的文化先驱者们的两难抉择,它一如一柄双刃剑,将"只得走"的孤独的先驱者们,在"走异路,逃异地,去寻求别样的人们"的心路历程中,切割得七零八落。

现代作家的文化怀乡,集中体现在对都市的本能拒斥和对乡土的情感回归。正是怀乡的这一质素使得许多作家陷入一种叛逆与归乡的两难境地。这群冲破家庭牢笼、投身时代洪流、甘于放逐、甘于漂泊的叛逆者,在追寻理想的过程中,虽难免孤独寂寞,乃至犹豫彷徨,却依然承担着命定的精神负累,昂然向前。然而故乡作为他们心目中的一个迷梦,不由令其在身心疲惫的漂泊生涯中心向往之。唐弢在

---

[1] 鲁迅:《〈中国新文学大系〉小说二集序》,《鲁迅全集》第6卷,人民文学出版社2005年版,第247页。

《怀乡病》中对此有着极深的感慨:"我没有畏缩和后退的心思,我准备好血肉的躯干,来承受时代的艰巨。但每当午夜梦回,想起故园的一切,我迷惘了!这是怀乡病。"他们在辞别家乡之后,都本能的逃向都市——他们心目中神秘的所在。物欲喧嚣、灯红酒绿的都市生活,在这群乡下人眼中,是那般的陌生异己又那般的绚烂夺目。由于缺乏应有的心理准备与承受力,他们在从乡村向都市迁徙的过程中,所承受的心理、文化以及现实生活的种种冲击与压迫,是极其惊人与明显的。这些身上带着中世纪牧歌情调与宗法烙印的乡下人,对 20 世纪的现代都市而言,纯粹是一群地地道道的局外人。都市,以一种挑衅的姿态向他们发出了文化的诘问。他们在都市里所体验到的疏离感、陌生感与孤独感,可谓彻骨彻髓。与此相应的是,初次置身于以声光电色为主音调的都市,几乎每一位从乡下来到都市的现代作家,都出自本能地、不约而同地采取了派克所说的"从上面"这一观察视点来审察都市,将都市视为一种文化的符码,一种与乡村文明相对立的模糊存在。他们或多或少都在某种程度上感受到了甚至是主动挑起了一场又一场"城乡"文化之争。他们以故乡为精神据点,纷纷祭起批判的大旗,向陌生异己的都市标示出自己鲜明的情感倾向与价值取向。局促的现实环境,狭小的生存空间,快速的生活节奏,沉重的精神负担,将这批初入都市的作家们压得喘不过气来。现代都市对他们的生存挤压得越厉害,他们对充满牧歌情调的乡村生活就越向往,似乎已经成为不争的事实。故乡,作为这群作家记忆中的理想王国,自然而然也就成了他们梦寐以求的灵魂圣土与精神家园。毋庸置疑,这是因对都市文明的困惑、质疑与厌倦而引起的本能回归。

在中国现代作家笔下,有不少非常直接的对都市不满的表白。如巴金就曾经痛切地写道:"如果你离开编辑室到租界去走走,或者最好能到这里的租界上看看,你就会明白在目前的中国确实有不少的人感到坡格隆时代犹太人所感到过的悲哀了,他们只有悲哀,或者盼望有一天日子会变过来，但他们的思想是很阴暗，没有一个出路的。"①郁达夫的《海上》一文，也很真切地描述了他刚刚离家到上海时所感到的剧烈城乡文化冲突："正对了这魔都的夜景，感到不安与疑惑的中间，后房里的几位哥哥的朋友，却谈到了天蟾舞台的迷人的戏剧；……我们于九点多钟，到戏院的时候，楼上楼下观众已经是满坑满谷，实实在在的到了更无立锥之地的样子了。四围的珠玑粉黛，鬓影衣香，几乎把我这一个初到上海的乡下青年，窒塞到回不过气来，我感到了眩惑，感到了昏迷。"在满身乡气、"第一次受到了大都会之夜的威胁"的郁达夫眼里，大都会上海是"金钱的争夺，犯罪的公行，精神的浪费，肉欲的横流"之所，都市文明给他的第一感觉竟是"窒塞"、"眩惑"乃至"昏迷"，城乡文化迥然有别由此可见一斑。既然对都市如此反感，那么，其在随后继之而起的对故乡的眷恋与思念也就是理所当然的了。

唐弢作于1933年6月4日的《故乡的雨》一文，在对都市文明进行批判的同时，有意无意将故乡作为精神逃避之所："这几年投荒都市，每值淫雨，听着滞涩枯燥的调子，回念故乡景色，真觉得连雨声也变了。人事的变迁，更何待说起！""少时留居家乡，当春雨象鹅毛一般落着的时候，登楼一望，远处的山色被一片烟雨笼住，疏零的村落若有若无，雨中的原野新鲜而又幽静，使人不易忘怀！"同年8月5日所作《怀乡病》也抒发了其对故乡的深切爱恋："人们到了不如意的时候，下意识地会想起他所亲的人，所爱的事物来。沙漠的旅行者渴望着水草，海行的人渴望着陆原，同样地，在旅邸凄清，百无聊赖的当儿，会想起故乡，生起怀乡病来。我从十二岁上离开家乡，到现在快近十年了。其间饱经忧患，差幸童心没有改变。……最近几年，周遭所接触的社会渐渐大起来，阴险暴戾的印象刺得我胸口作痛。我没有畏缩和后退的心思，我准备好血肉的躯干，来承受时代的艰巨。

---

① 巴金：《作者自剖》，《现代》1932年第1卷第6期。

但每当午夜梦回,想起故园的一切,我迷懵了!这是怀乡病。""……都市里所有的,全是些陌生人。举动,言语,行为,全不是我能了解的。他们笑,笑我所并不以为可笑的事情;他们骂,骂我所并不以为可骂的人。要是把住时代的是他们,那么,我是背着时代在跑。我倦于看这种丑态了。我需要真纯朴质的乡村生活来调节我的口味,洗去我满身的腥膻!我生着怀乡病。"尽管都市生活是如此令人厌恶,但文中的怀乡,却并不是对都市的消极逃避与缴械投诚,眷念与归去毕竟是两码事,作者并没有因此而放弃自己的人生选择:"在故乡虽然也有许多事使我依恋,但我可没有'不如归去,科头箕踞,高枕看山色'的念头。"不过在批判抗争之余终究有些意难平,故而将其形诸笔墨,痛加讨伐:"逆境固然可以处置,暴力也还可以抵抗,只有白颈鸟的丑态令人难受!雷公老爷打妖怪,打到粪坑里,终也不能不掩鼻而走吧!"叛逆与归乡,这把搅动在鲁迅心中的双刃剑,此刻,又在唐弢心中搅动了。

鲁迅发表于1925年1月的《雪》(收入《野草》)也是一篇颇有意味的怀乡之作。对故乡的眷恋之情在此得以强力凸显,而城市生活的背景则被完全淡化,几至于无。文章通过对故乡温情脉脉的描绘,展现了作者对故乡可感可触的深切思恋,那文化批判者的犀利锋芒此刻似已收敛尽净。朔方的如粉如沙的雪花,冰冷、坚硬、灿烂,"旋转而且升腾",却无法慰藉作者那思乡的羁旅之愁。它勾起的是他对于故乡江南"滋润美艳之至"的雪和儿时塑雪罗汉的趣事的回忆,颇富童心、童趣与童真。故乡的雪,在鲁迅眼中,是极美也极富生机的:"江南的雪,可是滋润美艳之至了;那是还在隐约着的青春的消息,是极壮健的处子的皮肤。雪野中有血红的宝珠山茶,白中隐青的单瓣梅花,深黄的磬口的腊梅花;雪下面还有冷绿的杂草。胡蝶确乎没有;蜜蜂是否来采山茶花和梅花的蜜,我可记不真切了。但我的眼前仿佛看见冬花开在雪野中,有许多蜜蜂们忙碌地飞着,也听得他们嗡嗡地闹着。"远在故乡千里之外的鲁迅,在对故乡的兴味盎然的回忆中,透出了一丝丝怀乡的愁绪。结尾"是的,那是孤独的雪,是死掉的雨,是雨的精魂",为本文的点睛之笔,精到、凝练,又极富诗情与哲理意蕴。

然而鲁迅却是想要忘却而终究未能忘却身外的世界,对故乡纯粹意义上的追怀,只能如过眼云烟般转瞬即逝。《风筝》就是鲁迅在对现状极端不满的情境下而作的。此篇最初发表于1925年2月2日《语丝》周刊第12期。1925年前后,正是鲁迅极其痛苦彷徨的时期,社会黑暗,前途渺茫,这种种的一切,都给他以无可名状的压抑感与焦灼感。此文借着对故乡的风筝的回忆这一由头,隐讳地表达了他对身处其中的那个乌烟瘴气、白色恐怖弥漫的社会环境的不满。正因为现实中的都市生活是如此的令人感到压抑和窒息,鲁迅才对故乡的情事充满了由衷的怀念之情:"故乡的风筝时节,是春二月,倘听到沙沙的风轮声,仰头便能看见一个淡墨色的蟹风筝或嫩蓝色的蜈蚣风筝。还有寂寞的瓦片风筝,没有风轮,又放得很低,伶仃地显出憔悴可怜模样。但此时地上的杨柳已经发芽,早的山桃也多吐蕾,和孩子们的天上的点缀相照应,打成一片春日的温和。我现在在那里呢?四面都还是严冬的肃杀,而久经诀别的故乡的久经逝去的春天,却就在这天空中荡漾了。""现在,故乡的春天又在这异地的空气中了,既给我久经逝去的儿时的回忆,而一并也带着无可把握的悲哀。我倒不如躲到肃杀的严冬中去罢,——但是,四面又明明是严冬,正给我非常的寒威和冷气。"这正如一个在寒风中瑟瑟发抖的人,不由自主地就会向往着温暖的炭火。当他觉得无路可逃时,故乡,就成了他灵魂的避难所。但现实毕竟是无可回避的,"我现在在哪里呢?"这明知故问的悲凉慨叹,正体现了作者太过清醒的悲哀。他清楚地知道,逃是逃不掉的,除了奋起抗争,昂然向前,别无选择。

必须指出的是,对乡土的情感回归与现实中真正归返故乡终究是两码事,这也正是现代作家情感上最难以接受的地方。记忆中因时空距离与心理距离而被审美化诗意化的故乡,一经现实的烛照,立即现

第四章 现代社会转型语境下百年中国文学的怀旧书写主题

出破败不堪的原形。满目疮痍的故乡,当然无法承受起这群饱经欧风美雨洗礼的叛逆者犀利目光的再三打量。鲁迅的自传性小说《故乡》就极鲜明地证实了这一点。此篇最初发表于1921年5月《新青年》第9卷第1号。其间对美丽故乡的极度思念、一再追怀与重回故乡时莫可奈何的幻灭之感恰成比照,毫不夸张地说,笼罩《故乡》全篇的,就是那压倒一切的强烈的幻灭感。"一切景语皆情语",小说中对肃杀冷寂的冬景与寥落破败的乡村的渲染,极好地烘托了作者阴郁幻灭的心绪。"我"记忆中的故乡与现实的故乡反差何其巨大,一开始作者竟然不愿承认这就是他二十年来魂牵梦绕的故乡:

> 我冒了严寒,回到相隔二千余里,别了二十余年的故乡去。
> 时候既然是深冬;渐近故乡时,天气又阴晦了,冷风吹进船舱中,呜呜的响,从篷隙向外一望,苍黄的天底下,远近横着几个萧索的荒村,没有一些活气。我的心禁不住悲凉起来了。
> 阿!这不是我二十年来时时记得的故乡?
> 我所记得的故乡全不如此。我的故乡好得多了。但要我记起他的美丽,说出他的佳处来,却又没有影像,没有言辞了。仿佛也就是如此。于是我自己解释说:故乡本也如此,——虽然没有进步,也未必有如我所感的悲凉,这只是我自己心情的改变罢了,因为我这次回乡,本没有什么好心绪。
> 我这次是专为了别他而来的。我们多年聚族而居的老屋,已经公同卖给别姓了,交屋的期限,只在本年,所以必须赶在正月初一以前,永别了熟识的老屋,而且远离了熟识的故乡,搬家到我在谋食的异地去。

在这里,我们更多地感到的是民生的凋敝、生存的艰难、理想破灭时的刻骨悲凉与不得不再次去乡时的深深忧伤。不必说自小就辞亲别友"走异路,逃异地"、谋食他乡的"我",就是生于斯长于斯乃至老于斯的母亲，这次也为生计所迫，不得不连根拔起，"永别了熟识的老屋，而且远离了熟识的故乡，搬家到我在谋食的异地去"。事母至孝的鲁迅，因不得不让母亲与其共尝人间辛酸而自感愧为人子，他在小说中将对老母的歉疚与自责之情深藏在字里行间，唯其足够克制，方显用情之真，牵念之深。

如果说作者对故乡与记忆中大相径庭的凋敝景物多多少少还有点承受力的话，那么，故乡人事的巨变则彻底摧毁了他的故乡迷梦。"我"儿时的好友与崇拜的对象闰土，在历经"多子，饥荒，苛税，兵，匪，官，绅"等不断摧折的二十余载的人生坎坷之后，昔日的聪慧机灵已丧失殆尽，整个人已变为麻木不仁、且被迫接受了封建等级观念的庸碌之辈："一日是天气很冷的午后，我吃过午饭，坐着喝茶，觉得外面有人进来了，便回头去看。我看时，不由的非常出惊，慌忙站起身，迎着走去。这来的便是闰土。虽然我一见便知道是闰土，但又不是我这记忆上的闰土了。他身材增加了一倍；先前的紫色的圆脸，已经变作灰黄，而且加上了很深的皱纹；眼睛也像他父亲一样，周围都肿得通红，这我知道，在海边种地的人，终日吹着海风，大抵是这样的。他头上是一顶破毡帽，身上只一件极薄的棉衣，浑身瑟索着；手里提着一个纸包和一支长烟管，那手也不是我所记得的红活圆实的手，却又粗又笨而且开裂，像是松树皮了。……他站住了，脸上现出欢喜和凄凉的神情；动着嘴唇，却没有作声。他的态度终于恭敬起来了，分明的叫道：'老爷！……'"随着儿时好友闰土小英雄形象的轰然倒塌，"我"对故乡的最后一丝留恋也荡然无存："老屋离我愈远了；故乡的山水也都渐渐远离了我，但我却并不感到怎样的留恋。我只觉得我四面有看不见的高墙，将我隔成孤身，使我非常气闷；那西瓜地上的银项圈的小英雄的影像，我本来十分清楚，现在却忽地模糊了，又使我非常的悲哀。……我躺着，听船底潺潺的水声，知道我在走我的路。我想：我竟与闰土隔绝到这地步了。"怀乡的结局竟是与故乡的决绝，这可能是鲁迅自己也始料未及的吧。自此，故乡在鲁迅心目中已然虚化成一个符号，一种象征。也正是在这个意义上，《故乡》成为一曲归乡的悲歌。然而，深受儒家修齐治平思想熏染、以"孺子牛"自命的鲁迅，是不会甘心就此被绝望与幻灭之情压倒的。他在小说的末尾，又为全文抹上了几笔亮色："我在朦胧中，眼前展开一片海边碧绿的沙地来，上面深蓝的天空挂着一轮金黄的圆月。我想：希望是本无所谓有，无所谓无的。这正如地上的路；其实地上本没有路，走的人多了，也便成了路。"其功效一如鲁迅在《呐喊·自序》里所言："在我自己，本以为现在是已经并非一个切迫而不能已于言的人了，但或者也还未能忘怀于当日自己的寂寞的悲哀罢，所以有时候仍不免呐喊几声，聊以慰藉那在寂寞里奔驰的猛士，使他不惮于前驱。"[1]

鲁迅对故乡的最终决绝，在郁达夫的《回忆鲁迅》一文里有着详尽的介绍："鲁迅不但对于杭州没有什么好感，就是对他出身地的绍兴，也似乎并没有什么依依不舍的怀恋。这可从有一次他的谈话里看得出来。是他在上海住下不久的时候，有一回我们谈起了前两天刚见过面的孙伏园。他问我伏园住在哪里，我说，他已经回绍兴去了，大约总不久就会出来的。鲁迅言下就笑着说：'伏园的回绍兴，实在也很可观！'他的意思，当然是绍兴又凭什么值得这样的频频回去。所以从他到上海之后，一直到他去世的时候为止，他只匆匆地上杭州去住了一夜，而绝没有回去过绍兴一次。"虽然鲁迅对故乡最终取了一种决绝的态度，但事实上，鲁迅对故乡的情分其实并没有郁达夫所写的那么稀薄，就是在同一篇文章里，郁达夫又道："他对于唱戏听戏的经验，始终只限于绍兴的社戏，高腔，乱弹，目连戏等，……阿Q所唱的那句'手执钢鞭将你打'，就是乱弹班《龙虎斗》里的句子，是赵玄坛唱的。"不管鲁迅本人对故乡的现实态度如何，在潜意识里，故乡对他的影响是无处不在、彻骨彻髓的。

---

[1] 鲁迅：《呐喊·自序》，《鲁迅全集》第1卷，人民文学出版社2005年版，第441页。

与《故乡》的结尾如出一辙,启蒙者们终于在情感与理智的痛苦交战中挣脱出来,奔向那不可知的前程。而无家可归或有家归不得的悲哀,却给常常要起"不如归去"念头的现代作家以致命一击。叛逆与归乡,这一两难抉择,并未难倒以鲁迅为首的文化先驱们,其对故乡"哀其不幸,怒其不争"的矛盾心态,就已经注定了最终的结局:因哀而留恋,因怒而叛逆。在叛逆与归乡之间,他们毕竟选择了叛逆而不是归乡。

第三节 现代生存挤压下意欲重返母体的童年情结

在中国古代文学史上,描述童年的作品殊为罕见,而自近代以降,此类作品却以朝气蓬勃的面貌纷然涌现。对童年、童心进行如此自觉而又集中地讴歌,在中国文学史上应该说是史无前例的。这与现代社会转型有着密不可分的关联。自1840年国门被迫打开以来,西方的诸多现代思潮随之涌进神州大地。法国哲学家卢梭在其教育杰作《爱弥儿》中以"儿童为中心"的理念,不但对欧美儿童教育产生重大影响,也在一定程度上冲击着我国既往以老为尊的传统思想。本节拟从对现代作家怀念童年主观动因的考察,其对童心的讴歌与"儿童/成人"对立抒写模式,以及怀念童年的幻灭结局三个方面着手,对怀念童年这一主题进行分析、论述。

一 现代作家怀念童年主观动因考察

中国现代作家之所以对童年极力礼赞与讴歌,除了深受以卢梭为代表的西方浪漫主义思潮的客观影响以及作家自身多为青春少年之外,从作家的主观意志来考察,笔者认为,主要出于如下几个方面的动因。

第一,将童年视为与世俗成人世界相对立的理想王国,希望借此驱除现实世界的残酷阴冷,以获得心灵情感的慰藉。随着岁月的流逝,那日渐远去的童年因着时空距离与心理距离而逐渐被诗意化、审美化,

第四章 现代社会转型语境下百年中国文学的怀旧书写主题

终至于成为高悬在现实土壤之上的一方圣土。诚如弗洛伊德所言："在所谓的最早童年记忆中，我们所保留的并不是真正的记忆痕迹而却是后来对它的修改。这种修改后来可能受到了各种心理力量的影响。因此，个人的'童年记忆'一般获得'掩蔽记忆'的意义，而且童年的这种记忆与一个民族保留它的传说和神话有着惊人的相似之处。"（《掩蔽性记忆》）这也就是说，作家们依照自身经验、愿望与修为而再造出来的童年，已经远不是它的原始状态，它已经被高度理想化了。因此，无论现实处境如何，那理想王国般的美好童年一直都是现代作家的精神家园与灵魂避难所。唐弢曾为童年放声高歌："我们也曾为幸福所羽翼，当还在母亲怀抱的时候。无论处境怎样穷困，但童年对于我们是丝毫没有恶意的，轻松，单纯，真率，美妙，这黄金的幸福的时代，够我们细细回忆。"（《回忆》）孙犁也曾经为童年深情吟唱："美丽的梦只有开端，只有序曲，也是可爱的。我们的童年，是值得留恋的，值得回味的。"鲁迅也正是在生命中极其沉闷阴郁的一段时间里，将童年作为逃避心灵痛苦与黑暗现实的挪亚方舟，其结果，便是造就了《朝花夕拾》的诸篇章。他在《朝花夕拾·小引》里称："我有一时，曾经屡次忆起儿时在故乡所吃的蔬果：菱角，罗汉豆，茭白，香瓜。凡这些，都是极其鲜美可口的；都曾是使我思乡的蛊惑。后来，我在久别之后尝到了，也不过如此；惟独在记忆上，还有旧来的意味留存。他们也许要哄骗我一生，使我时时反顾。"儿时的温馨回忆竟能"哄骗"作者一生并令其"时时反顾"，其慰藉与救赎功能当不可小觑。

第二，童年印证了自我本体的曾经存在，也使得自我价值曾经得以彰显。当然，童年屡屡被作为怀旧的经典对象，并不仅仅是因为它的正面质素所致，痛苦寂寞孤独的童年，也常常被人们饱含深情地追怀。究其原因，童年最可珍贵的，也许还是因为它的短暂与一去不复返。这在诸多现代作家的作品那里都可以得到印证。唐弢在《以虫鸣秋》中反复表述的中心思想就是"我不能忘情于已逝的童年。"他在

《海》中，为自己那永不可再得的童年而伤悼不已："在这短短的几年里，我各处流荡着，到南又到北，我遇见同样的海，同样的晴和雨，同样的幽静和雄伟，但从不曾再遇见我那黝黑而健康的童年。"童年是人人都必须经历的一段特殊时期，是人生轨迹不可或缺的一段印痕，用鲁迅的话来说，就是"这总算是生活的一部分的痕迹"（《写在〈坟〉后面》）。笔者认为，怀念童年，反映了人及其"类"饮水思源的本性，以及生命发展到一定阶段人类回眸以往逝去岁月的本能。这是人类精神溯源性的一种方式，具有与生俱来的特性。朱自清在《忆·跋》一文中，就极经典地道出了怀旧与童年密不可分的关系："人们往往从'现在的梦'里走出，追寻旧梦的踪迹，正如追寻旧日的恋人一样；他越过了千重山，万重水，一直的追寻去。这便是'忆的路'。'忆的路'是愈过愈广阔的，是愈过愈平坦的；曲曲折折的路旁，隐现着几多的驿站，是行客们休止的地方。最后的驿站，在白板上写着朱红的大字：'儿时'。这便是'忆的路'的起点。"作为人生漫漫旅途中的第一站，儿时在每一个人的记忆黑域中都划上了深深的印痕，对往事的追怀、对故土的思恋，都是以此为出发点的，童年在此，显然已经成了一个绕不过去的自我曾经存在的印记。丰子恺的《梦痕》，几乎可以说就是对于笔者这一论断的形象化阐释：

> 我的左额上有一条同眉毛一般长短的疤。这是我儿时游戏中在门槛上跌破了头颅而结成的。相面先生说这是破相，这是缺陷。但我自己美其名曰"梦痕"。因为这是我的梦一般的儿童时代所遗留下来的唯一的痕迹。由这痕迹可以探寻我的儿童时代的美丽的梦。

> 现在我对这些儿时的乐事久已缘远了。但在说起我额上的疤的来由时，还能热烈地回忆神情活跃的五哥哥和这种兴致蓬勃的玩意儿。谁言我左额上的疤痕是缺陷？这是我的儿时欢乐的佐证，

第四章 现代社会转型语境下百年中国文学的怀旧书写主题

我的黄金时代的遗迹。过去的事,一切都同梦幻一般地消灭,没有痕迹留存了。只有这个疤,好象是"脊杖二十,刺配军州"时打在脸上的金印,永久地明显地录着过去的事实,一说起就可使我历历地回忆前尘。仿佛我是在儿童世界的本贯地方犯了罪,被刺配到这成人社会的"远恶军州"来的。这无期的流刑虽然使我永无还乡之望,但凭这脸上的金印,还可回溯往昔,追寻故乡的美丽的梦啊!

一道疤痕竟被作者美其名曰为"梦痕",并成为"探寻我的儿童时代的美丽的梦"与"回溯往昔,追寻故乡美丽的梦"的可靠凭证,这其中又暗藏了多少对于童年的热切向往与美好回忆。无论其是欢乐还是痛苦,是美好还是缺憾,童年,毕竟是自己生活的一段印痕,是自己曾经存在的证明,因而是弥足珍贵的。

敢于直面人生的鲁迅,从来就不回避对坎坷童年的追忆,尽管童年对他而言,只是一个醒得太早的迷梦。在他十三岁时,祖父因科场案发而下狱,父亲又久病不起,家境随之一落千丈。欢乐童年的荫庇既已失去,作为破落户周家的长房长孙,少年鲁迅过早地尝到了世态炎凉的煎熬与人情冷暖的无常。自此,他的童年时代被迫宣告结束,他不得不提前进入深浅莫测的成人世界。鲁迅在《呐喊·自序》中曾经说过:"有谁从小康人家而坠入困顿的么,我以为在这途路中,大概可以看见世人的真面目。"其在此借着回忆的由头,将自己早年生命中的重大事件与变故一一展现在读者眼前:"我有四年多,曾经常常,——几乎是每天,出入于质铺和药店里,年纪可是忘却了,总之是药店的柜台正和我一样高,质铺的是比我高一倍,我从一倍高的柜台外送上衣服或首饰去,在侮蔑里接了钱,再到一样高的柜台上给我久病的父亲去买药。……然而我的父亲终于日重一日的亡故了。"小小年纪便不得不承受太多本不该由他来承担的重荷,为少年鲁迅洞彻世态人情提供了一个重要契机。他在极度失望之余,越发坚定了去乡的决心:"我要到 N 进 K 学堂去了,仿佛是想走异路,逃异地,去寻求别样的人们。"鲁迅通过对此段辛酸童年往事的追怀而激起的复杂情感是可想而知的。这些往事,粉碎了童年鲁迅的瑰丽梦想,它们在极深地伤害了他对世道人心的天真信任的同时,也在很大程度上决定了他今后的人生走向。这正如孙犁在《鲁迅的小说》一文里所言:"幼年的感受,故乡的印象,对于一个作家是非常重要的东西,正像母亲的语言对于婴儿的影响。这种影响和作家一同成熟着,可以影响他毕生的作品。它的营养,像母亲的乳汁一样,要长久地在作家的血液里周流,抹也抹不掉。这种影响是生活内容的,也是艺术形式的。"

　　无独有偶,萧红的童年虽然寂寞孤独、单调乏味,但她还是乐于将它形诸笔墨,并对其间的些微乐趣一再深情追怀。究其根源,也是因为童年作为自己生命的起点,与人也许无关,于己却是休戚与共的,它是作者曾经作为不可抹杀的存在的明证。正因为如此,作者才一直对它萦萦于心。这可由她在《呼兰河传》的结尾里看得很清楚:"以上我所写的并没有什么幽美的故事,只因他们充满我幼年的记忆,忘却不了,难以忘却,就记在这里了。"她回忆、她追怀,只是因为其人其事与她的童年休戚相关;而日渐远去的诸人诸事,也就与萧红的童年一道,永远活在她的记忆里了。苏雪林的童年似乎也并不快乐。她在《童年琐忆》中写道:"我的童年是黯然无光的,也是粗糙而涩滞的,回忆起来,只有令人愀然不乐,决不会发生什么甜蜜回味,正是黑黝黝的生铁一块。"当然,作者的童年不幸,与当时社会歧视女性的恶俗是密切相关的。她竟然在文中为自己不敏感的天性而庆幸:"感谢天心慈爱,幼小时让我生有一个浑噩得近于麻木的头脑,环境虽不甚佳,对我影响仍不大;我仍能于祖母,即那位家庭里的慈禧太后,无穷的挑剔、限制、苛责之中,逃避到自己创造的小天地内,自寻其乐,陶然自得。"这不能不让人在为作者长舒一口气的同时,感到一种深深的悲哀。虽然童年颇为不幸,但是作者仍然满怀兴味地追怀不休,这也是因为童年毕竟是自己一步步走过来的短暂的年月,一去不复返的年月。

有着不幸童年的绝不止以上论及的几位作家，郁达夫就是其中之一。据他本人所言，他的童年是"孤独的童年"，他甚至将自己的出生视为"悲剧的出生"。他在《悲剧的出生》里沉痛地写道："儿时的回忆，谁也在说，是最完美的一章，但我的回忆，却仅是些空洞。第一，我所经验到的最初的感觉，便是饥饿；对于饥饿的恐怖，到现在还在紧逼着我。""到了我出生后的第三年的春夏之交，父亲也因此以病以死；在这里总算是悲剧的序幕结束了，此后便只是孤儿寡妇的正剧的上场。"国难家难一齐压向郁达夫那摇摇欲坠的家，在那风雨飘摇的时代，要想获得一个幸福快乐的童年，似乎只能到梦境里去寻找罢。然而，无论是怎样备受欺凌的寂寞的童年，对于天性纯真活泼的儿童来说，总还是能找到点点滴滴的乐趣的。虽然郁达夫幼时既无父宠母爱，又无兄弟姐妹作伴，因而极端的孤独寂寞，但他在童年还是收获了属于自己的温情："在我这孤独的童年里，日日和我在一处，有时候也讲些故事给我听，有时候也因我脾气的古怪而和我闹，可是结果终究是非常痛爱我的，却是那一位忠心的使婢翠花。"(《悲剧的出生》)此外，儿时的读书生涯，也给郁达夫带来了无尽的欢欣："经过了三十余年的岁月，把当时的苦痛，一层层地摩擦干净，现在回想起来，这书塾里的生活，实在是快活得很。"(《书塾与学堂》)那群小同窗们的种种淘气玩劣行径，也许是郁达夫童年记忆中最鲜亮的一笔吧。它给成年的郁达夫带来了一缕淡淡的欣喜与慰藉，同时也冲淡了他关于童年记忆中的凄凉成分。然而，无可否认的是，童年时期铭刻在郁达夫心中最深的依然是孤独以及由孤独而产生的忧郁情绪，孤独与忧郁遂因此成为左右他一生命运与创作风格的心理积淀。其成年后创作的一系列"零余者"形象，追根溯源，都可以从他的童年体验那里找到原型。童年，在此已不仅仅是他生命中不能逃避的存在，更是其创作的灵感与源泉之一。

第三，怀念童年，是对人性返璞归真的呼唤与对民族品德重建的期待。童年是人类生命历程中最纯洁最本真的时期,人性在这一阶段,是本真自然的。席勒曾经指出:"我们的童年是在文明人类中还可以遇见的唯一未受摧残的自然状态。"(《素朴的诗与感伤的诗》)确实,在人们的童年时代,尘世的种种束缚规范,尚未浸染到他们纯洁的灵魂;高度机械化的现代文明,尚未扭曲他们的自然天性;生存的重荷与现实的种种艰辛,暂时也还没有落到他们稚嫩单薄的肩上;因此,他们是自由、自然、健康、快乐的。对童年的追忆,本质上就是对人性去藻饰、除虚伪、回复自然率真的热切呼唤。诚如心理学家荣格所言:"抓住儿童时代的理想境界不放,表现出对命运之神的反叛,对周围一切企图吞噬我们的力量的反抗。在我们内部存在着某种要我们仍然作个小孩的东西,处于一种无意识的境界中。"[1] 其在《原型与集体无意识》中进一步指出:"'儿童'诞生自无意识的子宫,孕育自人性的最深处,或者更加准确地说,孕育自生机勃勃的大自然本身。它体现了远在于我们意识思维的有限范围之外的生命力量、我们片面的意识思维一无所知的方法与可能性、包含大自然纵深的整体。它代表每个人身上最强烈、最不可避免的欲望,即实现自己的欲望。"[2] 而基于对国民性的透彻认识与对整个成人世界的绝望,也使得现代作家们将民族品德的重建,寄希望于来日方长的儿童们。在他们看来,成人因着种种现实的束缚与压迫而正在日益丧失其本真面貌与本质存在,人性被异化的可怕事实正日渐显露,为力挽狂澜于既倒,必须用童心来对其加以矫正与拯救。正是在这种意义上,童心的自由纯真获得了对于民族、国家、乃至整个人类的重要意义。也正是在这种意义上,丰子恺宣称:"大家不失去童心,则家庭、社会、国家、世界,一定温暖、和平而幸福。"(《我与〈新儿童〉》)沈从文则认为:"一个民

---

[1] [瑞士]荣格:《探索心灵奥秘的现代人》,黄奇铭译,社会科学文献出版社1987年版,第95页。

[2] [瑞士]荣格:《原型与集体无意识》,《荣格文集》第5卷,徐德林译,国际文化出版公司2011年版,第13页。

族缺少童心时,即无宗教信仰,无文学艺术,无科学思想,无燃烧情感,实证真理的勇气和诚心。童心在人类生命中消失时,一切意义即全部失去其意义。"(《青色魇·青》)

而为了借助童心呼唤人性复归与促进民族品德的重建,现代作家们也做出了艰巨的现实努力与艰辛的理论探索。如鲁迅对儿童的责任心与坚忍的牺牲精神就是极其感人的。他从进化论出发,逐渐接受了"以幼者为本位"的现代新观念,认为"后起的生命,总比以前的更有意义,更近完全,因此也更有价值,更可宝贵;前者的生命,应该牺牲于他"。"所以觉醒的人,此后应将天性的爱,更加扩张,更加醇化;用无我的爱,自己牺牲于后起新人。"(《我们现在怎样做父亲》)对吃人的成人世界的洞幽烛微与彻底绝望,迫使鲁迅将目光投向那方洁净的圣土:童心。那"没吃过人的孩子,或者还有?救救孩子……"的痛彻肺腑的呼唤,可以鲜明地见出鲁迅对于未被龌龊尘世玷污的童心抱有很高的期望。在他眼中,"孩子是可以敬服的"(《看图识字》),"惟其幼小,所以希望就正在这一面"(《一八艺社习作展览会小引》)。他甚至不无偏颇地认为:"一切设施,都应该以孩子为本位。"为了孩子们能在"此后幸福的度日,合理的做人",他情愿"自己背着因袭的重担,肩住了黑暗的闸门,放他们到宽阔光明的地方去"。(《我们现在怎样做父亲》)

沈从文则试图从理论上来对此做出一定的探索并给出了自己的回答。走出湘西,寄居都市的沈从文,尤其深切地感到了人性被异化被扭曲带来的痛苦。因而,呼唤人性返璞归真,着手民族品德的重造,就成了他创作最鲜明突出的特色。作为少年沈从文的成长历史,《从文自传》首篇《我所生长的地方》里所回忆的童年,以及沈从文用他的全部创作所构建的湘西世界,都在极显明地暗示读者,作者在用他的全部热情与努力不倦地追寻一个终极目标:找回失落的自然人性,重建充满英勇正义与蓬勃朝气的民族新品德。在沈从文看来,童年的人类是生气四溢、自由活泼的,那种野性美,那不着文明痕迹的自由

243

思维言行举止，才是人的本真原初状态。而他笔下那带有传奇、神秘与野蛮色彩的湘西生活则为疲惫绝望的现代人点亮了一盏指明灯，并向他们昭示了另一个远为自然、远为美丽的世界的存在。他的系列散文创作《从文自传》《湘行散记》《湘西》正体现了一个生命的轮回，从蒙昧的感性走向理性，再从理性生命回归童年意识，再一次寻找到生命的家园。人类从混沌中走来，以自身的力量与自然抗争，并获得了一定程度的胜利，但童年的记忆呼唤人类回归，于是，人类再次听从了那遥远的野性的呼唤，挣脱自制的文明枷锁，重新回到了原初状态的童年。当然，无可否认，对童年的追怀虽不是万能的救世良方，但也绝不是简单意义上的回到童年的简单幼稚与蒙昧无知。这是现代作家寻求人性复归之途的又一努力，无论其结果如何，我们都可以肯定地说，这是更高意义上的回归，生命形态于此已由自在上升到了自为，在历经文明与理性的洗礼之后，人类远较以前要通透明达，因而也更富生存的智慧。

二 对童心的讴歌与"儿童/成人"对立抒写模式

童心的天真纯洁与自由烂漫，是童年这一理想王国里最璀璨夺目的一颗明珠，因而，它也就顺理成章地成为现代生存挤压下作家们讴歌的首要对象。那毫无机巧的童心，曾给人们带来多少超尘脱俗的喜悦与心灵情感的慰藉。充斥在成人世界中的虚饰、诈伪在此荡然无存，取而代之的是坦荡荡的纯真。作家们怀念童年，主要表现为对童心的讴歌。郭沫若在《孤竹君之二子》中，借伯夷之口道："我们的本性，原来是纯洁无染的，你看你们这婴儿，他何曾带着点人类的一切罪恶的烙印呢？他只有完全整块的一个浑圆的自我！"丰子恺在散文中尽情赞美儿童是"身心全部公开的真人"，"天地间最健全者的心眼，只是孩子们的所有物，世间事物的真相，只有孩子们能最明确、最完全地见到"（《儿女》）。而以童真作为构架自己创作三元素之一的冰心，则更是对儿童推崇备至，她将儿童视为"希望的使者"，对他们净化浊世、驱除人生的烦闷寄予了无尽的期望（《最后的使者》）。未受尘世规范与教育浸染的孩子，他们的心灵以及言行举止都是自由自在，不受任何羁束的。自然天成是他们的本性，对他们而言，一切均发自内心，流诸自然，毫不矫情造作。终日生活在用谎言与作伪织成的现实之网中的成人，对他们的由衷欣羡也是可想而知的。丰子恺在自己的散文中一再将儿童世界与成人世界加以比照，不禁感慨丛生："成人的世界，因为受实际的生活和世间的习惯的限制，所以非常狭小苦闷。孩子们的世界不受这种限制，因此非常广大自由。"（《谈自己的画》）正是儿童世界的自由广大才映鉴出成人世界的局促逼仄，作家们在希图借童年的温暖来驱除现实的寒冷之际，也就同时照见了自己作为成人的种种失落与悲哀。徐志摩在《海滩上种花》一文中所流露出的情感也如出一辙。他在十分艳羡儿童的活泼自由的同时，不免为成人的自己黯然长叹："我是一个大人，身上穿着长袍，心里存着体面，怕招人笑，天生的灵活换来矜持的存心——孩子，孩子是没有的了，有的只是一个年岁与教育蛀空了的躯壳，死僵僵的，不自然的。"这是对成人世界的咒诅与排斥，也饱含着作者对逝去的童年无限追念的感伤情怀。

值得指出的是，因为在理念上对童心与世俗这一对立主题模式的认同，作家们怀念童年，便多喜采用"儿童/成人"对立模式来进行叙写。的确，儿童与成人的价值观、思维方式以及看待问题的视角都是截然不同的。冰心曾模仿儿童的口吻写道："大人的思想，竟是极高深奥妙的，不是我们所能以测度的。不知道为什么，他们的是非，往往和我们的颠倒。往往我们所以为刺心刻骨的，他们却雍容谈笑的不理；我们所以为渺小无关的，他们却以为是惊天动地的事功。"（《寄小读者·通讯六》）在天真烂漫的小华瞻看来，大人们的世界是离奇古怪，不合常情的："这'家'的分配法，不知是谁定的，真是无理之极了。想来总是大人们弄出来的。大人们的无理，近来我常常感到，不止这一端。"（丰子恺《华瞻的日记》）周作人也是一位对儿童深有了解与同情的作家,他曾经在《阿丽思漫游奇境记》中痛心地说道:"世上太多的大人虽然都亲自做过小孩子,却早失了'赤子之心',好像'毛毛虫'的变了胡蝶,前后完全是两种情状:这是很不幸的。他们忘却了自己的儿童时代的心情,对于正在儿童时代的儿童的心情于是不独不能理解,与以相当的保育调护,而且反要加以妨害;儿童倘若不幸有这种的人做他的父母师长,他的一部分的生活便被损坏,后来的影响更不必说了。"又在《小孩的委屈》中替自以为是的成人忏悔:"在我们虽然不打小孩的嘴巴,但是日常无理的呵斥,无理的命令,以至无理的爱抚,不知无形中怎样的损伤了他们柔嫩的感情,破坏了他们甜美的梦,在将来的性格上发生怎样的影响!"同样信奉"以幼者为本位"的宗白华认为:"纯洁天真,活泼乐生的少年气象是中国前途的光明。那些事故深刻,悲哀无力的老气沉沉,就是旧中国的坟墓。"(《〈蕙的风〉的赞扬者》)鲁迅在《看图识字》里也写道:"凡一个人,即使到了中年以至暮年,倘一和孩子接近,便会踏进久经忘却了的孩子世界的边疆去,想到月亮怎么会跟着人走,星星究竟是怎么嵌在天空中。但孩子在他的世界里,是好像鱼之在水,游泳自如,忘其所以的,成人却有如人的凫水一样,虽然也觉到水的柔滑和清凉,不过总不免吃力,为难,非上陆不可了。"而他的《从百草园到三味书屋》一文则采用纯粹的儿童视角,完全用儿童的眼光来看待一切追求功名利禄的努力,它体现了鲁迅对"儿童/成人"这一对立抒写模式一以贯之的关注。文章开篇就写道:故居的百草园,"其中似乎确凿只有一些野草;但那时却是我的乐园"。百草园给鲁迅带来的无穷乐趣真是令他流连忘返,让他在多年后尚能记忆犹新乃至津津乐道。在童年鲁迅那无邪的小小童心里,认为大人之所以要送他去读书,只不过是因为他犯了某种不可饶恕的错误而对他采取的惩罚措施。成人世界在他看来是那般的不可理喻与难以捉摸:"我不知道为什么家里的人要将我送进书塾里去了,而且还是全城中称为最严厉的书塾。也许是因为拔何首乌毁了泥墙罢,也许是因为将砖头抛到间壁的梁家去了罢，也许是因为站在石井栏上跳了下来罢，……都无从知道。总而言之：我将不能常到百草园了。Ade，我的蟋蟀们，Ade，我的覆盆子们和木莲们！……"他在不得不顺从大人的心愿去上学的同时，心头念念不忘的还是那令他乐陶陶的童趣世界：百草园。当已是中年的鲁迅在历经人世沧桑之后再回首这段往事时，他对那未曾被污染、浸润过的纯洁童心的依依不忍之心，对自然人性的自由自在与天真烂漫的悠悠向往之情，对人类文明造成的对童心乃至人性的异化的隐隐批判之意，都是一目了然的。

以"儿童崇拜者"而著称的丰子恺，撰有多篇散文，直接讴歌儿童的童真、童心、童趣。他在《儿女》一文中，有意识地将成人无聊枯燥烦闷的生活与儿童新鲜活泼富有生趣的世界加以对比，鲜明地表现了自己的情感倾向：那就是对世智尘劳的深深厌倦与对儿童本真世界的由衷向往。他不无感慨地写道："我比起他们来，真的心眼已经被世智尘劳所蒙蔽，……是一个可怜的残废者了。""回想过去四个月的悠闲宁静的独居生活，在我也颇觉得可恋，又可感谢。然而一旦回到故乡的平屋里，被围在一群儿女的中间的时候，我又不禁自伤了。因为我那种生活，或枯坐，默想，或钻研，搜求，或敷衍，应酬，比较起他们的天真、健全、活跃的生活来，明明是变态的，病的，残废的。""我们大人的举止谨惕，是为了身体手足的筋觉已经受了现实的种种压迫而痉挛了的缘故。孩子们尚保有天赋的健全的身手与真朴活跃的元气，岂像我们的穷屈？"作者在文中还进一步将"残废者/健全者"与"成人/儿童"对举，价值判断昭然若揭。有了这样的情感铺垫，文章结尾的盛赞也就来得不显突兀了："近来我的心为四事所占据了：天上的神明与星辰，人间的艺术与儿童。这小燕似的一群儿女，是在人世间与我因缘最深的儿童，他们在我心中占有与神明、星辰、艺术同等的地位。"他在《从孩子得到的启示》一文中，再度将儿童世界与成人世界加以比照。在成年的"我"眼里，逃难"是多么惊慌，紧张而忧患的一种经历"。然而，在小孩眼中，逃难却自有它令人快乐欢喜的地方。因为"那一天不论时,不论钱,浪漫地、豪爽地、痛快地"举行了一次平常时节颇为难得的全家游历,所以,逃难"在他们脑中有难忘的欢乐的印象"。两相比照,作者不由得感慨万千:"我们所打算、计较、争夺的洋钱,在他们看来个个是白银的浮雕的胸章;仆仆奔走的行人,扰扰攘攘的社会,在他们看来都是无目的地在游戏,在演剧;一切建设,一切现象,在他们看来都是大自然的点缀,装饰。"他在结尾则郑重其事地宣称要向孩子们学习,抛却一切尘世的束缚,用一颗无污无垢的童心直观事物本真:"唉!我今晚受了这孩子的启示:他能撤去世间事物的因果关系的网,看见事物的本身的真相。我在世智尘劳的现实生活中,也应该懂得这撤网的方法,暂时看看事物本身的真相。"由此可见,说丰子恺是"儿童崇拜者",确不为过,他实在是无愧于这一称号的。

这不由得让我们想起了印度诗哲泰戈尔的诗集《新月集》。在这本清新脱俗的小册子里,诗哲也鲜明地勾勒出了一个"儿童/成人"对立的世界。诗人不但希望自己能返璞归真,重回童年,并试图用纯真的童心来挽救成人世界的堕落。他不但极口称赞孩童的聪明、自由与快乐,而且希望自己能像儿童一样自由自在,并在他们的乐园里占一席之地。在《玩具》这首诗歌中,泰戈尔更是直接将快乐洁净的儿童世界与物欲喧嚣的成人世界对举:"孩子,你真是快活呀!""你呢,无论找到什么便去做你的快乐的游戏;我呢,却把我的时间与力气都浪费在那些我永不能得到的东西上。"在《孩子天使》里,来自纯净世界里的儿童竟有平息争夺杀伐的神力,泰戈尔试图用童心来拯救堕落成人世界的努力在此再次得以昭显,这与中国现代作家对童心寄寓了极高期望有着异曲同工之妙。

三 怀念童年的幻灭结局

然而,无论童年、童心、儿童是如何的可恋、可贵、可爱,我们却不得不遗憾地指出:怀念童年,与其他所有的怀旧一样,最终的结局也只能是幻灭。由于人的记忆都有某种依据潜在心理倾向而自动修改过往的功能，不少记忆尤其是关于诗意童年的记忆就有被遮蔽的可能。当童年这种被遮蔽的记忆因某些偶然的机缘而得以去蔽的时候，那显露出来的不尽人意的真相，不由使人产生强烈的突兀感与拒斥感。因而，那些富有预见性的作家们，在极力讴歌童年的美好童心的纯真之时，不免常常要担忧到将来的幻灭。确实，因人性的发展趋向与潜藏的劣根性使然，所有的儿童都将成人化，所有的童心也必然被世俗化。面对这无可回避的痛苦现实，作家们感到难言的忧伤与惆怅，他们为童年的消逝与童心的丧失唱起了一曲曲挽歌。

　　冰心在对童心倍加礼赞的同时，不得不承认这样的现实："不要羡慕小孩子，／他们的知识都在后头呢，／烦闷也已经隐隐的来了"。(《寄小读者·通讯一》)丰子恺更是担心孩子们有可能"一个个退缩，顺从、妥协、屈服起来，到像绵羊的地步"。他在《子恺画集序·给我的孩子们》中情不自禁地哀叹道："我的孩子们！我憧憬于你们的生活，每天不止一次！我想委曲地说出来，使你们自己晓得。可惜到你们懂得我的话的意思的时候，你们将不复是可以使我憧憬的人了。这是何等悲哀的事啊！但是，你们的黄金时代有限，现实终于要暴露的。这是我经验过来的情形，也是大人们谁也经验过的情形。我眼看儿时的伴侣中的英雄、好汉，一个个退缩、顺从、妥协、屈服起来，到像绵羊的地步。我自己也是如此。'后之视今，亦犹今之视昔'，你们不久也要走这条路呢！我的孩子们！憧憬于你们的生活的我，痴心要为你们永远挽留这黄金时代在这册子里。然这真不过象'蜘蛛网落花'，略微保留一点春的痕迹而已。且到你们懂得我这片心情的时候，你们早已不是这样的人，我的画在世间已无可印证了！这是何等可悲哀的事啊！"徐志摩在《海滩上种花》中流露出来的情绪与丰子恺的感慨有着异曲同工之妙，他不仅为自己早已逝去的童年而深感忧伤："我最先想来对你们说些孩子话，因为你们都还是孩子，但是那孩子的我到那里去了？仿佛我昨天还是个孩子，今天不知怎的就变了样。"

249

"孩子是没了。你记得的只是一个不清切的影子，模糊得很。"而且为饱受"文明"熏染的成年的自己深感羞愧，在徐志摩眼里，儿童的天性与野人接近，"因为野人也是接近自然的"。而他已"不再是融会自然的野人，也不是天机活灵的孩子：我只是一个'文明人'，我能说的只是'文明话'。但什么是文明只是堕落？文明人的心里只是种种虚荣的念头，他到处忙不算，到处都计较成败。我怎么能对着你们不感觉惭愧？"张爱玲的《天才梦》一文，也极真切地叙写了回忆童年时不可避免地显露出来的诸多事实真相："我是一个古怪的女孩，从小被目为天才，除了发展我的天才外别无生存的目标。然而，当童年的狂想逐渐褪色的时候，我发现我除了天才梦之外一无所有——所有的只是天才的乖僻缺点。世人原谅瓦格涅的疏狂，可他们不会原谅我。"这些真相仿佛潮落时才露出水面的海礁，它们本来就是在那里的，只是因为原来一直被海水淹没了，但任你沧海桑田，风云变幻，终有一天它们会以本来的面目显现在人们面前，并以无声的语言向世界宣告自己的曾经存在，现今存在和将要存在。这宿命般的结局，正如鲁迅所言："总之：逝去，逝去，一切一切，和光阴一同早逝去，在逝去，要逝去了。"[①]

第四节 基于修复碎片化生存的个人身份与民族文化重建

中国现代作家之所以一代代坚持不懈地谱写怀乡的悲歌，不仅仅是为了表示对都市文明的质疑、厌倦与拒斥，也不仅仅是为了对乡村文明表示简单的认同与归依，更是为了满足深层精神需求与心理驱动的需要——给漂泊的心灵安家。以沈从文、李广田为代表的一批作家在自己的创作中极力追求与讴歌人性自由、人神共处的和谐境界，其

---

① 鲁迅：《坟·写在〈坟〉后面》，《鲁迅全集》第1卷，人民文学出版社2005年版，第299页。

第四章 现代社会转型语境下百年中国文学的怀旧书写主题

终极目的旨在修复现代人的碎片化生存,重建个人身份与民族文化,并借此为人类寻找到精神的家园与心灵的栖息地。

李广田曾如此自我表白:"我是一个乡下人,我爱乡间,并爱住在乡间的人们。"(《〈画廊集〉题记》)满怀浪漫主义与古典主义情怀的沈从文,坦言自己的艺术神殿里供奉的是"人性","我要表现的本是一种'人生的形式',一种'优美、健康、自然,而又不悖乎人性的人生形式'"。(《〈习作选集〉代序》)这在他的系列湘西创作中得到了集中体现。关于其创作,沈从文本人说得很明白:"我的作品稍稍异于同时代作家处,在一开始写作时,取材的侧重在写我的家乡,我生于斯长于斯的一条延长千里水路的沅水流域。"而他在《〈篱下集〉题记》里的自述则为我们理解其创作动因提供了极好的佐证:"曾经有人问我,'你为什么要写作?'我告他我这乡下人的意见:'因为我活到这世界里有所爱。美丽,清洁,智慧,以及对全人类幸福的幻影,皆永远觉得是一种德性,也因此永远使我对它崇拜和倾心。这点情绪同宗教情绪完全一样。这点情绪促我来写作,不断的写作,没有厌倦,只因为我将在各个作品各种形式里,表现我对于这个道德的努力。人事能够燃起我感情的太多了,我的写作就是颂扬一切与我同在的人类美丽与智慧。若每个作品还皆许可作者安置一点贪欲,我想到的是用我作品去拥抱世界,占有这一世纪所有青年的心。'"为了追求这种将真善美融为一体的完美境界,为人类寻找到最终的精神家园与心灵栖息地,沈从文在创作中采取了比较极端的纯粹乡村视角。应该说沈从文实现精神还乡与归依自然这一目标主要是从如下两方面着手的:第一是对都市文明的无情批判与全盘否定,第二是建构一个神话般的湘西世界。

乡村文化熏陶下所铸就的自由品格,在现代都市中遭遇强劲冲击之后遂形成巨大的思想与情感张力,这在沈从文身上体现得尤为明显。他曾这样剖析自己与都市紧张对立关系形成的缘由:"(我)大致眼看杀过七百人。一些人在什么情形下被拷打,在什么状态下被把头砍下,我可以说全部懂透了。又看到许多所谓人类做出的蠢事，简直无从说起。这一分经验在我心上有了一个分量，使我活下来永远不能同城市中人爱憎感觉一致了。从那里以及其他一些地方，我看了些平常人不看过的蠢事，听了些平常人不听过的喊声，且嗅了些平常人不嗅过的气味，使我对于城市中人在狭窄懦慢的生活里产生的作人善恶观念，不能引起多少兴味，一到城市中来生活，弄得忧郁孤僻不像个正常'人'的感情了。"（《从文自传》）

而他在《〈从文小说习作选〉代序》中的一段自述简直就是对都市的直白嘲弄："我实在是个乡下人。说乡下人我毫无骄傲，也不在自贬，乡下人照例有根深蒂固永远是乡巴佬的性情，爱憎和哀乐自有它独特的式样，与城市中人截然不同！他保守，顽固，爱土地，也不缺少机警也不甚懂诡诈。他对一切事照例十分认真，似乎太认真了，这认真处某一时就不免成为'傻头傻脑'。"不仅如此，他又在《〈篱下集〉题记》中再次强调其乡村立场："在都市住上十年，我还是个乡下人。第一件事，我就永远不习惯城里人所习惯的道德的愉快，伦理的愉快。"

沈从文返璞归真的情怀时时显现在他的作品与自白中。他在《〈生命的沫〉题记》中说道："我欢喜同《会明》那种人抬一箩米到溪里去淘，看见一个大奶肥臀妇人过桥时就唱歌。我羡慕《夫妇》们在好天气下上山做呆事情。我极其高兴把一支笔画出那乡村典型人物的脸同心，如像《道师与道场》那种据说猥亵缺少端倪的故事。我的朋友上司就是《参军》一流人物。我的故事就是《龙朱》同《菜园》，在那上面我解释到我生活的爱憎。我的世界完全不是文学的世界，我太与那些愚暗、粗野、新犁过的土地同冰冷的枪接近、熟习，我所懂的太与都会离远了。"他在《从文自传》里也极写自己的怀乡之情："我就生长到这样一个小城里，将近十五岁时方离开。出门两年半回过那小城一次以后，直到现在为止，那城门我还不再进去过。但那地方我是熟悉的。现在还有许多人生活在那个城市里，我却常常生活在

第四章 现代社会转型语境下百年中国文学的怀旧书写主题

那个小城过去给我的印象里。""我感情流动而不凝固,一派清波给予我的影响实在不小。我幼小时较美丽的生活,大部分都同水不能分离。我的学校可以说是在水边的。我认识美,学会思索,水对我有极大的关系。"在极朴素的语言中,我们不难看出作者对故乡的不尽怀念与深深感激。而后对故乡现状的担忧又从另外一方面表达了作者对故乡的爱意:"十六年来竹林里的鸟雀,那分从容处,犹如往日一个样子,水面划船人愚蠢朴质勇敢耐劳处,也还相去不远。但这个民族,在这一堆长长日子里,为内战,毒物,饥馑,水灾,如何向堕落与灭亡大路走去。一切人生活习惯,又如何在巨大压力下失去了它原来的纯朴型范,形成一种难于设想的模式!"(《湘行散记·辰河小船上的水手》)今昔对比所形成的巨大反差,令作者不由悲从中来,而对整个民族的日益堕落与生命力的日渐萎弱的深深担忧,则给人带来一种莫名的绝望之感。

在"崇拜朝气,欢喜自由,赞美胆量大的,精力强的"(《〈篱下集〉题记》)沈从文看来,被都市文明异化的城市人已俨然丧失了作为人的基本资格,他们人性扭曲、生命力萎弱、野性尽失,根本不配再存在于世间:"城市中人生活太忙匆匆,太杂乱,耳朵眼睛接受声音光色过分疲劳,加之多睡眠不足,营养不足,虽俨然事事神经异常尖锐敏感,其实除了色欲意识和个人得失以外,别的感觉官能都有点麻木不仁。"(《〈习作选集〉代序》)他毫不客气地指出:"的的确确,都市中人是全为一个都市教育与都市趣味所同化,一切女子的灵魂,皆从一个模子里印就,一切男子的灵魂,又皆从另一个模子里印出,个性与特性是不易存在,领袖标准是在共通所理解的榜样中所产生的。一切皆显得又庸俗又平凡,一切皆转成为商品形式。便是人类的恋爱,没有恋爱时那分观念,有了恋爱时那分打算,也正在商人手中转着,千篇一律,毫不出奇。"(《如蕤集》)

为了证明所言非虚,沈从文甚至直接拿自己的作品当作证据:"请你试从我的作品里找出两个短篇对照看看,从《柏子》到《八骏图》看看,就可明白对于道德的态度,城市与乡村的好恶,知识阶级与抹布阶级的爱憎,一个乡下人之所以为乡下人,如何显明具体反映在作品里。"(《〈习作选集〉代序》)单从沈从文频频使用的"一切""皆""全""都市""城市""乡下"等词汇来看,就足可推知其对都市文明的全盘否定态度。都市与都市人在他眼中永远是作为与乡村、乡下人相对立的整体而存在的,正因为如此,"城—乡"对立叙写模式自然也就成了他贯穿创作始终的必然选择。在沈从文的文本中,关于都市的描述,重主观评价而轻客观叙写,都市在此面影模糊,笼统难辨,它仅仅是作为一个文化符码、一个被批判的靶子而获得存在价值。这种价值标准与叙写模式的确立,固然与乡下人优越的道德感与价值感有关,同时也不应忽略的是,这是沈从文面对都市文明的挑战所采取的一种自卫姿态与叙事策略。从字里行间我们不难发现其潜藏在自负背后的隐隐自卑,凭借过人的才华与坚忍,赤手空拳闯天下并终获成功,沈从文自有他骄傲的一面;然而都市毕竟昭示着另一种更具现代性甚至可能更为文明的生活方式,那种因陌生而产生的惶恐、因异己而滋生的敌意,是绝难排解的。这复杂微妙的心态注定沈从文无法突入都市生活的内部深层,也妨碍了他对真正都市生活的透彻理解与准确把握。

有着极深乡土背景的沈从文,与现代都市既如此格格不入,其转而将目光投向乡村也是在所难免的事。在对都市进行不遗余力的批判的同时,沈从文不忘着手建造他理想中的湘西世界,以实现其寻觅精神家园与心灵栖息地的终极梦想。应该说,正是对湘西神话世界的构建确立了沈从文的大师地位。在无家可归成为人类共同命运的当下[①],沈从文却要为这群被放逐的漂泊者的心灵安家。

他"用一支笔好好地保留最后一个浪漫派在20世纪的生命赋予形式","在神之解体的时代,重新给神一种赞颂,在充满古典庄严与雅

[①] 参见 [德] 海德格尔《关于人道主义的书信》,《路标》,孙周兴译,商务印书馆2013年版,第400页。

致的诗歌失去光辉和意义时,来谨谨慎慎地写最后一首抒情诗"。他在小说中构建了一个湘西世界,这个世界"充满原始神秘的恐怖,交织着野蛮与优美"。沈从文在《湘西》中说,湘西那杂糅神性与魔性的神秘,皆源于楚人的幻想情绪。湘西的传说与神话,无不古艳动人,它必在优美和谐的环境中,方能滋长成为动人的诗歌。在湘西系列散文(《从文自传》《湘行散记》《湘西》)中,作者用饱蘸感情的酣畅笔墨来抒写那方山水那方人,向读者展示出一个乌托邦式的精神家园的存在。在湘西,风景优美动人,人性舒展自由,人神和谐共处,人与自然融洽默契,人人皆按着命运的安排,从从容容地将日子过下去:"虽然也同样有人事上的得失,到恩怨纠纷成一团时,就陆续发生庆贺或仇杀。然而从整个说来,这些人生活却仿佛同'自然'已相融合,很从容的各在那里尽其性命之理,与其他无生命物质一样,惟在日月升降寒暑交替中放射,分解。而且在这种过程中,人是如何渺小的东西,这些人比起世界上任何哲人,也似乎还更知道的多一些。"(《湘行散记·箱子岩》)湘西,这与都市文明遥相对峙的虚幻一隅,是沈从文为疲惫不堪的现代人所建造的精神家园与心灵栖息地。

湘西神话世界的建造,是中国现代知识分子对现代人生存处境的终极关怀,是历经现代文明与理性洗礼后为实现人性复归与生命圆满的终极追寻,是超越民族、政治、城乡等一切差别对自然怀抱与大地母亲的终极回归。这是更高意义上的回归,生命形态于此已由自在上升到了自为,人类远较以前要通透明达,因而也更富生存的智慧。这种对生命本真、民族命运与人类的终极归宿等问题的形而上思考,与西方文学中被上帝逐出家园的人类苦苦寻找伊甸园有着极为相似的精神同构,也正是这种形而上思考,为沈从文的创作获得了纯粹哲学意义上的价值与高度,这在因过于胶着于现世而总是带有浓厚形而下色彩的中国文学史上是值得大书特书一笔的。

然而,现实距理想终究有着很长的一段距离。沈从文在极力标榜自己的乡村立场、批判都市文明的同时,无法漠视都市文明的巨大吞噬力。正如他本人在《从文自传》中所言："一切皆用一种迅速的姿势在改变，在进步，同时这种进步，也就正消灭到过去一切。"

尤其令他扼腕叹息的是都市文明对乡村文明的熏染与侵蚀，他对被破坏殆尽的乡土文明表达出了无尽的留恋回味与哀叹。在《〈长河〉题记》中，沈从文写道："去乡已经十八年，一入辰河流域，什么都不同了。表面上看来，事事物物自然都有了极大进步，试仔细注意注意，便见出在变化中那点堕落趋势。最明显的事，即农村社会所保有那点正直素朴人情美，几几乎快要消失无余，代替而来的却是近二十年实际社会培养成功的一种唯实唯利庸俗人生观。敬鬼神畏天命的迷信固然已经被常识所摧毁，然而做人时的义利取舍是非辨别也随同泯灭了。'现代'二字已到了湘西，可是具体的东西，不过是点缀都市文明的奢侈品，大量输入，上等纸烟和各样罐头，在各阶层间作广泛的消费。抽象的东西，竟只有流行政治中的公文八股和交际世故。大家都仿佛用个谦虚而诚恳的态度来接受一切，来学习一切，能学习能接受的终不外如彼或如此。地方上年事较长的，体力日渐衰竭，情感已近于凝固，自有不可免的保守性，唯其如此，多少尚保留一些治事作人的优美崇高风度。"

他甚至从民族品德的消失与重造这样的高度来看待城乡文化的分野，并积极提出了自己的解决方案——重回过去："因此我写了个小说，取名《边城》，写了个游记，取名《湘行散记》，两个作品中都有军人露面，在《边城·题记》上，且曾提起一个问题，即拟将'过去'和'当前'对照，所谓民族品德的消失与重造，可能从什么方面着手。《边城》中人物的正直和热情，虽然已经成为过去了，应当还保留些本质在年青人的血里或梦里，相宜环境中，即可重新燃起年青人的自尊心和自信心。我还将继续《边城》，在另外一个作品中，把最近二十年来当地农民性格灵魂被时代大力压扁扭曲失去了原有的素朴所表现的式样，加以解剖与描绘。"怀旧在沈从文这里事关重大，简直就成了救世的必然手段。当然，无论沈从文提出的解决方案是否可取或是否具有可行性，笔者在此无意论述其成败得失，单是他论及这一问题时所站的历史高度与所取的严肃负责的态度，就足够我们给予他以崇高的敬意。

有着深沉民族忧患意识的沈从文，除了将"当前"与"过去"加以对照，为民族品德的重造竖起一个"边城"式的标本之外，不得不试图从理想的乌托邦回到现实的地面上来，为故乡谋求现世的出路，这是有着浓厚人间情怀的中国文人无论怎样超脱于世外桃源却终究不得不食人间烟火的本性使然。沈从文的怀乡因此获得了深刻的警世性，而他的文本，也因同时具有审美与反思功能因而获得了诗意与现实意义。他在《边城·题记》里很清楚地表达了自己写作的现实目的与愿望："我将把这个民族为历史所带走向一个不可知的命运中前进时，一些小人物在变动中的忧患，与由于营养不足所产生的'活下去'以及'怎样活下去'的观念和欲望，来作朴素的叙述。我的读者应当是有理性，而这点理性便基于对中国现社会变动有所关心，认识这个民族的过去伟大处与目前堕落处，各在那里很寂寞的从事与民族复兴大业的人。这作品或者只能给他们一点怀古的幽情，或者只能给他们一次苦笑，或者又将给他们一个噩梦，但同时说不定，也许尚能给他们一种勇气同信心！"他在《〈湘西〉题记》里也夫子自道："社会新陈代谢，人事今昔情形不同已很多。然而另外又似乎有些情形还是一成不变。我心想：这些人被历史习惯所范围、所形成的一切，若写它出来，当不是一种徒劳。……即从青年知识分子一方面观察，不特知识理性难抬头，情感勇气也日见薄弱。所以当我拿笔写到这个地方种种时，心情实在很激动，很痛苦。觉得故乡山川风物如此美好，一般人民如此勤俭耐劳，并富于热忱与艺术爱美心，地下所蕴聚又如此丰富，实寄无限希望于未来。"

沈从文的这一努力在湘西系列散文里得到了充分体现。这里有对严峻现实的直面与探究："现实并不使人沉醉，倒令人深思。……虽生活与自然相契，若不想法改造，却将不免与自然同一命运，被另一强悍有训练的外来者政府制驭,终至于衰亡消灭。说起它时使人痛苦,因为明白人类在某种方式下生存,受时代陶冶,会发生一种无可奈何的痛苦。悲悯心与责任心必同时油然而生,转觉隐遁之可羞,振作之必要。目睹山川美秀如此,'爱'与'不忍'会使人不敢堕落,不能堕落。"(《湘西—泸溪·浦市·箱子岩》)有对湘西人"千年不变无可记载的历史"的莫名悲哀:"他们那么忠实庄严的生活,担负了自己那份命运,为自己,为儿女,继续在这世界中活下去。不问所过的是如何贫贱艰难的日子,却从不逃避为了求生而应有的一切努力。在他们生活爱憎得失里,也依然摊派了哭,笑,吃,喝。对于寒暑的来临,他们便更比其他世界上人感到四时交替的严肃。历史对于他们俨然毫无意义,然而提到他们这点千年不变无可记载的历史,却使人引起无言的哀戚。"(《湘行散记·一九三四年一月十八》)更有对改造民族性格以谋求更愉快更长久生存的严肃思考:"我们用什么方法,就可以使这些人心中感觉一种对'明天'的'惶恐',且放弃过去对自然和平的态度,重新来一股劲儿,用划龙船的精神活下去?这些人在娱乐上的狂热,就证明这种狂热能换个方向,就可使他们还配在世界上占据一片土地,活得更愉快更长久一些。不过有什么办法,可以改造这些人的狂热到一件新的竞争方面去,可是个费思索的问题。"(《湘行散记·箱子岩》)尽管沈从文在文本中成功建造了一个诗意与现实意义相交融的理想境界,然而,身为一介文人的他,是不太可能为他所爱的湘西以及湘西人谋求到一条合理的现实出路的。沈从文曾自言:"楚人血液给我一种命定的悲剧性。"(《长庚》)其为所爱的湘西以及湘西人谋求一条合理的现实出路的努力则再次验证了这种命定的悲剧性。

第五节 消费社会中被置换成消费符号的怀旧情愫

20世纪90年代以来,随着我国大都市的快速崛起,一个全新的时代——消费时代悄然来临,而以上海为代表的大都市则已经具备后现代消费社会的特征。关于消费社会的特征，詹明信可谓一语中的："文化是消费社会最基本的特征，还没有一个社会像消费社会这样充满了各种符号和概念。"[①] 的确，消费社会最大的特征就是无处不在的文化符号，由文化大众构成的消费者群体消费的是商品所附加的符号价值而不是商品本身的实用价值。让·波德里亚在其社会学名著《消费社会》中，对消费社会的标志化与符号化特征，亦进行了透彻阐释："这里所信仰的，是标志的无比威力。富裕、'富有'其实只是幸福的符号的积累。物品本身所提供的满足感等同于模拟飞机，等同于美拉尼西亚人缩小的模型，也就是反映了潜在的极大满足、十足的富裕……其强烈的希盼使得日常生活的平庸得以延续。"[②] 波德里亚在此不但分析了消费社会的消费心理构成，而且指出了其后果——延续平庸的日常生活。而这也正是消费文化所带来的千篇一律的平面化与无意义深度的一个极为鲜明的表征。消费社会对我国当代文学产生的影响是不言而喻的。消费文化语境下一批以消费符号为创作要素的女性叙事作品的诞生，意味着消费文学的兴起。风靡一时的怀旧情愫、时尚审美等也因其拥有超越商业价值之上的符号价值而被置换为消费符号，加入消费文学的符号大家族。陈丹燕、程乃珊20世纪90年代以来所创作的时尚怀旧文本，即为典型例证。

具体而言，符号化的怀旧情愫在怀旧书写文本中主要扮演了文化大众狂欢的见证者、日常生活审美化的承载者、抚今追昔的心理慰安者以及中产阶级文化的陈情者四种角色。其一，文化大众狂欢的见证者。怀旧符号在文本中出现，其很重要的一个功能就是见证文化大众的狂欢。在文化享乐主义盛行的消费社会，其"理论范式强调的是欲望的文化享乐主义的意识形态和都市化的生活方式"。[③] "当新教伦理

[①] 参见[英]西莉亚·卢瑞《消费文化》，张萍译，南京大学出版社2003年版，第44页。
[②] [法]让·波德里亚：《消费社会》，刘成富、全志钢译，南京大学出版社2006年版，第6—7页。
[③] 周宪：《视觉文化与消费社会》，《福建论坛》（人文社会科学版）2001年第2期。

被资产阶级社会抛弃之后，剩下的便只是享乐主义了。"① 丹尼尔·贝尔在《资本主义文化矛盾》一书中提出的著名论断可谓切中肯綮："今天，现代主义已经消耗殆尽。紧张消失了。现代主义只剩下一只空碗。反叛的激情被'文化大众'加以制度化了。它的试验形式也变成了广告和流行时装的符号象征。它作为文化象征扮演起激进时尚的角色，使得文化大众能一面享受奢侈的'自由'生活方式，一面又在工作动机完全不同的经济体制中占有舒适的职位。"② 文化大众在文化享乐主义的号召下，随着反叛激情的泯灭，其对物质穷奢极欲的追求，对时尚角色的竭力扮演，对平庸日常生活的投入与认同，在成就了以视觉盛宴与身体狂欢为表征的文化消费商业上的巨大成功的同时，也将自身演绎成了一个个抽象的扁平的文化符号。在充斥着"广告和流行时装的符号象征"的众声喧哗中，那个万变中的不变的符号象征——怀旧，其所提供的恒常的感觉增添了日常生活的底色，增添了厚重的历史沧桑感，并为漂浮不定的动荡人生增添了定力，是都市奢靡生活必不可少的装点。如程乃珊《上海探戈》中的绿屋，陈丹燕《上海的金枝玉叶》中的郭婉莹、《上海的风花雪月》中的咖啡馆、上海菜餐馆等，都是富有典型性的怀旧符号。

以《上海的金枝玉叶》为例，作者用"有忍有仁，大家闺秀犹在；花开花落，金枝玉叶不败"来概括主人公郭婉莹的一生，就具有鲜明的将人物符号化的特征。郭婉莹是上海永安百货公司郭家四小姐，因家世、美貌、教养、教育背景曾被夸誉为"上海的金枝玉叶"，"上海最后的贵族女子"遂成为其身份符号。郭从1909年在悉尼出生到1998年在上海去世，生命的长度几乎横跨了整个20世纪。其命途多舛，几经沉浮，而依旧暗香浮动，魅力不减。无论处于何种境地，优

---

① [美] 丹尼尔·贝尔：《资本主义文化矛盾》，赵一凡等译，生活·读书·新知三联书店1989年版，第67页。
② [美] 丹尼尔·贝尔：《资本主义文化矛盾》，赵一凡等译，生活·读书·新知三联书店1989年版，第66页。

雅与尊严始终是其不变的追求。文本用纪实的笔法刻意营造出一种怀旧氛围，在看似充满敬意的叙写中，将郭婉莹这位昔日上海闺秀的身份置换为一个20世纪三四十年代旧上海奢华生活的消费符号，以满足读者对于那个时代的窥视欲望与虚幻想象。文本中到处是物的堆砌，如白色的软底鞋、一家叫"上海"的中餐馆、利西路上的大房子等，我们从作者对这些象征奢华生活的符号的津津乐道中，见出其对物质近乎崇拜的狂热；而被置换成消费符号的郭婉莹，则在文本中充任时代见证者的角色。其在历经沧桑后终于又迎来了一个仿佛当年繁华的新上海，然而此上海非彼上海，属于她的时代早已过去，她只能成为一位作壁上观的局外人了。但郭婉莹的存在绝非可有可无的，其所表现出的安时处顺，以及坚如磐石的对生活品质的坚守，却又真真确确地为欲望喧嚣的当下提供了一个极好的参照系。必须指出的是，尽管作者试图开掘出郭婉莹的内在人格力量，但文本能够提供的却仅仅是物质层面的浮泛的描写。从文本尽力非虚构的描述中我们得知，郭在晚年常常被那些试图从她身上探寻旧上海踪迹的年轻人拜访（甚至包括陈丹燕本人对她的采访），也正见出其以旧上海奢华生活的消费符号行世而不自知的悲哀。

其二，日常生活审美化的承载者。消费社会中怀旧符号在怀旧书写中扮演的另一重要角色就是日常生活审美化的承载者。迈克·费瑟斯通在《消费文化与后现代主义》一书中指出：西方发达国家随着"大批量的生产指向消费、闲暇和服务，同时符号商品、影像、信息等的生产也得到急速的增长"[1]，"实在与影像之间的差别消失了，日常生活以审美的方式呈现了出来，也即出现了仿真的世界或后现代文化"[2]。费瑟斯通在此抓住了日常生活审美化最突出的特质——仿真，

---

[1] ［英］迈克·费瑟斯通：《消费文化与后现代主义》，刘精明译，译林出版社2000年版，第31页。
[2] ［英］迈克·费瑟斯通：《消费文化与后现代主义》，刘精明译，译林出版社2000年版，第98页。

为我们展开进一步论述提供了理论依据。我国1990年代以来消费文化语境下的怀旧书写，其在文本中倾力打造的就是这样一个日常生活审美化的仿真世界。怀旧情愫的商业价值于此被充分地挖掘出来，其被悄然置换成披着种种旧时尚外衣的消费符号，而被读者如饥似渴地接纳。时尚怀旧书写所表现出的消费文化特征与詹明信对怀旧电影的批判性阐释可谓如出一辙："它在捕捉历史'过去'时乃是透过重整风格所蕴涵的种种文化意义；它在传达一种'过去的特性'时，把焦点放在重整出一堆色泽鲜明的、具昔日时尚之风的形象，希望透过掌握30年代、50年代的衣饰潮流、'时代风格'来捕捉30、50年代的'时代精神'。"① 系列上海怀旧文本就是通过对20世纪三四十年代旧上海的"衣饰潮流""时代风格"等"具昔日时尚之风的形象"的重塑，来表达所谓的旧上海精神，从而催生出一种逼真的重返旧上海的仿真效果。由于其先天的以商业效益为主导的基因而致使其缺乏对艺术与美的虔诚，而流于无情感、平面化、无意义深度的后现代文化表演，其结局只能是"艺术和审美的必然失败、新事物的失败，以及囚禁于过去之中"。②

譬如陈丹燕在《上海的风花雪月》中，不但出于满足视觉消费的需要而配置了大量的大尺幅图片，而且对其从未见过的时代咖啡馆、1931'咖啡馆、裘德的酒馆、爱尔兰酒馆等能体现当年旧上海时尚风情的去处都表现得十分熟稔，仿佛老朋友般娓娓道来，一幅幅简直可以假乱真的图景在文本中赫然呈现。尤其意味深长的是"布景"这一章，有着奇异的自我颠覆的意味：

……上海这地方实在是怀旧的，像破落贵族的孩子那样地怀

---

① [美]詹明信：《晚期资本主义的文化逻辑》，张旭东编，陈清侨等译，生活·读书·新知三联书店1997年版，第458—459页。
② [美]詹明信：《晚期资本主义的文化逻辑》，张旭东编，陈清侨等译，生活·读书·新知三联书店1997年版，第403页。

第四章 现代社会转型语境下百年中国文学的怀旧书写主题

着旧……这时候，专营上海菜的餐馆出现了，这一家餐馆开张的时候，上海不少的小报都发了消息，还有照片，它的外墙上嵌了许多老上海时代的东西，像油酱店的门楣，像当铺的广告，还有木轮子车的车轮。在那里，可以吃到上海的雪里蕻烧蚕豆酥，白斩咸鸡，腌笃鲜，霉干菜红烧肉，蛇羹，面拖毛蟹，葱油爆虾和盐水煮毛豆了，还有葱油饼，萝卜丝饼，菜泡饭。大家终于等到了这样一天，以上海的历史和上海自己人的菜自豪着……进了那里，好像就到了三十年代的上海。

最是家常不过的一道道上海菜，在怀旧情绪的照拂下，散发出一种令人沉醉的美的气息。如此众多的过去的意象在此汇集，其目标只有一个：营造一种逼真的怀旧氛围，打造一方想象的过去的空间，让消费者在这仿造出来的空间里去感受那种未曾亲历过的想象中的辉煌。怀旧体验至此几乎到了弄假成真的地步，文本将现代人那种急吼吼要穿越时光、回到30年代感受想象中的繁华上海的微妙心态，极为贴切地传达了出来。可作者究竟是清醒的，她时不时要将快要沉迷其间的读者摇醒，冷静地指出种种怀旧符号建构起来的是一个虚拟的世界，虽然一切都像真的一样，但是一切都不是真的："把头仰起来，看到的是用油漆画上去的蓝天。用手去摸一摸墙，才发现那一墙的青砖，是装修工一块一块在水泥抹平的墙上贴上去的木块……接着就感到自己是在一出戏的布景前吃着东西，好像是一个演员，扮演着三十年代吃冰糖红枣的上海人，装得像真的一样，也在那故事里哭，也笑，也为了演好那故事，看好多那个时代的书，可是，只是在演。"也正是这点仅有的自省意识，让陈丹燕的怀旧书写还能被当作文学作品加以接受。

怀旧书写如此热衷于构建镜像并有意识地沉溺其中，这是消费社会才会有的文化奇观。在一场场日常的怀旧审美体验背后，一切怀旧情愫都被视为商机而加以充分利用，每一次怀旧情绪调动的标的物都是消费者的钱袋。正是基于上述认识，我们认为，怀旧符号作为日常生活审美化的承载者，彻底消解了怀旧的真意而走向了其反面：强调现场体验，一切以当下的感官享受为旨归，拒绝深度，拒绝历史性地存在。

其三，抚今追昔的心理慰安者。应该说，怀旧符号在消费文化语境下的怀旧书写中，最直观的效用是心理慰安。在现代都市的碎片化生存中，人的本真自我被遮蔽，被切割得七零八落，终日戴着面具的疲倦、寂寞、孤独的都市人，对哪怕是虚拟的过去的追怀，亦能在某种程度上舒缓其生存焦虑，让疲惫不堪的心灵找到一个暂时歇脚的地方。以陈丹燕为例，其在《上海街道变迁十九年记》中特别地提到《上海的风花雪月》这个书名的来历："是的，十年已过去了。沿着当年的路线，在旧法国城里再走一遍，感觉是怎样的呢？我这样问自己。……但无论如何，这里的确是个美丽的街区，像最新鲜的橘子那样充盈着沧桑感情的汁水。我依旧能感受到它的风花雪月，这个词，就是在一次散步中浮上心头，并在心头盘旋不去，才终于成了一本书的名字。这风花雪月，因为遍布沧桑与蹉跎，而成为一种生活态度，它不是点缀生活的情调，所以才要称它为上海的风花雪月，它沉浮于大时代的疾风骤雨里，竭力护卫着自己的风格。要是看不到这一点，就看不懂这个街区和这个街区的人，看不懂那些人为什么要坚持，为什么要享受自己内心的惆怅。"怀旧的慰藉作用在这里以自我护卫与自我坚持的方式出现，其对"态度""风格"的讲究，其骨子里则是一种身份认同的需要。"遍布沧桑与蹉跎"，是指其以外在的历史性来换取自身被他者承认的内在需求，怀旧在此只是一个介质，文本通过怀旧欲达到的目的是：与旧上海认同，与曾经的璀璨光华认同，与富足优雅的中产阶层认同。美国著名的哲学家 P. 蒂利希在其专著《存在的勇气》中指出："自我肯定的丧失是焦虑的本质，而意识到对自我肯定的具体威胁则是恐惧的本质。"[①] 蒂利希对"自我肯定"的

---

① [美] P. 蒂利希：《存在的勇气》，成显聪等译，贵州人民出版社 1988 年版，第 78 页。

第四章　现代社会转型语境下百年中国文学的怀旧书写主题

强调可谓抓住了事情的本质所在。自我肯定，从本质上而言实则为自我身份确认的需要。不独时尚怀旧书写，事实上几乎所有的艺术创作背后的动因，都有自我身份确认的影子在。为抗拒或来自死亡或来自命运或来自时代的对自我的威胁与吞噬，对自我身份确认的强调是恰当而必要的。陈丹燕曾经在一次采访中坦言自己创作系列上海怀旧文本的最初动机就是想通过写作来确认自己的身份，获得自我肯定。的确，她的目标在一定程度上达到了，至少，她自己内在的焦虑通过创作得到了有效缓解。同时，她在文本中通过一连串怀旧符号的编织所营造出来的昔日重现的感觉，对读者而言，又何尝不是一顿顿具有抚慰功效的文化大餐。文本中仿真时空的重现，为对现实不满又找不到有效疏导途径的读者提供了一个极好的去处。他们带着自我怜惜的感情，仿佛亲历者一般，"重回"那逝去的好时光，去感受那种其一直想望却又无法在现实中实现的尊贵、浪漫、精致、优雅的中产生活，在以假乱真的怀旧体验中实现一种似是而非的身份置换，将自己的身份置换成他者（亲历者）的身份，"重新"体验当年的氛围，"重新"感受过去的美好，并以此来缓解自我肯定丧失的焦虑。这种"通过参与行为来肯定人的自身存在的勇气"，是典型的"作为部分而存在的勇气"。[①] 亦即其作为脱离集体的真正的个体，尚没有勇气独自面对来自死亡、命运或者时代的挑战，其身份确认并非实质上的确认。其"只有在与他人不断遭遇的情况下，个人才成为并保持为一个人。这种遭遇的场所就是共同体"。[②] 其只有通过加入某一共同体才能确认自我的身份，获得身心的庇护，找到安全的感觉。消费文化语境下怀旧文本中的怀旧符号，能提供的甚至还不是这种意义上的抚慰。因为身份确认至少作为部分存在的勇气中是真实发生的事件，而消费者却在仿真的怀旧体验中进行了悄然的身份置换。从这一层面而言，消费文化语境下怀旧书写中的怀旧符

---

① ［美］P. 蒂利希：《存在的勇气》，成显聪等译，贵州人民出版社1988年版，第78页。
② ［美］P. 蒂利希：《存在的勇气》，成显聪等译，贵州人民出版社1988年版，第81页。

号为刻意怀他人之旧的消费者所能提供的，当然也只能是虚拟的心理慰安罢了。

其四，中产阶级文化的陈情者。怀旧符号在消费社会中尚有另一个有意味的功效，那就是充当中产阶级文化的陈情者。让·波德里亚在《消费社会》中特别提到了这一点："还有一宗非常'现代'的反消费症候，实际上是一种消费变体，而且它发挥着阶级文化陈情者的作用。中产阶级作为19世纪和20世纪初大资产阶级大亨风范的继承人，尤其具有张扬消费的倾向。……就是高层阶级通过张扬的亚消费战略来对抗'新来乍到者'。"① 此观点与凡勃伦的《有闲阶级论》有异曲同工之妙，对中产阶级试图通过炫耀性消费来显示自己的社会地位与经济实力的消费行为痛下针砭，可谓一针见血。消费商品的符号价值而非其实用价值，是中产阶级消费的典型特征。关于此点，让·波德里亚在《消费社会》中阐释得极为透彻："表面上以物品和享受为轴心和导向的消费行为，实际上指向的是其他完全不同的目标：即对欲望进行曲折隐喻式表达的目标、通过区别符号来生产价值社会编码的目标。因此具有决定意义的，并不是通过物品法则起作用的利益等个体功能，而是这种通过符号法则起作用的交换、沟通、价值分配等即时社会性功能。"② 怀旧文本中的怀旧符号所蕴含的隐含价值——中产趣味——才是其被诸多小资奉为圭臬的真正原因。无论是描写曾经的大家闺秀郭婉莹在煤球炉子上做西式蛋糕，是回忆豪奢一时的建筑奇葩绿屋，还是热切寻访张爱玲等海派名人故居，都是为了显示出高雅的中产趣味之与众不同。"西式蛋糕""绿屋""海派名人故居"这些经典的怀旧符号化身为中产阶级文化的陈情者，向读者展示、炫耀中产生活的高贵、豪奢、优雅、个性化，一方面满足了中产阶级

---

① ［法］让·波德里亚：《消费社会》，刘成富、全志钢译，南京大学出版社2006年版，第61页。
② ［法］让·波德里亚：《消费社会》，刘成富、全志钢译，南京大学出版社2006年版，第49页。

自我确证与彼此指认的需要；另一方面将自己与较低阶层区分开来，同时又为自己向上层拓展结下更广的社会网络。在此，大众文化与中产趣味合谋，通过一连串怀旧消费符号的所指，来构建一个中产阶级话语场域，从而有效展示其出色的在场存在，传播其生活方式、价值观念。

结　　语

　　本著试图建构关于怀旧书写的理论体系，并在此基础上对近百年来现代社会转型语境下中国文学的怀旧书写进行整体性系统研究，深入阐析了现代社会转型与百年中国文学的怀旧书写之间的关系；全力探寻现代社会转型语境下百年中国文学的怀旧书写发展历程，厘清了其历史沿革，并详尽阐释了现代社会转型语境下百年中国文学的怀旧书写主题。我们认为，在现代社会转型语境下，百年中国文学的怀旧书写取得了杰出的成就。其不但发展轨迹历历可寻，而且代有传承，成果丰硕。在近百年来的历史进程中，每次社会的重大转折，都会催生出一批怀旧佳构。其创作阵容几乎囊括了中国20世纪最优秀的作家，如鲁迅、周作人、沈从文、老舍、萧红、张爱玲、韩少功、阿城、陈忠实、贾平凹、王安忆、陈丹燕、程乃珊等，尽在其列。在现代社会转型语境下，怀旧书写在以启蒙、救亡、消费为主旋律的百年中国文学中，具有不可忽视的审美救赎意义。以历史性、审美性为基本特质的怀旧书写提供了另一维度观照社会、人生与人性的可能，对现代社会转型为中国文学带来的种种负面效应具有积极的反动意义，其终极指向是无限敞开的未来。其围绕家园意识、乡土情结、童年情结、个人身份与民族文化重建等重要主题展开叙写，诞生了诸多辉煌的篇章，代表了当时文坛的一流水准。综上可见，现代社会转型语境下百年中国文学的怀旧书写，决定了百年中国文学的高度，对中国文学的发展做出了重大贡献，具有举足轻重的文学史地位。

参考文献

一 中文文献

阿城：《棋王》，作家出版社1992年版。
艾青：《艾青全集》第1卷，花山文艺出版社1994年版。
陈丹燕：《上海的风花雪月》，作家出版社2008年版。
陈丹燕：《上海的金枝玉叶》，作家出版社2009年版。
陈丹燕：《上海的红颜遗事》，作家出版社2009年版。
陈芳明：《华丽与苍凉》，台北：皇冠出版社1995年版。
陈国庆主编：《中国近代社会转型研究》，社会科学文献出版社2005年版。
陈思和：《中国当代文学史教程》，复旦大学出版社1999年版。
陈忠实：《白鹿原》，人民文学出版社1993年版。
程乃珊：《上海探戈》，学林出版社2002年版。
程乃珊：《上海女人》，湖南文艺出版社2014年版。
程乃珊：《上海爱情故事》，湖南文艺出版社2014年版。
程乃珊：《老上海，旧时光》，湖南文艺出版社2014年版。
戴锦华：《想象的怀旧》，《隐形书写——90年代中国文化研究》，江苏人民出版社1999年版。
段德智：《死亡哲学》，湖北人民出版社1996年版。

范伯群等主编：《1898—1949 中外文学比较史》（上、下卷），江苏教育出版社 1995 年版。

范家进：《现代乡土小说三家论》，上海三联书店 2002 年版。

费孝通：《乡土中国》，生活·读书·新知三联书店 1985 年版。

哈佛燕京学社编：《启蒙的反思》，江苏教育出版社 2005 年版。

韩少功：《爸爸爸》，作家出版社 2009 年版。

贾平凹：《废都》，作家出版社 2009 年版。

孔另境主编：《现代作家书简》，花城出版社 1982 年版。

老舍：《骆驼祥子》，长江文艺出版社 2012 年版。

老舍：《四世同堂》，长江文艺出版社 2012 年版。

老舍：《老舍全集》，文汇出版社 2008 年版。

雷达：《废墟上的精魂——〈白鹿原〉论》，《文学评论》1993 年第 6 期。

雷达等主编：《贾平凹研究资料》，山东文艺出版社 2006 年版。

李建军：《一部令人震撼的民族秘史》，《小说评论》1993 年第 4 期。

李书磊：《都市的迁徙——现代小说与城市文化》，时代文艺出版社 1993 年版。

李泽厚：《中国思想史论》（中）（修订本），安徽文艺出版社 1999 年版。

李泽厚：《中国思想史论》（下）（修订本），安徽文艺出版社 1999 年版。

梁启超：《过渡时代论》，陈书良编《梁启超文集》，北京燕山出版社 2009 年版。

刘呐鸥：《都市风景线》，中国华侨出版社 1997 年版。

刘小枫：《诗化哲学》，山东文艺出版社 1986 年版。

鲁迅：《鲁迅全集》第 1、2、3、4、6、7、8、10、11、13 卷，人民文学出版社 2005 年版。

路翎：《财主底儿女们》（上、下），人民文学出版社 1985 年版。

陆学艺、景天魁主编：《转型中的中国社会》，黑龙江人民出版社 1994 年版。

茅盾：《茅盾全集》第 19 卷，人民文学出版社 1991 年版。

穆时英：《穆时英小说全集》（上、下卷），时代文艺出版社 1998 年版。

穆时英：《中国新感觉派圣手——穆时英小说全编》，中国文联出版公司 1996 年版。

沈从文：《沈从文全集》第 1、2、7、8、10、11、12、13、17 卷，北岳文艺出版社 2002 年版。

盛宁：《人文困惑与反思——西方后现代主义思潮批判》，生活·读书·新知三联书店 1997 年版。

师陀：《师陀全集》第 1 卷，河南大学出版社 2004 年版。

施蛰存：《施蛰存七十年文选》，上海文艺出版社 1996 年版。

施蛰存：《施蛰存文集》，华东师范大学出版社 1996 年版。

施蛰存：《沙上的脚迹》，辽宁教育出版社 1995 年版。

施蛰存：《文艺百话》，华东师范大学出版社 1994 年版。

施蛰存等主编：《现代》杂志（第 1—8 卷），上海泰东书局 1932—1935 年版。

施蛰存：《施蛰存序跋》，东南大学出版社 2003 年版。

司马长风：《中国新文学史》（上、中、下卷），昭明出版社 1980 年版。

王安忆：《长恨歌》，作家出版社 1995 年版。

王安忆：《小鲍庄》，花城出版社 2009 年版。

汪晖：《汪晖自选集》，广西师范大学出版社 1997 年版。

王晓明主编：《二十世纪中国文学史论》第 1—3 卷，东方出版中心 1997 年版。

王一川：《意义的瞬间生成——西方体验美学的超越性结构》，山东文艺出版社 1988 年版。

王仲生：《〈白鹿原〉：民族秘史的叩询和构筑》，《小说评论》1993 年第 4 期。

温儒敏：《中国现代文学批评史》，北京大学出版社 1993 年版。

汪曾祺：《汪曾祺文集》，江苏文艺出版社 1993 年版。

汪曾祺：《汪曾祺自选集》，漓江出版社 1993 年版。

吴福辉：《都市漩流中的海派小说》，湖南教育出版社 1995 年版。

吴晓东：《记忆的神话》，新世界出版社 2001 年版。

吴义勤：《漂泊的都市之魂——徐訏论》，苏州大学出版社 1993 年版。

萧红：《萧红全集》，凤凰出版社 2010 年版。

徐訏：《徐訏小说集》第 1—9 卷，安徽文艺出版社 1996 年版。

许道明：《海派文学论》，复旦大学出版社 1999 年版。

严家炎：《中国现代小说流派史》，人民文学出版社 1988 年版。

杨义等主编：《路翎研究资料》，北京十月文艺出版社 1993 年版。

杨义主编：《中国现代小说史》第 1—3 卷，人民文学出版社 1998 年版。

杨义：《杨义文存》第 1—4 卷，人民出版社 1999 年版。

叶灵凤：《处女的梦》，中国华侨出版社 1997 年版。

张爱玲：《张爱玲文集》第 1—4 卷，安徽文艺出版社 1992 年版。

张爱玲：《张爱玲集·倾城之恋卷》，北京十月文艺出版社 2006 年版。

张爱玲：《张爱玲集·对照记卷》，北京十月文艺出版社 2006 年版。

张爱玲：《张爱玲集·流言卷》，北京十月文艺出版社 2006 年版。

赵静蓉：《怀旧——永恒的文化乡愁》，商务印书馆 2009 年版。

赵静蓉：《文化记忆与身份认同》，生活·读书·新知三联书店 2015 年版。

周宪：《审美现代性批判》，商务印书馆 2005 年版。

周宪：《文化现代性与美学问题》，中国人民大学出版社 2005 年版。

周作人：《看云集》，河北教育出版社 2002 年版。

周作人：《过去的工作》，河北教育出版社 2002 年版。

周作人：《书房一角》，河北教育出版社 2002 年版。

周作人：《雨天的书》，河北教育出版社 2002 年版。

周作人：《夜读抄》，河北教育出版社 2002 年版。

周作人：《风雨谈》，河北教育出版社 2002 年版。

周作人：《立春以前》，河北教育出版社 2002 年版。

周作人：《苦茶随笔》，河北教育出版社 2002 年版。
周作人：《自己的园地》，河北教育出版社 2002 年版。
朱光潜：《西方美学史》，人民文学出版社 1979 年版。
朱自清：《论现代中国的小品散文》，阿英编《现代十六家小品》，天津市古籍书店影印 1990 年版。

二 翻译文献

［奥］埃利希·弗洛姆：《弗洛伊德的使命》，尚建新译，生活·读书·新知三联书店 1986 年版。

［德］阿莱达·阿斯曼：《回忆空间：文化记忆的形式和变迁》，潘璐译，北京大学出版社 2016 年版。

［德］阿斯特莉特·埃尔、冯亚琳主编：《文化记忆理论读本》，北京大学出版社 2012 年版。

［德］哈拉尔德·韦尔策编：《社会记忆：历史、回忆、传承》，季斌等译，北京大学出版社 2007 年版。

［德］海德格尔：《诗人何为》，孙周兴编《海德格尔选集》，上海三联书店 1996 年版。

［德］海德格尔：《存在与时间》，陈嘉映等译，生活·读书·新知三联书店 1999 年版。

［德］海德格尔：《荷尔德林诗的阐释》，孙周兴译，商务印书馆 2004 年版。

［德］海德格尔：《在通向语言的途中》，孙周兴译，商务印书馆 2004 年版。

［德］海德格尔：《关于人道主义的书信》，《路标》，孙周兴译，商务印书馆 2013 年版。

［德］汉斯·罗伯特·耀斯：《审美经验与文学解释学》，顾建光等译，上海译文出版社 1997 年版。

［德］尼采：《历史的用途与滥用》，陈涛、周辉荣译，上海人民出版

社 2005 年版。

[奥] 西格蒙德·弗洛伊德：《弗洛伊德后期著作选》，林尘等译，上海译文出版社 1986 年版。

[奥] 西格蒙德·弗洛伊德：《日常生活的精神病理学》，彭丽新等译，国际文化出版公司 2000 年版。

[德] 西美尔：《金钱、性别、现代生活风格》，刘小枫编，顾仁明译，华东师范大学出版社 2010 年版。

[德] 席勒：《审美教育书简》，《席勒散文选》，张玉能译，百花文艺出版社 1997 年版。

[德] 雅斯贝尔斯：《当代的精神处境》，黄藿译，生活·读书·新知三联书店 1992 年版。

[德] 扬·阿斯曼：《文化记忆：早期高级文化中的文字、回忆和政治身份》，金寿福等译，北京大学出版社 2015 年版。

[法] 安德烈·莫洛亚：《追忆逝水年华·序》，施康强译，选自 [法] 普鲁斯特《追忆逝水年华》，李恒基等译，译林出版社 1990 年版。

[法] 波德莱尔：《波德莱尔美学论文选》，郭宏安译，人民文学出版社 1987 年版。

[法] 普鲁斯特：《追忆似水年华》（Ⅶ），译林出版社 1991 年版。

[法] 卢梭：《论人类不平等的起源》，高修娟译，上海三联书店 2009 年版。

[法] 莫里斯·哈布瓦赫：《论集体记忆》，毕然、郭金华译，上海人民出版社 2002 年版。

[法] 皮埃尔·诺拉主编：《记忆之场：法国国民意识的文化社会史》，黄艳红等译，南京大学出版社 2015 年版。

[法] 让·波德里亚：《消费社会》，刘成富、全志钢译，南京大学出版社 2006 年版。

[美] 丹尼尔·贝尔：《资本主义文化矛盾》，赵一凡等译，生活·读书·新知三联书店 1989 年版。

[美] 弗雷德里克·杰姆逊讲演：《后现代主义与文化理论》，唐小兵译，北京大学出版社1997年版。

[美] 杰拉德·戴蒙德：《第三种猩猩：人类的身世与未来》，王道还译，海南出版社、三环出版社2004年版。

[美] 卡尔·贝克尔：《人人都是他自己的历史学家》，田汝康、金重远选编《现代西方史学流派文选》，上海人民出版社1982年版。

[美] 理查德·诺尔：《荣格崇拜——一种有超凡魅力的运动的起源》，曾林等译，上海译文出版社2002年版。

[美] 李欧梵：《上海摩登——一种都市文化在中国（1930—1945）》，毛尖译，北京大学出版社2001年版。

[美] 刘易斯·芒福德：《城市发展史：起源、演变和前景》，倪文彦、宋峻岭译，中国建筑工业出版社2005年版。

[美] 罗兰·罗伯森：《全球化：社会理论和全球文化》，梁光严译，上海人民出版社2000年版。

[美] P.蒂利希：《存在的勇气》，成显聪等译，贵州人民出版社1988年版。

[美] 斯维特兰娜·博伊姆：《怀旧的未来》，杨德友译，译林出版社2010年版。

[美] 夏志清：《中国现代小说史》，刘绍铭等译，复旦大学出版社2005年版。

[美] 宇文所安：《追忆——中国古典文学中的往事再现》，郑学勤译，生活·读书·新知三联书店2004年版。

[日] 厨川白村：《西洋近代文艺思潮》，陈晓南译，台北：志文出版社1996年版。

[瑞士] 荣格：《梦·记忆·思想：荣格自传》，陈国鹏、黄丽丽译，国际文化出版公司2011年版。

[瑞士] 荣格：《原型与集体无意识》，《荣格文集》第5卷，徐德林译，国际文化出版公司2011年版。

［古希腊］柏拉图：《伊安篇》，《柏拉图文艺对话集》，朱光潜译，人民文学出版社1963年版。

［以］S. N. 艾森斯塔特：《现代化：抗拒与变迁》，张旅平等译，中国人民大学出版社1988年版。

［以］S. N. 艾森斯塔特：《反思现代性》，旷新年、王爱松译，生活·读书·新知三联书店2006年版。

［英］艾略特：《传统与个人才能》，选自张德兴主编《二十世纪美学经典文本》第1卷，复旦大学出版社2000年版。

［英］安东尼·吉斯登：《现代性的后果》，田禾译，译林出版社2000年版。

［英］弗雷德里克·C. 巴特莱特：《记忆：一个实验的与社会的心理学研究》，黎炜译，浙江教育出版社1998年版。

［英］柯林武德：《历史的观念》，何兆武等译，北京大学出版社2010年版。

［英］迈克·费瑟斯通：《消费文化与后现代主义》，刘精明译，译林出版社2000年版。

三 外文文献

Anthony Giddens, *The Consequences of Modernity*, Stanford University Press, 1991.

Burton Pike, *The Image of City in Modern Literature*, Princeton University Press, 1981.

Jurgen Habermas, *The Philosophical Discourse of Modernity*, The MIT Press, 1987.

致　　谢

　　历经数载修改，这本小书终于在癸卯初春喜庆祥和的氛围中定稿。在其付梓之际，念及诸多师友的悉心指教与热忱相助，不由感激莫名。这本小书能得以问世，首先要感谢我的导师谭桂林教授。感谢谭老师于百忙中拨冗为小书作序，更感谢谭老师多年来的谆谆教诲。自1997年拜入谭门至今，二十六年来谭老师对我在学术上的指导从未间断。哪怕是曾经有近十年的时间我因工作需要而偏离了既有的研究领域，谭老师仍不时督促我要在学问上用功，务求无愧于心。幸得良师如此，夫复何求。其次要感谢我所在的工作单位南昌大学，不但为我日常的科研工作提供了足够的时间保障，而且为小书的出版提供了全额资助。再次要感谢《文学评论》《中国文学研究》《人文杂志》等期刊，为拙著的部分篇章提供了宝贵的发表机会。复次要感谢中国社会科学院陈定家老师及中国社会科学出版社的责任编辑郭晓鸿主任为拙作出版所付出的大量心血。最后要感谢我的家人对我全方位的支持，让我得以心无旁骛地完成小书的撰写。

　　殷殷之情，感铭肺腑，在此一并表示衷心的感谢！

周明鹃
2023年1月26日